U0137743

金圣叹批评本水浒传

中

〔明〕施耐庵　著
〔清〕金圣叹　批评

岳麓書社·长沙

偷骨殖何九送丧 供人头武二设祭 （赵成伟 绘）

母夜叉孟州道卖人肉 武都头十字坡遇张青 （赵成伟 绘）

施恩重霸孟州道 武松醉打蒋门神 （赵成伟 绘）

施恩三入死囚牢 武松大闹飞云浦 （赵成伟 绘）

镇三山大闹青州道 霹雳火夜走瓦砾场 （赵成伟 绘）

石将军村店寄书 小李广梁山射雁 （赵成伟 绘）

梁山泊好汉劫法场 白龙庙英雄小聚义（赵成伟 绘）

假李逵剪径劫单身 黑旋风沂岭杀四虎 （赵成伟 绘）

第二十三回
王婆贪贿说风情
郓哥不忿闹茶肆

王婆貪賄說風情
二酉

写武二视兄如父，此自是豪杰至性，实有大过人者。乃吾正不难于武二之视兄如父，而独难于武大之视二如子也。曰：嗟乎，兄弟之际，至于今日，尚忍言哉！一坏于干糇相争，阋墙莫劝，再坏于高谈天显，矜饰虚文。盖一坏于小人，而再坏于君子也。夫坏于小人，其失也鄙，犹可救也；坏于君子，其失也诈，不可救也。坏于小人，其失也鄙，其内即甚鄙，而其外未至于诈，是犹可以圣王之教教之者也；坏于君子，其失也诈，其外既甚诈，而其内又不免于甚鄙，是终不可以圣王之教教之者也。故夫武二之视兄如父，是学问之人之事也；若武大之视二如子，是天性之人之事也。由学问而得如武二之事兄者以事兄，是犹夫人之能事也；由天性而欲如武大之爱弟者以爱弟，是非夫人之能事也。作者写武二以救小人之鄙，写武大以救君子之诈。夫亦曰：兄之与弟，虽二人也；揆厥初生，则一本也。一本之事，天性之事也，学问其不必也。不得已而不废学问，此自为小人言之；若君子，其亦勉勉于天性可也。

上篇写武二遇虎，真乃山摇地撼，使人毛发倒卓。忽然接入此篇，写武二遇嫂，真又柳丝花朵，使人心魂荡漾也。吾尝见舞槊之后，便欲搦管临文，则殊苦手颤；铙吹之后，便欲洞箫清啭，则殊苦耳鸣；驰骑之后，便欲入班拜舞，则殊苦喘急；骂座之后，便欲举唱梵呗，则殊苦喉燥，何耐庵偏能接笔而出，吓时便吓杀人，憨时便憨杀人，并无上四者之苦也！

写西门庆接连数番踅转，妙于叠，妙于换，妙于热，妙于冷，妙于宽，妙于紧，妙于琐碎，妙于影借，妙于忽迎，妙于忽闪，妙于有波磔，妙于无意思，真是一篇花团锦凑文字。

写王婆定计，只是数语可了，看他偏能一波一磔，一吐一吞，随心恣意，排出十分光来。于十分光前，偏又能随心恣意，先排出五件事来。真所谓其才如海，笔墨之气，潮起潮落者也。

通篇写西门爱奸，却又处处插入虔婆爱钞，描画小人共为一事，而各为其私，真乃可丑可笑。吾尝晨起开户，窃怪行路之人纷若驰马，意彼万万人中，乃至必无一人心头无事者。今读此篇而失笑也。

话说当日武都头回转身来看见那人，扑翻身便拜。奇。那人原来不是别人，正是武松的嫡亲哥哥武大郎。武松拜罢，说道："一年有余不见哥哥，如何却在这里？"此句在后想你文中，不答而答。武大道："二哥，你去了许多时，如何不寄封书来与我？我又怨你，句。又想你。"句。〇六个字，檃括全部北《西厢记》。武大口中，有此妙句。〇"想伊已自不能闲，又那得工夫怨你？"可为武大作一转句。武松道："哥哥，如何是怨我想我？"武大道："我怨你时，当初你在清河县里，要便吃酒醉了，和人相打，时常吃官司，教我要便随衙听候，不曾有一个月净办，常教我受苦，这个便是怨你处。此一段宾。想你时，我近来取得一个老小，清河县人，不怯气都来相欺负，没人做主。你在家时，谁敢来放个屁？我如今在那里安不得身，只得搬来这里赁房居住，因此便是想你处。"此一段主。凭空结撰出一个搬来的缘故，不意后来变出无数奇观，咄咄怪事也。

看官听说：原来武大与武松是一母所生两个。武松身长八尺，一貌堂堂，浑身上下有千百斤气力，不恁地，如何打得那个猛虎？笔头有舌。这武大郎，身不满五尺，面目丑陋，头脑可笑。只须四字，已活画出。清河县人见他生得短矮，起他一个诨名，叫做"三寸丁谷树皮”。那清河县里有一个大户人家，有个使女，可见来历不正。娘家姓潘姓潘妙，后又有姓潘人作对。小名唤做金莲；“金莲”二字藏下在此，为武松一篇大文十来卷书锁钥。年方二十余岁，颇有些颜色。因为那个大户要缠他。这女使只是去告主人婆，意下不肯依从。那个大户以此记恨于心，不写作主母撚酸者，便于白与武大也，良工心苦，谁能知之？却倒赔些房奁，不要武大一文钱，白白地嫁与他。不因此句，武大又那讨钱来？自从武大娶得那妇人之后，清河县里有几个奸诈的浮浪子弟们，却来他家里薅恼。原来这妇人见武大身材短矮，人物猥獕，不会风流。他倒无般不好，为头的爱偷汉子。那武大是个懦弱本分人，被这一班人不时间在门前叫道：“好一块羊肉，倒落在狗口里！”因此武大在清河县住不牢，搬来这阳谷县紫石街赁房居住，每日仍旧挑卖炊饼。仍旧妙，一似已说过者。

此日正在县前做买卖，当下见了武松，武大道：“兄弟，我前日在街上听得人沸沸地说道：‘景阳冈上一个打虎的壮士，姓武，县里知县参他做个都头。’我也八分猜道是你。原来今日才得撞见。我且不做买卖，一同和你家去。”武松道：“哥哥，家在那里？”武大用手指道：“只在前面紫石街便是。”

武松替武大挑了担儿，极表武二。武大引着武松，转湾抹角，一径望紫石街来。转过两个湾，来到一个茶坊间壁，倒插而下，即岳庙间壁菜园一样文法。武大叫一声：“大嫂，开门。”只见帘子开处，帘子一。〇一路便勤叙帘子。一个妇人出到帘子下，帘子二。应道：“大哥，怎地半早便归？”武大道：“你的叔叔四字不雅驯，然小家恒有之，却正用在此处，妙绝。在这里，且来厮见。”武大郎接了担儿入去细。便出来道：“二哥，入屋里来，和你嫂嫂相见。”武松揭起帘子，入进里面，与那妇人相见。武大说道：“大嫂，原来景阳冈上打死大虫新充做都头的，正是我这兄弟。”见夫妇两个念诵，已非一日。那妇人叉手向前道：“叔叔万福。”“叔叔”一。○凡叫过三十九遍“叔叔”，忽然改作“你”字，真欲绝倒人也。武松道：“嫂嫂请坐。”武松当下堆金山，倒玉柱，纳头便拜。极表武二。那妇人向前扶住武松道：“叔叔，“叔叔”二。折杀奴家！”武松道：“嫂嫂受礼。”那妇人道：“奴家听得间壁王干娘说，亦倒插入。有个打虎的好汉，迎到县前来，要奴家同去看一看。不想去得迟了，赶不上，不曾看见，可见不是不出闺门妇人。原来却是叔叔。“叔叔”三。且请叔叔到楼上去坐。”“叔叔”四。

三个人同到楼上坐了。那妇人看着武大道：“我陪侍着叔叔坐地，你去安排些酒食来，管待叔叔。”两句二十字，却字字绝倒。○“叔叔”五，“叔叔”六。武大应道：“最好。二哥，你且坐一坐，我便来也。”武大下楼去了。那妇人在楼上看了武松这表人物，自心里寻思道：“武松与他是嫡亲一母兄弟，他又生的这般长大，我嫁得这等一个，也不枉了为人一世！你看我那‘三寸丁谷树皮’，三分像人，七分似鬼，我直恁地晦气！据着武松，大虫也吃他打倒了，他必然好气力。便想到他好气力，绝倒。说他又未曾婚娶，何不叫他搬来我家里住？二语连说，绝倒。不想这段姻缘，却在这里！”那妇人脸上堆下笑来，问武松道：“叔叔，“叔叔”七。来这里几日了？”闲闲而起。武松答道：“到此间十数日了。”那妇人道：“叔叔，“叔叔”八。在那里安歇？”渐来。武松道：“胡乱权在县衙里安歇。”那妇人道：“叔叔，“叔叔”九。恁地时却不便当。”渐来。武松道：“独自一身，容易料理，早晚自有土兵伏侍。”妇人道：“那等人伏侍叔叔，“叔叔”十。怎地顾管得到？何不搬来一家里住，早晚要些汤水吃时，奴家亲自安排与叔叔吃，“叔叔”十一。不强似这伙腌臜人？叔叔便吃口清汤，也放心得下。”辞令妙品。○“叔叔”十二。武松道：“深谢嫂嫂。”已上作一节。那妇人道：

"莫不别处有婶婶？可取来厮会也好。"此下三节，自作一节。○承上叔叔搬来，急插入一句云。若有婶婶，亦可取来，不重婶婶有无，只图以"婶婶"二字挑逗武二心动也。武松道："武二并不曾婚娶。"妇人又问道："叔叔"叔叔"十三。青春多少？"急承上不曾婚娶，即接过云青春多少，意谓岂可许大犹未近妇人耶？两句极似不相连属，逐件自问者，而独能令武二之心油然自动，真妙笔也。武松道："武二二十五岁。"那妇人道："长奴三岁。第一答并未婚娶，第二答已二十五岁矣。料定武二两语出口处，必已心动，便应声折到自己身上来，将叔嫂二人，并作四字，更无丝毫分得开去，灵心妙笔，一至于此。说至此四字，已是深谈矣，便只此一顿顿住，下别漾开去再说闲话，妙绝。叔叔今番从那里来？"又闲闲而起，"叔叔"十四。武松道："在沧州住了一年有余，只想哥哥在清河县住，不想却搬在这里。"那妇人道："一言难尽。自从嫁得你哥哥，吃他忒善了，被人欺负，清河县里住不得，搬来这里。若得叔叔这般雄壮，谁敢道个不字！"忽然斜穿去，表出心中相爱来。○"叔叔"十五。○用新妇得配参军故事。武松道："家兄从来本分，不似武二撒泼。"那妇人笑道："怎地这般颠倒说？常言道：'人无刚骨，安身不牢。'奴家平生快性，看不得这般三答不回头，四答和身转的人。"忽然又表出自己与武二一合相处来。○又作一节。武松道："家兄却不到得惹事，要嫂嫂忧心。"正在楼上说话未了，武大买了些酒肉、果品归来，放在厨下，走上楼来，叫道："大嫂，你下来安排。"

那妇人应道："你看那不晓事的，叔叔在这里坐地，却教我撇了下来。"绝倒。○你看那不晓事嫂嫂，叔叔在这里坐地，却不肯撇了下来。○"叔叔"十六。武松道："嫂嫂请自便。"那妇人道："何不去叫间壁王干娘安排便了？又倒插出王干娘来。只是这般不见便。"武大自去央了间壁王婆，安排端正了，都搬上楼来，摆在桌子上，无非是些鱼肉果菜之类。随即烫酒上来，武大叫妇人坐了主位，武松对席，武大打横。坐得绝倒。○只一坐法，写武大浑沌，武二直性，妇人心邪，色色都有。三个人坐下，武大筛酒在各人面前。那妇人拿起酒来道："叔叔"叔叔"十七。休怪，没甚管待，请酒一杯。"武松道："感谢一路"叔叔"之声多于"嫂嫂"，读之真欲绝倒。

嫂嫂，休这般说。"武大只顾上下筛酒烫酒，那里来管别事。那妇人笑容可掬，满口儿道："叔叔，"叔叔"十八。怎地鱼和肉也不吃一块儿？"拣好的递将过来。武松是个直性的汉子，只把做亲嫂嫂相待。断一句。谁知那妇人是个使女出身，惯会小意儿。断一句。武大又是个善弱的人，那里会管待人。也断一句。那妇人吃了几杯酒，一双眼只看着武松的身上，武松吃他看不过，只低了头，不恁么理会。真好武松。○"不恁么理会"五字，传出圣贤心性来，便觉"禅心已作沾泥絮，不逐东风上下狂"二语之未能具足受持不淫戒也。

当日吃了十数杯酒，武松便起身。武大道："二哥，再吃几杯了去。"武松道："只好恁地，却又来望哥哥。"都送下楼来。那妇人道："叔叔，"叔叔"十九。是必搬来家里住。一句。○看他临出门时数语急拍。若是叔叔不搬来时，教我两口儿也吃别人笑话。二句。○"叔叔"二十。亲兄弟难比别人。三句。大哥，你便打点一间房，请叔叔来家里过活，四句。○"叔叔"二十一。休教邻舍街坊道个不是。"五句。看他一刻上说两遍，绝倒。○邻舍街坊伏后。武大道："大嫂说得是。二哥，你便搬来，也教我争口气。"武松道："既是哥哥、嫂嫂恁地说时，今晚有些行李，便取了来。"那妇人道："叔叔，"叔叔"二十二。是必记心，奴这里专望。"绝倒，何劳嫂嫂。武松别了哥嫂，离了紫石街，径投县里来。

正值知县在厅上坐衙，武松上厅来禀道："武松有个亲兄，搬在紫石街居住。武松欲就家里宿歇，早晚衙门中听候使唤。不敢擅去，请恩相钧旨。”知县道：“这是孝悌的勾当，说出此二字，不愧进士出身。我如何阻你？你可每日来县里伺候。”武松谢了，收拾行李铺盖。有那新制的衣服，点逗宋江、柴进。并前者赏赐的物件，点逗打虎。叫个土兵挑了，武松引到哥哥家里。那妇人见了，却比半夜里拾金宝的一般欢喜，堆下笑来。武大叫个木匠，就楼下整了一间房，铺下一张床，里面放一条桌子，伏。安两个杌子，伏。一个火炉。伏。○此非止是应用物件也。若止是应用物件，则便总写一句，云“一应物件齐整”，自不必说矣。今偏要逐项细开，便要读者认得武二房里如此铺设，后来便好看他行立坐起，色色亲见也。武松先把行李安顿了，分付土兵自回去，当晚就哥嫂家里歇卧。

次日早起，那妇人慌忙起来，烧洗面汤，舀漱口水。于纤琐处写出。叫武松洗漱了口面，裹了巾帻，出门去县里画卯。那妇人道：“叔叔，“叔叔”二十三。画了卯，早些个归来吃饭，休去别处吃。”武松道：“便来也。”径去县里画了卯，伺候了一早晨，回到家里。那妇人洗手剔甲，四字纤琐入妙。齐齐整整安排下饭食，三口儿共桌儿吃。武松吃了饭，那妇人双手捧一盏茶，递与武松吃。武松道：“教嫂嫂生受，武松寝食不安。县里拨一个土兵来使唤。”那妇人连声叫道：老大不便，故用连声。“叔叔，“叔叔”二十四。却怎地这般见外？自家的骨肉，又不伏侍了别人。便拨一个土兵来使用，这厮上锅上灶也不干净，奴眼里也看不得这等人。”绝之。武松道：“恁地时，却生受嫂嫂。”

话休絮烦。自从武松搬将家里来，取些银子与武大，教买饼馓茶果，请邻舍吃茶。众邻舍斗分子来与武松人情，武大又安排了回席，又先倒插下邻舍。○他日灵山一会，俨然未散，只少却武大耳。都不在话下。过了数日，武松取出一匹彩色缎子，与嫂嫂做衣裳。两耀得妙，真是妙笔。那妇人笑嘻嘻道：

"叔叔，"叔叔"二十五。如何使得！何故使不得？既然叔叔把与奴家，不敢推辞，只得接了。""叔叔"二十六。〇零星拉杂，叙事真与史公无二。武松自此只在哥哥家里宿歇。武大依前上街挑卖炊饼，武松每日自去县里画卯，承应差使。不论归迟归早，那妇人顿羹顿饭，欢天喜地伏侍武松，武松倒过意不去。省，又有笔力。那妇人常把些言语来撩拨他，武松是个硬心真汉，却不见怪。不见好，是丈夫；不见怪，是圣贤矣。极写武二过人。有话即长，无话即短。不觉过了一月有余。

妇人勾搭武二，作一篇文字读。

看看是十二月天气，连日朔风紧起，四下里彤云密布，又早纷纷扬扬，飞下一天大雪来。当日那雪，直下到一更天气不止。次日，武松清早出去县里画卯，直到日中未归。武大被这妇人赶出去做买卖，绝倒。〇先已清宫除道矣。央及间壁王婆又倒插出王婆。买下些酒肉之类，去武松房里簇了一盆炭火，火盆此处出现。心里自想道："我今日着实撩斗他一撩斗，不信他不动情。"那妇人独自一个，冷冷清清，立在帘儿下等着，帘子三。只见武松踏着那乱琼碎玉归来。那妇人揭起帘子，帘子四。陪着笑脸迎接道："叔叔寒冷。""叔叔"二十七。武松道："感谢嫂嫂忧念。"入得门来，便把毡笠儿除将下来。那妇人双手去接，绝倒。武松道："不劳嫂嫂生受。"自把雪来拂了，挂在壁上；如画。解了腰里缠袋，脱了身上鹦哥绿纻丝衲袄，入房里搭了。如画。〇又不一齐脱卸，必留油靴在后文者，非中间有停歇也。武二自一边忙忙脱换，妇人自一边赶着说话，于是遂生出已下三行文来，实则搭了绵袄便脱油靴，并未尝有停手处也。那妇人便道："奴等一早起，叔叔"叔叔"二十八。怎地不归来吃早饭？"武松道："便是县里一个相识，请吃早饭。却才又有一个作杯，我不奈烦，一直走到家来。"那妇人道："恁地叔叔向火。""叔叔"二十九。武松道："好。"句。便脱了油靴，换了一双袜子，穿了暖鞋，如画。掇个杌子，一个杌子出现。自近火边坐地。那妇人把前门上了拴，绝倒。后门也关了，绝倒。〇俗笔便竟搬酒来矣，此偏于搬酒先着此两句，写出淫妇一腔心事。〇又倒插出后门来，妙绝。却搬些按酒果品菜蔬入武松房里来，摆在桌子上。桌子出现。

武松问道："哥哥那里去未归？"妇人道："你哥哥每日自出去做买卖，我和叔叔自饮三杯。"叔、嫂中间用一"和"字，真欲绝倒。〇"叔叔"三十。武松道："一发等哥哥家来吃。"妇人道："那里等得他来！一句。等他不得！"二句。〇只是一句，颠倒写作二句，写尽心忙口乱。说犹未了，早暖了一注子酒来。武松道："嫂嫂坐地，等武二去烫酒正当。"妇人道："叔叔，"叔叔"三十一。你自便。"那妇人也掇个杌子，近火边坐了。第二个杌子出现。〇如画。火头边桌儿上摆着杯盘。那妇人拿盏酒，擎在手里，看着武松道："叔叔，"叔叔"三十二。满饮此杯。"闲闲而起。武松接过手来，一饮而尽。真好武二。〇写武二饮酒处，特有神威。那妇人又筛一杯酒来，说道："天色寒冷，叔叔"叔叔"三十三。饮个成双杯儿。"真好淫妇，辞令妙品。武松道："嫂嫂自便。"接来又一饮而尽。真好武二。武松却筛一杯酒，递与那妇人吃。又两耀。

妇人接过酒来吃了，却拿注子再斟酒来，放在武松面前。那妇人将酥胸微露，云鬟半亸，脸上堆着笑容，说道："我听得一个闲人说道，叔叔在县前东街上养着一个唱的，敢端的有这话么？"闲人者，何人也？叔叔养唱，嫂嫂却知，又是闲人说来，绝倒人也。〇"叔叔"三十四。武松道："嫂嫂休听外人胡说，武二从来不是这等人。"写武二答语处，都有神威。妇人道："我不信。三字绝倒。○尔固嫂嫂也，信即奈何，不信又奈何哉。只怕叔叔口头不似心头。”何劳嫂嫂害怕，绝倒。○“叔叔”三十五。武松道：“嫂嫂不信时，只问哥哥。”今日之叙，独不可使哥哥闻耳。一直提出四字，写尽神威。那妇人道：“他晓得甚么！晓得这等事时，不卖炊饼了。真好淫妇，字字飞鸾走凤。○这等事，何事也？叔嫂私商，绝倒人也。叔叔且请一杯。”又顿一顿。○“叔叔”三十六。连筛了三四杯酒饮了，那妇人也有三杯酒落肚，哄动春心，那里按纳得住，只管把闲话来说。武松也知了四五分，自家只把头来低了。知了四五分，只把头低了。○可知已上已有二三分不自在矣。

那妇人起身去烫酒，武松自在房里拿起火箸簇火。写出不快。那妇人暖了一注子酒，来到房里，一只手拿着注子，一只手便去武松肩胛上只一捏，写淫妇便是活淫妇。说道：“叔叔，“叔叔”三十七。只穿这些衣裳不冷？”不审如何便热。武松已自有六七分不快意，也不应他。六七分不快，只不应他。那妇人见他不应，劈手便来夺火箸，口里道：“叔叔不会簇火，我与叔叔拨火，只要似火盆常热便好。”“叔叔”三十八，“叔叔”三十九。武松有八九分焦躁，只不做声。八九分焦躁，只不做声。可知已下是十分震怒也。○那妇人欲心似火，不看武松焦躁，便放了火箸，却筛一盏酒来，自呷了一口，剩了大半盏，看着武松道：“你若有心，吃我这半盏儿残酒。”写淫妇，便是活淫妇。○已上凡叫过三十九个“叔叔”，至此忽然换作一“你”字，妙心妙笔。武松劈手夺来，泼在地下，神威。说道：“嫂嫂！潘失嫂嫂之道矣，又称嫂嫂者何？尊之也。何尊乎嫂嫂？尊之所以愧之也。尊之所以愧之奈何？彼固昵之，我固尊之，彼或怵然于我之尊之，当怵然于己之昵之也。君子修《春秋》，莫先于正名分，亦为此也。休要恁地不识羞耻！”只一句骂杀千古，武二真正神威。把手只一推，争些儿把那妇人推一交。武松睁起眼来道：“武二是个顶天立地噙齿戴发男子汉，字字响。不是那等败坏风俗没人伦的猪狗！字字响。嫂嫂再叫一声。休要这般不识廉耻！再申一句。倘有些风吹草动，直算到底，写尽武二神威。武二眼里认得是嫂嫂，拳头却不认得是嫂嫂！奇绝之文。○自有“嫂嫂”二字以来，未经用作如此句法，真乃嫂嫂扫地矣。再来休要恁地！”数语极表武二神威。

那妇人通红了脸，便掇开了杌子，绝倒。口里说道："我自作乐耍子，不直得便当真起来，好不识人敬重！"搬了盏碟，自向厨下去了。武松自在房里气忿忿地。天色却早，未牌时分，武大挑了担儿归来推门，那妇人慌忙开门。武大进来歇了担儿，随到厨下，见老婆双眼哭得红红的。武大道："你和谁闹来？"那妇人道："都是你不争气，教外人来欺负我！"既是外人，如何又叫他三十九遍"叔叔"？武大道："谁人敢来欺负你？"妇人道："情知是有谁！争奈武二那厮，我见他大雪里归来，连忙安排酒请他吃。他见前后没人，便把言语来调戏我。"武大道："我的兄弟不是这等人，从来老实。方才说只问哥哥，今果然也。休要高做声，吃邻舍家笑话。"武大撇了老婆，来到武松房里叫道："二哥，你不曾吃点心，我和你吃些个。"武松只不做声。一歇。寻思了半晌，又一歇。○二句不得连气读下。再脱了丝鞋，依旧穿上油膀靴，着了上盖，带上毡笠儿；前脱时从上而下，今着时从下而上。一头系缠袋，一面出门。活画，画亦画不出。武大叫道："二哥，那里去？"也不应，一直地只顾去了。瞥然去了。

武大归来，两边按留不住，另作一篇小文读。

武大回到厨下来，问老婆道："我叫他又不应，只顾望县前这条路走了去，十一字活画出呆子来。正是不知怎地了！"那妇人骂道："糊突桶，有甚么难见处！那厮羞了，没脸儿见你，走了出去。我也再不许你留这厮在家里宿歇！"那厮这厮，即叔叔也。武大道："他搬出去，须吃别人笑话。”那妇人道：“混沌魍魉！他来调戏我，倒不吃别人笑！你要便自和他道话，我却做不得这样的人！你还了我一纸休书来，你自留他便了！”武大那里敢再开口？活武大。○与后句照耀看。

正在家中两口儿絮聒，只见武松引了一个土兵，拿着条匾担，径来房里瞥然又来。收拾了行李，便出门去。瞥然又去。武大赶出来叫道：“二哥，做甚么便搬了去？”武松道：“哥哥不要问，说起来，装你的幌子。你只由我自去便了。”武大那里敢再开口，活武大。○两句照耀，故妙。由武松搬了去。那妇人在里面喃喃呐呐的骂道：“却也好！三字起得声态俱有，活画出淫妇情性来，正不知耐庵如何算出。人只道一个亲兄弟做都头，怎地养活了哥嫂，却不知反来嚼咬人！正是‘花木瓜，空好看’。你搬了去，倒谢天地，且得冤家离眼前！”如闻其声。武大见老婆这等骂，正不知怎地，心中只是咄咄不乐，放他不下。活武大，又好武大，读之不觉悲从中来。○嗟乎！世人读《诗》而不废《棠棣》之篇，彼固无所感于中也，岂不痛哉！

自从武松搬了去县衙里宿歇，武大自依然每日上街挑卖炊饼。本待要去县里寻兄弟说话，却被这婆娘千叮万嘱分付，教不要去兜揽他，因此武大不敢去寻武松。按下，妙手。撚指间，岁月如流，不觉雪晴，过了十数日。

却说本县知县自到任已来，却得二年半多了，赚得好些金银。此句不算调侃，正算作通病矣。欲待要使人送上东京去，与亲眷处收贮使用，谋个升转，却怕路上被人劫了去，须得一个有本事的心腹人去便好。猛可想起武松来，“须是此人可去，有这等英雄了得！”当日便唤武松到衙内商议道：“我有一个亲戚在东京城里住，欲要送一担礼物去，就捎封书问安则个。只恐途中不好行，须是得你这等英雄好汉方去得。你可休辞辛苦，与我去走一遭回来，我自重重赏你。”武松应道：“小人得蒙恩相抬举，安敢推故？既蒙差遣，只得便去。小人也自来不曾到东京，就那里观看光景一遭。竟似对友生语，不似对上官语。相公明日打点端正了便行。”知县大喜，赏了三杯，不在话下。

且说武松领下知县言语，出县门来，到得下处，取了些银两，叫了个土兵，却上街来买了一瓶酒并鱼肉果品之类，一径投紫石街来，直到武大家里。瞥然又来。武大恰好卖炊饼了回来，见武松在门前坐地，叫土兵去厨下安排。武大眼中如画。那妇人余情不断，见武松把将酒食来，随手蹴出余波，真是文情如縠。心中自想道：“莫不这厮思量我了，却又回来？那厮一定强不过我，且慢慢地相问他！”那妇人便上楼去，重匀粉面，再整云鬟，换些艳色衣服穿了，来到门前迎接武松。那妇人拜道：“叔叔，又饶数声“叔叔”。不知怎地错见了？好几日并不上门，教奴心里没理会处。每日叫你哥哥来县里寻叔叔陪话，归来只说道‘没寻处’。今日且喜得叔叔家来，没事坏钱做甚么？”嫂嫂亦可谓糊突桶，混沌魍魉矣。〇辞令妙品。武松答道：“武二有句话，特来要和哥哥、嫂嫂说知则个。”那妇人道：“既是如此，楼上去坐地。”

三个人来到楼上客位里，武松让哥嫂上首坐了，武松掇个杌子，横头坐了。土兵搬将酒肉上楼

武二置酒又作一篇文字读。

来，摆在桌子上。武松劝哥哥、嫂嫂吃酒。那妇人只顾把眼来睃武松，糊突桶，混沌魍魎。武松只顾吃酒。酒至五巡，武松讨付劝杯，叫土兵筛了一杯酒，拿在手里，看着武大道："大哥在上：今日武二蒙知县相公差往东京干事，明日便要起程，多是两个月，少是四五十日便回。有句话，特来和你说知：你从来为人懦弱，我不在家，恐怕被外人来欺负。兄弟二人，武大爱武二如子，武二又爱武大如子。武大自视如父，武二又自视如父。二人一片天性，便生出此句话来，妙绝。假如你每日卖十扇笼炊饼，你从明日为始，只做五扇笼出去卖。每日迟出早归，只防早晨夜晚，又乌料裁衣之在清昼耶？不要和人吃酒。武大何处吃酒？乃武二已明知武大之必将有酒吃也，妙绝。归到家里，便下了帘子，帘子五。○亦带帘子，妙绝。早闭上门，省了多少是非口舌。君子不出恶声，只如此，妙绝。如若有人欺负你，不要和他争执，待我回来，自和他理论。如子如父语。○数语照后，读之凛然。大哥依我时，满饮此杯。"武二神威。武大接了酒道："我兄弟见得是，我都依你说。"吃过了一杯酒。武松再筛第二杯酒，对那妇人说道："嫂嫂是个精细的人，不必用武松多说。妙人妙语。○可知武二不是不知人事者。我哥哥为人质朴，全靠嫂嫂做主看觑他。竟是托孤语，读之慷慨泪下。○读武二此语，忽叹昭烈"如其不才，君可自取"之言，真猪狗之言也。常言道：'表壮不如里壮。'嫂嫂把得家定，我哥哥烦恼做甚么？岂不闻古人言：'篱牢犬不入。'"语语写出武二神威。那妇人被武松说了这一篇，一点红从耳朵边起，紫涨了面皮，指着武大便骂道："你这个腌臜混沌！有甚么言语在外人处说来，欺负老娘！我是一个不戴头巾男子汉，叮叮当当响的婆娘！拳头上立得人，胳膊上走得马，人面上行得人，不是那等搠不出的鳖老婆。自从嫁了武大，真个蝼蚁也不敢入屋里来，有甚么篱笆不牢，犬儿钻得入来！你胡言乱语，一句句都要下落。丢下砖头瓦儿，一个个要着地！"辞令妙品。○淫妇有相，只看会说话者，即其人也。武松笑道："若得嫂嫂这般做主，最好。只要心口相应，却不要心头不似口头。恰与前言相照得好。既然如此，武二都记得嫂嫂说的话了，请饮过此杯。”武二神威，读者皆欲起立。

那妇人推开酒盏，一直跑下楼来，走到半胡梯上发话道：活画。“你既是聪明伶俐，却不道‘长嫂为母’！绝倒。我当初嫁武大时，曾不听得说有甚么阿叔，绝倒。那里走得来！‘是亲不是亲，便要做乔家公！’绝倒。自是老娘晦气了，鸟撞着许多事！”语语绝倒。哭下楼去了。那妇人自妆许多奸伪张致，那武大、武松弟兄自再吃了几杯。武二自不必说，真乃难得武大。天下之人，读至此句，莫不泪下。武松拜辞哥哥，武大道：“兄弟去了，莫不文于武大也，今读其“兄弟去了”四字，何其烂熳淋漓，天文弥至也。我读之而声咽气尽，不复能赞之矣。早早回来，和你相见。”口里说，不觉眼中堕泪。真好武大。武松见武大眼中垂泪，便说道：“哥哥，便不做得买卖也罢，只在家里坐地。又将前语一翻，务要极文之致。盘缠兄弟自送将来。”武大送武松下楼来，临出门武松又道：“大哥，我的言语，休要忘了！”极文之致。武松带了土兵，自回县前来收拾。

次日早起来，拴束了包裹，来见知县。那知县已自先差下一辆车儿，把箱笼都装载车子上，点两个精壮土兵，县衙里拨两个心腹伴当，都分付了。那四个跟了武松，就厅前拜辞了知县，拽扎起，提了朴刀，监押车子，一行五人，离了阳谷县，取路望东京去了。

话分两头。只说武大郎自从武松说了去，整整的吃那婆娘骂了三四日。武大忍气吞声，由他自骂，心里只依着兄弟的言语，真个每日只做一半炊饼出去卖，未晚便归。一脚歇了担儿，便去除了帘子，帘子六。关上大门，却来家里坐地。那妇人看了这般，心内焦躁，指着武大脸上骂道：“混沌浊物！我倒不曾见日头在半天里，便把着丧门关了！也须吃别人道我家怎地禁鬼！听你那兄弟鸟嘴，也不怕别人笑耻！”武大道：“由他们笑话我家禁鬼。我的兄弟说的是好话，真好武大，我欲哭之。省了多少是非。”那妇人道：“呸！浊物！你是个男子汉，自不做主，却听别人调遣！”武大摇手道：“由他，我的兄弟是金子言语。”武大叫兄弟处，定带“我的”二字，妙绝。○“金子言语”，奇文未有。自武松去了十数日，武大每日只是晏出早归；归到家里，便关了门。那妇人也和他闹了几场，向后闹惯了，不以为事。省。

自此，这妇人约莫到武大归时，先自去收了帘儿，关上大门。行文曲折逶迤而下。○帘子七。武大见了，自心里也喜，寻思道：“恁地时却好。”闲心闲笔。又过了三二日，冬已将残，天色回阳微暖。固是春情，应在春日。当日武大将次归来，那妇人惯了，自先向门前来叉那帘子。帘子八。○惯了妙，写得并无痕影。也是合当有事，却好一个人从帘子边走过。便走得跷蹊。○帘子九。自古道：“没巧不成话。”这妇人正手里拿叉竿不牢，失手滑将倒去，不端不正，却好打在那人头巾上。此一滑，我极疑之。不然，岂前日雪天向火之日，亦失手伸将过去，不端不正，却好捏在叔叔肩胛上耶？那人立住了脚，意思要发作；回过脸来看时，却是一个妖娆的妇人，因缘生法，福倚祸伏，真有如此。先自酥了半边，那怒气直钻过爪洼国去了，变作笑吟吟的脸儿。一个如迎。这妇人见不相怪，便叉手深深地道个万福，一个似送。说道：“奴家一时失手，官人疼

叉帘另作一篇文字读。

了！”一个轻怜。那人一头把手整头巾，一面把腰曲着地还礼道：“不妨事。娘子闪了手。”一个痛惜。却被这间壁的王婆正在茶局子里水帘底下看见了，至此方入王干娘正传。笑道：王婆笑起。○第一笑。“兀谁教大官人打这屋檐边过，打得正好！”积世虔婆语，使读者肉飞眉舞。那人笑道：第二笑。“这是小人不是。一个低头。冲撞娘子，休怪。”那妇人也笑道：第三笑。“官人恕奴些个。”一个万福。那人又笑着，第四笑。大大地唱个肥喏道：“小人不敢。”那一双眼，都只在这妇人身上，也回了七八遍头，画。自摇摇摆摆，踏着八字脚去了。不信去了。这妇人自收了帘子、叉竿入去，帘子十。掩上大门，等武大归来。

看他两个，一个如迎，一个似送，一个轻怜，一个痛惜，一个低头，一个万福，倒教我看书的羞得倒躲倒躲。

你道那人姓甚名谁，那里居住？原来只是阳谷县一个破落户财主，就县前开着个生药铺。伏砒霜。从小也是一个奸诈的人，使得些好拳棒。伏踢武大，踢武二。近来暴发迹，专在县里管些公事，与人放刁把滥，说事过钱，排陷官吏，伏官吏通线。因此满县人都饶让他些个。伏何九忌怕。那人覆姓西门，单讳一个庆字，排行第一，人都唤他做“西门大郎”。近来发迹有钱，人都称他做“西门大官人”。

不多时，只见那西门庆一转，早来了，绝倒。踅入王婆茶坊里来，去里边水帘下坐了。王婆笑道：第五笑。“大官人，却才唱得好个大肥喏！”西门庆也笑道：第六笑。“干娘你且来，我问你：间壁这个雌儿是谁的老小？”王婆道：“他是阎罗大王的妹子，五

西门庆转踅又作一篇文字读。

道将军的女儿，问他怎的？”西门庆道：“我和你说正话，休要取笑。”王婆道：“大官人怎么不认得？他老公便是每日在县前卖熟食的。”半句歇住，声口入妙。西门庆道：“莫非是卖枣糕徐三的老婆？”随手捻成，如词家之有红衲袄也。〇三。王婆摇手道：“不是。若是他的，正是一对儿。大官人再猜。”西门庆道：“可是银担子李二哥的老婆？”二。王婆摇头道：“不是。若是他的时，也倒是一双。”西门庆道：“倒敢是花胳膊陆小乙的妻子？”一。王婆大笑道：第七笑。“不是。若他的时，也又是好一对儿。大官人再猜一猜。”西门庆道：“干娘，我其实猜不着。”王婆哈哈笑道：第八笑。“好教大官人得知了笑一声。他的盖老，便是街上卖炊饼的武大郎。”西门庆跌脚笑道：第九笑。“莫不是人叫他‘三寸丁谷树皮’的武大郎？”王婆道：“正是他。”西门庆听了，叫起苦来，说道：“好块羊肉，怎地落在狗口里！”王婆道：“便是这般苦事。自古道：‘骏马却驮痴汉走，巧妻常伴拙夫眠。’月下老偏生要是这般配合！”西门庆道：“王干娘，我少你多少茶钱？”无可扳话，无可那延，只得随口扯淡，活画出涎脸来，使读者绝倒。王婆道：“不多，由他歇些时却算。”西门庆又道：“你儿子跟谁出去？”一发扯淡，活画涎脸。王婆道：“说不得。跟一个客人淮上去，至今不归，又不知死活。”西门庆道：“却不叫他跟我？”一发涎脸死人。王婆笑道：第十笑。〇笑得贼，明明笑其涎脸扯淡也。“若得大官人抬举他，十分之好。”西门庆道：“等他归来却再计较。”淡死人，涎脸死人。再说了几句闲话，相谢起身去了。又去了。约莫未及半个时辰，又踅将来王婆店门口帘边坐地，朝着武大门前。早又来了，绝倒。半歇，王婆出来道：“大官人，吃个梅汤。”一路隐语点逗，都好。西门庆道：“最好，多加些酸。”隐语。王婆做了一个梅汤，双手递与西门庆。

西门庆慢慢地吃了，只“慢慢地”三字，活画涎脸。盏托放在桌子上。活画出淡来。西门庆道：“王干娘，你这梅汤做得好，有多少在屋里？”王婆笑道：第十一笑。“老身做了一世媒，那讨一个在屋里？”以风话入。西门庆道：“我问你梅汤，你却说做媒，差了多少？”王婆道：“老身只听的大官人问这‘媒’做得好，老身只道说做媒。”西门庆道：“干娘，你既是撮合山，也与我做头媒，说头好亲事，我自重重谢你。”王婆道：“大官人，你宅上大娘子得知时，婆子这脸，怎吃得耳刮子？”西门庆道：“我家大娘子最好，极是容得人。见今也讨几个身边人在家里，只是没一个中得我意的。你有这般好的，与我主张一个，便来说不妨。就是回头人也好，只要中得我意。”贼人语，已有所指。○此语渐近矣，故下王婆忽然以风话漾开去。才子为文，必欲尽情极致，每每如此。王婆道：“前日有一个倒好，只怕大官人不要。”无端蹴出奇文，却只要消缴此节。西门庆道：“若好时，你与我说成了，我自谢你。”王婆道：“生得十二分人物，只是年纪大些。”奇文。西门庆道：“便差一两岁也不打紧。真个几岁？”王婆道：“那娘子戊寅生，属虎的，新年恰好九十三岁。”绝倒。西门庆笑道：第十二笑。“你看这风婆子！只要扯着风脸取笑！”西门庆笑了，第十三笑。起身去。又去了。

看看天色黑了，王婆却才点上灯来，正要关门，只见西门庆又踅将来，径去帘底下那座头上坐了，朝着武大门前只顾望。如何却又来了？绝倒。王婆道：“大官人，吃个和合汤如何？”隐语换。西门庆道：“最好。干娘，放甜些。”隐语。王婆点一盏和合汤，递与西门庆吃。坐个一歇，活画出淡来。起身道：“干娘，记了帐目，活画出淡来。明日一发还钱。”王婆道：“不妨，伏惟安置，来日早请过访。”东方麦铁，未有此舌。西门庆又笑了去。又去了。○第十四笑。

当晚无事，次日清早王婆却才开门，把眼看门外时，只见这西门庆又在门前两头来往踅。早又来了。绝倒。〇句法小变，放活多少！王婆见了道：“这个刷子踅得紧！你看我着些甜糖，抹在这厮鼻子上，只叫他舐不着。那厮会讨县里人便宜，且教他来老娘手里纳些败缺！”王婆开了门，正在茶局子里生炭，整理茶锅，西门庆一径奔入茶房里来，水帘底下，望着武大门前帘子里坐了看。帘子十一。王婆只做不看见，只顾在茶局里煽风炉子，不出来问茶。与上梅汤和合汤变化，文心诡谲。西门庆叫道：“干娘，点两盏茶来。”王婆笑道：第十五笑。“大官人来了。连日少见，东方麦铁之舌，真正绝妙。且请坐。”便浓浓的点两盏姜茶，此非隐语，乃是百忙中点出时节来。夫姜茶，所以破晓寒也。将来放在桌子上。西门庆道：“干娘，相陪我吃个茶。”涎脸死人语。王婆哈哈笑道：第十六笑。“我又不是影射的！”贼，妙。西门庆也笑了一回，第十七笑。问道：“干娘，间壁卖甚么？”活画涎脸，愈画愈妙。王婆道：“他家卖拖蒸河漏子，热烫温和大辣酥。”只是风话。西门庆笑道：第十八笑。“你看这婆子！只是风！”王婆笑道：第十九笑。“我不风，他家自有亲老公！”西门庆道：“干娘，和你说正经话：说他家如法做得好炊饼，我要问他做三五十个，不知出去在家？”王婆道：“若要买炊饼，少间等他街上回来买，何消得上门上户。”贼，妙。西门庆道：“干娘说的是。”淡死人，涎脸死人，活画出。

吃了茶，坐了一回，起身道：“干娘，记了帐目。”淡死人，涎脸死人。王婆道：“不妨事。老娘牢牢写在帐上。”西门庆笑了去。又去了。〇第二十笑。王婆只在茶局子里张时，冷眼睃见西门庆又在门前踅过东去，又看一看；变化，又省。走过西来，又睃一睃；变化，又省。走了七八遍，变化，又省。径踅入茶房里来。又来，绝倒。王婆道：“大官人稀行，好几时不见面。”妙绝。西门庆笑将起来，第二十一笑。去身边摸出一两来银子，一两银子。〇连日用心，固不如一两之有验也，看下文虔婆便出门路，可发一笑。递与王婆，说道：“干娘，权收了做茶钱。”婆子笑道：第二十二笑。“何消得许多？”西门庆道：“只顾放着。”婆子暗暗地欢喜道：“来了，这刷子当败！”且把银子来藏了，便道：“老身看大官人一两入手，便生出六个字来，然则贫士而望人垂青，岂不谬乎？有些渴，吃个‘宽煎叶儿茶’如何？”仍作隐语。西门庆道：“干娘，如何便猜得着？”婆子道：“有甚么难猜。自古道：‘入门休问荣枯事，观着容颜便得知。’老身异样跷蹊作怪的事都猜得着。”西门庆道：“我有一件心上的事，干娘猜得着时，与你五两银子。”五两银子。王婆笑道：第二十三笑。“老娘也不消三智五猜，只一智便猜个十分。大官人，你把耳朵来。绝倒。活画。你这两日脚步紧，赶趁得频，一定是记挂着隔壁那个人。我这猜如何？”西门庆笑起来第二十四笑。道：“干娘，你端的智赛随何，机强陆贾！不瞒干娘说：我不知怎地，吃他那日叉帘子时，见了这一面，却似收了我三魂七魄的一般，只是没做个道理入脚处。不知你会弄手段么？”王婆哈哈的笑起来道：第二十五笑。“老身不瞒大官人说：我家卖茶，叫做‘鬼打更’！三年前六月初三下雪的那一日，卖了一个泡茶，直到如今不发市，专一靠些‘杂趁’养口。”奇文矢口而来。西门庆问道：“怎地叫做‘杂趁’？”王婆笑道：第二十六笑。“老身为头是做媒，又会做牙婆，也会抱腰，也会收小的，也会说风情，也会做马泊六。”奇文矢口而来。

西门庆道：“干娘端的与我说得成时，十两银子。便送十两银子与你做棺材本。”王婆道：“大官人，你听我说：一两银子便看你，五两银子便猜你，十两银子便与你说出五件事、十分光来。一篇写刷子撒奸，花娘好色，虔婆爱钞，色色入画。但凡‘捱光’的两个字最难，说光独作一篇文字读。
于说光前，先有一番五事问答，又可另作一篇读。

要五件事俱全，方才行得。第一件，下文将欲排出十分光来，却先于上文排出五件事，使读者如游深山，不觉迤逦而入。潘安的貌；第二件，驴儿大的行货；第三件，要似邓通有钱；第四件，小，就要绵里针忍耐；第五件，要闲工夫：此五件，唤作'潘、驴、邓、小、闲'。千古奇文。五件俱全，此事便获着。"西门庆道："实不瞒你说，这五件事，我都有些。第一，下文将排出十分光，上文却先排出五件事，所谓欲变大阵，先设小阵也。然小阵一变，即成大阵，犹未足为奇观。此只以小阵一变，仍作小阵，读者方谓极情尽致无复加。而下文不觉早已排山倒海，冲至面前，真文字之极观也。我的面儿虽比不得潘安，也充得过；第二，我小时也曾养得好大龟；第三，我家里也颇有贯伯钱财，虽不及邓通，也颇得过；第四，我最耐得，他便打我四百顿，休想我回他一下；第五，我最有闲工夫，不然，如何来的恁频？干娘，你只作成我！完备了时，我自重重的谢你。"王婆道："大官人，虽然你说五件事都全，我知道还有一件事打搅，五件事又变作一件事，然后慢慢变出十件事来。忽大忽小，忽小忽大，真有犹龙之誉。也多是札地不得。"西门庆说："你且道甚么一件事打搅？"王婆道："大官人，休怪老身直言。但凡捱光最难，十分光时，使钱到九分九厘，也有难成就处。我知你从来悭吝，不肯胡乱便使钱，只这一件打搅！"活画出积世虔婆。西门庆道："这个极容易医治，我只听你的言语便了。"王婆道："若是大官人肯使钱时，老身有一条计，便教大官人和这雌儿会一面。只不知官人肯依我么？"西门庆道："不拣怎地，我都依你。干娘有甚妙计？”

王婆笑道：第二十七笑。“今日晚了，且回去。过半年三个月却来商量。”行文至此，岂惟西门，虽读者亦无不洗耳愿闻矣。偏有此一闪，妙。西门庆便跪下道：“干娘，休要撒科，你作成我则个！”王婆笑道：第二十八笑。“大官人却又慌了。老身那条计，是个上着。虽然入不得武成王庙，端的强似孙武子教女兵，十捉九着。大官人，我今日对你说，不容易请教。这个人原是清河县大户人家讨来的养女，却做得一手好针线。大官人，你便买一匹白绫，一匹蓝绸，一匹白绢，再用十两好绵，都把来与老身。积世虔婆，趁火打劫之计，令我绝倒。我却走将过去，问他讨茶吃，却与这雌儿说道：‘有个施主官人，与我一套送终衣料，特来借历头。央及娘子与老身拣个好日，去请个裁缝来做。’他若见我这般说，不睬我时，此事便休了。先用一反。他若说‘我替你做’，不要我叫裁缝时，这便有一分光了。第一段。〇每一段，用两“他若”一反一正，绝代奇文。我便请他家来做，他若说：‘将来我家里做。’不肯过来，此事便休了。反。他若欢天喜地说：‘我来做，就替你裁。’这光便有二分了。第二段。若是肯来我这里做时，却要安排些酒食点心请他。第一日，你也不要来。妙。第二日，他若说不便当时，定要将家去做，此事便休了。反。他若依前肯过我家做时，这光便有三分了。第三段。这一日，你也不要来。妙。到第三日晌午前后，你整整齐齐打扮了来，咳嗽为号。你便在门前说道：‘怎地连日不见王干娘？’我便出来，请你入房里来。若是他见你入来，便起身跑了归去，难道我拖住他？妙。此事便休了。反。他若见你入来，不动身时，这光便有四分了。第四段。坐下时，便对雌儿说道：‘这个便是与我衣料的施主官人，亏杀他！’我夸大官人许多好处，你便卖弄他的针线。

若是他不来兜揽应答，此事便休了。反。他若口里应答说话时，这光便有五分了。第五段。我却说道：'难得这个娘子与我作成出手做。亏杀你两个施主，合称妙。一个出钱的，一个出力的。分疏，又妙。不是老身路歧相央，难得这个娘子在这里，官人好做个主人，替老身与娘子浇手。'你便取出银子来央我买。若是他抽身便走时，不成扯住他？此事便休了。反。他若是不动身时，这光便有六分了。第六段。我却拿了银子，临出门，对他道：'有劳娘子相待大官人坐一坐。'他若也起身走了家去时，我也难道阻当他？此事便休了。反。若是他不起身走动时，此事又好了，这光便有七分了。第七段。等我买得东西来，摆在桌子上，我便道：'娘子，且收拾生活，吃一杯儿酒，难得这位官人坏钞。'他若不肯和你同桌吃时，走了回去，此事便休了。反。若是他只口里说要去，贼人语。○绝倒。却不动身时，此事又好了，这光便有八分了。第八段。待他吃的酒浓时，正说得入港，我便推道没了酒，再叫你买，你便又央我去买。我只做去买酒，把门拽上，关你和他两个在里面。绝倒。他若焦躁，跑了归去，此事便休了。反。他若由我拽上门，不焦躁时，这光便有九分了。第九段。只欠一分光了便完就。忽然一顿。这一分倒难。忽然一扬。○一顿一扬，使读者茫然。○上来一反一正，共有十八段，已近急口令矣。得此一顿一扬，政使文情入变，譬如画龙，鳞爪都具，而不点睛，直是令人痒杀。大官人，你在房里，着几句甜净的话儿说将入去。你却不可躁暴，便去动手动脚，打搅了事，那时我不管你。此处已是最后一光矣，又戒不可动手动脚打搅了事，然则如之何耶？奇绝之笔。先假做把袖子在桌上拂落一双箸去，你只做去地下拾箸，将手去他脚上捏一捏。他若闹将起来，我自来搭救，绝倒。此事也便休了，再也难得成。反。○又加一句。若是他不做声时，此是十分光了。这时节，这时节，二句六字，声情都绝。婆子至此，亦绝倒矣，何况西门，何况读者！十分事都成了！这条计策如何？”第十段。西门庆听罢，大笑道：第二十九笑。“虽然上不得凌烟阁，端的好计！”

王婆道：“不要忘了许我的十两银子！”此是虔婆传中正语。西门庆道：“‘但得一片橘皮吃，莫便忘了洞庭湖。’这条计，几时可行？”王婆道：“只在今晚，便有回报。我如今趁武大未归，走过去细细地说诱他。你却便使人将绫绸绢匹并绵子来。”西门庆道：“得干娘完成得这件事，如何敢失信？”作别了王婆，便去市上绸绢铺里买了绫绸绢缎，并十两清水好绵；家里叫个伴当，取包袱包了，带了五两碎银，五两。径送入茶坊里。

王婆接了这物，分付伴当回去。自踅来开了后门，后门出现第一。走过武大家里来。那妇人接着，请去楼上坐地。那王婆道：“娘子怎地不过贫家吃茶？”那妇人道：“便是这几日身体不快，懒走去的。”王婆道：“娘子家里有历日么，借与老身看一看，要选个裁衣日。”那妇人道：“干娘裁甚么衣裳？”王婆道：“便是老身十病九痛，怕有些山高水低，预先要制办些送终衣服。宛然有声。难得近处一个财主，见老身这般说，布施与我一套衣料，绫绸绢缎，又与若干好绵，放在家里一年有余，不能够做。今年觉道身体好生不济，又撞着如今闰月，趁这两日要做，看他写出许多说话来。〇已上犹是借历日，已下竟是请裁缝矣。又被那裁缝勒措，只推生活忙，不肯来做。老身说不得这等

请做衣另作一篇小文读。

苦！”辞令妙品。那妇人听了，笑道：第三十笑。“只怕奴家做得不中干娘意，若不嫌时，奴出手与干娘做如何？”那婆子听了这话，堆下笑来，第三十一笑。说道：“若得娘子贵手做时，老身便死来也得好处去。妙话，活画婆子。久闻娘子好手针线，只是不敢相央。”那妇人道：“这个何妨！许了干娘，务要与干娘做了。将历头叫人拣个黄道好日，便与你动手。”王婆道：“若得娘子肯与老身做时，娘子是一点福星，何用选日。忽然借历日，忽然不必历日，夹七夹八，妙绝。老身也前日央人看来，说道明日是个黄道好日；忽然借历日，忽然又说已央人看个黄道好日，一发夹七夹八，妙绝妙绝。老身只道裁衣不用黄道日了，不记他。”上文活写婆子随口嘈出，此句又活写婆子机变自救，妙绝。那妇人道：“归寿衣正要黄道日好，何用别选日。”第一分光已有。王婆道：“既是娘子肯作成老身时，大胆只是明日，起动娘子到寒家则个。”那妇人道：“干娘不必，将过来做不得？”好，定少不得。王婆道：“便是老身也要看娘子做生活则个，又怕家里没人看门前。”并不强拉，只是软商，辞令妙品。那妇人道：“既是干娘恁地说时，我明日饭后便来。”那婆子千恩万谢，下楼去了。第二分光又有。当晚回复了西门庆的话，约定后日准来。当夜无话。

捱光重作一篇文字读。

次日清早，王婆收拾房里干净了，买了些线索，安排了些茶水，在家里等候。

且说武大吃了早饭，打当了担儿，自出去卖炊饼。略照武大，不疏漏。那妇人把帘儿挂了，帘子十二。从后门走过王婆家里来。后门二。那婆子欢喜无限，接入房里坐下，便浓浓地点道茶，撒上些出白松子、胡桃肉，细琐处写。递与这妇人吃了。抹得桌子干净，细琐偏入妙。便将出那绫绸绢缎来。妇人将尺量了长短，量。裁得完备，裁。便缝起来。缝。婆子看了，口里不住声价喝采道："好手段！老身也活了六七十岁，眼里真个不曾见这般好针线！"数语于本文无谓，只是使一日不寂寞。那妇人缝到日中，王婆便安排些酒食请他，下了一箸面，与那妇人吃了。再缝了一歇，将次晚来，便收拾起生活自归去。

恰好武大归来，挑着空担儿进门，不忘武大。那妇人拽开门，下了帘子。帘子十三。武大入屋里来，看见老婆面色微红，便问道："你那里吃酒来？"那妇人应道："便是间壁王干娘央我做送终的衣裳，日中安排些点心请我。"武大道："阿呀！不要吃他的。我们也有央及他处。他便央你做得件把衣裳，你便自归来吃些点心，不直得搅恼他。你明日倘或再去做时，带了些钱在身边，也买些酒食与他回礼。常言道：'远亲不如近邻。'休要失了人情。他若是不肯要你还礼时，你便只是拿了家来做去还他。"那妇人听了。数语于本文无谓，只是使武大不寂寞，作文要照前照后如此。当晚无话。

且说王婆子设计已定，赚潘金莲来家。次日饭后，武大自出去了，王婆便踅过来，相请去到他房里，取出生活，一面缝将起来。王婆自一边点茶来吃了，不在话下。看看日中，那妇人取出一贯钱付与王婆，说道："干娘，奴和你买杯酒吃。"王婆道："阿呀，那里有这个道理！老身央及娘子在这里做生活，如何颠倒教娘子坏钱？"那妇人道："却是拙夫分付奴来。若还干娘见外时，只是将了家去做还干娘。"那婆子听了，连声道："大郎直恁地晓事。既然娘子这般说时，老身权且收下。”这婆子生怕打脱了这事，自又添钱去买些好酒好食、希奇果子来，殷勤相待。

看官听说：但凡世上妇人，由你十八分精细，被人小意儿过纵，十个九个着了道儿。所以六婆不许入门，后世切戒之。再说王婆安排了点心，请那妇人吃了酒食，再缝了一歇，看看晚来，千恩万谢归去了。第三分光已有。

话休絮繁。第三日早饭后，王婆只张武大出去了，便走过后门来叫道：后门三。“娘子，老身大胆……”只说得四字，妙不容说。那妇人从楼上下来道：“奴却待来也。”两个厮见了，来到王婆房里坐下，取过生活来缝。那婆子随即点盏茶来，两个吃了。那妇人看看缝到晌午前后。

却说西门庆巴不到这一日，陡然而出。裹了顶新头巾，穿了一套整整齐齐的衣服，带了三五两碎银子，又带三五两碎银子。径投这紫石街来。到得茶房门首，便咳嗽道：“王干娘，连日如何不见？”那婆子瞧科，便应道：“兀谁叫老娘？”西门庆道：“是我。”那婆子赶出来，看了笑道：第三十二笑。“我只道是谁，却原来是施主大官人。你来得正好，且请你入去看一看。”把西门庆袖子一拖拖进房里，对着那妇人道：此句拖着西门对着妇人，下句指着妇人对着西门，活画出婆子无数身分。“这个便是那施主，与老身那衣料的官人。”西门庆见了那妇人，便唱个喏。那妇人慌忙放下生活，还了万福。第四分光又有。王婆却指着这妇人对西门庆道：婆子身分。“难得官人与老身缎匹，放了一年不曾做得。如今又亏杀这位娘子，出手与老身做成全了。真个是布机也似好针线，又密又好，其实难得。大官人你且看一看。”活画。

西门庆把起来看了喝采，口里说道："这位娘子，怎地传得这手好生活，神仙一般的手段！"那妇人笑道：第三十三笑。"官人休笑话。"西门庆问王婆道："干娘，不敢问这位是谁家宅上娘子？"王婆道："大官人你猜。"西门庆道："小人如何猜得着？"王婆吟吟的笑道：第三十四笑。"便是间壁的武大郎的娘子。前日叉竿打得不疼，大官人便忘了？"忽插入，笔头有舌。那妇人脸便红红的道："那日奴家偶然失手，官人休要记怀。"西门庆道："说那里话！"王婆便接口道："这位大官人一生和气，从来不会记恨，极是好人。"西门庆道："前日小人不认得，原来却是武大郎的娘子。小人只认的大郎，一个养家经纪人。且是在街上做买卖，大大小小不曾恶了一个人。又会赚钱，又且好性格，真个难得这等人。"贼人恶口，明明赞之，明明挤之，明明搯之，明明羞之。王婆道："可知哩！娘子自从嫁得这个大郎，但是有事，百依百随。"那妇人应道："他是无用之人，"他"字妙，"无用"字妙，如出香口。○好妇嫁得呆郎，第一怕人提起，气不得，不气不得，真有此六字之苦。官人休要笑话。"西门庆道："娘子差矣！古人道：'柔软是立身之本，刚强是惹祸之胎。'似娘子的大郎所为良善时，'万丈水无涓滴漏'。"王婆打着猎鼓儿道："说的是。"西门庆奖了一回，便坐在妇人对面。第五分光已有。○写得绝倒。王婆又道："娘子，你认的这个官人么？"那妇人道："奴不认的。"婆子道："这个

一段女夸。

大官人，是这本县一个财主，知县相公也和他来往，绝倒语，真羞死人。叫做西门大官人。万万贯钱财，说出无个数目，绝倒婆语。开着个生药铺在县前。家里钱过北斗，米烂陈仓。赤的是金，白的是银，圆的是珠，光的是宝。也有犀牛头上角，亦有大象口中牙。”那婆子只顾夸奖，西门庆口里假嘈，画。那妇人就低了头缝针线。画。

西门庆得见潘金莲十分情思，恨不就做一处。画。王婆便去点两盏茶来，递一盏与西门庆，一盏递与这妇人，说道：“娘子相待大官人则个。”渐来。吃罢茶，便觉有些眉目送情。王婆看着西门庆，把一只手在脸上摸，活画。西门庆心里瞧科，已知有五分了。王婆便道：“大官人不来时，老身也不敢来宅上相请。巧言如簧。一者缘法，二者来得恰好。缘法只是来得恰好，来得恰好只是缘法，二句只是一句耳，却自冒冒失失，说出一者二者，活写出随口假嘈来，思之失笑。常言道：‘一客不烦二主。’大官人便是出钱的，这位娘子便是出力的。说来是好一对儿也。不是老身路歧相烦，难得这位娘子在这里，官人好做个主人，替老身与娘子浇手。”西门庆道：“小人也见不到这里，有银子在此。”便取出来和帕子递与王婆。那妇人便道：“不消生受得。”口里说，又不动身。活画。王婆将了银子要去，那妇人又不动身。活画。第六分光又有。○光虽十分，其实只有此处最难必耳。迭写两句又不动身，在作者亦“提刀而立，踌躇四顾”之时也。婆子便出门，又道：“有劳娘子相陪大官人坐一坐。”那

连写许多不动身，要着眼。

妇人道："干娘，免了。"二字活画淫妇。却亦是不动身。活画。〇第七分光又有。

也是因缘，却都有意了。西门庆这厮一双眼只看着那妇人。这婆娘一双眼也偷睃西门庆，写出四只眼来，妙绝。见了这表人物，心中倒有五七分意了，又低着头自做生活。画。不多时，王婆买了些见成的肥鹅熟肉、细巧果子归来，尽把盘子盛了。果子菜蔬，尽都装了，搬来房里桌子上，看着，那妇人道："干娘自便，相待大官人。奴却不当。"依旧原不动身。活画。那婆子道："正是专与娘子浇手，如何却说这话？"王婆将盘馔都摆在桌子上。

三人坐定，把酒来斟。这西门庆拿起酒盏来，说道："娘子，满饮此杯。"那妇人笑道：第三十五笑。"多感官人厚意。"王婆道："老身知得娘子洪饮，且请开怀吃两盏儿。"西门庆拿起箸来道："干娘，替我劝娘子请些个。"那婆子拣好的递将过来，与那妇人吃。一连斟了三巡酒，那婆子便去烫酒来。写王婆忽离忽合，忽隐忽跃，真如惊龙跳虎，下紧接西门庆道，又妙绝。西门庆道："不敢动问娘子青春多少？"恰是嫂嫂问叔叔语。那妇人应道："奴家虚度二十三岁。"恰是叔叔答嫂嫂语。西门庆道："小人痴长五岁。"恰是嫂嫂勾叔叔语。〇此三句，无心中遥遥自引。那妇人道："官人将天比地。"王婆走进来道：提科。"好个精细的娘子！不惟做得好针线，诸子百家皆通。"西门庆道："却是那里去讨，妙。武大郎好生

此节一递一句，另作一篇绝妙小文读。

有福！”妙。王婆便道：“不是老身说是非，大官人宅里枉有许多，那里讨一个赶得上这娘子的！”妙。西门庆道：“便是这等，一言难尽！妙。只是小人命薄，不曾招得一个好的。”王婆道：“大官人先头娘子须好。”凭空蹴起，妙想奇文。西门庆道：“休说！若是我先妻在时，却不怎地。‘家无主，屋倒竖’，如今枉自有三五七口人吃饭，妙。都不管事。”妙。那妇人问道：“官人恁地时，殁了大娘子得几年了？”关心吊胆，绝倒。西门庆道：“说不得。小人先妻是微末出身，妙。却倒百伶百俐，是件都替得小人。如今不幸，他殁了已得三年，家里的事都七颠八倒。为何小人只是走了出来？在家里时便要殴气！”妙。那婆子道：“大官人，休怪老身直言，你先头娘子也没有武大娘子这手针线。”妙妙。西门庆道：“便是小人先妻也没此娘子这表人物。”妙妙。那婆子笑道：第三十六笑。“官人，你养的外宅在东街上，凭空又蹴起，妙想奇文，咄咄怪事。如何不请老身去吃茶？”西门庆道：“便是唱慢曲儿的张惜惜。我见他是路岐人，妙妙。不喜欢。”妙。婆子又道：“官人，你和李娇娇却长久。”妙。西门庆道：“这个人见今取在家里。若是他似娘子时，自册正了他多时。”妙妙。王婆道：“若有娘子般中得官人意的，来宅上说没妨事么？”妙妙。西门庆道：“我的爹娘俱已没了，我自主张，妙。谁敢道个‘不’字！”妙。王婆道：“我自说要，急切那里有中得官人意的？”忽然漾开，妙妙。西门庆道：“做甚么了便没！妙妙。只恨我夫妻缘分上薄，自不撞着！”妙妙。西门庆和这婆子一递一句，说了一回。第八分光已有。王婆便道：“正好吃酒，却又没了。官人休怪老身差拨，再买一瓶儿酒来吃如何？”

西门庆道：“我手帕里有五两来碎银子，一发撒在你处，要吃时只顾取来，多的干娘便就收了。”哀哉世人，男女之会，亦必以钱物耀之。那婆子谢了官人，起身睃这粉头时，画。一钟酒落肚，哄动春心，又自两个言来语去，都有意了，只低了头，却不起身。活画。那婆子满脸堆下笑来，说道：第三十七笑。“老身去取瓶儿酒来，与娘子再吃一杯儿。有劳娘子相待大官人坐一坐。注子里，句。有酒。句。没，句。便再筛两盏儿和大官人吃。老身直去县前那家，有好酒买一瓶来，有好歇儿担阁。”“直去”妙，“县前那家”妙，“好歇儿担阁”妙，字字绝倒，读之齿寒。那妇人口里说道：“不用了。”坐着却不动身。活画。〇第九分光已有。

婆子出到房门前，便把索儿缚了房门，却来当路坐了。绝倒。且说西门庆自在房里，便斟酒来劝那妇人，却把袖子在桌上一拂，把那双箸拂落地下。也是缘法凑巧，那双箸正落在妇人脚边。西门庆连忙蹲身下去拾，只见那妇人尖尖的一双小脚儿，正趫在箸边。西门庆且不拾箸，便去那妇人绣花鞋儿上捏一把。那妇人便笑将起来，第三十八笑。〇已上通计三十八“笑”字，至此“笑”字结穴。《老子》云：“不笑不足以为道也。”说道：“官人，休要啰唣！你真个要勾搭我？”西门庆便跪下道：“只是娘子作成小人！”那妇人便把西门庆搂将起来。反书妇人搂起西门庆来，春秋笔法。〇第十分光完满具足。当时两个就王婆房里，脱衣解带，无所不至。此时不知武二已到东京否？武大炊饼已卖完否？读之一叹！云雨才罢，正欲各整衣襟，只见王婆推开房门入来，怒道：“你两个做得好事！”虔婆此怒，却出料外。文情真是波诡云属。西门王婆冲奸，又作一篇小文读。庆和那妇人都吃了一惊。

那婆子便道："好呀，好呀！我请你来做衣裳，不曾叫你来偷汉子！绝倒。武大得知，须连累我，不若我先去出首！"回身便走。真正奇文。那妇人扯住裙儿道："干娘，饶恕则个！"西门庆道："干娘低声！"王婆笑道："笑"字余波。"若要我饶恕，你们都要依我一件。"那妇人道："休说一件，便是十件奴也依。"岂知十件都已依过。王婆道："你从今日为始，瞒着武大，每日不要失约负了大官人，我便罢休。若是一日不来，我便对你武大说。"绝倒。〇正合下官之意。那妇人道："只依着干娘便了。"王婆又道："西门大官人，你自不用老身多说。前妇人勾搭武二一篇大文，后便有武二起身分付哥嫂一篇小文。此西门勾搭妇人一篇大文，后亦有王婆入来分付奸夫淫妇一篇小文。耐庵胸中，其间架经营如此，胡能量其才之斗石也。〇前武二分付武大云"你从明日为始……每日……"云云，今王婆分付妇人，亦云"你从今日为始……每日……"云云；前武二分付妇人云"你自不用武二多说"，今王婆分付西门，亦云"你自不用老身多说"。皆特特遥遥相引，不必尽照，不必尽不照，彼固不望后世有人能赏之也。这十分好事已都完了，所许之物，不可失信。你若负心，我也要对武大说！"一发绝倒。西门庆道："干娘放心，并不失信。"三人又吃几杯酒，已是下午的时分，那妇人便起身道："武大那厮将归了，四字是何称呼！奴自回去。"便踅过后门归家，后门四。先去下了帘子，帘子十四。武大恰好进门。不漏武大。

且说王婆看着西门庆道："好手段么？"西门庆道："端的亏了干娘！我到家，便取一锭银送来与你，所许之物，岂敢昧心。”王婆道：“‘眼望旌节至，专等好消息。’不要叫老身‘棺材出了讨挽歌郎钱’。”西门庆笑了去，“笑”字尚未歇。不在话下。

那妇人自当日为始，每日踅过王婆家里来，和西门庆做一处，恩情似漆，心意如胶。自古道：“好事不出门，恶事传千里。”不到半月之间，街坊邻舍都知得了，只瞒着武大一个不知。

断章句，话分两头。且说本县有个小的，年方十五六岁，本身姓乔，因为做军在郓州生养的，就取名叫做郓哥，家中止有一个老爹。那小厮生得乖觉，此书每于绝大文字，偏有本事一字不相犯。如武松遇虎，李逵又遇虎，金莲偷汉，巧云又偷汉是也。乃偏于极小文字，偏没本事使他不相犯。如林冲迭配时，极似卢俊义迭配时，郓哥寻西门，极似唐牛寻宋江是也。此非文叔真有小敌怯、大敌勇之异，盖僧繇画龙，若更安鳞施爪，便将破壁飞去。天下十成之物，造化皆思忌之，彼固特特不欲十成，非世人之所知也。自来只靠县前这许多酒店里卖些时新果品，时常得西门庆赍发他些盘缠。其日正寻得一篮儿雪梨提着来，绕街寻问西门庆。又有一等的多口人说道：“郓哥，你若要寻他，我教你一处去寻。”郓哥道：“聒噪阿叔，叫我去寻得他见，赚得三五十钱，养活老爹也好。”那多口的道：“西门庆他如今刮上了卖炊饼的武大老婆，每日只在紫石街上王婆茶坊里坐地。这早晚多定正在那里，你小孩子家只顾撞入去不妨。”那郓哥得了这话，谢了阿叔指教。

这小猴子提了篮儿，一直望紫石街走来，径奔入茶坊里去，却好正见王婆坐在小凳儿上绩绪。郓哥把篮儿放下，看着王婆道：“干娘，拜揖。”那婆子问道：“郓哥，你来这里做甚么？”郓哥道：“要寻大官人，赚三五十钱，养活老爹。”婆子道：“甚么大官人？”郓哥道：“干娘，情知是那个，便只是他那个。”妙舌。婆子道：“便是大官人，也有个姓名。”郓哥道：“便是两个字的。”妙舌。婆子道：“甚么两个字的？”郓哥道：“干娘只是要作耍。我要和西门大官人说句话。”望里面便走。那婆子一把揪住道：“小猴子！那里去？人家屋里各有内外。”郓哥道：“我去房里便寻出来。”王婆道：“含鸟猢狲！我屋里那得甚么西门大官人！”郓哥道：“不要独自吃呵，也把些汁水与我呷一呷！我有甚么不理会得！”婆子便骂道：“你那小猢狲，理会得甚么！”郓哥道：“你正是‘马蹄刀木杓里切菜，水泄不漏’，半点儿也没得落地！直要我说出来，只怕卖炊饼的哥哥发作！”那婆子吃他这两句道着他真病，心中大怒，喝道：“含鸟猢狲，也来老娘屋里放屁辣臊！”郓哥道：“我是小猢狲，你是马泊六！”妙舌。○只如作五字对。那婆子揪住郓哥，凿上两个栗暴。郓哥叫道：“做甚么便打我！”婆子骂道：“贼猢狲！高做声，大耳刮子打你出去！”郓哥道：“老咬虫，没事得便打我！”这婆子一头叉，一头大栗暴凿，直打出街上去。雪梨篮儿也丢出去。那篮雪梨四分五落，滚了开去。不因此句，如何生出事来？

这小猴子打那虔婆不过，一头骂，一头哭，一头走，一头街上拾梨儿，前半篇就两个人写出活画来，后半篇就三个人写出活画来，此至末后，忽然又就一个人写出活画来。笔势伸缩变化，我不能量其端倪所至。指着那王婆茶坊里骂道：“老咬虫！我教你不要慌！我不去说与他，不做出来不信！”提了篮儿，径奔去寻这个人。正是：从前作过事，没兴一齐来。直教掀翻狐兔窝中草，惊起鸳鸯沙上眠。毕竟这郓哥寻甚么人，且听下回分解。

第二十四回

王婆计啜西门庆　淫妇药鸩武大郎

王婆計啜西門慶

此回是结煞上文西门潘氏奸淫一篇，生发下文武二杀人报仇一篇，亦是过接文字，只看他处处写得精细，不肯草草处。

第一段写郓哥定计，第二段写武大捉奸，第三段写淫妇下毒，第四段写虔婆帮助，第五段写何九瞧科。段段精神，事事出色，勿以小篇而忽之也。

写淫妇心毒，几欲掩卷不读，宜疾取第二十五卷快诵一过，以为羯鼓洗秽也。

话说当下郓哥被王婆打了这几下，心中没出气处，提了雪梨篮儿，一径奔来街上直来寻武大郎。转了两条街，只见武大挑着炊饼担儿，正从那条街上来。郓哥见了，立住了脚，看着武大道：“这几时不见你，怎么吃得肥了？”奇文。武大歇下担儿道：“我只是这般模样，有甚么吃得肥处？”郓哥道：“我前日要籴些麦稃，一地里没籴处，人都道你屋里有。”奇文。武大道：“我屋里又不养鹅鸭，那里有这麦稃？”郓哥道：“你说没麦稃，怎地栈得肥腌腌地，便颠倒提起你来也不妨，煮你在锅里也没气？”奇文。武大道：“含鸟猢狲，倒骂得我好！我的老婆又不偷汉子，我如何是鸭？”“鸭”字奇文。郓哥道：“你老婆不偷汉子，只偷子汉。”武大扯住郓哥道：“还我主来！”郓哥道：“我笑你只会扯我，却不咬下他左边的来！”武大道：“好兄弟，你对我说是兀谁，我把十个炊饼送你。”郓哥道：“炊饼不济事，你只做个小主人，请我吃三杯，我便说与你。”武大道：“你会吃酒？跟我来。”

武大挑了担儿，引着郓哥，到一个小酒店里，歇了担儿。拿了几个炊饼，写来好笑。买了些肉，讨了一镟酒，请郓哥吃，那小厮又道："酒便不要添了，肉再切几块来。"武大道："好兄弟，你且说与我则个。"郓哥道："且不要慌，等我一发吃了，却说与你。你却不要气苦，我自帮你打捉。"武大看那猴子吃了酒肉，道："你如今却说与我。"郓哥道："你要得知，把手来摸我头上胳膳。"趣绝。〇与王婆把耳朵来一样笔法。武大道："却怎地来有这胳膳？"郓哥道："我对你说，我今日将这一篮雪梨去寻西门大郎挂一小钩子，一地里没寻处。街上有人说道：'他在王婆茶房里和武大娘子勾搭上了，每日只在那里行走。'我指望去撰三五十钱使，叵耐那王婆老猪狗不放我去房里寻他，大栗暴打我出来。我特地来寻你。我方才把两句话来激你，我不激你时，你须不来问我。"小贼。武大道："真个有这等事？"郓哥道："又来了！三字活画武大，神理都具。我道你是这般的鸟人！那厮两个落得快活，只等你出来，便在王婆房里做一处，你兀自问道真个也是假！"小贼。武大听罢，道："兄弟，我实不瞒你说，那婆娘每日去王婆家里做衣裳，归来时便脸红，我自也有些疑忌。这话正是了！此一语，先有来历在前。我如今寄了担儿，便去捉奸如何？"郓哥道："你老大一个人，原来没些见识！那王婆老狗恁么利害怕人，你如何出得他手？他须三人也有个暗号，此等事，郓哥固不得知，第耐庵又何由知之？诚乃博物君子。见你入来拿他，把你老婆藏过了。那西门庆须了得，打你这般二十来个！若捉他不着，干吃他一顿拳头。他又有钱有势，反告了一纸状子，你便用吃他一场官司，又没人做主，干结果了你！"武大道："兄弟，你都说得是。却怎地出得这口气？"郓哥道："我吃那老猪狗打了，也没出气处。我教你一着，写来入情。你今日晚些归去，都不要发作，也不可露一些嘴脸，只做每日一般。明朝你便少做些炊饼出来卖，写来入情。〇“你便”“我便”二字下，皆略用一顿，活是孩子迟声慢口。我便在巷口等你。若是见西门庆入去时，我便来叫你。你便挑着担儿，只在左近等我，我便先去惹那老狗，必然来打我。我便将篮儿丢出街来，你便抢来。我便一头顶住那婆子，你便只顾奔入房里去，叫起屈来。此计如何？”武大道：“既是如此，却是亏了兄弟！我有数贯钱，与你把去籴米。明日早早来紫石街巷口等我。”郓哥得了数贯钱、几个炊饼，又带炊饼。自去了。

“你便”“我便”，犹如大珠小珠落盘乱走相似。

武大还了酒钱，挑了担儿，去卖了一遭归去。原来这妇人往常时只是骂武大，百般的欺负他，近日来也自知无礼，只得窝伴他些个。世人知之。当晚武大挑了担儿归家，也只和每日一般，并不说起。那妇人道：“大哥，买盏酒吃？”武大道：“却才和一般经纪人买三碗吃了。”那妇人安排晚饭与武大吃了，当夜无话。

次日饭后，武大只做三两扇炊饼，安在担儿上。这妇人一心只想着西门庆，那里来理会武大做多做少。好笔。当日武大挑了担儿，自出去做买卖。这妇人巴不能够他出去了，便踅过王婆房里来等西门庆。

且说武大挑着担儿，出到紫石街巷口，迎见郓哥提着篮儿在那里张望。武大道：“如何？”郓哥道："早些个。你且去卖一遭了来。他七八分来了，你只在左近处伺候。"武大飞云也似去卖了一遭回来。郓哥道："你只看我篮儿撇出来，你便奔入去。"

武大自把担儿寄下，不在话下。却说郓哥提着篮儿，走入茶坊里来，骂道："老猪狗，你昨日做甚么便打我！"那婆子旧性不改，便跳起身来，喝道："你这小猢狲！老娘与你无干，你做甚么又来骂我！"郓哥道："便骂你这马泊六，做牵头的老狗，直甚么屁！"四字奇文，才子骂世，只是胸中有此四字耳。那婆子大怒，揪住郓哥便打。郓哥叫一声："你打我！"把篮儿丢出当街上来。那婆子却待揪他，被这小猴子叫声"你打"时，就把王婆腰里带个住，看着婆子小肚上只一头撞将去，争些儿跌倒，却得壁子碍住不倒。那猴子死顶住在壁上，以五十四字成句，反就句中自成无数曲折，真是以手忙脚乱之事，写得妙手空空，奇才妙笔。只见武大裸起衣裳，大踏步直抢入茶坊里来。

捉奸一段真是如锦。

那婆子见了是武大来，急待要拦当时，却被这小猴子死命顶住，那里肯放？婆子只叫得："武大来也！"画虔婆。那婆娘正在房里，做手脚不迭，先奔来顶住了门，画淫妇。这西门庆便钻入床底下躲去。画奸夫。武大抢到房门边，用手推那房门时，那里推得开？口里只叫得："做得好事！"画乌龟。〇此事本急，今写来亦殊急，读之，见纸上麻杂杂地。那妇人顶住着门，慌做一团，口里便说道："闲常时只如鸟嘴卖弄杀好拳棒，急上场时便没些用！见个纸虎也吓一交！”那妇人这几句话，分明教西门庆来打武大，夺路了走。好。西门庆在床底下听了妇人这几句言语，提醒他这个念头，好。便钻出来，拔开门，好。叫声：“不要打！”好。武大却待要揪他，被西门庆早飞起右脚。武大矮短，正踢中心窝里，扑地望后便倒了。乘便就写一句“踢中心窝”，便作武大了结之由，妙绝。西门庆见踢倒了武大，打闹里一直走了。妙。

郓哥见不是话头，撇了王婆撒开。好。街坊邻舍都知道西门庆了得，谁敢来多管。好。〇又伏。王婆当时就地下扶起武大来，好。见他口里吐血，面皮蜡查也似黄了，便叫那妇人出来，舀碗水来，看他写妇人出来法。救得苏醒，两个上下肩搀着，绝倒。便从后门武大今日亦从后门归去，绝倒。〇后门五。扶归楼上去，安排他床上睡了。

当夜无话。次日西门庆打听得没事，依前自来和这妇人做一处，只指望武大自死。反顿一句。武大一病五日，不能够起。更兼要汤不见，要水不见，每日叫那妇人不应，又见他浓妆艳抹了出去，归来时便面颜红色，武大几遍气得发昏，又没人来睬着。武大叫老婆来分付道：“你做的勾当，我亲手来捉着你奸，你倒挑拨奸夫踢我心头，至今求生不生，求死不死，你们却自去快活！我死自不妨，和你们争不得了！妙。我的兄弟武二，你须得知他性格，妙。倘或早晚归来，他肯干休？妙。你若肯可怜我，早早伏侍我好了，他归来时，我都不提。妙。你若不看觑我时，待他归来，却和你们说话！”妙。〇数语妙绝，然武大死于此数语矣。这妇人听了这话，也不回言，四字如画。却踅过来，一五一十都对王婆和西门庆说了。

那西门庆听了这话，却似提在冰窨子里，说道：“苦也！我须知景阳冈上打虎的武都头，他是清河县第一个好汉！我如今却和你眷恋日久，情孚意合，却不恁地理会！如今这等说时，正是怎地好？却是苦也！”王婆冷笑道：“我倒不曾见，你是个把舵的，我是趁船的，我倒不慌，你倒慌了手脚！”西门庆道：“我枉自做了男子汉，到这般去处，却摆布不开。你有甚么主见，遮藏我们则个！”王婆道：“你们却要长做夫妻，短做夫妻？”西门庆道：“干娘，你且说如何是长做夫妻，短做夫妻？”王婆道：“若是短做夫妻，你们只就今日便分散，等武大将息好了起来，与他陪了话，武二归来，都没言语，待他再差使出去，却再来相约，这是短做夫妻。你们若要长做夫妻，每日同一处，不担惊受怕，我却有一条妙计，只是难教你。”非写虔婆亦复软，只是行文忌直，且图一顿耳。西门庆道：“干娘，周全了我们则个，只要长做夫妻！”王婆道：“这条计用着件东西，别人家里都没，天生天化大官人家里却有！”奇语。○再一顿。西门庆道：“便是要我的眼睛也剜来与你，却是甚么东西？”王婆道：“如今这捣子病得重，趁他狼狈里，便好下手。大官人家里取些砒霜来，却教大娘子自去赎一帖心疼的药来，把这砒霜下在里面，把这矮子结果了。奇称。○只是视人如戏。一把火烧得干干净净的，没了踪迹，反踢下何九，妙。便是武二回来，待敢怎地？自古道：‘嫂叔不通问。’‘初嫁从亲，再嫁由身。’阿叔如何管得？反踢下武二，妙。暗地里来往半年一载，等待夫孝满日，大官人娶了家去，这个不是长远夫妻，谐老同欢？此计如何？”

西门庆道：“干娘，只怕罪过！罢，罢，罢！一不做，二不休！”王婆道：“可知好哩！这是‘斩草除根，萌芽不发’。若是斩草不除根，春来萌芽再发！反覆言之，皆反踢下文只斩得草，未除得根也。官人便去取些砒霜来，我自教娘子下手。事了时，却要重重谢我。”王婆本题。西门庆道：“这个自然，不消你说。”便去真个包了一包砒霜来，把与王婆收了。这婆子却看着那妇人道：“大娘子，我教你下药的法度。如今武大不对你说道教你看活他？“不对”，犹言岂不对也。你便把些小意儿贴恋他。“贴恋”二字，思之可畏，大雄氏谓之诈现亲附，哀哉痛哉！他若问你讨药吃时，便把这砒霜调在心疼药里，待他一觉身动，你便把药灌将下去，却便走了起身。奇。他若毒药转时，必然肠胃迸断，大叫一声，奇。你却把被只一盖，都不要人听得。奇。预先烧下一锅汤，煮着一条抹布。奇。他若毒药发时，必然七窍内流血，奇。口唇上有牙齿咬的痕迹。奇。他若放了命，便揭起被来，却将煮的抹布一揩，都没了血迹，奇。便入在棺材里，扛出去烧了，有甚么鸟事！”王婆何处得来，其实耐庵何处得来，可见才子之心，烛物如镜。那妇人道：“好却是好，只是奴手软了，临时安排不得尸首。”王婆道：“这个容易。你只敲壁子，我自过来相帮你。”西门庆道：“你们用心整理，明日五更来讨回报。”西门庆说罢，自去了。

王婆把这砒霜用手捻为细末，活写虔婆。〇今世人家，多有容六婆尝川入内者，我不知其有何相烦也。不能家喻户晓，聊识于此句之下，幸一念之。把与那妇人将去藏了。那妇人却踅将归来，到楼上看武大时，一丝没两气，看看待死。那妇人坐在床边假哭，甚多。武大道：“你做甚么来哭？”妙语令我绝倒。那妇人拭着眼泪说道：“我的一时间不是了，吃那厮局骗了。谁想却踢了你这脚。我问得一处好药，我要去赎来医你，又怕你疑忌了，不敢去取。”好。武大道：“你救得我活，无事了，一笔都勾，并不记怀，武二家来亦不提起。快去赎药来救我则个！”那妇人拿了些铜钱，径来王婆家里坐地，好。却叫王婆去赎了药来，把到楼上，教武大看了。好。说道："这帖心疼药，太医叫你半夜里吃。人静时。吃了倒头把一两床被发些汗，叫喊不得。明日便起得来。"不在床上了也。武大道："却是好也！生受大嫂，今夜醒睡些个，可怜语。半夜里调来我吃。"那妇人道："你自放心睡，我自伏侍你。"

看看天色黑了，那妇人在房里点上碗灯，妙笔。○读之，觉纸上有阴风射人。下面先烧了一大锅汤，拿了一片抹布，煮在汤里。听那更鼓时，却好正打三更。妙笔。那妇人先把毒药倾在盏子里，却舀一碗白汤，把到楼上，叫声："大哥，药在那里？"好。武大道："在我席子底下枕头边。可怜语。你快调来与我吃。"那妇人揭起席子，将那药抖在盏子里，把那药贴安了，好。○极精细。将白汤冲在盏内，把头上银牌儿只一搅，调得匀了，左手扶起武大，右手把药便灌。武大呷了一口，说道："大嫂，这药好难吃！"那妇人道："只要他医治得病，管甚么难吃。"武大再呷第二口时，被这婆娘就势只一灌，特写与天下有奢遮标致妻子人看。一盏药都灌下喉咙去了。那妇人便放倒武大，慌忙跳下床来。武大"哎"了一声，说道："大嫂，吃下这药去，肚里倒疼起来！苦呀，苦呀！倒当不得了！"这妇人便去脚后扯过两床被来，没头没脸只顾盖。特写与天下有奢遮标致妻子的看。武大叫道："我也气闷！"那妇人道："太医分付，教我与你发些汗，便好得快。"武大再要说时，这妇人怕他挣扎，便跳上床来，骑在武大身上，把手紧紧地按住被角，那里肯放些松宽。特写与天下有奢遮标致妻子的看。那武大"哎"了两声，喘息了一回，肠胃迸断，呜呼哀哉，身体动不得了！那妇人揭起被来，见了武大咬牙切齿，七窍流血，怕将起来，读之怕人。只得跳下床来，敲那壁子。

王婆听得，走过后门头咳嗽。后门六。○"咳嗽"二字，写得入神，又是声响，又无声响。那妇人便下楼来，开了后门。后门七。王婆问道："了也未？"那妇人道："了便了了，只是我手脚软了，安排不得！"王婆道："有甚么难处，真好虔婆，无怪后世人家内边专好与之往来。我帮你便了。"那婆子便把衣袖卷起，虔婆骇人。〇一句。〇已下看他两个妇女逐件安排，都是半夜灯下之事，读之，觉纸上阴风鬼火，无怪不有。舀了一桶汤，二句。把抹布撇在里面，掇上楼来，三句。卷过了被，四句。先把武大嘴边唇上都抹了，五句。却把七窍淤血痕迹拭净，六句。便把衣裳盖在尸上。七句。两个从楼上一步一掇，扛将下来，八句。就楼下寻扇旧门停了。九句。与他梳了头，十句。戴上巾帻，十一句。穿了衣裳，十二句。取双鞋袜与他穿了，十三句。将片白绢盖了脸，十四句。拣床干净被盖在死尸身上，十五句。却上楼来收拾得干净了。妙。十六句。

王婆自转将归去了。好。那婆娘便号号地假哭起养家人来。绝倒。〇十七句。看官听说，原来但凡世上妇人哭有三样：绝倒之语，《尔雅》所无。有泪有声谓之哭，有泪无声谓之泣，无泪有声谓之号。当下那妇人干号了一歇，却早五更，天色未晓。好笔。西门庆奔来讨信，王婆说了备细。

西门庆取银子把与王婆，教买棺材津送，就叫那妇人商议。这婆娘过来，和西门庆说道："我的武大今日已死，我只靠着你做主！"西门庆道："这个何须得你说。"王婆道："只有一件事最要紧，地方上团头何九叔，他是个精细的人，只怕他看出破绽，不肯殓。"非写虔婆识人，只是先着何九一笔。西门庆道："这个不妨。我自分付他便了。他不肯违我的言语。"王婆道："大官人便用去分付他，不可迟误。"西门庆去了。

到天大明，王婆买了棺材，又买些香烛纸钱之类，归来与那妇人做羹饭，点起一盏随身灯。此句接前文，正是第十八句，却另写在此，有似失落者，妙绝。邻舍坊厢都来吊问。伏邻舍街坊。那妇人虚掩着粉脸假哭。众街坊问道："大郎因甚病患便死了？"伏。那婆娘答道："因害心疼病症，一日日越重了，看看不能够好，不幸昨夜三更死了！"又哽哽咽咽假哭起来。众邻舍明知道此人死得不明。伏。不敢死问他，只自人情劝道："死自死了，活的自要过，娘子省烦恼。"那妇人只得假意儿谢了，众人各自散了。

王婆取了棺材，去请团头何九叔。但是入殓用的都买了，并家里一应物件，也都买了。就叫了两个和尚，晚些伴灵。多样时，何九叔先拨几个火家来整顿。

且说何九叔到巳牌时分慢慢地走出来，到紫石街巷口，迎见西门庆叫道："九叔何往？"何九叔答道："小人只去前面殓这卖炊饼的武大郎尸首。"西门庆道："借一步说话则个。"何九叔跟着西门庆，来到转角头一个小酒店里，坐下在阁儿内。西门庆道："何九叔请上坐。"何九叔道："小人是何等之人，对官人一处坐地！"西门庆道："九叔何故见外？且请坐。"二人坐定，叫取瓶好酒来。小二一面铺下菜蔬果品按酒之类，即便筛酒。何九叔心中疑忌，想道："这人从来不曾和我吃酒，闲中写出西门官人。今日这杯酒必有跷蹊。"两个吃了半个时辰，只见西门庆去袖子里摸出一锭十两银子，放在桌上，说道："九叔休嫌轻微，明日别有酬谢。"何九叔叉手道："小人无半点效力之处，如何敢受大官人见赐银两？大官人便有使令小人处，也不敢受。"西门庆道："九叔休要见外，请收过了却说。"何九叔道："大官人但说不妨，小人依听。"西门庆道："别无甚事，少刻他家也有些辛苦钱。只是如今殓武大的尸首，凡百事周全，一床锦被遮盖则个。

别不多言。”何九叔道：“是这些小事，有甚利害，如何敢受银两？”西门庆道：“九叔不收时，便是推却。”那何九叔自来惧怕西门庆是个刁徒，把持官府的人，只得受了。两个又吃了几杯，西门庆叫酒保来记了帐，明日来铺里支钱。

两个下楼，一同出了店门。西门庆道：“九叔记心，不可泄漏，改日别有报效。”分付罢，一直去了。何九叔心中疑忌，肚里寻思道：“这件事却又作怪！我自去殓武大郎尸首，他却怎地与我许多银子？这件事必定有跷蹊！”来到武大门前，只见那几个火家在门首伺候。何九叔问道：“这武大是甚病死了？”火家答道：“他家说害心疼病死了。”何九叔揭起帘子入来，帘子十五。王婆接着道：“久等阿叔多时了。”何九叔应道：“便是有些小事绊住了脚，来迟了一步。”只见武大老婆穿着些素淡衣裳，从里面假哭出来。何九叔道：“娘子省烦恼，可伤大郎归天去了！”那妇人虚掩着泪眼道：“说不可尽！不想拙夫心疼症候，几日儿便休了。撇得奴好苦！”何九叔上上下下看了那婆娘的模样，好笔。口里自暗暗地道：“我从来只听的说武大娘子，妙。不曾认得他，妙。原来武大却讨着这个老婆！妙。西门庆这十两银子，有些来历。”妙。〇只三四语，一语一转。

何九叔看着武大尸首，揭起千秋幡，扯开白绢，用五轮八宝犯着两点神水眼定睛看时，何九叔大叫一声，望后便倒，口里喷出血来。怪事。但见指甲青，唇口紫，面皮黄，眼无光。正是：身如五鼓衔山月，命似三更油尽灯。毕竟何九叔性命如何，且听下回分解。

第二十五回
偷骨殖何九送丧
供人头武二设祭

供人頭武二郎祭
松泉

吾尝言：不登泰山，不知天下之高，登泰山不登日观，不知泰山之高也；不观黄河，不知天下之深，观黄河不观龙门，不知黄河之深也；不见圣人，不知天下之至，见圣人不见仲尼，不知圣人之至也。乃今于此书也亦然。不读《水浒》，不知天下之奇，读《水浒》不读设祭，不知《水浒》之奇也。呜呼！耐庵之才，其又岂可以斗石计之乎哉！

前书写鲁达，已极丈夫之致矣，不意其又写出林冲，又极丈夫之致也。写鲁达又写出林冲，斯已大奇矣，不意其又写出杨志，又极丈夫之致也。是三丈夫也者，各自有其胸襟，各自有其心地，各自有其形状，各自有其装束，譬诸阎吴二子，斗画殿壁，星宫水府，万神咸在，慈即真慈，怒即真怒，丽即真丽，丑即真丑。技至此，技已止。观至此，观已止。然而二子之胸中，固各别藏分外之绝笔，又有所谓云质龙章，日姿月彩，杳非世工心之所构，目之所遇，手之所抡，笔之所触也者。今耐庵《水浒》，正犹是矣。写鲁、林、杨三丈夫以来，技至此，技已止，观至此，观已止。乃忽然磬控，忽然纵送，便又腾笔涌墨，凭空撰出武都头一个人来。我得而读其文，想见其为人，其胸襟则又非如鲁、如林、如杨者之胸襟也；其心事则又非如鲁、如林、如杨者之心事也；其形状结束则又非如鲁、如林、如杨者之形状与如鲁、如林、如杨者之结束也。我既得以想见其人，因更回读其文，为之徐读之，疾读之，翱翔读之，歇续读之，为楚声读之，为豺声读之。呜呼！是其一篇一节一句一字，实杳非儒生心之所构，目之所遇，手之所抡，笔之所触矣。是真所谓云质龙章，日恣月彩，分外之绝笔矣。如是而尚欲量才子之才为斗为石，呜呼，多见其为不知量者也！

或问于圣叹曰："鲁达何如人也？"曰："阔人也。""宋江何如人也？"曰："狭人也。"曰："林冲何如人也？"曰："毒人也。""宋江何如人也？"曰："甘人也。"曰："杨志何如人也？"曰："正人也。""宋江何如人也？"曰："驳人也。"曰："柴进何如人也？"曰："良人也。""宋江何如人也？"曰："歹人也。"曰："阮七何如人也？"曰："快人也。""宋江何如人也？"曰："厌人也。"曰："李逵何如人也？"曰："真人也。""宋江何如人也？"曰："假人也。"曰："吴用何如人也？"曰："捷人也。""宋江何如人也？"曰："呆人也。"曰："花荣何如人也？"曰："雅人也。""宋江何如人也？"曰："俗人也。"曰："卢俊义何如人也？"曰："大人也。""宋江何如人也？"曰："小人也。"曰："石秀何如人也？"曰："警人也。""宋江何如人也？"曰："钝人也。"然则《水浒》之一百六人，殆莫不胜于宋江。然而此一百六人也者，固独人人未若武松之绝伦超群。然则武松何如人也？曰："武松，天人也。"武松天人者，固具有鲁达之阔，林冲之毒，杨志之正，柴进之良，阮七之快，李逵之真，吴用之捷，花荣之雅，卢俊义之大，石秀之警者也，断曰第一人，不亦宜乎？

杀虎后忽然杀一妇人，嗟乎，莫咆哮于虎，莫柔曼于妇人，之二物者，至不伦也。杀虎后忽欲杀一妇人，曾不举手之劳焉耳。今写武松杀虎至盈一卷，写武松杀妇人亦至盈一卷，咄咄乎异哉！忆大雄氏有言："狮子搏象用全力，搏兔亦用全力。"今岂武松杀虎用全力，杀妇人亦用全力耶？我读其文，至于气咽目瞪，面无人色，殆尤骇于读打虎一回之时。呜呼，作者固真以狮子喻武松，观其于街桥名字，悉安狮子二字可知也！

徒手而思杀虎，则是无赖之至也，然必终仗哨棒而后成于杀虎，是犹夫人之能事也。故必于四闪而后奋威尽力，轮棒直劈，而震天一响，树倒棒折，已成徒手，而虎且方怒。以徒手当怒虎，而终亦得以成杀之功，夫然后武松之神威以见，此前文所已详，今亦毋庸又述。乃我独怪其写武松杀西门庆，亦用此法也。其心岂不曰：杀虎犹不用棒，杀一鼠子何足用刀？于是握刀而往，握刀而来，而正值鼠子之际，刀反踢落街心，以表武松之神威。然奈何竟进鼠子而与虎为伦矣？曰：非然也。虎固虎也，鼠子固鼠子也。杀虎不用棒，杀鼠子不用刀者，所谓象亦全力，兔亦全力，观“狮子桥下”四字，可知也。

西门庆如何入奸，王婆如何主谋，潘氏如何下毒，其曲折情事，罗列前幅，灿如星斗，读者既知之矣。然读者之知之也，亦为读之而后得知之也。乃方夫读者读之而得知之之时，正武二于东京交割箱笼，街上闲行之时，即又奈何以己之所得知，例人之所不知，而欲武松闻何九之言，即燎然知奸夫之为西门，闻郓哥之言，即燎然知半夜如何置毒耶？篇中处处写武松是东京回来，茫无头路，虽极英灵，了无入处，真有神化之能。

一路勤叙邻舍，至后幅，忽然排出四家铺面来：姚文卿开银铺，赵仲铭开纸马铺，胡正卿开冷酒铺，张公开馉饳铺，合之便成财色酒气四字，真是奇绝，详见细评中。

每闻人言：莫骇疾于霹雳，而又莫奇幻于霹雳。思之骤不敢信。如所云：有人挂两握乱丝，雷电过，辄已丝丝相接，交罗如网者。一道士藏茧纸千张，拟书全笈，一夜遽为雷火所焚，天明视之，纸故无恙，而层层遍画龙蛇之形，其细如发者。以今观于武二设祭一篇，夫而后知真有是事也。

话说当时何九叔跌倒在地下，众火家扶住。王婆便道："这是中了恶，快将水来！"喷了两口，何九叔渐渐地动转，有些苏醒。王婆道："且扶九叔回家去却理会。"两个火家又寻扇旧门，一扇已停武大，闲中一映。一径抬何九叔到家里。大小接着，就在床上睡了。老婆哭道：一家老婆哭不了，偏要又寻一家老婆哭起来，以作闲中一映。才子之心，真绣虎也。"笑欣欣出去，却怎地这般归来！闲常曾不知中恶！"坐在床边啼哭。武大老婆坐在床边假哭，何九老婆坐在床边真哭。闲中一映，灵心利笔。

何九叔觑得火家都不在面前，踢那老婆道："你不要烦恼，我自没事。何也？却才去武大家入殓，到得他巷口，迎见县前开药铺的西门庆，请我去吃了一席酒，把十两银子与我，说道：'所殓的尸首，凡事遮盖则个。'我到武大家，见他的老婆是个不良的人，我心里有八九分疑忌。到那里揭起千秋幡看时，见武大面皮紫黑，七窍内津津出血，唇口上微露齿痕，定是中毒身死。我本待声张起来，却怕他没人做主，恶了西门庆，却不是去撩蜂剔蝎？四字新艳，未经人道。待要胡卢提入了棺殓了，武大有个兄弟，便是前日景阳冈上打虎的武都头，他是个杀人不眨眼的男子，倘或早晚归来，此事必然要发。"不惟何九料得，读者亦料得，然只谓要发耳，何意后文如此。○"此事必然要发"六字，不是张皇语，正是轻率语，须知之。老婆便道："我也听得前日有人说道：'后巷住的乔老儿子郓哥去紫石街帮武大捉奸，闹了茶坊。'正是这件事了。你却慢慢的访问他。出得委婉有波纹。○偷奸奇事，金莲却会；通奸难事，王婆却会；捉奸丑事，何九老婆却又打听得：看他一群妇人，无不惯家，可发一笑。如今这事有甚难处？只使火家自去殓了，就问他几时出丧。若是停丧在家，待武二归来出殡，这个便没甚么皂丝麻线。若他便出去埋葬了，也不妨。若是他便要出去烧化时，必有跷蹊。你到临时，只做去送丧，张人眼错，拿了两块骨头，和这十两银子收着，便是个老大证见。写得曲折明画，读之字字有响。〇何九岂见不及此，而必出自其妻，盖作者之意，正欲与王婆、金莲相映击。一边以妇人教妇人，一边早又以妇人攻妇人，不用男子一言半句，惟恐不武也。他若回来不问时便罢，却不留了西门庆面皮，做一碗饭却不好？”反说至此句住，最妙。若定要替武家出力，便犯朱、雷、戴、蔡脚色也。何九叔道：“家有贤妻，四字通俗掉文语，却只说半句，有如歇后者，便活画小人口中极要文，反弄出不文来也。〇又何九口中掉文四字，恰好映到金莲，歇后半句，恰好映到武大，妙绝。见得极明。”随即叫火家分付：“我中了恶，去不得。你们便自去殓了。就问他几时出丧，要紧句。快来回报。得的钱帛，你们分了，都要停当。细。若与我钱帛，不可要。”表出西门从前，表出武二已后。

火家听了，自来武大家入殓。停丧安灵已罢，回报何九叔道：“他家大娘子说道：‘只三日便出殡，一句。去城外烧化。’”二句。〇问一答二，妙笔。火家各自分钱散了。完火家。何九叔对老婆道：“你说这话正是了。我至期只去偷骨殖便了。”

且说王婆一力撺掇那婆娘，当夜伴灵。第二日，请四僧念些经文。第三日早，众火家自来扛抬棺材，也有几家邻舍街坊相送。处处不脱邻舍街坊，妙笔。那妇人带上孝，一路上假哭养家人。前一回无数“笑”字，此一回无数“假哭”字，照耀可笑。来到城外化人场上，便教举火烧化。只见何九叔手里提着一陌纸钱，来到场里。王婆和那妇人接见道：“九叔，且喜得贵体没事了。”化人场上见鬼。何九叔道：“小人前日买了大郎一扇笼子母炊饼，不曾还得钱，自从读至捉奸一日，意谓长与“炊饼”二字别矣，不图此处又提出来。物是人非，令人不得不哭武大也。〇真正才子之笔。特地把这陌纸来烧与大郎。”说得此来无痕。王婆道：“九叔如此志诚！”何九叔把纸钱烧了，就撺掇烧化棺材。王婆和那妇人谢道：“难得何九叔撺掇，回家一发相谢。”礼，人之临其所亲之葬也，惟恐其速下也。曰：从此一别，其终已矣。故必求其又迟又迟焉。夫其天性则有然也。何九撺掇而曰“难得”，难得撺掇而许谢之，此其事，何九得而知之矣。呜呼，天闻若雷，岂必真在苍苍，神目如电，岂必真在冥冥！可不畏哉，可不畏哉！何九叔道：“小人到处只是出热，娘子和干娘自稳便，斋堂里去相待众邻舍街坊。使转妇人，亦即用邻舍街坊，妙笔。小人自替你照顾。”使转了这妇人和那婆子，把火夹去，拣两块骨头拿去澈骨池内只一浸，看那骨头酥黑。写得好。何九叔收藏了，也来斋堂里和哄了一回，好笔，不寂寞。棺木过了，杀火，收拾骨殖，澈在池子里。众邻舍各自分散。勤写邻舍，妙甚。那何九叔将骨头归到家中，把幅纸都写了年、月、日期，妙。送丧的人名字，妙。和这银子妙。一处包了，做一个布袋儿盛着，放在房里。妙。○自此为始，骨殖、银两在何九处。

再说那妇人归到家中，去槅子前面设个灵牌，上写“亡夫武大郎之位”。灵床子前点一盏琉璃灯，里面贴些经幡、钱垛、金银锭、采缯之属。每日却自和西门庆在楼上任意取乐，却不比先前在王婆房里只是偷鸡盗狗之欢。如今家中又没人碍眼，任意停眠整宿。这条街上远近人家无有一人不知此事，却都惧怕西门庆那厮是个刁徒泼皮，谁肯来多管。好。

常言道：“乐极生悲，否极泰来。”只用两句闲话，便疾注而下，如箭过相似。光阴迅速，前后又早四十余日。前云少则四十余日。却说武松自从领了知县言语，监送车仗到东京亲戚处，投下了来书，交割了箱笼，街上闲行了几日，绝妙闲笔。补足那边，便衬起这边有许多事也。讨了回书，领一行人取路回阳谷县来。前后往回，恰好过了两个月。前云多亦不过两个月。去时残冬天气，回来三月初头。好笔，明净之极。于路上只觉神思不安，身心恍惚，赶回要见哥哥。写武二路上，便写得阴风袭人。○并不用“友于恭敬”等字，却写得兄弟恩情，筋缠血渗，视今之采集经语，涂泽成篇者，真有金屎之别。且先去县里交纳了回书。知县见了大喜，看罢回书，已知金银宝物交得明白，赏了武松一锭大银，酒食管待，不必用说。完知县公事。○偏不疾来，偏去先完县事，心手都闲。武松回到下处房里，换了衣服鞋袜，戴上个新头巾，锁上了房门，先写此句，与后孝服相映。○完县事后，偏又不疾来，偏又去下处脱换衣服，逶逶迤迤，如无事者，妙绝。○县中下处二段，使读者眼前心上，遂有微云淡汉之意，不复谓下文有此奔雷骇电也。○此回读之，只谓其用笔极忙，殊不知处处都着闲笔。一径投紫石街来。

两边众邻舍看见武松回了，一笔未落，先紧接邻舍，妙笔。○一笔未落，只写一句邻舍看见，却早已阴风四射，飒飒怕人。都吃一惊。大家捏两把汗，暗暗地说道："这番萧墙祸起了！这个太岁归来，怎肯干休！必然弄出事来！"亦只谓"弄出事来"耳，何意后文如此。且说武松到门前揭起帘子，帘子十六。○同是"帘子"字，此处便写得惨淡无光。探身入来，疾。见了灵床子，句法咽住。○见灵床，已见"亡夫武大郎之位"七字矣，却因骤然，故又有下句。又写"亡夫武大郎之位"咽住。七个字，又咽住。○此三字，不与上句连。盖上句"亡夫武大郎之位"，只是突然见了，一直念下，不及数是几个字，是第一遍。次却定睛再念第二遍，便是逐个字念，如云：亡，一个字，夫，二个字；武，三个字，大，四个字；郎，五个字；之，六个字；位，阿呀，是七个字，不差了，下便紧接呆了。真化工之笔，虽才子二字，何足以尽之。呆了！又咽住。睁开双眼，又咽住。○此四字中，又念一遍。道："莫不是我眼花了？"又咽住。○念过三遍，方说一句话。叫声："嫂嫂，便咽住。○此二字须一住，索解人不得。武二归了。"便咽住。○此四字连上读者，俗子也。那西门庆正和这婆娘在楼上取乐，听得武松叫一声，惊得屁滚尿流，一直奔后门后门八。从王婆家走了。

须知此两行中，有四遍"亡夫武大郎之位"字。

那妇人应道："叔叔少坐，奴便来也。"原来这婆娘自从药死了武大，那里肯带孝？每日只是浓妆艳抹，和西门庆做一处取乐，听得武松叫声“武二归来了”，慌忙去面盆里洗落了脂粉，忙。拔去了首饰钗环，忙。蓬松挽了个髻儿，忙。脱去了红裙绣袄，忙。旋穿上孝裙孝衫，忙。○好一歇矣，下方接哭下来，绝倒。方从楼上哽哽咽咽假哭下来。武松道：“嫂嫂且住，休哭！夫死而哭，乃曰休哭，此岂英雄寡情耶？夫哭亦有雄有雌，情发乎中，不能自裁，放声一号，罄无不尽，此雄哭也。若夫展袂掩面，声如蚊蚋，借泪骂人，哎咽不已，此名雌哭，徒聒人耳，哭奚为也？我哥哥几时死了？一句。得甚么症候？一句。吃谁的药？”一句。○三句一气问，妙绝。

问过一遍。

那妇人一面哭，一头说道：活画妇人。“你哥哥自从你转背一二十日，猛可的害急心疼起来，病了八九日，求神问卜，甚么药不吃过。句法调侃砒霜。医治不得，死了，撇得我好苦！”隔壁王婆听得，生怕决撒，即便走过来帮他支吾。是。武松又道：“我的哥哥从来不曾有这般病，如何心疼便死了？”王婆道：“都头，却怎地这般说！‘天有不测风云，人有暂时祸福’。谁保得长没事？”那妇人道：“亏杀了这个干娘。确。我又是个没脚蟹，不是这个干娘，邻舍家谁肯来帮我？”反衬邻舍，趣甚。武松道：“如今埋在那里？”补问一句。○上三句一气注射而出，此一句却在最后独出，妙绝。妇人道：“我又独自一个，那里去寻坟地？没奈何，留了三日，把出去烧化了。”武松道：“哥哥死得几日了？”上一气问三句，是死日，病症，吃药，补问一句是葬处。已都晓得了，忽然临去，又于四句中，将死日再问一遍。写得惊疑恍惚，闪闪烁烁。妙绝。妇人道：“再两日便是断七。”

此一遍妇人所对，悉含糊未明，活是只图遮掩得过时情事也。

重问一句。

武松沉吟了半晌，便出门去，半晌是迟，便去是疾，今两句合写，是迟是疾，却只是一霎时上事。妙笔。径投县里来，开了锁，细。去房里换了一身素白衣服，与前换衣，闲处相映。便叫土兵打了一条麻绦，系在腰里，读者自从柴家庄上得见武二，便读过他许多要寻哥哥句，不意今日见此一语，为之泪落。身边藏了一把尖长柄短、背厚刃薄的解腕刀，写刀，亦特地出色增出八个字，非同等闲。取了些银两带在身边。细。叫一个土兵锁上了房门，细。去县前买了些米面椒料等物，香烛冥纸，就晚到家敲门。那妇人开了门，武松叫土兵去安排羹饭。武松就灵床子前点起灯烛，铺设酒肴。到两个更次，安排得端正，武松扑翻身便拜，道：“哥哥阴魂不远，你在世时软弱，今日死后，不见分明！你若是负屈衔冤，被人害了，托梦与我，兄弟替你做主报仇！”把酒浇奠了，烧化冥用纸钱，便放声大哭。嫂嫂便叫休哭，自家却又大哭，快哉英雄，毒哉英雄。哭得那两边邻舍无不恓惶。本是描写武二大哭，却又紧紧不放“两边邻舍”字，妙甚。那妇人也在里面假哭。嫂嫂休哭。〇邻舍真恓惶，嫂嫂只假哭，为之一叹。

一番设祭，未算设祭。

武松哭罢，将羹饭酒肴和土兵吃了。不管嫂嫂。〇好汉好钱，买来好酒好饭，岂肯喂猪狗耶！讨两条席子，叫土兵中门傍边睡。妙绝。不惟为下文“睡着”“睡不着”点染，要看他“中门傍边”四字，深防谨避，直与云长秉烛达旦一意。武松把条席子，就灵床子前睡。那妇人自上楼去，下了楼门自睡。“下了楼门”四字，与上“中门傍边”四字一意，三尺童子读之，皆知非写妇人，正写武二也。约莫将近三更时候，武松翻来覆去睡不着。活画。看那土兵时，齁齁的却似死人一般挺着。要写武二睡不着，须写不出；掉转笔忽写一句土兵睡着，便已活写出武二睡不着也。只是心上有事，心上无事耳。一反衬，便成活画，其妙不可不知。武松爬将起来，看那灵床子前琉璃灯，半明半灭，侧耳听那更鼓时，正打三更三点。先写此两句，使读者黑黑魆魆，先自怕人。武松叹了一口气，坐在席子上自言自语，口里说道："我哥哥生时懦弱，死了却有甚分明！"此句一顿，下便疾出，有张有势。说犹未了，只见灵床子下卷起一阵冷气来，盘旋昏暗，灯都遮黑了，壁上纸钱乱飞。那阵冷气，逼得武松毛发皆竖。定睛看时，只见个人从灵床底下钻将出来，叫声："兄弟，一灵噙住"兄弟"二字，写得真好武大。我死得好苦！"武松听不仔细，只如此妙。若出俗笔，便从头告诉一遍，非惟无理，兼令文章扫地矣。却待向前来再看时，并没有冷气，亦不见人。自家便一交颠翻在席子上坐地，好。寻思："是梦，非梦？"回头看那土兵时，正睡着。回踅一句，文势环滚。○嫂嫂此时正在梦与鬼交也。武松想道："哥哥这一死必然不明，却才正要报我知道，又被我的神气冲散了他的魂魄。"借武二口自注一句。放在心里不题，等天明，却又理会。

天色渐白了，土兵起来烧汤。武松洗漱了，那妇人也下楼来，看着武松道："叔叔，夜来烦恼。"好。武松道："嫂嫂，我哥哥端的甚么病死了？"重问起，妙绝。○前是三句一气注射问去，此却一句一递问来，写尽前日吃惊，今日精细。那妇人道："叔叔却怎地忘了？夜来已对叔叔说了，害心疼病死了。"武松道："却赎谁的药吃？"妙。○三句三"谁"字，累累如贯珠，写武二意思，定要问出一个人来也。○此一问，却问不出人来。那妇人道："见有药帖在这里。"妙应前文，可见精细。武松道："却是谁买棺

重问起。

材？”妙。〇此一问，虽问出一个人，却不济事，与无人同。那妇人道：“央及隔壁王干娘去买。”武松道：“谁来扛抬出去？”妙。〇此一问，却问出一个人来了。那妇人道：“是本处团头何九叔，尽是他维持出去。”武松道：“原来恁地，且去县里画卯却来。”写武二机密。便起身带了土兵，细。走到紫石街巷口，问土兵道：“你认得团头何九叔么？”土兵道：“都头恁地忘了？前项他也曾来与都头作庆。借影作色。他家只在狮子街巷内住。”好街名，映衬出武二下文霍跃辊掷来。武松道：“你引我去。”土兵引武松到何九叔门前，武松道：“你自先去。”

土兵去了，好。武松却推开门来，叫声：“何九叔在家么？”这何九叔却才起来，是天初明时节。听得是武松归了，吓得手忙脚乱，头巾也戴不迭。画。急急取了银子和骨殖藏在身边，好。便出来迎接道：“都头几时回来？”武松道：“昨日方回到这里。有句话闲说则个，请那尊步同往。”何九叔道：“小人便去，都头且请拜茶。”武松道：“不必，句。免赐。”句。〇下二字，即上二字，叠写两句，活画出心忙口杂。两个一同出到巷口酒店里坐下，叫量酒人打两角酒来。何九叔起身道：“小人不曾与都头接风，何故反扰？”武松道：“且坐。”写武二说不出话来处，入神入妙。何九叔心里已猜八九分。量酒人一面筛酒，武松更不开口，且只顾吃酒。惊才怪笔。何九叔见他不做声，倒捏两把汗，却把些话来撩他。武松也不开言，并不把话来提起。惊才怪笔。

酒已数杯，只见武松揭起衣裳，飕地掣出把尖刀来插在桌子上。惊才怪笔。○读之眼眦都裂。量酒的惊得呆了，那里肯近前？看何九叔面色青黄，不敢抖气。先写量酒，次写何九，笔法错落颠倒，东坡所称“以手扪之，谓有洼窿”者也。武松捋起双袖，又加上四字，出色惊人。握着尖刀，指何九叔道：“小子粗疏，还晓得‘冤各有头，债各有主’。你休惊怕，只要实说，开剖明画。对我一一说知哥哥死的缘故，便不干涉你！捉住何九，不知头路，便把一一缘故都要他说出来，活写出初见何九，初开口问事时也。下文如飞换转话头，都是生龙活虎之笔。我若伤了你，不是好汉！百忙中出妙语。倘若有半句儿差，我这口刀，四字怕人。立定教你身上添三四百个透明的窟窿！百忙中出妙语。闲言不道，妙。○四字写出武二机变灵疾。你只直说我哥哥死的尸首是怎地模样。”妙。○上文一总笼统要问兄死缘故。说到此处，忽记起妇人说何九只是扛抬烧化，便疾换出此二句来。写匆忙便真匆忙杀人，写机变便真机变杀人。

武二真正神威。

武松道罢，一双手按住胳膝，两只眼睁得圆彪彪地看着何九叔。又加出廿一字，出色惊人。何九叔便去袖子里取出一个袋儿，好。○骨殖、银两在酒楼上。放在桌子上，道：“都头息怒，这个袋儿便是一个大证见。”武松用手打开，看那袋儿里时，两块酥黑骨头，一锭十两银子。便问道：“怎地见得是老大证见？”何九叔道：“小人并然不知前后因地，好说，所谓闲言不道。忽于正月二十二日，此等事定应撰出一个月日。在家只见开茶坊的王婆好说。来呼唤小人殓武大郎尸首。至日，行到紫石街巷口，迎见县前开生药铺的西门庆大郎，好说。拦住邀小人同去酒店里吃了一瓶酒。西门庆取出这十两

上文入殓送丧一篇，却于何九口中重述一遍，一个字亦不省。

银子付与小人，分付道：'所殓的尸首，凡百事遮盖。'小人从来得知道那人是个刁徒，不容小人不接。好说。吃了酒食，收了这银子，小人去到大郎家里，揭起千秋幡，只见七窍内有瘀血，唇口上有齿痕，系是生前中毒的尸首。小人本待声张起来，只是又没苦主。他的娘子已自道是害心疼病死了。好说。因此小人不敢声言，自咬破舌尖，只做中了恶，扶归家来了。只是火家自去殓了尸首，不曾接受一文。好说。第三日，听得扛出去烧化，小人买了一陌纸，去山头假做人情，使转了王婆并令嫂，暗拾了这两块骨头，包在家里。这骨殖酥黑，系是毒药身死的证见。这张纸上写着年、月、日、时并送丧人的姓名。好说。便是小人口词了。都头详察。"武松道："奸夫还是何人？"此六字俗笔所无，真正是东京初回，不知头路人语。何九叔道："却不知是谁。小人闲听得说来，好。有个卖梨儿的郓哥，那小厮曾和大郎去茶坊里捉奸。这条街上，谁人不知。好。都头要知备细，可问郓哥。"好。武松道："是。既然有这个人时，一同去走一遭。"

武松收了刀，藏了骨头、银子，算还酒钱，骨殖、银两在武二身边。便同何九叔望郓哥家里来。却好走到他门前，只见那小猴子挽着个柳笼栲栳在手里，籴米归来。如画。何九叔叫道："郓哥，你认得这位都头么？"郓哥道："解大虫来时，我便认得了。亦借影作色。你两个寻我做甚么？"郓哥那小厮，也瞧了八分，便说道："只是一件，我的老爹六十岁，没人养赡，我却难相伴你们吃官司耍。"武松道："好兄弟！"三字接下文，此只半句耳，因一头说，一头摸出银子来，故如此写。便去身边取五两来银子，"你把去与老爹做盘缠，跟我来说话。"郓哥自心里想道："这五两银子，如何不盘缠得三五个月？便陪侍他吃官司也不妨。”将银子和米把与老儿，便跟了二人出巷口一个饭店楼上来。

武松叫过卖造三分饭来，对郓哥道：“兄弟，你虽年纪幼小，倒有养家孝顺之心。却才与你这些银子，且做盘缠，我有用着你处。事务了毕时，我再与你十四五两银子做本钱。闲中偶许。你可备细说与我，你恁地和我哥哥去茶坊里捉奸？”郓哥道：“我说与你，你却不要气苦！我从今年正月十三日与正月二十二日对。提得一篮儿雪梨，要去寻西门庆大郎挂一钩子，一地里没寻他处，问人时，说道：‘他在紫石街王婆茶坊里，和卖炊饼的武大老婆做一处。如今刮上了他，每日只在那里。’我听得了这话，一径奔去寻他。叵耐王婆老猪狗拦住不放我入房里去，吃我把话来侵他底子，那猪狗便打我一顿栗暴，直叉我出来，将我梨儿都倾在街上。我气苦了，去寻你大郎说与他备细。他便要去捉奸，我道：‘你不济事，西门庆那厮手脚了得，你若捉他不着，反吃他告了倒不好。我明日和你约在巷口取齐，你便少做些炊饼出来。我若张见西门庆入茶坊里去时，我先入去，你便寄了担儿等着。只看我丢出篮儿来，你便抢入来捉奸。’我这日又提了一篮梨儿，径去茶坊里，被我骂那老猪狗，那婆子便来打我。吃我先把篮儿撇出街上，一头顶住那老狗在壁上。武大郎却抢入去时，婆子要去拦截，却被我

上文捉奸被踢一篇，亦于郓哥口中重述一遍，一个字亦不省。

顶住了，只叫得‘武大来也！’原来倒吃他两个顶住了门。实是一个顶住，然说得太分明，便似同在房中矣。“两个”二字，宛然房门外人语。无论他人，我谓虽王婆亦至今误谓两人顶住也。大郎只在房门外声张，却不堤防西门庆那厮开了房门奔出来，把大郎一脚踢倒了。我见那妇人随后便出来，扶大郎不动，不曾见扶进去，妙绝。我慌忙也自走了。过得五七日，说大郎死了。我却不知怎地死了。”妙绝。武松听道：“你这话是实了？你却不要说谎。”郓哥道：“便到官府，怪猴子。我也只是这般说。”武松道：“说得是，兄弟。”倒“兄弟”二字在下，如闻其声。便讨饭来吃了，还了饭钱，三个人下楼来。何九叔道：“小人告退。”四字反衬出武二面色不好。〇郓哥说“便到官府”，何九却说“小人告退”，活写出不知利害、极知利害二色人来。

武松道：“且随我来，正要你们与我证一证。”把两个一直带到县厅上。知县见了，问道：“都头告甚么？”武松告说：“小人亲兄武大被西门庆与嫂通奸，下毒药谋杀性命。这两个便是证见，要相公做主则个。”知县先问了何九叔并郓哥口词，当日与县吏商议。原来县吏都是与西门庆有首尾的，官人自不必说，此二语，亦倒转写，错落之极，令人绝倒。因此官吏通同计较道：“这件事难以理问。”知县道：“武松，你也是个本县都头，不省得法度。自古道：‘捉奸见双，捉贼见赃，杀人见伤。’你那哥哥的尸首又没了，你又不曾捉得他奸。如今只凭这两个言语，便问他杀人公事，莫非忒偏向么？你不可造次，须要自己寻思，当行即行！”此一番却勿怪知县，实说得是。武松怀里去取出两块酥黑骨头，十两银子，一张纸，前只指二人，此方取出三件。〇骨殖、银两在县堂上。告道：“覆告相公，这个须不是小人捏合出来的。”知县看了道：“你且起来，待我从长商议。可行时，便与你拿问。”骨殖、银两在知县处。何九叔、郓哥都被武松留在房里。好。〇看官须记此二人在房里者。当日西门庆得知，却使心腹人来县里许官吏银两。

次日早晨，武松在厅上告禀，催逼知县拿人。谁想这官人贪图贿赂，回出骨殖并银子来，骨殖、银两又在县堂上。说道："武松，你休听外人挑拨你和西门庆做对头。这件事不明白，难以对理。圣人云：三字骗得进士，骗不得武二。〇下四句俚鄙可笑，上却装此大帽子三字，可发一笑。'经目之事犹恐未真，背后之言岂能全信？'不可一时造次。"狱吏便道："都头，但凡人命之事，须要尸、伤、病、物、踪忽与"潘、驴、邓、小、闲"作对，真乃以文为戏。五件事全，方可推问得。"武松道："既然相公不准所告，且却又理会。"迅疾豪快，读之满引一斗。收了银子和骨殖，再付与何九叔收了。骨殖、银两仍在何九叔处。〇行文精细之极。若不付何九收了，带在身边，殊不便作事也。下厅来，到自己房内，叫土兵安排饭食，与何九叔同郓哥吃。"留在房里，相等一等，我去便来也。"二人仍在房里。又自带了三两个土兵，离了县衙，将了砚瓦笔墨，就买了三五张纸，藏在身边，就叫两个土兵买了个猪首，一只鹅，一只鸡，一担酒，和些果品之类，安排在家里。约莫也是巳牌时候，带了个土兵，来到家中。

那妇人已知告状不准，放下心，不怕他，大着胆看他怎的。活画。武松叫道："嫂嫂下来，有句话说。"那婆娘慢慢地行下楼来，也不假哭了。问道："有甚么话说？"活画。〇如闻其声。武松道："明日是亡兄断七。你前日恼了众邻舍街坊，我今日特地来把杯酒，替嫂嫂相谢众邻。"那妇人大剌剌地说道："谢他们怎地？”活画。武松道：“礼不可缺。”唤土兵先去灵床子前，明晃晃的点起两枝蜡烛，焚起一炉香，列下一陌纸钱，把祭物去灵前摆了，堆盘满宴，四字一哭。哭何人？哭天下之人也。天下之人，无不一生咬姜呷醋，食不敢饱，直至死后浇奠之日，方始堆盘满宴一番。如武大者，盖比比也。铺下酒食果品之类。叫一个土兵后面烫酒，两个土兵门前安排桌凳，又有两个前后把门。犹带后门。

又一番设祭，亦未算设祭。

武松自分付定了，便叫：“嫂嫂来待客，正客。我去请来。”先请隔壁王婆。陪客。○又是陪客，又是正客。那婆子道：“不消生受，教都头作谢。”武松道：“多多相扰了干娘，自有个道理。先备一杯菜酒，休得推故。”那婆子取了招儿，细画。收拾了门户，从后门走过来。后门。武松道：“嫂嫂坐主位，干娘对席。”婆子已知道西门庆回话了，放心着吃酒。两个都心里道：“看他怎地？”活画。武松又请这边下邻开银铺的财。姚二郎姚文卿。二郎道：“小人忙些，不劳都头生受。”武松拖住，便道：“一杯淡酒，又不长久，便请到家。”那姚二郎只得随顺到来，便教去王婆肩下坐了。上回已卷写淫妇好色，虔婆爱钞矣，此忽乘便借邻舍铺面上，凭空点染出来。姚文卿坐王婆下者，表虔婆以财为命也。赵仲铭坐潘氏下者，表花娘搽脂点粉也。胡正卿坐赵仲铭下，即在潘氏一行者，言因花娘搽脂点粉，致有今日酒席也。又云吏员出身者，不惟便于下文填写口词，亦表一场官司，皆从妇人描眉画眼而起也。馉饳者，物之有气者也，梦书夜梦馉饳，明日斗气矣。先问王婆“你隔壁是谁”，所以深明财与气邻，盖戒世人之心至深切也。张老仍坐王婆肩下，则知虔婆但知钱钞，而不知祸患，乃今其验之，然而悔已晚矣。看他先只因虔婆爱钞，便写一银铺，因花娘好色，便写一马铺。后忽又思世人所争，只是酒色财气四事，乃今财色二者，已极言之，止少“酒气”二字，便随手撰出冷酒馉饳两铺请四家四样请法，语言都变换如活。

来，真才子之文也。又去对门请两家。一家是开纸马铺的色。赵四郎赵仲铭。四郎道：“小人买卖撇不得，不及陪奉。”武松道：“如何使得！众高邻都在那里了。”不由他不来，被武松扯到家里，道：“老人家爷父一般，便请在嫂嫂肩下坐了。”又请对门那卖冷酒店的酒。胡正卿。那人原是吏员出身，便瞧道有些尴尬，那里肯来？被武松不管他，拖了过来，却请去赵四郎肩下坐了。武松道：“王婆，你隔壁是谁？”王婆道：“他家是卖馉饳儿的气。张公。”却好正在屋里，见武松入来，吃了一惊，道：“都头，没甚话说？”武松道：“家间多扰了街坊，相请吃杯淡酒。”那老儿道：“哎呀！老子不曾有些礼数到都头家，却如何请老子吃酒？”武松道：“不成微敬，便请到家。”老儿吃武松拖了过来，请去姚二郎肩下坐地。说话的，为何先坐的不走了？百忙中，忽然自问，愈显笔势陡突。原来都有土兵前后把着门，都似监禁的一般。忽然自答，百忙中乃得让此一笔。武松请到四家邻舍，并王婆和嫂嫂，共是六人。

武松掇条凳子，却坐在横头。便叫土兵把前后门关了。好。○后门此日关了，遂成收煞。那后面土兵自来筛酒。武松唱个大喏，说道：“众高邻，休怪小人粗卤，胡乱请些个。”众邻舍道：“小人们都不曾与都头洗泥接风，如今倒来反扰！”武松笑道：“不成意思，众高邻休得笑话则个。”土兵只顾筛酒。众人怀着鬼胎，正不知怎地。看看酒至三杯，那胡正卿便要起身，好，活画乖觉人。说道：“小人忙些个。”武松叫道：“去不得！三字可畏。既来到此，便忙也坐一坐。”那胡正卿心头十五个吊桶打水，七上八下，暗暗地寻思道：“既是好意请我们吃酒，如何却这般相待，不许人动身？”只得坐下。活画乖觉人。武松道：“再把酒来筛。”土兵斟到第四杯酒，前后共吃了七杯酒过，众人却似吃了吕太后一千个筵宴。只见武松喝叫土兵：“且收拾过了杯盘，疾。少间再吃。”四字衬出七杯之疾。武松抹桌子。疾。众邻舍却待起身，疾。武松把两只手只一拦，疾。道：“正要说话。写得可畏。一干高邻在这里，中间那位高邻会写字？”姚二郎便道：“此位胡正卿极写得好。”捎带吏人不是银子不动笔。武松便唱个喏道：“相烦则个。”便卷起双袖，先衬四字在前。去衣裳底下飕地只一掣，掣出那口尖刀来。可骇，又甚疾。右手四指笼着刀靶，大拇指按住掩心，又衬十五字在后。两只圆彪彪怪眼睁起，可骇。道：“诸位高邻在此，小人冤各有头，债各有主，只要众位做个证见！”开剖明画。只见武松左手拿住嫂嫂，右手指定王婆。看他旋写武二，旋写众人，笔势骇疾不定。四家邻舍惊得目睁口呆，罔知所措，都面面厮觑，不敢做声。武松道：“高邻休怪！不必吃惊！武松虽是粗卤汉子，便死也不怕，五字，只作“粗卤”二字注脚。还省得‘有冤报冤，有仇报仇’，并不伤犯众位，只烦高邻做个证见。若有一位先走的，武松翻过脸来休怪，教他先吃我五七刀了去，武二便偿他命也不妨！”句句神威。众邻舍都目瞪口呆，再不敢动。

武松看着王婆，喝道：本是喝骂妇人事，却不可竟置虔婆在后，故先跨入一段，便笔有余势。“兀的老猪狗听着：我的哥哥这个性命，都在你的身上！慢慢地却问你！”安放毕，下便动手摆布正犯。回过脸来，看着妇人，骂道：骇疾。“你那淫妇听着！你把我的哥哥性命怎地谋害了？从实招了，我便饶你！”那妇人道：“叔叔，你好没道理！绝倒。你哥哥自害心疼病死了，干我甚事？”绝倒。说犹未了，武松把刀子胳察插在桌子上，骇疾。用左手揪住那妇人头髻，右手劈胸提住，骇疾。把桌子一脚踢倒了，骇疾。隔桌子把这妇人轻轻地提将过来，一交放翻在灵床面前，骇疾。两脚踏住。骇疾。右手拔起刀来，骇疾。指定王婆骇疾。道：“老猪狗，你从实说！”那婆子要脱身脱不得，只得道：“不消都头发怒，老身自说便了。”见势头凶了，便许说，次后心上一转，却又不说，活画虔婆。武松叫土兵取过纸墨笔砚，排好了桌子，妙。把刀指着胡正卿道：妙。“相烦你与我听一句，写一句。”胡正卿胳膳膳抖着道：“小、小人便写、写。”妙。讨了些砚水，妙，百忙中偏有此闲笔。磨起墨来。妙，尚无可写，便且磨墨，真是活画。

胡正卿拿着笔，拂那纸道：“王婆，你实说。”妙妙，活是等写之语。〇四家邻舍中，只胡正卿插口说一句，妙。那婆子道：“又不干我事，教说甚么？”妙妙，先忽许说，次忽又不说，都是活画。武松道：“老猪狗，我都知了，你赖那个去！正破“不干我事”四字。你不说时，我先剐了这个淫妇，后杀你这老狗！”提起刀来望那妇人脸上便搁两搁。骇妙。〇与西门热脸，冷暖自知。那妇人慌忙叫道：“叔叔，二字绝笔。且饶我！你放我起来，我说便了！”武二自要虔婆说，却忽自妇人说出来，笔势捉搦不定。武松一提，提起那婆娘，跪在灵床子前，骇疾。喝一声：“淫妇快说！”骇妙。那妇人惊得魂魄都没了，只得从实招说，将那日放帘子因打着西门庆起，句。并做衣裳入马通奸，句。一一地说。补上郓哥九叔所不知。次后来怎生踢了武大，踢武大是郓哥所知，怎生踢，是补郓哥所不知。因何设计下药，王婆怎地教唆拨置，中毒拨置是九叔所知，因何怎地，是何九叔所不知。从头至尾说了一遍。前二详，此一省，法变。武松叫他说一句，骇疾。却叫胡正卿写一句。骇疾。〇要知此两句中，武二怪眼，有数十番闪烁回击。

王婆道："咬虫！你先招了，我如何赖得过！只苦了老身！"活画虔婆。王婆也只得招认了。把这婆子口词，也叫胡正卿写了。从头至尾，都说在上面。每喜其与上法变，其实只是一倒耳。叫他两个都点指画了字，英灵。就叫四家邻舍书了名，也画了字。英灵。叫土兵解搭膊来，绝倒。背接绑了这老狗，妙绝，快绝。卷了口词，藏在怀里。英灵。叫土兵取碗酒来，供养在灵床子前，是，妙绝。拖过这妇人来，跪在灵前，是，妙绝。喝那老狗也跪在灵前。是，妙绝快绝。洒泪道："哥哥句。灵魂不远，句。今日句。兄弟与你报仇雪恨！"句。○只十六字，自成绝妙一篇《前祭武大郎文》。叫土兵把纸钱点着。骇疾。○着此一句，便知下杀淫妇一段文字，只在火化纸钱一霎时中做完，骇疾不可言。

二"洒泪"字俗本无。

那妇人见头势不好，却待要叫，被武松脑揪倒来，骇疾。两只脚踏住他，两只胳膊骇疾。扯开胸脯衣裳，骇疾。○雪天曾愿自解，为之绝倒。○嫂嫂胸前衣裳，却是叔叔扯开，千载奇文奇事。说时迟，那时快，把尖刀去胸前只一剜，骇疾。口里衔着刀，五字分外出色，写出来骇疾不可言。双手去挖开胸脯，骇疾。抠出心肝五脏，供养在灵前；骇疾。胳察一刀，便割下那妇人头来，骇疾。血流满地。四家邻舍眼都定了，只掩了脸，看他忒凶，又不敢劝，只得随顺他。"血流满地"四字，连下节，是邻舍分中语也。武松叫土兵去楼上取下一床被来，写出自在。把妇人头包了，自在。揩了刀，自在。插在鞘里。自在。洗了手，自在。唱个喏，自在。○写骇疾处骇疾死人，写自在处自在死人，总表武二神威。道："有劳高邻，甚是休怪！且请众位

第三番设祭，方是设祭，然亦未毕。

楼上少坐，待武二便来。”又转一奇峰。〇不知何九郓哥此时在武二房中说甚？四家邻舍都面面相看，不敢不依他，只得都上楼去坐了。武松分付土兵，也教押那婆子上楼去。妙。关了楼门，妙。着两个土兵在楼下看守。妙。

武松包了妇人那颗头，一直奔西门庆生药铺前来。骇疾。看着主管，唱个喏，是日武二唱了多喏。问道：“大官人在么？”主管道：“却才出去。”武松道：“借一步闲说一句话。”那主管也有些认得武松，不敢不出来。武松一引引到侧首僻净巷内，蓦然翻过脸来道：“你要死却是要活！”骇疾。主管慌道：“都头在上，小人又不曾伤犯了都……”不待辞毕，活画骇疾。〇俗本“都”字下有“头”字。武松道：“你要死，休说西门庆去向，要死休说，皆口头语耳，却自是绝奇妙语，反若戒之也者。你若要活，实对我说西门庆在那里？”主管道：“却才和、和一个相识，去、去狮子桥下大酒楼上吃……”又不待辞毕，活画骇疾。〇俗本“吃”字下有“酒”字。武松听了，转身便走。活是一个狮子。那主管惊得半晌移脚不动，自去了。“移脚不动”下，加“自去了”三字，是写跛鳖显神龙法，思之可知。

且说武松径奔到狮子桥下酒楼前，便问酒保道：“西门庆大郎和甚人吃酒？”酒保道：“和一个一般的财主在楼上边街阁儿里吃酒。”武松一直撞到楼上去，阁子前张时，窗眼里见西门庆坐着主位，对面一个坐着客席，两个唱的粉头，坐在两边。闲中一衬。〇多恐是李娇娇、张惜惜耳。武松把那被包打开，一抖，骇疾。那颗人头血渌渌的滚出来。骇疾。武松左手提了人头，右手拔出尖刀，挑开帘子，骇疾。〇挑开者，尖刀挑开也。钻将入来，急挑不开，故用“钻”字，活画骇疾。把那妇人头望西门庆脸上掼将来。骇疾。〇不必掼，所以掼者，为此际须用双手，乃急切又无放头之处，且放便不骇疾矣，故忽然想出一“掼”字来，妙绝。西门庆认得是武松，吃了一惊，叫声：“哎呀！”亦疾。便跳起在凳子上去，疾。一只脚跨上窗槛，要寻走路。疾。见下面是街，跳不下去，疾。心里正慌。疾。说时迟，那时快，武松却用手略按一按，骇疾。托地已跳在桌子上，骇疾。把些盏儿碟儿都踢下来。百忙中又夹一闲笔。两个唱的行院惊得走不动。百忙中又夹一句。那个财主官人慌了脚手，也倒了。百忙中又夹一句。西门庆见来得凶，便把手虚指一指，早飞起右脚来。兄终弟及，为之绝倒。武松只顾奔入去，骇妙。见他脚起，略闪一闪，妙。恰好那一脚正踢中武松右手，骇妙。那口刀踢将起来，直落下街心里去了。骇妙。〇此句与上打虎折棒一样笔法，皆所以深明武二之神威也。〇踢落刀也，却偏写云"踢将起来"，直落下去，一起一落。虽一落刀，亦必写成异样色势，真才子不虚也。西门庆见踢去了刀，心里便不怕他，右手虚照一照，左手一拳，照着武松心窝里打来。亦疾。却被武松略躲个过，骇疾。就势里从胁下钻入来，骇疾。左手带住头，连肩胛只一提，骇疾。右手早捽住西门庆左脚，叫声："下去！"骇疾。那西门庆一者冤魂缠定，二乃天理难容，三来怎当武松神力，又向百忙中，忽挤下三句来。只见头在下，脚在上，倒撞落在当街心里去了，跌得个发昏章第十一。奇语，捎带俗儒分章，可笑。〇独恨大雄氏之言，亦被盲僧分章裂段，真发昏章第十一也。

街上两边人都吃了一惊。是闲笔，不是闲笔。武松伸手下凳子边提了淫妇的头，骇疾。也钻出窗子外，涌身望下只一跳，骇疾。〇第一刀下去，第二捽奸夫下去，第三自跳下去。一个酒楼窗里，凡写三番下去，妙绝。跳在当街上，先抢了那口刀在手里，骇疾。看这西门庆已跌得半死，直挺挺在地下，只把眼来动。

武松按住，只一刀，割下西门庆的头来。写得快绝。把两颗头相结做一处，真亏王婆撮合。提在手里，妙。把着那口刀，妙。一直奔回紫石街来。叫土兵开了门，将两颗人头供养在灵前，把那碗冷酒浇奠了。又洒泪道："哥哥灵魂不远，早生天界！兄弟与你报仇，杀了奸夫和淫妇，今日就行烧化。"生哥哥不得孝顺，要甚灵床子，快人快事。〇绝妙一篇《后祭武大郎文》。便叫土兵，楼上请高邻下来，妙。把那婆子押在前面。妙。〇看官须记得，老猪狗第四番设祭，设祭已毕。

是背接绑着者。武松拿着刀，提了两颗人头，妙。○浇奠既毕，仍提在手。再对四家邻舍道："我又有一句话不顾骇死人。对你们高邻说，须去不得！"骇死人。

那四家邻舍叉手拱立，尽道："都头但说，我众人一听尊命。"武松说出这几句话来，有分教：景阳冈好汉，屈做囚徒；阳谷县都头，变作行者。毕竟武松说出甚话来，且听下回分解。

第二十六回
母夜叉孟州道卖人肉
武都头十字坡遇张青

母夜叉孟州道賣人肉

前篇写武松杀嫂，可谓天崩地塌，鸟骇兽窜之事矣。入此回真是强弩之末，势不可穿鲁缟之时，斯固百江郎莫不阁笔坐愁，摩腹吟叹者也。乃作者忽复自思，文章之法不止一端，右之左之，无不咸有，我独奈何菁华既竭，搴裳便去，自同鼯鼠，为艺林笑哉？于是便随手将十字坡遇张青一案，翻腾踢倒，先请出孙二娘来。写孙二娘便加出无数“笑”字，写武松便幻出无数风话，于是读者但觉峰回谷转，又来到一处胜地。而殊不知作者正故意要将顶天立地、戴发噙齿之武二，忽变作迎奸卖俏、不识人伦之猪狗。上文何等雷轰电激，此处何等展眼招眉。上文武二活是景阳冈上大虫，此处武二活是暮雪房中嫂嫂。到得后幅，便一发尽兴写出当胸搂住，压在身上八个字来，正是前后穿射，斜飞反扑，不图无心又得此一番奇笔也。

相见后，武松叫无数嫂嫂，二娘叫无数伯伯，前后二篇杀一嫂嫂，遇一嫂嫂，先做叔叔，后做伯伯，亦悉是他用斜飞反扑，穿射入妙之笔。

张青述鲁达被毒，下忽然又撰出一个头陀来，此文章家虚实相间之法也。然却不可便谓鲁达一段是实，头陀一段是虚。何则？盖为鲁达虽实有其人，然传中却不见其事，头陀虽实无其人，然戒刀又实有其物也。须知文到入妙处，纯是虚中有实，实中有虚，联绾激射，正复不定，断非一语所得尽赞耳。

此书每到人才极盛处，便忽然失落一人，以明网罗之外，另有异样奇人，未可以耳目所及，遂尽天下之士也。即如开书将说一百八人，为头已先失落一王进。张青光明寺出身，便加意为鲁达、武松作合，而中间已失落一头陀。宋江三打祝家之际，聚会无数新来豪杰，而末后已失落一栾廷玉。嗟乎，名垂简册，亦复有幸有不幸乎！彼成大名、显当世者，胡可遂谓蚌外无珠也！

话说当下武松对四家邻舍道："小人因与哥哥报仇雪恨，犯罪正当其理，虽死而不怨。天在上，地在下，日月在明，鬼神在幽，一齐洒泪，听公此言。却才甚是惊吓了高邻。又谢众人一句。小人此一去，存亡未保，死活不知。我哥哥灵床子就今烧化了。读之心痛。〇兄弟二人，一死于仇，一将死于报仇，想其父母在地下，不知相顾作何语。家中但有些一应物件，望烦四位高邻与小人变卖些钱来，作随衙用度之资，听候使用。细心闲笔。今去县里首告，休要管小人罪犯轻重，只替小人从实证一证。"是。随即取灵牌和纸钱烧化了。楼上有两个箱笼取下来，打开看了，付与四邻收贮变卖。却押那婆子，提了两颗人头，径投县里来。真好看。此时哄动了一个阳谷县，街上看的人不计其数。第一番看迎虎，第二番看人头，阳谷县人何其乐也。知县听得人来报了，先自骇然，随即升厅。武松押那王婆在厅前跪下，行凶刀子和两颗人头放在阶下。武松跪在左边，婆子跪在中间，四家邻舍跪在右边。武松怀中取出胡正卿写的口词，从头至尾告说一遍。知县叫那令史先问了王婆口词，一般供说。四家邻舍指证明白。又唤过何九叔、郓哥，都取了明白供状。唤当该仵作行人，委吏一员，把这一干人押到紫石街简验了妇人身尸，狮子桥下酒楼前，简验了西门庆身尸，明白填写尸单格目，回到县里，呈堂立案。

知县叫取长枷，且把武松同这婆子枷了，写得绝倒。今古同叹。收在监内。一干平人，寄监在门房里。且说县官念武松是个义气烈汉，又想他上京去了这一遭，一心要周全他，又寻思他的好处，用笔甚轻，只须如此。便唤该吏商议道："念武松那厮，是个有义的汉子，把这人们招状，从新做过，改作：‘武松因祭献亡兄武大，有嫂不容祭祀，因而相争；妇人将灵床推倒，救护亡兄神主，与嫂斗殴，一时杀死。次后西门庆因与本妇通奸，前来强护，因而斗殴，互相不伏，扭打至狮子桥边，以致斗杀身死。’”读之绝倒。○招中又无王婆，何也？读款状与武松听了，写一道申解公文，将这一干人犯解本管东平府，申请发落。这阳谷县虽是个小县分，倒有仗义的人，有那上户之家，都资助武松银两，也有送酒食钱米与武松的。此处数段，俱是冷题热写，然却将打虎时牵映出来。武松到下处，将行李寄顿土兵收了，将了十二三两银子，与了郓哥的老爹。前文闲中一许，只谓口头活话，不意至此应出，行文精细如此。武松管下的土兵，大半相送酒肉不迭。又妙，写出义烈感人。

当下县吏领了公文，抱着文卷，并何九叔的银子、骨殖、招词、刀仗，武大骨殖，在县吏处。带了一干人犯，上路望东平府来。众人到得府前，看的人哄动了衙门口。且说府尹陈文昭，听得报来，随即升厅。那陈府尹是个聪察的官，已知这件事了。便叫押过这一干人犯，就当厅先把阳谷县申文看了，又把各人供状招款看过，将这一干人一一审录一遍。把赃物并行凶刀仗封了，发与库子，收领上库。武大骨殖上库。将武松的长枷，换了一面轻罪枷枷了，下在牢里。把这婆子换一面重囚枷钉了，禁在提事司监死囚牢里收了。县何愦愦，府何察察，只是笔墨抑扬以成文势耳。唤过县吏，领了回文，发落何九叔、郓哥、四家邻舍这六人，且带回县去，宁家听候。好。本主西门庆妻子，留在本府羁管听候。等朝廷明降，方始细断。那何九叔、郓哥、四家邻舍，县吏领了，自回本县去了。

武松下在牢里，自有几个土兵送饭。闲笔。○读此句，忽忆《论语》“人皆有兄弟，我独无”之语，不觉泪落。且说陈府尹哀怜武松是个仗义的烈汉，时常差人看觑他，因此节级牢子都不要他一文钱，倒把酒食与他吃。读至此处，忽又忆“四海之内皆兄弟”一语，叹其诚然也。陈府尹把这招稿卷宗都改得轻了，申去省院详审议罪，却使个心腹人赍了一封紧要密书，星夜投京师来替他干办。此篇写武松既写得异常，则写四边人定不得不都写得异常。譬如画虎者，四边草木都须作劲势，不然，便衬不起也。不知文者，竟漫谓难得陈文昭，真痴人说梦矣。那刑部官有和陈文昭好的，把这件事直禀过了省院官，议下罪犯：“据王婆县招漏去，此独首提，妙绝。生情造意，哄诱通奸，唆使本妇下药毒死亲夫，又令本妇赶逐武松，不容祭祀亲兄，仍入此句，以明未尝不采县招也。以致杀伤人命唆令男女故失人伦，拟合凌迟处死。妙。据武松虽系报兄之仇，斗杀西门庆奸夫人命，亦则自首，难以释免。脊杖四十，刺配二千里外。妙。奸夫淫妇，虽该重罪，已死勿论。妙。其余一干人犯，释放宁家。妙。文书到日，即便施行。”尤妙。○似依决不待时律，然实为读者至此，已不及俟秋后矣。

东平府尹陈文昭看了来文，随即行移，拘到何九叔、郓哥并四家邻舍，和西门庆妻小一干人等，都到厅前听断。牢中取出武松，读了朝廷明降，开了长枷，脊杖四十。上下公人都看觑他，止有五七下着肉。好。○独与前后诸人受杖不同。取一面七斤半铁叶团头护身枷钉了，脸上免不得刺了两行金印，迭配孟州牢城。其余一干众人，省谕发落，各放宁家。大牢里取出王婆，当厅听命。读了朝廷明降，这剐便有一分了。写了犯由牌，这剐便有二分了。画了伏状，这剐便有三分了。便把这婆子推上木驴，这剐便有四分了。四道长钉，三条绑索，这剐便有五分了。东平府尹判了一个字：剐。一字句。○这剐便有六分了。上坐，下抬，二字句。○这剐便有七分了。破鼓响，碎锣鸣，三字句。○这剐便有八分了。犯由前引，混棍后催，四字句。○这剐便有九分了。两把尖刀举，一朵纸花摇，五字句。○这剐便有十分了。带去东平府市心里吃了一剐。十分光都完了。

话里只说武松带上行枷，看剐了王婆，此句不是写出畅快，正显上文数行，都自武松眼中看出，非作者自置一笔也。有那原旧的上邻姚二郎，将变卖家私什物的银两，交付与武松收受，极细。〇独借姚二郎者，为他开银铺也。作别自回去了。当厅押了文帖，着两个防送公人领了，解赴孟州交割。府尹发落已了。只说武松与两个防送公人上路，有那原跟的土兵，付与了行李，极细。亦回本县去了。武松自和两个公人，离了东平府，迤逦取路，投孟州来。那两个公人，知道武松是个好汉，一路只是小心伏侍他，不敢轻慢他些个。亦独与诸人防送不同。武松见他两个小心，也不和他计较。包裹内有的是金银，但过村坊铺店，便买酒买肉，和他两个公人吃。

话休絮繁。武松自从三月初头杀了人，好笔。坐了两个月监房，好笔。如今来到孟州路上，正是六月前后。好笔。〇去年此际，杨志在二龙山下矣。流光迅速，又是一番公案。炎炎火日当天，烁石流金之际，只得赶早凉而行。约莫也行了二十余日，来到一条大路。三个人已到岭上，却是巳牌时分，武松道："你们且休坐了，赶下岭去，寻买些酒肉吃。"两个公人道："也说得是。"三个人奔过岭来，只一望时，见远远地土坡下，约有数间草屋，傍着溪边。柳树上，挑出个酒帘儿。如画。武松见了，指道："那里不有个酒店？"三个人奔下岭来，山冈边见个樵夫，挑一担柴过去。并无姓名，只作眼前一闪，奇笔。武松叫道："汉子，借问这里叫做甚么去处？"樵夫道："这岭是孟州道岭。前面大树林边，便是有名的十字坡。"坡名绝妙，自表其文心交叉四出，如十字也。前宝珠篇中，已详论之。

武松问了，自和两个公人一直奔到十字坡边看时，为头一株大树，四五个人抱不交，上面都是枯藤缠着。如画。看看抹过大树边，早望见一个酒店。门前窗槛边坐着一个妇人，曹正店中一个妇人，此店中又一个妇人，

（不知谁宾谁主。）露出绿纱衫儿来。头上黄烘烘的插着一头钗镮，鬓边插着些野花。（如画。〇先远望写一番。）见武松同两个公人来到门前，那妇人便走起身来迎接。下面系一条鲜红生绢裙，搽一脸胭脂铅粉，敞开胸脯，露出桃红纱主腰，上面一色金钮。（如画。〇又近看写一番。〇尝言美人之美，乃在或远或近之间。今写此妇人，既远近皆详矣，乃觉眼前心上，如逢鬼母，何也？）说道：“客官，歇脚了去？本家有好酒，（句。）好肉。（句。）要点心时，好大馒头。”（句。〇本色行货。）两个公人和武松入到里面一副柏木桌凳座头上，两个公人倚了棍棒，解下那缠袋，上下肩坐了。

武松先把脊背上包裹解下来，放在桌子上，解了腰间搭膊，脱下布衫。两个公人道：“这里又没人看见，我们担些利害，且与你除了这枷，快活吃两碗酒。”便与武松揭了封皮，除下枷来，放在桌子底下，都脱了上半截衣裳，搭在一边窗槛上。（夏景。）只见那妇人笑容可掬（前写潘氏用许多“笑”字，此写二娘复用许多“笑”字，闪耀为奇。）道：“客官，打多少酒？”武松道：“不要问多少，只顾烫来。肉便切三五斤来，一发算钱还你。”那妇人道：“也有好大馒头。”（又说一句，深表大树坡本色道地行货也。）武松道：“也把三二十个来做点心。”那妇人嘻嘻地笑着，入里面，托出一大桶酒来，放下三只大碗，三双箸，切出两盘肉来。一连筛了四五巡酒，去灶上取一笼馒头来，放在桌子上。两个公人拿起来便吃。

武松取一个拍开看了，叫道：“酒家，这馒头是人肉的，是狗肉的？”那妇人嘻嘻笑道：“客官，休要取笑！清平世界，荡荡乾坤，那里有人肉的馒头，狗肉的滋味？我家馒头，积祖是黄牛的。”武松道：“我从来走江湖上，多听得人说道：‘大树十字坡，客人谁敢那里过。肥的切做馒头馅，瘦的却把去填河。’”

只图押韵，遂与今日诗社无异，不意武二天人，亦复不免。那妇人道："客官，那得这话。这是你自捏出来的。"武松道："我见这馒头馅内有几根毛，一像人小便处的毛一般，虽是说馒头，乃其语溷亵之极，已入风话矣，读之绝倒。以此疑忌。"武松又问道："娘子，你家丈夫却怎地不见？"绝妙风话。那妇人道："我的丈夫出外做客未回。"武松道："恁地时，你独自一个须冷落。"绝妙风话，宛然令嫂声口。那妇人笑着，寻思道："这贼配军，却不是作死，倒来戏弄老娘。正是'灯蛾扑火，惹焰烧身'。不是我来寻你，我且先对付那厮！"这妇人便道："客官，休要取笑。再吃几碗了，去后面树下乘凉，要歇便在我家安歇不妨。"也说一句风话，绝妙。武松听了这话，自家肚里寻思道："这妇人不怀好意了。你看我且先要他。"武松又道："大娘子，你家这酒好生淡薄，别有甚好酒，请我们吃几碗。"那妇人道："有些十分香美的好酒，只是浑些。"武松道："最好，越浑越好。"只是风话。那妇人心里暗笑，便去里面托出一镟浑色酒来。武松看了道："这个正是好生酒，只宜热吃最好。"那妇人道："还是这位客官省得，我烫来你尝看。"妇人自笑道："这个贼配军正是该死，倒要热吃。这药却是发作得快，那厮当是我手里行货。"烫得热了，把将过来筛做三碗，笑道："客官，试尝这酒。"两个公人那里忍得饥渴，只顾拿起来吃了。

武松便道："娘子，我从来吃不得寡酒，你再切些肉来与我过口。"张得那妇人转身入去，却把这酒泼在僻暗处，只虚把舌头来咂道："好酒，还是这个酒冲得人动！"写得武二真是妙人，立地生出机变。那妇人那曾去切肉，只虚转一遭，便出来拍手叫道："倒也！倒也！"那两个公人只见天旋地转，禁了口，望后扑地便倒。武松也双眼紧闭，扑地仰倒在凳边。妙人。只听得笑道："只听得"，妙绝。"着了！由你奸似鬼，吃了老娘的洗脚水！"便叫："小二、小三快出来！"只听得飞奔出两个蠢汉来，"听得"，妙绝。听他把两个公人先扛了进去，这妇人便来桌上提那包裹并公人的缠袋，想是捏一捏，约莫里面已是金银。"想是"妙绝，"约莫"妙绝，"已是"妙绝。只听得他大笑道："只听得"，妙绝。"今日得这三头行货，倒有好两日馒头卖，又得这若干东西。"听得把包裹缠袋提入去了，"听得"，妙绝。随听他出来，看这两个汉子扛抬武松。"听他"，妙绝。○先取余事收拾尽，却放出笔来单写武松。那里扛得动。直挺挺在地下，却似有千百斤重的。妙人。只听得妇人喝道："只听得"，妙绝。"你这鸟男女，只会吃饭吃酒，全没些用，直要老娘亲自动手！一段话。这个鸟大汉，却也会戏弄老娘！又一段话。这等肥胖，好做黄牛肉卖。积祖之言不谬。那两个瘦蛮子，只好做水牛肉卖。又一段话。扛进去，先开剥这厮用！"又一段话。○偏说出许多，使武松忍笑不住。听他一头说，一头想是脱那绿纱衫儿，解了红绢裙子，"听他"妙绝，"想是"妙绝。赤膊着，必须赤膊，方使下文尽兴。便来把武松轻轻提将起来。武松就势抱住那妇人，妙人，生平未经之事。把两只手一拘拘将拢来，当胸前搂住，十五字句，思之绝倒。武二真正妙人，无可不可。○前者嫂嫂日夜望之。却把两只腿望那妇人下半截只一挟，压在妇人身上。写出妙人无可不可，思之绝倒。○胸前搂住，压在身上，皆故作丑语以成奇文也。

俗本无八个听字，故知古本之妙。

只见他杀猪也似叫将起来。上文许多事情，偏在耳中听出，此处杀猪也似一声，却于眼中看见，奇文绣错入妙。那两个汉子急待向前，被武松大喝一声，惊得呆了。那妇人被按压在地上，只叫道："好汉饶我！"那里敢挣扎！只见门前一人，挑一担柴，歇在门首，上文无端一闪，令读者几成眼挫，至此忽又闪来。望见武松按倒那妇人在地上，那人大踏步跑将进来，叫道："好汉息怒！且饶恕了，小人自有话说！"武松跳将起来，把左脚踏住妇人，提着双拳看那人时，写得如画。头带青纱凹面巾，身穿白布衫，下面腿绑护膝八搭麻鞋，腰系着缠袋，生得三拳骨叉脸儿，微有几根髭髯，年近三十五六，看着武松，叉手不离方寸，说道："愿闻好汉大名！"武松道："我行不更名，坐不改姓，都头武松的便是！"那人道："莫不是景阳冈打虎的武都头？"武松回道："然也！"须知此二字是得意语。那人纳头便拜道："闻名久矣，今日幸得拜识。"武松道："你莫非是这妇人的丈夫？"那人道："是小人的浑家天下亦有所对非所问，而恰成妙对，乃至一字不复可换者，如此语是也。'有眼不识泰山'，不知怎地触犯了都头。可看小人薄面，望乞恕罪！"武松慌忙放起妇人来，便问："我看你夫妻两个也不是等闲的人，当知此句不是写武松眼力，正是表夫妻二人。愿求姓名。"那人便叫妇人穿了衣裳，四字绝妙。快近前来拜了都头。

武松道："却才冲撞，嫂嫂休怪。"忽然叫出"嫂嫂"二字，令我一惊。○方杀一嫂嫂，又认一嫂嫂，真是行文如戏。那妇人便道："有眼不识好人。一时不是，望伯伯恕罪。且请伯伯里面坐地。"前文潘氏叫得叔叔一片响，此文二娘叫得伯伯一片响，叔叔伯伯，激应奇绝。武松又问道："你夫妻二位，高姓大名，如何知我姓名？"知己之感，千古所同，独不谓武二天人，亦有之耳。那人道："小人姓张名青，原是此间光明寺种菜园子。大相国寺菜园后，又见此处。为因一时间争些小事性起，把这光明寺僧行杀了，放把火烧做白地。遂与鲁达同。后来也没对头，官司也不来问，小人只在此大树坡下剪径。忽一日有个老儿挑担子过来，小人欺负他老，抢出去和他厮并，斗了二十余合，被那老儿一匾担打翻。原来那老儿，年纪小时，专一剪径。因见小人手脚活便，带小人归去到城里，教了许多本事。又把这个女儿，招赘小人做了女婿。城里怎地住得？只得依旧来此间盖些草屋，卖酒为生。实是只等客商过往，有那入眼的，便把些蒙汗药与他吃了便死，将大块好肉，切做黄牛肉卖，零碎小肉，做馅子包馒头。小人每日也挑些去村里卖，如此度日。小人因好结识江湖上好汉，人都叫小人做‘菜园子’张青。俺这浑家姓孙，全学得他父亲本事，特表二娘。人都唤他做‘母夜叉’孙二娘。小人却才回来，听得浑家叫唤，谁想得遇都头。小人多曾分付浑家道：‘三等人不可坏他。第一，是云游僧道。奇文。〇张青为头是最惜和尚，便前牵鲁达，后挽武松矣。布格展笔，如画家所称大落墨也。他不曾受用过分了，又是出家的人。’则恁地，也争些儿坏了一个惊天动地的人，原是延安府老种经略相公帐前提辖，姓鲁名达。此事传中未尝正写，只是鲁达口中述一遍，此处张青口中述一遍耳，另是一样奇格。为因三拳打死了一个镇关西，逃走上五台山落发为僧，因他脊梁上有花绣，江湖上都呼他做‘花和尚’鲁智深。独详其做和尚之故，为后文武松作案。使一条浑铁禅杖，重六十来斤。独详禅杖，为后文戒刀作案。也从这里经过，浑家见他生得肥胖，也是黄牛。酒里下了些蒙汗药，扛入在作坊里。正要动手开剥，小人恰好归来。见他那条禅杖非俗，却慌忙把解药救起来，从禅杖上识出英雄，出色奇语。结拜为

第一段为鲁达武松提纲。

兄。此四字，是一篇眼目，与后“结拜为弟”四字对看，是张青生平一片之心也。打听他近日占了二龙山宝珠寺，和一个甚么青面兽杨志，张青一篇只重鲁达，不重杨志，故特另加“甚么”二字以别之。霸在那方落草。小人几番收得他相招的书信，只是不能够去。”闲中闲放一线。

武松道：“这两个，张青一篇自重鲁达，武松分中却无轻重，故平提之也。我也在江湖上多闻他名。”张青道：“只可惜了一个头陀，长七八尺一条大汉，述鲁达事毕，忽然又撰出一个头陀来。黄昏风雨，天黑如磐，每忆此文，心绝欲死。也把来麻坏了，小人归得迟了些个，已把他卸下四足。如今只留得一个箍头的铁界尺，一领皂直裰，一张度牒在此。无端撰出一个头陀，便生出数般器具，真不知文生于情，情生于文，盖其笔墨亦为蚨血所涂，故有子母环帖之能也。○先出三件，入下更出二件，文笔旋舞而下。别的都不打紧，有两件物最难得，一件是一百单八颗人顶骨做成的数珠，人但知上文先出三件，陪下二件，殊不知下文二件，亦是以一件陪一件。一件是两把雪花镔铁打成的戒刀。前鲁达自述云，见俺戒刀吃惊，此又将留下戒刀，三翻四覆描写，不意戒刀上，又有此奇文也。想这头陀也自杀人不少，直到如今，那刀要便半夜里啸响。看他人骨数珠不更注一语，独将戒刀出色描写，便知意在戒刀，余物只作相伴也。小人只恨道不曾救得这个人，心里常常忆念他。张青真好。第二是江湖上行院妓女之人。此段于文情前后无甚关生，只有意无意与武松杀潘氏反映耳。○行院妓女则可饶恕，败坏风俗如潘氏，胡可得恕也？他们是冲州撞府，逢场作戏，陪了多少小心得来的钱物，若还结果了他，那厮们你我相传，去戏台上说得我等江湖上好汉不英雄。又分付浑家，第三是各处犯罪流配的人，中间多有好汉在里头，切不可坏他。然后正入本文，妙绝。不想浑家不依小人的言语，今日又冲

第二段只作闲话，然亦反映武松杀潘氏作捎带。

撞了都头。幸喜小人归得早些，却是如何了起这片心？”上文一篇长话，却对武松说，至尾后忽掣转对浑家说一句，写出活张青来。

母夜叉孙二娘道：“本是不肯下手，一者见伯伯包裹沉重，二乃怪伯伯说起风话，又叫两声伯伯。因此一时起意。”武松道：“我是斩头沥血的人，何肯戏弄良人！将前回两大篇文字直提出来。我见嫂嫂瞧得我包裹紧，先疑忌了，因此特地说些风话，漏你下手。那碗酒我已泼了，假做中毒，你果然来提我。一时拿住，甚是冲撞了，嫂嫂休怪！”又叫两声嫂嫂。〇凡此等，皆作者特蹴奇波处。张青大笑起来，便请武松直到后面客席里坐定。武松道：“兄长，你且放出那两个公人则个。”写武松天人处。张青便引武松到人肉作坊里看时，见壁上绷着几张人皮，妙。梁上吊着五七条人腿。妙。见那两个公人，一颠一倒，挺着在剥人凳上。妙。〇特详之，以为昔之鲁达，今之武松，已开剥之头陀，未开剥之公人，一齐出色也。武松道：“大哥，你且救起他两个来。”张青道：“请问都头今得何罪，配到何处去？”武松把杀西门庆并嫂的缘由，一一说了一遍。

第三段正合本文。

张青夫妻两个欢喜不尽，闻以叔弑嫂，却欢喜不尽，写得粗豪可笑。便对武松说道：“小人有句话说，未知都头如何？”武松道：“大哥，但说不妨。”张青不慌不忙，对武松说出那几句话来，有分教：武松大闹了孟州城，哄动了安平寨。直教打翻拽象拖牛汉，撷倒擒龙捉虎人。毕竟张青对武松说出甚言语来，且听下回分解。

第二十七回
武松威震安平寨
施恩义夺快活林

武松威鎮安平寨
施恩義奪快活林

上文写武松杀人如菅，真是血溅墨缸，腥风透笔矣。入此回，忽然就两个公人上，三翻四落写出一片菩萨心胸，一若天下之大仁大慈，又未有仁慈过于武松也者，于是上文尸腥血迹洗刷净尽矣。盖作者正当写武二时，胸中真是出格拟就一位天人，凭空落笔，喜则风霏露洒，怒则鞭雷叱霆，无可无不可，不期然而然。固久非宋江之逢人便哭，阮七、李逵之掿刀便搠者所得同日而　语也。

读此回，至武松忽然感激张青夫妻两个之语，嗟呼，岂不痛哉！夫天下之夫妻两个，则尽夫妻两个也，如之何而至于松之兄嫂，其夫妻两个独遽至于如此之极也！天乎，人乎？念松父松母之可以生松，而不能免于生松之兄，是诚天也，非人也。然而兄之可以不娶潘氏，与松之可以不舍兄而远行，是皆人之所得为也，非天也。乃松之兄可以不娶潘氏，而财主又必白白与之，松之志可以不舍兄而远行，而知县又必重重托之，然则天也，非人，诚断断然矣。嗟呼！今而后松已不信天下之大，四海之内，尚有夫良妻洁，双双两个之奇事，而今初出门庭，初接人物，便已有张青一对如此可爱。松即金铁为中，其又能不向壁弹泪乎耶？作者忽于叙事缕缕中，奋笔大书云："武松忽然感激张青夫妻两个。"嗟呼！真妙笔矣。"忽然"字，俗本改作"因此"字，又于"两个"下，增"厚意"字，全是学究注意盘飧之语，可为唾抹，今并依古本订定。

连叙管营逐日管待。如云一个军人托着一个盒子，看时，是一大镟酒，一盘肉，一盘子面，又是一大碗汁。晚来，头先那个人又顶一个盒子来，是几般菜蔬，一大镟酒，一大盘煎肉，一碗鱼羹，一大碗饭，不多时，那个人又和一个人来，一个提只浴桶，一个提一桶汤，送过浴裙手巾，便把藤簟铺了，纱帐挂起，放个凉枕，叫声安置。明日，那个人又提桶面汤，取漱口水，又带个待诏篦头，绾髻子，裹巾帻。又一个人将个盒子，取出菜蔬下饭，一大碗肉汤，一大碗饭。吃罢，又是一盏茶。搬房后，那个人又将一个提盒，看时，却是四般果子，一只熟鸡，又有许多蒸卷儿，一注子酒。晚间，洗浴乘凉。如此等事，无不细细开列，色色描画。尝言太史公酒帐肉簿，为绝世奇文，断惟此篇足以当之。若韩昌黎《画记》一篇，直是印板文字，不足道也。

将写武松威震安平，却于预先一日，先去天王堂前闲走，便先安放得个青石墩在化纸炉边，奇矣。又奇者，到明日正写武松演试神力之时，却偏不一直写，偏先写得一半，如云轻轻抱一抱起，随手一撇，打入地下一尺来深，如是便止。却自留下后半再作一番写来，如云一提，一掷，一接，轻轻仍放旧处，直至如此，方是武松全副神力尽情托出之时。却又还有一半在后，如云面上不红，心头不跳，口里不喘是也。读第一段并不谓其又有第二段，读第二段更不谓其还有第三段，文势离奇屈曲，非目之所尝睹也。

话说当下张青对武松说道："不是小人心歹，比及都头去牢城营里受苦，不若就这里把两个公人做翻，且只在小人家里过几时。此一句宾。若是都头肯去落草时，小人亲自送至二龙山宝珠寺，与鲁智深相聚入伙如何？"张青生平一片之心。○此一句主。○看他上文还带说杨志，此处已只提鲁达，为一篇大文之纲领。武松道："最是兄长好心，顾盼小弟。只是一件，武松平生只要打天下硬汉。早伏蒋门神。这两个公人，于我分上，只是小心，一路上伏侍我来。我若害了他，天理也不容我。妙语。直衬出杀嫂嫂合天理来。你若敬爱我时，“敬爱”二字妙绝，武松天人，便说得出此二字来。便与我救起他两个来，不可害他。”特表武松仁慈之至。张青道：“都头既然如此仗义，小人便救醒了。”当下张青叫火家，便从剥人凳上搀起两个公人来。孙二娘便去调一碗解药来，张青扯住耳朵，灌将下去。没半个时辰，两个公人如梦中睡觉的一般，爬将起来，看了武松说道：“我们却如何醉在这里？这家恁么好酒！我们又吃不多，便恁地醉了！记着他家，回来再问他买吃。”随笔捣成趣语。武松笑将起来，张青、孙二娘也笑，两个公人正不知怎地。那两个火家自去宰杀鸡鹅，煮得熟了，整顿杯盘端正。

一路都写武二神威，不是人间蹊径。

张青教摆在后面葡萄架下，夏景。放了桌凳坐头。张青便邀武松并两个公人到后园内。武松便让两个公人上面坐了，张青、武松在下面朝上坐了，张青待武松也，武松却不上坐者，盖预以弟道自居，令人又提着武大当年，悲从中来也。孙二娘坐在横头。二娘固不必避生客也，然因此一坐，男女杂乱，便忽提出武大夫妻初见武二之日，不胜风景不殊之痛也。作者挑逗之工，于斯极矣。两个汉子轮番斟酒，来往搬摆盘馔。张青劝武松饮酒。至晚，取出那两口戒刀来叫武松看了。果是镔铁打的，非一日之功。看他将戒刀赞诵一番，两摩娑一番，加意极矣。两个又说些江湖上好汉的勾当，却是杀人放火的事。武松又说：“山东及时雨宋公明，仗义疏财，如此豪杰，如今也为事逃在柴大官人庄上。”此却是武松生平一片之心，不得不说。〇又不使宋江一边闲。两个公人听得，惊得呆了，只是下拜。武松道："难得你两个送我到这里了，终不成有害你之心。武松仁慈，再表一遍。我等江湖上好汉们说话，你休要吃惊，我们并不肯害为善的人。你只顾吃酒，明日到孟州时，自有相谢。"频频表出武松仁慈者，所以尽情洗刷上文杀奸夫淫妇之污秽，以见武松真正天人，雷霆风雨，各极其用，不比梁山李逵、阮七之徒，草菅人命以为作戏也。描写至此，真神笔哉。当晚就张青家里歇了。次日，武松要行，张青那里肯放，一连留住管待了三日。

武松忽然感激张青夫妻两个，失一哥哥，得一哥哥；一个兄弟方做完，一个兄弟重做起。文心淋漓飞舞，读之有海霞赤城之观。〇"忽然感激"四字，写武二真天人也。论年齿，张青却长武松九年，是年武松二十六岁也。〇俗本九年作五年。因此张青便把武松结拜为弟。与前"结拜为兄"四字对看，是张青一篇提纲。武松再辞了要行，张青又置酒送路。取出行李、包裹、缠袋来，交还了，不见他进去，却见他出来，妙绝。又送十来两银子与武松，把二三两零碎银子赍发两个公人。武松就把这十两银子一发与了两个公人。打虎一千贯，便分猎户，张青送十两，又与公人。远远表出武松身无长物，便为后面差拨一篇奇文作地，不知文者，便叹其挥金如土也。再带上行枷，依旧贴了封皮。细。张青和孙二娘送出门前，武松忽然感激，上东京时，嫂嫂不送出门前，还有哥哥送出门前也。到得配孟州时，已并无哥哥送出门前。天下为兄弟者，不止一人，亦有如是之怨毒者乎？今忽然于路旁萍水之张青夫妇，反生受其双双送出门前，亲兄武大，灵魂不远，今竟何在哉？忽然感激，洒出泪来，武二天人，故感激洒泪也。〇反映前文，至于如此，真正才子，万世不能易也。只得洒泪别了，取路投孟州来。

未及晌午，早来到城里。直至州衙，当厅投下了东平府文牒。州尹看了，收了武松，自押了回文，与两个公人回去，不在话下。随即却把武松帖发本处牢城营来。当日武松来到牢城营前，看见一座牌额，上书三个大字，写着道："安平寨"。

公人带武松到单身房里，公人自去下文书，讨了收管，不必得说。武松自到单身房里，早有十数个一般的囚徒来看武松，说道：此书凡系一段小文，便要故意相犯，如此文亦与林冲初到牢城营不换一笔。"好汉，你新到这里，包裹里若有人情的书信并使用的银两，取在手头，并无，故妙。少刻差拨到来，便可送与他。若吃杀威棒时，也打得轻。若没人情送与他时，端的狼狈！我和你是一般犯罪的人，特地报你知道。岂不闻'兔死狐悲，物伤其类'？我们只怕你初来不省得，通你得知。"武松道："感谢你们众位指教。我小人身边略有些东西，若是他好问我讨时，便送些与他。若是硬问我要时，一文也没！"不是写武松不知世涂，只是自矗奇峰，为下文生精作怪地耳。众囚徒道："好汉，休说这话。古人道：'不怕官，只怕管。''在人矮檐下，怎敢不低头。'只是小心便好。"说犹未了，只见一个道："差拨官人来了。"众人都自散了。

林冲差拨管营处都有书信、银两，武松两处都无，宋江牢手有，节级无。写出他一个自爱，一个神威，一个机械，各各不同。

武松解了包裹，坐在单身房里，反坐下，奇绝。只见那个人走将入来，问道："那个是新到囚徒？"武松道："小人便是。"差拨道："你也是安眉带眼的人，新语。直须要我开口说。你是景阳冈打虎的好汉，阳谷县做都头，只道你晓事，如何这等不达时务！你敢来我这里，猫儿也不吃你打了！"随景成趣。武松道："你到来发话，指望老爷送人情与你，半文也没。妙语。然世人都恒道之，而不能知其妙。何者？盖没钱至于没一文，止矣，若夫半文者，乞人亦不要也。偏说"半文也没"，盖云没之至也。我精拳头有一双相送！猫儿不吃打，狗儿或者领却拳头去。碎银有些，留了自买酒吃。自在之极。看你怎地奈何我？没地里到把我发回阳谷县去不成！"绝倒语，非武松说不出。那差拨大怒去了。又有众囚徒走拢来，妙波。〇此却与林冲文不同。说道："好汉，你和他强了，少间苦也！他如今去和管营相公说了，必然害你性命。"武松道："不怕！随他怎么奈何我，文来文对，武来武对！"此八字写武松不是蛮皮，盖其胸中计画已定。○然千载看书人到此，无不猜到下文定是武来武对也。

正在那里说未了，只见三四个人来单身房里，叫唤新到囚人武松。文情险绝。武松应道："老爷在这里，又不走了，大呼小喝做甚么！"那来的人把武松一带，带到点视厅前。那管营相公正在厅上坐。五六个军汉押武松在当面。管营喝叫除了行枷，说道："你那囚徒，省得太祖武德皇帝旧制，但凡初到配军，须打一百杀威棒。那兜拕的，背将起来。"武松道："都不要你众人闹动，要打便打，也不要兜拕。我若是躲闪一棒的，不是打虎好汉。写出打虎是得意之事。从先打过的都不算，从新再打起，绝倒。一段。○我若叫一声，便不是阳谷县为事的好男子。"写出杀嫂又是得意事。○其文本与下连。两边看的人都笑道："这痴汉弄死！且看他如何熬！"上下文皆是武松一连说话，中间忽夹写两边人笑，妙笔。"要打便打毒些，不要人情棒儿，打我不快活！"其文与上阳谷为事句，一气连下。○二段。

两下众人都笑起来。那军汉拿起棍来，吆呼一声。文笔险仄。只见管营相公身边立着一个人，六尺以上身材，二十四五年纪，白净面皮，三柳髭须，额头上缚着白手帕，奇。身上穿着一领青纱上盖，把一条白绢搭膊络着手。奇。那人便去管营相公耳朵边略说了几句话，只见管营道："新到囚徒武松，你路上途中曾害甚病来？"妙。○一路看他写管营手柔，武松弓燥，一递一句，真欲失笑。武松道："我于路不曾害，妙妙。酒也吃得，肉也吃得，饭也吃得，路也走得。"妙妙，反说出一串来。管营道："这厮是途中得病到这里，我看他面皮才好，且寄下他这顿杀威棒。"妙。两边行杖的军汉低低对武松道："你快说病。这是相公将就你，你快只推曾害便了。”加赠一层更妙。武松道：“不曾害，不曾害，妙妙，反说出两句。打了倒干净！我不要留这一顿寄库棒，新语。寄下倒是钩肠债，新语。几时得了！”妙妙。

两边看的人都笑。若无此句，便是一管营，一武松，一行杖牢子，四边寂然更无人矣。管营也笑道：“想是这汉子多管害热病了，不曾得汗，故出狂言。不要听他，且把去禁在单身房里。”妙。○然而何也？我又欲疾读下去，得知其故，又欲且止，试一思之，愿天下后世之读是书者，至此等处，皆且止试思也。三四个军人引武松依前送在单身房里。众囚徒都来问道：“你莫不有甚好相识书信与管营么？”妙波屡皱。武松道：“并不曾有。”众囚徒道：“若没时，寄下这顿棒，不是好意，晚间必然来结果你！”武松道：“还是怎地来结果我？”众囚徒道：“他到晚把两碗干黄仓米饭来与你吃了，趁饱带你去土牢里，把索子捆翻，着藁荐卷了你，塞了你七窍，颠倒竖在壁边，不消半个更次，便结果了你性命，这个唤做‘盆吊’。”上文脱过威棒，读者虽未审何故，然已心魂安帖矣。作者却偏不肯便令安帖，偏又翻出两番刑法来，使读者重复忧起，绝世奇格。武松道：“再有怎地安排我？”众人道：“再有一样，也是把你来捆了，却把一个布袋，盛一袋黄沙，将来压在你身上，也不消一个更次，便是死的，这个唤‘土布袋’。”偏有两样，写得其祸不测。武松又问道：“还有甚么法度害我？”只管问，绝倒。众人道：“只是这两件怕人些，其余的也不打紧。”

众人说犹未了，只见一个军人托着一个盒子入来，问道：“那个是新配来的武都头？”不叫作囚人武松矣，何也？武松答道：“我便是。有甚么话说？”妙。那人答道：“管营叫送点心在这里。”武松看时，一大镟酒，一盘肉，一盘子面，又是一大碗汁。写得出奇，竟不知其何也。○逐色开列，以表不是草草供具，妙绝。武松寻思道：“敢是把这些点心与我吃了，却来对付我。妙。我且落得吃了，却又理会。”武松把那镟酒来，一饮看他一路历落零乱，写下无数只见一个人，只见那个人，妙绝。

而尽，把肉和面都吃尽了。那人收拾家火回去了。去了，并不见有事。武松坐在房里寻思，自己冷笑道："看他怎地来对付我？"妙。看看天色晚来，只见头先那个人，竟成常随，写得妙极。又顶一个盒子入来，出奇。武松问道："你又来怎地？"妙。那人道："叫送晚饭在这里。"摆下几般菜蔬，又是一大镟酒，一大盘煎肉，一碗鱼羹，一大碗饭。又逐色开列。武松见了，暗暗自忖道："吃了这顿饭食，必然来结果我。妙。且由他，便死也做个饱鬼，落得吃了，却再计较！"那人等武松吃了，收拾碗碟回去了。又去了，并无事。不多时，那个人又和一个汉子两个来，越写得出奇。一个提着浴桶，亦逐件写。一个提一大桶汤逐件写。来，看着武松道："请都头洗浴。"真奇绝。武松想道："不要等我洗浴了来下手？妙。我也不怕他，且落得洗一洗。"那两个汉子安排倾下汤，不要武松动手。武松跳在浴桶里面，洗了一回，随即送过浴裙手巾，细细写出小心服事来。教武松拭了，穿了衣裳。一个自把残汤倾了，细细服事。提了浴桶去。去了。一个便把藤簟、句。纱帐，句。○逐件细细开列。将来挂起，细细服事。铺了藤簟，细细服事。放个凉枕，细细服事。叫了"安置"，何等细细小心服事。也回去了。也去了，并无事。武松把门关上拴了，着此句妙，写出高枕无事来。自在里面思想道："这个是甚么意思？随他便了，且看如何！"妙。放倒头便自睡了。

一夜无事，此四字各处有，此却入妙。天明起来，才开得房门，只见夜来那个人出奇无穷。提着桶洗面汤进来，教武松洗了面，一。又取漱口水漱了口，二。又带个篦头待诏来，早饭前写到面汤，奇矣；又写出漱口，又写出篦头，奇不可言。替武松篦了头，三。绾个髻子，裹了巾帻。加一倍写。○挽髻子，裹巾帻，都不要武松动手。又是一个人，将个盒子入来，取出菜蔬下饭，一大碗肉汤，一大碗饭。又逐色开列。○日日逐色开列。武松想道："由你走道儿，妙。我且落得吃了！"武松吃罢饭，便是一盏茶。加此一句，与上绾髻裹巾，同一出色之法。却才茶罢，只见送饭的那个人来请道："这里不好安歇，请都头去那壁房里安歇，搬茶搬饭却便当。"此一吓却不可当，文情怪险至此。武松道："这番来了！妙，我亦惊谓"这番来了"。我且跟他去，看如何！"一个便来收拾行李被卧，一个引着武松看他连用无数"一个""那个"字，有乱山葱茏之势。离了单身房里，来到前面一个去处。推开房门来，里面干干净净的床帐，两边都是新安排的桌凳什物。何也？武松来到房里，看了，存想道："我只道送我入土牢里去，却如何来到这般去处？便是，何也？比单身房好生齐整！"

武松坐到日中，那个人又将一个提盒子入来，手里提着一注子酒，还未归结，还要写出许多恭敬来，文情奇肆至此。将到房中。打开看时，排下四般果子，一只熟鸡，又有许多蒸卷儿。逐色开列。○又逐次变换。那人便把熟鸡来斯了，《诗》云："斧以斯之。"是此"斯"字出处也。俗本作"撕"字。将注子里好酒筛下，请都头吃。细细开列服事之法。武松心里忖道："毕竟是何如？"妙。到晚又是许多下饭，忽省。又请武松洗浴了，省。乘凉忽增二字。歇息。并无事。武松自思道："众囚徒也是这般说，我也是这般想，却怎地这般请我？"妙。到第三日，依前又是如此送饭送酒。省。

武松那日早饭罢，行出寨里来闲走，管营看顾后，读者便急欲得知其故久矣。忽然接入连日看待之厚一篇，烦文琐景，虽一往如在山阴道中，耳目应接不暇，然心头已极闷闷，正图耐过此番，便当有个归结。却突然又幻出天王堂前闲走一段来，文情恣肆，非世所有。只见一般的囚徒都在那里，担水的、劈柴的、做杂工的，却在晴日头里晒着。正是六月炎天，那里去躲这热？闲中一衬。武松却背叉着手，本借囚徒做工，衬出武松；却又反借武松叉手，衬出囚徒。用笔真如司马入庞家，不复辨其谁宾谁主。问道："你们却如何在这日头里做工？"此语与"何不食肉糜"何异？岂有武二为此言？只是作者极意挑剔耳。众囚徒都笑起来，回说道："好汉，你自不知我们拨在这里做生活时，便是人间天上了！如何敢指望嫌热坐地？还别有那没人情的，将去锁在大牢里，求生不得生，求死不得死，大铁链锁着，也要过哩！"武松听罢，去天王堂前后转了一遭，见纸炉边一个青石墩，倒插而入，乍读之，真不知其故。有个关眼，是缚竿脚的，连后文手提处，都先倒插在此，奇绝才子。好块大石！又喝一句，预为下文出色。○传云：白受采。乃世又有未见白地而先渲染者，此四字是也。武松就石上坐了一会，便回房里来，只闲闲放下。坐地了自存想，妙。只见那个人又搬酒和肉来。脚上又找一句，妙。

话休絮烦。半日亦细烦之极矣，偏说休絮烦。武松自到那房里，住了数日，每日好酒好食，搬来请武松吃，并不见害他的意，武松心里正委决不下。当日晌午，那人又搬将酒食来，又来。武松忍耐不住，按定盒子，问那人道：不惟武松忍不住了，连读者亦忍不住了；不惟读者忍不住了，虽作者亦不好又忍住了。"你是谁家伴当？怎地只顾将酒食来请我？"那人答道："小人前日已禀都头说了，写得半明半灭，妙。小人是管营相公家里梯己人。"武松道："我且问你：每日送的酒食，正是谁教你将来请我？句。吃了怎地？"句。那人道："是管营相公家里的小管营奇文。盖武松本与鲁达一双，故鲁达有老种经略相公，小种经略相公，武松有老施管营相公，小施管营相公也。教送与都头吃。"武松道："我是个囚徒，犯罪的人，又不曾有半点好处到管营相公处，他如何送东西与我吃？"那人道："小人如何省得？小管营分付道，教小人且送半年三个月却说话。"忽又一顿顿住，使人无出气处。武松道："却又作怪！终不成将息得我肥胖了，却来结果我。妙。这个闷葫芦，教我如何猜得破？这酒食不明，我如何吃得安稳？你只说与我，你那小管营是甚么样人，在那里曾和我相会？我便吃他的酒食。”三十字句。那个人道：“便是前日都头初来时，厅上立的那个白手帕包头，络着右手，那人便是小管营。”三十一字句。○并不说出，却已说出，妙在只说包头络手也。武松道：“莫不是穿青纱上盖，立在管营相公身边的那个人？”二十字句。○将装束各说半句，对答如画。那人道：“正是。”武松道：“我待吃杀威棒时，敢是他说，救了我是么？”只一句，陡将前文两节奇事，并作一事。那人道：“正是。”武松道：“却又跷蹊！我自是清河县人氏，他自是孟州人，自来素不相识，如何这般看觑我？必有个缘故。声如洪钟。我且问你：那小管营姓甚名谁？”那人道：“姓施名恩，使得好拳棒，人都叫他做‘金眼彪’施恩。”武松听了道：“想他必是个好男子。武二天人语。你且去请他出来，和我相见了，这酒食便可吃你的。你若不请他出来和我厮见时，我半点儿也不吃。”那人道：“小管营分付小人道，休要说知备细，教小人待半年三个月方才说知相见。”

武松道：“休要胡说！你只去请小管营出来和我相会了便罢。”那人害怕，那里肯去？至此又作一顿。武松焦躁起来，那人只得去里面说知。多时，偏能又作一顿。只见施恩从里面跑将出来，看着武松便拜。跑出妙，“便拜”妙，实是奇极。武松慌忙答礼，说道：“小人是个治下的囚徒，自来未曾拜识尊颜，前日又蒙救了一顿大棒，今又蒙每日好酒好食相待，甚是不当，又没半点儿差遣，正是无功受禄，寝食不安。”施恩答道：“小弟久闻兄长大名，如雷灌耳，只恨云程阻隔，不能够相见。今日幸得兄长到此，正要拜识威颜。只恨无物款待，因此怀羞，不敢相见。”武松问道：“却才听得伴当所说，且教武松过半年三个月却有话说，正是小管营要与小人说甚话？”武二。施恩道：“村仆不省得事，脱口便对兄长说知道，却如何造次说得？”武松道：“管营恁地时，却是秀才要！倒教武松憋破肚皮，闷了怎地过得？你且说，正是要我怎地？”武二。施恩道：“既是村仆说出了，小弟只得告诉。因为兄长是个大丈夫、真男子，有件事欲要相央，除是兄长便行得。特特说出如许一个大冒头，却只说得一句起句，下又顿住了，读之吃力杀人。只是兄长远路到此，气力有亏，未经完足，且请将息半年三五个月，待兄长气力完足，那时却对兄长说知备细。”武松听了，呵呵大笑道：“管营听禀：我去年害了三个月疟疾，一句言是三月疟疾后。景阳冈上酒醉里打翻了一只大虫，一句言又是酒醉里。也只三拳两脚，便自打死了，一句言尚不用全力。何况今日！”此句言今日既非病后，又非醉后，又有全力。施恩道：“而今且未可说，且等兄长再将养几时，待贵体完完备备，那时方敢告诉。”索性再一顿。

武松道：“只是道我没气力了。既是如此说时，我昨日看见天王堂前那个石墩，约有多少斤重？”忽然踔跃而入。施恩道：“敢怕有三五百斤重。”武松道：“我且和你去看看，武松不知拔得动也不。”施恩道：“请吃罢酒了同去。”再加一顿。武松道：“且去了回来吃未迟。”两个来到天王堂前，众囚徒见武松和小管营同来，都躬身唱喏。此句不是闲笔写景，盖倒插众人在此，以为少间罗拜地也。武松把石墩略摇一摇，大笑道：“小人真个娇惰了，那里拔得动！”奇妙无比，文势亦先略摇一摇矣。施恩道：“三五百斤石头，如何轻视得他！”武松笑道：妙人。“小管营也信真个拿不起？你众人且躲开，看武松拿一拿。”武松便把上半截衣裳脱下来，拴在腰里，把那个石墩只一抱，轻轻地抱将起来，双手把石墩只一撇，扑地打下地里一尺来深。如此，可谓奇绝矣，却只是一半，看他再写出一半。众囚徒见了，尽皆骇然。插入众人一句，也只是一半。武松再把右手去地里一提，提将起来，望空只一掷，掷起去离地一丈来高，武松双手只一接，接来轻轻地放在原旧安处。此方是后一半，然尚有一半在后，奇绝之笔。回过身来看着施恩并众囚徒，面上不红，心头不跳，口里不喘。此又是一半，合一提、一掷、一接，不红、不跳、不喘，始表全副武松也。施恩近前抱住武松便拜，便拜不奇，奇于抱住也。敬之至，爱之至，不觉抱住矣。写得奇妙无比。道："兄长非凡人也，真天神！"二语写得宛然是连惊带吓说出来声口。众囚徒一齐都拜道："真神人也！"此句即齐和管营下句也。施恩便请武松到私宅堂上请坐了。武松道："小管营，今番须用说知，有甚事使令我去？"施恩道："且请少坐，待家尊出来相见了时，却得相烦告诉。"武松道："你要教人干事，不要这等儿女相，妙。恁地不是干事的人了。妙。便是一刀一割的勾当，武松也替你去干。若是有些谄佞的，非为人也！"妙。〇不是此数语，何以出一篇之气，故知下笔皆有分数。

看他"提"字与"提"字顶针，"掷"字与"掷"字顶针，"接"字与"接"字顶针。又看他两段，一段用"轻轻地"三字起，一段用"轻轻地"三字止。

那施恩叉手不离方寸，才说出这件事来。有分教：武松显出那杀人的手段，重施这打虎的威风。正是：双拳起处云雷吼，飞脚来时风雨惊。毕竟施恩对武松说出甚事来，且听下回分解。

第二十八回
施恩重霸孟州道
武松醉打蒋门神
神廟

武松醉打蔣門神

尝怪宋子京官给椽烛修《新唐书》。嗟乎，岂不冤哉！夫修史者，国家之事也；下笔者，文人之事也。国家之事，止于叙事而止，文非其所务也。若文人之事，固当不止叙事而已，必且心以为经，手以为纬，踌躇变化，务撰而成绝世奇文焉。如司马迁之书，其选也。马迁之传伯夷也，其事伯夷也，其志不必伯夷也。其传游侠货殖，其事游侠货殖，其志不必游侠货殖也。进而至于汉武本纪，事诚汉武之事，志不必汉武之志也。恶乎志？文是已。马迁之书，是马迁之文也。马迁书中所叙之事，则马迁之文之料也，以一代之大事，如朝会之严，礼乐之重，战陈之危，祭祀之慎，会计之繁，刑狱之恤，供其为绝世奇文之料，而君相不得问者。凡以当其有事，则君相之权也，非儒生之所得议也。若当其操笔而将书之，是文人之权矣，君相虽至尊，其又恶敢置一末喙乎哉！此无他，君相能为其事，而不能使其所为之事必寿于世。能使君相所为之事必寿于世，乃至百世千世以及万世，而犹歌咏不衰，起敬起爱者，是则绝世奇文之力，而君相之事反若附骥尾而显矣。是故马迁之为文也，吾见其有事之巨者而檃括焉，又见其有事之细者而张皇焉，或见其有事之阙者而附会焉，又见其有事之全者而轶去焉，无非为文计，不为事计也。但使吾之文得成绝世奇文，斯吾之文传而事传矣。如必欲但传其事，又令纤悉不失，是吾之文先已拳曲不通，已不得为绝世奇文，将吾之文既已不传，而事又乌乎传耶？盖孔子亦曰：其事则齐桓晋文，其文则史。其事则齐桓晋文，若是乎事无文也。其文则史，若是乎文无事也。其文则史，而其事亦终不出于齐桓晋文，若是乎文料之说，虽孔子亦早言之也。呜呼！古之君子，受命载笔，为一代纪事，而犹能出其珠玉锦绣之心，自成一篇绝世奇文。岂有稗官之家，无事可纪，不过欲成绝世奇文以自娱乐，而必张定是张，李定是李，毫无纵横曲直，经营惨淡之志者哉？则读稗官，其又何不读宋子京《新唐书》也！

如此篇武松为施恩打蒋门神，其事也，武松饮酒，其文也。打蒋门神，其料也，饮酒，其珠玉锦绣之心也。故酒有酒人，景阳冈上打虎好汉，其千载第一酒人也。酒有酒场，出孟州东门，到快活林十四五里田地，其千载第一酒场也。酒有酒时，炎暑乍消，金风飒起，解开衣襟，微风相吹，其千载第一酒时也。酒有酒令，无三不过望，其千载第一酒令也。酒有酒监，连饮三碗，便起身走，其千载第一酒监也。酒有酒筹，十二三家卖酒望竿，其千载第一酒筹也。酒有行酒人，未到望边，先已筛满，三碗既毕，急急奔去，其千载第一行酒人也。酒有下酒物，忽然想到亡兄而放声一哭，忽然恨到奸夫淫妇而拍案一叫，其千载第一下酒物也。酒有酒怀，记得宋公明在柴王孙庄上，其千载第一酒怀也。酒有酒风，少间蒋门神无复在孟州道上，其千载第一酒风也。酒有酒赞，“河阳风月”四字，“醉里乾坤大，壶中日月长”十字，其千载第一酒赞也。酒有酒题，“快活林”其千载第一酒题也。凡若此者，是皆此篇之文也，并非此篇之事也。如以事而已矣，则施恩领却武松去打蒋门神，一路吃了三十五六碗酒，只依宋子京例大书一行足矣，何为乎又烦耐庵撰此一篇也哉？甚矣，世无读书之人，吾未如之何也！

话说当时施恩向前说道：“兄长请坐，待小弟备细告诉衷曲之事。"武松道："小管营，不要文文诌诌，只拣紧要的话直说来。"快人快语。〇每叹古今奏疏，悉是文文诌诌，不拣要紧说话直说出来，殊不足当武松一抹也。施恩道："小弟自幼从江湖上师父学得些小枪棒在身，孟州一境起小弟一个诨名，叫做'金眼彪'。小弟此间东门外有一座市井，地名唤做快活林。但是山东、河北客商们都来那里做买卖。有百十处大客店，三二十处赌坊兑坊。往常时，小弟一者倚仗随身本事，二者捉着营里有八九十个拚命囚徒，去那里开着一个酒肉店，都分与众店家和赌钱兑坊里。但有过路妓女之人，到那里来时，先要来参见小弟，然后许他去趁食。那许多去处，每朝每日，都有闲钱，月终也有三二百两银子寻觅，如此赚钱。一段，写得此林真是快活。近来被这本营内张团练，新从东路州来，带一个人到此。那厮姓蒋名忠，有九尺来长身材，因此江湖上起他一个诨名，叫做'蒋门神'。那厮不特长大，原来有一身好本事，使得好枪棒，拽拳飞脚，相扑为最，自夸大言道：'三年上泰岳争交，不曾有对。自是奇语。普天之下，没我一般的了！'因此来夺小弟的道路。小弟不肯让他，吃那厮一顿拳脚打了，两个月起不得床。前日兄长来时，兀自包着头，兜着手，一应。直到如今疮痕未消。本待要起人去和他厮打，他却有张团练那一班儿正军，先伏一笔。若是闹将起来，和营中先自折理。有这一点无穷之恨，不能报得。久闻兄长是个大丈夫，得免大棒，与连日酒肉，何足道哉，正复此语难得耳。怎地得兄长与小弟出得这口无穷之怨气，死而瞑目。只恐兄长远路辛苦，气未完，力未足，因此且教将息半年三月，等贵体气完力足，方请商议。不期村仆脱口失言说了，小弟当以实告。"武松听罢，呵呵大笑，便问道："那蒋门神还是几颗头，几条臂膊？"为上文许多郑重一笑。施恩道："也只是一颗头，两条臂膊，如何有多？”

武松笑道：“我只道他三头六臂，有那吒的本事，我便怕他！原来只是一颗头，两条臂膊！既然没那吒的模样，却如何怕他？”施恩道：“只是小弟力薄艺疏，便敌他不过。”武松道：“我却不是说嘴，凭着我胸中本事，平生只是打天下硬汉，不明道德的人。快人快语。○然则公又是几条臂膊？若只是两条，又如何打得尽许多人也？既是恁地说了，如今却在这里做甚么？快人快语。有酒时，拿了去路上吃。快人快语。○千古第一酒场。我如今便和你去，看我把这厮和大虫一般结果他！打虎毕竟是武松平生得意之事，看他处处穿插出来。拳头重时，打死了，我自偿命！”只作出口成谶，却已先伏一笔。施恩道：“兄长少坐。待家尊出来相见了，当行即行，未敢造次。等明日先使人去那里探听一遭，若是本人在家时，后日便去。若是那厮不在家时，却再理会。空自去打草惊蛇，倒吃他做了手脚，却是不好。”

武松焦躁道：“小管营，你可知着他打了！妙，反若与于蒋门神之甚也。原来不是男子汉做事。男子汉做事者，闭门如守女，开门如脱兔是也。去便去，等甚么今日明日！快人快语。要去便走，怕他准备！”再说一遍，画出要走。正要那里劝不住，只见屏风背后转出老管营来，叫道：“义士，老汉听你多时也。今日幸得相见义士一面，愚男如拨云见日一般。且请到后堂少叙片时。”武松跟了到里面，老管营道：“义士且请坐。”武松道：“小人是个囚徒，如何敢对相公坐地。”老管营道：“义士休如此说。愚男万幸，得遇足下，何故谦让？”武松听罢，唱个无礼喏，相对便坐了。施恩却立在面前。武松道：“小管营如何却立地？”施恩道：“家尊在上相陪，兄长请自尊便。”武松道：“恁地时，小人却不自在。”老管营道：“既是义士如此，这里又无外人。”便教施恩也坐了。极闲处，无端生出一片景致，便陡然将天伦之乐直提出来，所谓人皆有父子，我独亡兄弟也。〇看他于为兄报仇后，已隔去无数文字，尚自隐隐吊动。仆从搬出酒肴果品、盘馔之类，老管营亲自与武松把盏，说道：“义士如此英雄，谁不钦敬！愚男原在快活林中做些买卖，非为贪财好利，实是壮观孟州，增添豪侠气象。先把题目较正明白，然后令武松做出文字来。不期今被蒋门神倚势豪强，公然夺了这个去处。非义士英雄，不能报仇雪恨。义士不弃愚男，满饮此杯，受愚男四拜，拜为长兄，以表恭敬之心。”为兄报仇以后，忽然一人结拜为弟，忽然一人结拜为兄，都是飞空架出之事。〇前张青文中，有结拜武松为弟句，此本与结拜鲁达为兄句作照耀耳。此处忽然借来，又作武松文中一番照耀，笔势何其翻舞不定。武松答道：“小人有何才学，“才学”二字妙，正与后“真才实学”句对。如何敢受小管营之礼？枉自折了武松的草料！”当下饮过酒，施恩纳头便拜了四拜。武松连忙答礼，结为弟兄。

当日武松欢喜饮酒，吃得大醉了，此句明明写是欢喜，却明明写出悲伤。我读之而知其然，天下人读之，当悉知其然也。便叫人扶去房中安歇，不在话下。次日施恩父子商议道：“都头昨夜痛醉，必然中酒，今日如何敢叫他去？且推道使人探听来，其人不在家里，延挨一日，却再理会。”写豪杰是豪杰，写爱敬豪杰是爱敬豪杰。〇只因此一翻踢，却翻踢出下文绝妙一个酒情来，奇想奇格。当日施恩来见武松，说道：“今日且未可去，小弟已使人探知这厮不在家里。明日饭后，却请兄长去。”武松道：“明日去时不打紧，今日又气我一日！”以不快语写出快语来，其妙可想。〇此语却又似鲁达声口。早饭罢，吃了茶，施恩与武松去营前闲走了一遭。回来到客房里，客房里。说些枪法，较量些拳棒。写得不寂寞。看看晌午，邀武松到家里，家里。只具着数杯酒相待，妙。〇趁势再一翻踢，务令下文极其突兀。下饭按酒，不记其数。妙。武松正要吃酒，见他只把按酒添来相劝，翻踢尽致。心中不在意。又妙在急用五字兜住，又再顿下一日，明日便一发突兀矣。吃了晌午饭，起身别了，回到客房里坐地。

只见那两个仆人，又来伏侍武松洗浴。武松问道："你家小管营，今日如何只将肉食出来请我，却不多将些酒出来与我吃，此篇极写酒情，故于此等句皆应标出。是甚意故？"仆人答道："不敢瞒都头说，今早老管营和小管营议论，今日本是要央都头去，怕都头夜来酒多，恐今日中酒，怕误了正事，因此不敢将酒出来。明日正要央都头去干正事。"武松道："恁地时，道我醉了，误了你大事？"仆人道："正是这般计较。"当夜武松巴不得天明，是写武松起来吃酒，非写武松起来干事也。若说是干事，此人不知文，并不知酒矣。早起来洗漱罢，头上裹了一顶万字头巾，身上穿了一领土色布衫，腰里系条红绢搭膊，下面腿绑护膝，八搭麻鞋。讨了一个小膏药，贴了脸上金印。

施恩早来，请去家里吃早饭。武松吃了茶饭罢，施恩便道："后槽有马，备来骑去。"武松道："我又不脚小，骑那马怎地？此文只写"酒"字，故于闲话都一踢踢开去。只要依我一件事。"一篇题目。施恩道："哥哥但说不妨，小弟如何敢道不依？"武松道："我和你出得城去，只要还我无三不过望。"此等好句法，恰好从"三碗不过冈"脱化出来，前后掩映绝倒。〇与"三碗不过冈"只换二字，已换成自己绝妙一句奇语，更与旧文无涉。汉武《秋风辞》起句，亦只将高帝《大风歌》起句只换二字，亦换成自己绝妙一句奇语，更与旧文无涉。笑今人心枯髯断，追琢出来，自夸一字不盗旧人，却不中与旧人作屁也。施恩道："兄长，如何无三不过望？小弟不省其意。"武松笑道："我说与你，你要打蒋门神时，出得城去，但遇着一个酒店，便请我吃三碗酒，若无三碗时，便不过望子去。这个唤做无三不过望。"奇奥之文，须此快解。施恩听了，想道："这快活林离东门去有十四五里田地，先算路。算来卖酒的人家也有十二三家。次算望子。若要每店吃三碗时，恰好有三十五六碗酒，次算酒。才到得那里。恐哥哥醉了，如何使得？"次算量。武松大笑道："你怕我醉了没本事，我却是没酒没本事。带一分酒，便有一分本事。

五分酒，五分本事。我若吃了十分酒，这气力不知从何而来。此段文字全学淳于髡一斗亦醉，一石亦醉笔法，却更觉精神过之。若不是酒醉后了胆大，景阳冈上如何打得这只大虫？忽然又举此事，是绝妙下酒物。那时节三字声情俱有。我须烂醉了，好下手，又有力，又有势！”此又全学坡公“酒气沸沸，从十指出”句法，却更觉精神过之。施恩道：“却不知哥哥是恁地。家下有的是好酒，只恐哥哥醉了失事，因此夜来不敢将酒出来请哥哥深饮。既是哥哥酒后愈有本事时，恁地先教两个仆人，自将了家里好酒、妙。果品、肴馔，亦少不得。去前路等候，却和哥哥慢慢地饮将去。”妙。〇第一酒场，千载未见。武松道：“恁么却才中我意！深许之。去打蒋门神，教我也有些胆量。没酒时，如何使得手段出来？还你今朝打倒那厮，教众人大笑一场！”

施恩当时打点了，叫两个仆人先挑食箩酒担，拿了些铜钱去了。老管营又暗暗地选拣了一二十条壮健大汉，慢慢的随后来接应，武松虽是天人，然打蒋门神却实是一件事，另写老管营作下整备，极不孟浪。都分付下了。

且说施恩和武松两个，离了安平寨，出得孟州东门外来。行过得三五百步，只见官道傍边早望见一座酒肆望子挑出在檐前。笔笔欲舞，字字能飞。那两个挑食担的仆人，已先在那里等候。妙妙。施恩邀武松到里面坐下，仆人已先安下肴馔，将酒来筛。武松道：“不要小盏儿吃，大碗筛来，只斟三碗。”立之监，佐之史，不许紊乱酒规，千载未见如此。仆人排下大碗，将酒便斟。武松也不谦让，连吃了三碗便起身。飞舞而下。仆人慌忙收拾了器皿，奔前去了。更好行酒人，写得尽情尽致。武松笑道：“却才去肚里发一发，妙语，所谓开宗明义章第一。我们去休。”两个便离了这座酒肆，出得店来。此时正是七月间天气，好笔。炎暑未消，金风乍起。两个解开衣襟，又好酒候，写来入妙。又行不得一里多路，来到一处，不村不郭，却早又望见一个酒旗儿高挑出在树林里。另写出一个望子，笔尖疲于变换矣。来到林木

“也算一望”句，俗本作“哥哥吃么？”

从中看时，却是一座卖村醪小酒店。施恩立住了脚，问道：“此间是个村醪酒店，也算一望么？”妙语绝倒。○意带讽谏，妙绝。武松道：“是酒望，须饮三碗。若是无三，不过去便了。”酒场中忽作此大平等语。两个入来坐下，仆人排了酒碗果品。武松连吃了三碗，便起身走。仆人急急收了家火什物，赶前去了。飞舞而下，笔尖不得少定。○叙事入妙，固矣，试问其飞舞之故在何处？两个出得店门来，又行不到一二里路上，又见个酒店。武松入来，又吃了三碗便走。小省法。

话休絮繁。武松、施恩两个一处走着，但遇酒店便入去吃三碗。约莫也吃过十来处酒肆，大省法。施恩看武松时，不十分醉。此句非武松面上无酒，只是写施恩心头有事。武松问施恩道：“此去快活林，还有多少路？”施恩道：“没多了，只在前面远远地望见那个林子便是。”武松道：“既是到了，你且在别处等我，我自去寻他。”施恩道：“这话最好。四字，写出怕来。小弟自有安身去处。望兄长在意，切不可轻敌！”吃打后人语。武松道：“这个却不妨，你只要叫仆人送我。前面再有酒店时，我还要吃。”真是笔墨淋漓，有恨不起刘伶读之之叹。

施恩叫仆人仍旧送武松，施恩自去了。武松又行不到三四里路，再吃过十来碗酒。笔畅墨遂，真无纤毫之憾。此时已有午牌时分，天色正热，却有些微风。此五字惟酒后耳热时知之。写酒至此五字，真“高山流水”之曲矣。武松酒却涌上来，把布衫摊开，虽然带着五七分酒，却装做十分醉的，前颠后偃，东倒西歪。快人妙人。〇奇绝之人，奇绝之事，奇绝之文。来到林子前，仆人用手指道：“只前头丁字路口，便是蒋门神酒店。”武松道：“既是到了，你自去躲得远着。等我打倒了，你们却来。”武松抢过林子背后，见一个金刚来大汉，披着一领白布衫，撒开一把交椅，拿着蝇拂子，坐在绿槐树下乘凉。却先一现，笔势奇绝，遂有饿虎当路，奇鬼来瞰之意。武松假醉佯颠，斜着眼看了一看，心中自忖道：“这个大汉一定是蒋门神了。”直抢过去。此来正打蒋门神也，却反放他过去，笔势奇兀不可言。又行不到三五十步，早见丁字路口一个大酒店，檐前立着望竿，上面挂着一个酒望子，写着四个大字道：“河阳风月”。写过无数望子，最后又写出一个异样望子来。〇看他加出四个字。转过来看时，门前一带绿油栏杆，插着两把销金旗，每把上五个金字，写道“醉里乾坤大”，“壶中日月长”。又写出两把旗，陪上望子，又写出十个字，陪上四个字，总是将酒场异样排设。一壁厢肉案、砧头、操刀的家生，一壁厢蒸作馒头烧柴的厨灶，去里面一字儿摆着三只大酒缸，半截埋在地里，缸里面各有大半缸酒。真正快活林，名不虚立。正中间装列着柜身子，里面坐着一个年纪小的妇人，孙二娘后偏又生此一妙人，与上文潘氏激映。正是蒋门神初来孟州新娶的妾，原是西瓦子里唱说诸般宫调的顶老。

武松看了，瞅着醉眼，径奔入酒店里来，便去柜身相对一付坐头上坐了，把双手按着桌子上，不转眼看那妇人。杀嫂后，偏要写出武二无数妙人妙事，一见之于十字坡，再见之于快活林矣。那妇人瞧见，回转头看了别处。写妇人、酒保，笔笔是寻闹不成，妙妙。武松看此段文情妙处不在写武松用许多撩拨，在写酒保、妇人许多撩拨只是不动也，譬如张弓，正以急张不得为乐矣。

那店里时，也有五七个当撑的酒保。武松却敲着桌子，叫道："卖酒的主人家在那里？"一个当头酒保过来，看着武松道："客人，要打多少酒？"武松道："打两角酒。先把些来尝看。"奇文。那酒保去柜上叫那妇人舀两角酒下来，倾放桶里，烫一碗过来道："客人尝酒。"好酒保，好妇人。武松拿起来闻一闻，摇着头道："不好，不好，换将来！"奇文。〇闻一闻绝倒。酒保见他醉了，将来柜上道："娘子，胡乱换些与他。"好酒保。那妇人接来，倾了那酒，又舀些上等酒下来。好妇人。酒保将去，又烫一碗过来。又好酒保。武松提起来咂一咂，叫道："这酒也不好，快换来，便饶你！"奇文。〇咂一咂绝倒。酒保忍气吞声，拿了酒去柜边道："娘子，胡乱再换些好的与他，休和他一般见识。这客人醉了，只要寻闹相似，便换些上好的与他罢。"真好酒保。那妇人又舀了一等上色的好酒来与酒保，真好妇人。酒保把桶儿放在面前，又烫一碗过来。真好酒保。武松吃了道："这酒略有些意思。"三番寻闹不出，只得放下另起。问道："过卖，你那主人家姓甚么？"另起一头。〇奇文。酒保答道："姓蒋。"武松道："却如何不姓李？"奇文。〇我正怪今人纷纷有姓，却如何不姓李也。那妇人听了道："这厮那里吃醉了，来这里讨野火么！"酒保道："眼见得是个外乡蛮子，不省得了，在那里放屁！"看他已逗出许多不堪了，下文却又收住，妙绝。武松问道："你说甚么？"急问一句，要寻出头来。酒保道："我们自说话，客人你休管，自吃酒。"

真好酒保，妙妙。真好文情，妙妙。武松道：“过卖，叫你柜上那妇人下来，相伴我吃酒。”又换一头。○于杀嫂后，偏极写得武二风风失失。酒保喝道：“休胡说！不得不喝。这是主人家娘子。”武松道：“便是主人家娘子，待怎地？相伴我吃酒也不打紧！”到此处，不惟酒保、妇人不堪，虽读者亦不堪矣。

那妇人大怒，便骂道：“杀才！该死的贼！”不得不骂。推开柜身子，却待奔出来。武松早把土色布衫脱下，上半截揣在怀里，便把那桶酒只一泼，泼在地上，妙。○有时一点一滴，惜之如性命；有时如渑如坻，弃之如粪土。写豪士好酒，另是一样性情。抢入柜身子里，却好接着那妇人。武松手硬，那里挣扎得？被武松一手接住腰胯，一手把冠儿捏做粉碎，揪住云髻，隔柜身子提将出来，望浑酒缸里只一丢，听得“扑通”的一声响，可怜这妇人正被直丢在大酒缸里。奇绝妙绝之文，无一笔不在酒上出色。武松托地从柜身前踏将出来，有几个当撑的酒保，手脚活些个的，都抢来奔武松。武松手到，轻轻地只一提，提一个过来，两手揪住，也望大酒缸里只一丢，桩在里面。奇绝妙绝。句法变换。○又一个酒保奔来，提着头只一掠，也丢在酒缸里。奇绝，妙绝。句法又变换。○再有两个来的酒保，一拳，句。一脚，句。都被武松打倒了。先头三个人，在三只酒缸里，那里挣扎得起。真正快活林。后面两个人在酒地上爬不动。真正快活林。○读此句，始知前文泼酒之妙，真是无处不是酒。○鲁达打郑屠，下了一阵肉雨，便无处不是肉；武松打蒋门神，泼了一个酒地，便无处不是酒；一样奇绝妙绝之文。这几个火家捣子，打得屁滚尿流，乖的走了一个。武松道：“那厮必然去报蒋门神来，我就接将去，大路上打倒他，好看，教众人笑一笑。”武松大踏步赶将出来。那个捣子径奔去报了蒋门神。

蒋门神见说，吃了一惊，踢翻了交椅，丢去蝇拂子，便钻将来。武松却好迎着，正在大阔路上撞见。蒋门神虽然长大，近因酒色所迷，淘虚了身子，一。先自吃了那一惊，二。奔将来，那步不曾停住，三。怎地及得武松虎一般似健的人，又有心来算他！蒋门神见了武松，心里先欺他醉，四。只顾赶将入来。说时迟，那时快，武松先把两个拳头去蒋门神脸上虚影一影，忽地转身便走。笔翻墨舞，其捷如风。蒋门神大怒，抢将来，被武松一飞脚踢起，踢中蒋门神小腹上，其捷如风。双手按了，便蹲下去。武松一踅，踅将过来，那只右脚早踢起，直飞在蒋门神额角上，踢着正中，其捷如风。望后便倒。武松追入一步，踏住胸脯，其捷如风。○看他打虎有打虎法，杀嫂有杀嫂法，杀西门庆有杀西门庆法，打蒋门神有打蒋门神法，胸中有此许多解数。提起这醋钵儿大小拳头，望蒋门神头上便打。原来说过的打蒋门神扑手，先把拳头虚影一影，便转身，却先飞起左脚，踢中了便转过身来，再飞起右脚。这一扑有名，唤做“玉环步，鸳鸯脚”。此扑本是其捷如风，为上文又夹叙蒋门神，恐遂见迟延，故又重宣一遍也。这是武松平生的真才实学，非同小可。前文自谦“有何才学”，此处便写出“真才实学”来，武二真是出色。打得蒋门神在地下叫饶。

武松喝道：“若要我饶你性命，只要依我三件事！”蒋门神在地下叫道：“好汉饶我！休说三件，便是三百件，我也依得！”武松指定蒋门神，说出那三件事来，有分教：改头换面来寻主，剪发齐眉去杀人。毕竟武松说出那三件事来，且听下回分解。

第二十九回
施恩三入死囚牢
武松大闹飞云浦

雲浦
武松大鬧飛雲浦

看他写快活林，朝蒋暮施，朝施暮蒋，遂令人不敢复作快意之事。稗官有益于世，乃复如此不小。

张都监令武松在家出入，所以死武松也，而不知适所以自死。祸福倚伏不测如此，令读者不寒而栗！

看他写武松杀嫂嫂，偏写出他无数风流轻薄，如十字坡、快活林，皆是也。今忽然又写出张都监家鸳鸯楼下中秋一宴，娇娆旖旎，玉绕香围，乃至写到许以玉兰妻之，遂令武大、武二，金莲、玉兰宛然成对，文心绣错，真称绝世也。

看他写武松杀四人后，忽用“提刀”“踌躕”四字，真是善用《庄子》，几令后人读之不知《水浒》用《庄子》，《庄子》用《水浒》矣。

后文血溅鸳鸯楼，是天翻地覆之事，却只先写一句，云“忽然一个念头起”，神妙之笔，非世所知。

话说当时武松踏住蒋门神在地下道：“若要我饶你性命，只依我三件事便罢！”蒋门神便道：“好汉但说，蒋忠都依。”武松道：“第一件，要你便离了快活林，将一应家火什物，随即交还原主金眼彪施恩。谁教你强夺他的？”蒋门神慌忙应道：“依得，依得！”武松道：“第二件，我如今饶了你起来，你便去央请快活林为头为脑的英雄豪杰，都来与施恩陪话。”此事快绝，写尽武二胸襟。蒋门神道：“小人也依得！”武松道：“第三件，你从今日交割还了，便要你离了这快活林，连夜回乡去，不许你在孟州住！在这里不回去时，我见一遍，打你一遍，我见十遍，打十遍。轻则打你半死，重则结果了你命，你依得么？”蒋门神听了，要挣扎性命，连声应道："依得，依得！蒋忠都依！"武松就地下提起蒋门神来，看时，早已脸青嘴肿，脖子歪在半边，额角头流出鲜血来。可笑。

武松指着蒋门神说道："休言你这厮鸟蠢汉，景阳冈上那只大虫，也只三拳两脚，我兀自打死了！打虎得意之笔，便处处提唱出来。量你这个直得甚的！快交割还他，但迟了些个，再是一顿，便一发结果了你这厮！"蒋门神此时方才知是武松，武松自说出来。只得喏喏连声告饶。正说之间，只见施恩早到，带领着三二十个悍勇军健，都来相帮。却见武松赢了蒋门神，不胜之喜，团团拥定武松。写得荣华。武松指着蒋门神道："本主已自在这里了，你一面便搬，一面快去请人来陪话！"蒋门神答道："好汉，且请去店里坐地。"

武松带一行人都到店里，看时，满地都是酒浆，入脚不得。那两个鸟男女，正在缸里扶墙摸壁扎挣。绝倒。那妇人才方从缸里爬得出来，头脸都吃磕破了，下半截淋淋漓漓都拖着酒浆。绝倒。那几个火家酒保，走得不见影了。绝倒。武松与众人入到店里坐下，喝道："你等快收拾起身！"一面安排车子，收拾行李，先送那妇人去了。了。一面寻不着伤的酒保，"寻"字妙，"不着伤的"又妙。去镇上请十数个为头的豪杰都来店里，替蒋门神与施恩陪话。尽把好酒开了，有的是按酒，都摆列了桌面，请众人坐地。武松叫施恩在蒋门神上首坐定。争此一口无穷之气。各人面前放只大碗，叫把酒只顾筛来。酒至数碗，武松开话道："众位高邻都在这里，我武松看他一篇说话，句句用"我"字起，说得响。自从阳谷县杀了人，配在这里，便听得人说道：'快活林这座酒店，原是小施管营造的屋宇等项买卖，被这蒋门神倚势豪强，公然夺了，白白地占了他的衣饭。'你众人休猜道是我的主人，妙妙。我和他并无干涉，妙妙。我从来只要打天下这等不明道德的人！“我”字响。我若路见不平，真乃拔刀相助，“我”字响。我便死也不怕！“我”字响。今日我本待把蒋家这厮一顿拳脚打死，就除了一害。“我”字响。我看你众高邻面上，权寄下这厮一条性命。“我”字响。我今晚便要他投外府去。“我”字响。若不离了此间，我再撞见时，“我”字响。景阳冈上大虫便是模样！”打虎得意之事，处处提唱出来。众人才知道他是景阳冈上打虎的武都头，亦是武松自说出来。都起身替蒋门神陪话道：“好汉息怒，教他便搬了去，奉还本主。”那蒋门神吃他一吓，那里敢再做声。施恩便点了家火什物，交割了店肆。蒋门神羞惭满面，已出一口无穷之气矣。相谢了众人，自唤了一辆车儿，就装了行李，起身去了，不在话下。

且说武松邀众高邻，直吃得尽醉方休。至晚，众人散了，武松一觉直睡到次日辰牌方醒。收结前篇一番快事。却说施老管营听得儿子施恩重霸得快活林酒店，自骑了马，直来店里相谢武松，连日在店内饮酒作贺。快活林一境之人都知武松了得，那一个不来拜见武松？写得荣华。自此重整店面，开张酒肆。老管营自回安平寨理事。施恩使人打听蒋门神带了老小，不知去向。这里只顾自做买卖，且不去理他，就留武松在店里居住。自此施恩的买卖，比往常加增三五分利息，各店里并各赌坊、兑坊，加利倍送闲钱来与施恩。再写快活林一句，真快活林不虚也。

施恩得武松争了这口气，把武松似爷娘一般敬重。施恩自此重霸得孟州道快活林，不在话下。荏苒光阴，早过了一月之上。炎威渐退，玉露生凉，金风去暑，已及新秋。有话即长，无话即短。当日施恩正和武松在店里闲坐说话，论些拳棒枪法。点缀。只见店门前两三个军汉牵着一匹马，来店里寻问主人道：“那个是打虎的武都头？”施恩却认得是孟州守御兵马都监张蒙方衙内亲随人，施恩便向前问道：“你们寻武都头则甚？”那军汉说道：“奉都监相公钧旨，闻知武都头是个好男子，武松平生一片心事，只是要人叫声“好男子”，乃小人之图害之者，早已一片声叫他做“好男子”矣。千古多有此事，君子可不慎哉！特地差我们将马来取他，相公有钧帖在此。”施恩看了，寻思道：“这张都监是我父亲的上司官，属他调遣。今者武松又是配来的囚徒，亦属他管下，只得教他去。”施恩便对武松道：“兄长，这几位郎中，是张都监相公处差来取你。他既着人牵马来，哥哥心下如何？”武松是个刚直的人，不知委曲，便道：“他既是取我，只得走一遭，看他有甚话说。”随即换了衣裳巾帻，带了个小伴当，上了马，一同众人投孟州城里来。

到得张都监宅前，下了马，跟着那军汉，直到厅前参见张都监。那张蒙方在厅上见了武松来，大喜道：“大喜”字，与后“大怒”字前后相照，写小人面不由衷，真是活画。“教进前来相见。”武松到厅下，拜了张都监，叉手立在侧边。张都监便对武松道：“我闻知你是个大丈夫，一样好名字。男子汉，又一样好名字。英雄无敌，一样好说话。敢与人同死同生。又一样好说话。〇甚矣，小人之巧也。凡君子意之所在，彼色色能知之，又色色能言之，而其心殊不然也。独世之君子，既已心知其人，而又不免心感其语，于是忽然中其所图，遂至猝不可救，则独何耶？我帐前见缺恁地一个人，不知你肯与我做亲随梯已人么？”武松跪下称谢道：“小人是个牢城营内囚徒，若蒙恩相抬举，小人当以执鞭随镫，伏侍恩相。”张都监大喜，便叫取果盒酒出来。张都监亲自赐了酒，叫武松吃得大醉。投之以所好。小人之巧，真有如此，写得活画。就前厅廊下，收拾一间耳房，与武松安歇。

次日，又差人去施恩处，取了行李来，只在张都监家宿歇。早晚都监相公不住地唤武松进后堂与酒与食；放他穿房入户，把做亲人一般看待；一段便写得与施恩一般。又叫裁缝与武松彻里彻外做秋衣。一段便写得与宋江一般。〇君子所以不敢轻受人之解衣推食者，其心诚疑之也。武松见了，也自欢喜，心里寻思道："难得这个都监相公一力要抬举我。自从到这里住了，寸步不离，又没工夫去快活林与施恩说话。虽是他频频使人来相看我，多管是不能够入宅里来。"却在口中补出两日事来，妙笔。

武松自从在张都监宅里相公见爱，但是人有些公事来央浼他的，武松对都监相公说了，无有不依。外人俱送些金银、财帛、缎匹等件。恶。武松买个柳藤箱子，把这送的东西都锁在里面，此一段亦竟与连日闲文，一样平平叙去，遂令读者不觉。不在话下。

时光迅速，却早又是八月中秋。张都监向后堂深处鸳鸯楼下楼名妙绝。狮子街定是武松杀人处；鸳鸯楼不是武松饮酒处也。〇特写此段者，一则为武松杀嫂以后，又连连写出许多妇人与他相缠，便成绝世奇文；一则为此处先写预席一次，便见内边门路都熟，以便后日血溅一回入来也。安排筵宴，庆赏中秋，叫唤武松到里面饮酒。武松见夫人宅眷都在，席上吃了一杯，便待转身出来。写杀嫂人偏写出许多妇人与他缠扰，妙心妙笔。张都监唤住武松，问道："你那里去？"武松答道："恩相在上，夫人宅眷在此饮宴，小人理合回避。"是武二。张都监大笑道："大笑"与后"大骂"相照。"差了！我敬你是个义士。好说。特地请将你来一处饮酒，如自家一般，竟是武松语。何故却要回避？"便教坐了。武松道："小人是个囚徒，如何敢与恩相坐地？"张都监道："义士，好说。你如何见外？此间又无外人，内人奈何。便坐不妨。"武松三回五次谦让告辞，张都监那里肯放，定要武松一处坐地。武松只得唱个无礼喏，远远地斜着身坐下。画。张都监着丫嬛养娘相劝，写杀嫂人写出如许多般妇女来，真正妙想妙笔。一杯两盏，看看饮过五七杯酒。张都监叫抬上果桌饮酒，又进了一两套食，次说些闲话，问了些枪法。张都监道："大丈夫饮酒，何用小杯！"竟是武松语。叫："取大银赏钟，斟酒与义士吃。”连珠箭劝了武松几钟。看看月明光彩，照入东窗。好景。武松吃得半醉，却都忘了礼数，只顾痛饮。

张都监叫唤一个心爱的养娘，叫做玉兰，“玉兰”名字妙，与前“金莲”二字遥遥相望，为武松十来卷一篇大文两头锁钥也。〇武松一篇，始于杀金莲，终于杀玉兰，金玉莲兰，千古的对矣。出来唱曲。张都监指着玉兰道：“这里别无外人，只有我心腹之人武都头在此。你可唱个中秋对月时景的曲儿，教我们听则个。”玉兰执着象板，向前各道个万福，顿开喉咙，唱一只东坡学士中秋《水调歌》。唱道是：

明月几时有，把酒问青天。不知天上宫阙，今夕是何年？我欲乘风归去，樽前月下，忽闻此言，令人陡然念阳谷县紫石街，不知在何处。只恐琼楼玉宇，高处不胜寒。起舞弄清影，何似在人间。　　高卷珠帘，低绮户，照无眠。不应有恨，何事常向别时圆？人有悲欢离合，月有阴晴圆缺，此事古难全。绝妙好辞，令人想到亡兄，想到宋江，想到张青夫妻，想到管营父子，洒泪不止。但愿人长久，千里共婵娟。

这玉兰唱罢，放下象板，又各道了一个万福，立在一边。张都监又道：“玉兰，你可把一巡酒。”偏要写得妇人在杀嫂人眼前袅娜不已，妙心妙笔。这玉兰应了，便拿了一副劝盘，丫环斟酒，先递了相公，次劝了夫人，第三便劝武松饮酒。张都监再叫斟满着。妙心妙笔，不惟在眼前袅娜，直写得杀嫂人身边，有许多妇人俄延不去矣。武松那里敢抬头，起身远远地接过酒来，唱了相公夫人两个大喏，拿起酒来，一饮而尽，便还了盏子。宛然写出对嫂嫂饮酒时也。张都监指着玉兰，对武松道：“此女颇有些聪明，不惟善知音律，亦且极能针指。忽然合出金莲本事来，妙心妙笔。如你不嫌低微，忽然合出金莲本事来，妙心妙笔。数日之间，择了良时，将来与你做个妻室。”写杀嫂人至此，妙心妙笔，疑非人间所有。武松起身再拜道：“量小人何者之人，怎敢望恩相宅眷为妻？枉自折武松的草料！”张都监笑道：“我既出了此言，必要与你。你休推故阻，我必不负约。”当时一连又饮了十数杯酒。约莫酒涌上来，恐怕失了礼节，便起身拜谢了相公夫人。出到前厅廊下房门前，开了门，觉道酒食在腹，未能便睡，去房里脱了衣裳，除了巾帻，拿条哨棒来庭心里，月明下使几回棒，打了几个轮头。写未睡有情有景。

仰面看天时，约有三更时分。好笔。武松进到房里，却待脱衣去睡，只听得后堂里一片声叫起“有贼”来。奇。武松听得，道：“都监相公如此爱我，他后堂内里有贼，我如何不去救护？”武松献勤，提了一条哨棒，径抢入后堂里来。只见那个唱的玉兰，慌慌张张走出来，指道：看他偏写出玉兰来，显出金锁玉钥也。“一个贼奔入后花园里去了！”武松听得这话，提着哨棒，大踏步直赶入花园里去寻时，一周遭不见；复翻身却奔出来，不堤防黑影里撇出一条板凳，把武松一交绊翻，走出七八个军汉，叫一声：“捉贼！”就地下把武松一条麻索绑了。武松急叫道：“是我！”那众军汉那里容他分说。只见堂里灯烛荧煌，张都监坐在厅上，一片声叫道：“拿将来！”众军汉把武松一步一棍打到厅前。武松叫道：“我不是贼，是武松！”张都监看了大怒，小人面皮风云转换，其疾如此。变了面皮，喝骂道：“你这个贼配军，本是贼眉贼眼贼心贼肝的人！前文一连叫出许多“义士”，此处一连说出许多“贼”来，小人口何足为据也！我倒抬举你一力成人，不曾亏负了你半点儿！却才教你一处吃酒，同席坐地，我指望要抬举与你个官，你如何却做这等的勾当！”武松大叫道：“相公，非干我事！我来捉贼，如何倒把我捉了做贼？武松是个顶天立地的好汉，不做这般的事！”张都监喝道：“你这厮休赖！且把你押去他房里，搜看有无赃物！”众军汉把武松押着，径到他房里，打开他那柳藤箱子绝倒。看时，上面都是些衣服，下面却是些银酒器皿，约有一二百两赃物。武松见了，也自目睁口呆，只叫得屈。众军汉把箱子抬出厅前，张都监看了，大骂道：“贼配军如此无礼！赃物正在你箱子里搜出来，如何赖得过！常言道：‘众生好度人难度。’然则足下定好度耶？原来你这厮外貌像人，倒有这等禽心兽肝！既然赃证明白，没话说了！”连夜便把物赃封了，且叫送去机密房里监收，天明却和这厮说话。

武松大叫冤屈，那里肯容他分说。众军汉扛了赃物，将武松送到机密房里收管了。张都监连夜使人去对知府说了，押司孔目上下都使用了钱。次日天明，知府方才坐厅，左右缉捕观察把武松押至当厅，赃物都扛在厅上。张都监家心腹人赍着张都监被盗的文书，呈上知府看了。那知府喝令左右把武松一索捆翻。牢子节级将一束问事狱具放在面前。武松却待开口分说，知府喝道：“这厮原是远流配军，如何不做贼？一定是一时见财起意。既是赃证明白，休听这厮胡说，只顾与我加力打！”那牢子狱卒拿起批头竹片，雨点的打下来。武松情知不是话头，只得屈招做：“本月十五日，一时见本官衙内许多银酒器皿，因而起意，至夜乘势窃取入己。”与了招状。知府道：“这厮正是见财起意，不必说了。且取枷来钉了监下！”牢子将过长枷，把武松枷了，押下死囚牢里监禁了。何至死囚牢里，糊涂可笑，今古一辙。武松下到大牢里，寻思道：“叵耐张都监那厮，安排这般圈套坑陷我！我若能够挣得性命出去时，却又理会！”怨毒。牢子狱卒把武松押在大牢里，将他一双脚昼夜匣着；又把木杻钉住双手，那里容他些松宽。

话里却说施恩已有人报知此事，慌忙入城来和父亲商议。老管营道：“眼见得是张团练替蒋门神报仇，买嘱张都监，却设出这条计策陷害武松。必然是他着人去上下都使了钱，受了人情贿赂，众人以此不由他分说，必然要害他性命。我如今寻思起来，他须不该死罪。只是买求两院押牢节级便好，可以存他性命。在外却又别作商议。”施恩道：“见今当牢节级姓康的，和孩儿最过得好，只得去求浼他如何？”老管营道：“他是为你吃官司，你不去救他，更待何时？”好。施恩将了一二百两银子，写施恩为武松使用，都是大银子，不得不点出。径投康节级，却在牢未回。施恩教他家着人去牢里说知。不多时，康节级归来，与施恩相见。施恩把上件事一一告诉了一遍，康节级答道：“不瞒兄长说，此一件事，皆是张都监和张团练两个，同姓结义做兄弟，也结义做兄弟，写来一笑。〇与前施恩四拜相映衬。见今蒋门神躲在张团练家里，却央张团练买嘱这张都监，商量设出这条计来。一应上下之人都是蒋门神用贿赂，我们都接了他钱。厅上知府一力与他作主，定要结果武松性命。只有当案一个叶孔目不肯，因此不敢害他。这人忠直仗义，不肯要害平人，以此武松还不吃亏。写得好。〇凡他处必要写作牢中吃苦者，定为

此以下写施恩，与武松文无涉，分别读之。

文情前后有不得不吃苦之故耳。今写武松，既可不必吃苦，则又何必定写吃苦也。今听施兄所说了，牢中之事尽是我自维持；如今便去宽他，今后不教他吃半点儿苦。写得好。你却快央人去，只嘱叶孔目，要求他早断出去，便可救得他性命。”施恩取一百两银子与康节级，康节级那里肯受，再三推辞，方才收了。活写世人受银子法。

施恩相别出门来，径回营里，又寻一个和叶孔目知契的人，送一百两银子与他，只求早早紧急决断。那叶孔目已知武松是个好汉，亦自有心周全他，已把那文案做得活着，只被这知府受了张都监贿赂嘱他，不肯从轻。勘来武松窃取人财，又不得死罪，因此互相延挨，只要牢里谋他性命。今来又得了这一百两银子，亦知是屈陷武松，却把这文案都改得轻了，尽出豁了武松，只得限满决断。

次日，施恩安排了许多酒馔，甚是齐备，来央康节级引领，直进大牢里看视武松，见面送饭。一入死囚牢。此时武松已自得康节级看觑，将这刑禁都放宽了。施恩又取三二十两银子分俵与众小牢子，取酒食叫武松吃了。施恩附耳低言道：“这场官司，明明是都监替蒋门神报仇，陷害哥哥。施恩得之于老康，武松得之于施恩，深亏此处有此一笔，便使飞云浦回来，犹如秋鹰击雀也。你且宽心，不要忧念。我已央人和叶孔目说通了，甚有周全你的好意。且待限满断决你出去，却再理会。”此时武松得松宽了，已有越狱之心。突然分外添此一笔，便将施恩三入反衬出异样恩义。○一句出狱，却令三句入狱出色。听得施恩说罢，却放了那片心。施恩在牢里安慰了武松，归到营中。过了两日，施恩再备些酒食钱财，又央康节级引领入牢里与武松说话。相见了，将酒食管待，又分俵了些零碎银子与众人做酒钱。回归家来，又央浼人上下去使用，催趱打点文书。二入死囚牢。过得数日，施恩再备了酒肉，做了几件衣裳，增一句。再央康节级维持，相引将来牢里请众人吃酒，买求看觑武松，叫他更换了些衣服，吃了酒食。三入死囚牢。

出入情熟，一连数日，施恩来了大牢里三次。总结一句，好笔段。却不堤防被张团练家心腹人见了，回去报知。那张团练便去对张都监说了其事。张都监却再使人送金帛来与知府，就说与此事。那知府是个赃官，接受了贿赂，便差人常常下牢里来闸看，但见闲人，便要拿问。施恩得知了，那里敢再去看觑？施恩三入，不为少矣，便忽然生个事情，一笔截住，甚有剪裁之妙。不然，日日入死囚牢，写得何日始了也。武松却自得康节级和众牢子自照管他。施恩自此早晚只去得康节级家里讨信，得知长短，又补得好。都不在话下。

看看前后将及两月，有这当案叶孔目一力主张，知府处早晚说开就里，那知府方才知道张都监接受了蒋门神若干银子，通同张团练设计排陷武松，自心里想道："你倒撰了银两，教我与你害人！"于今为烈。因此心都懒了，不来管看。捱到六十日限满，牢中取出武松，当厅开了枷。当案叶孔目读了招状，定拟下罪名，脊杖二十，刺配恩州牢城。原盗赃物，给还本主。张都监只得着家人当官领了赃物。当厅把武松断了二十脊杖，刺了金印，取一面七斤半铁叶盘头枷钉了，押一纸公文，差两个壮健公人防送武松，限了时日要起身。那两个公人领了牒文，押解了武松，出孟州衙门便行。原来武松吃断棒之时，却得老管营使钱通了；叶孔目又看觑他；知府亦知他被陷害，不十分来打重，因此断得棒轻。写得好。

武松忍着那口气，又是一点无穷之气。带上行枷，出得城来，两个公人监在后面。约行得一里多路，只见官道傍边酒店里钻出施恩来，看着武松道："小弟在此专等。"武松看施恩时，又包着头，络着手。不是蒋门神偏打二处，只图文情绝倒耳。武松问道："我好几时不见你，如何又做恁地模样？"施恩答道："实不相瞒哥哥说，小弟自从牢里三番相见之后，知府得知了，不时差人下来牢里点闸，那张都监又差人在牢门口左近两边巡看着。又在口中补出未知事来。因此，小弟不能够再进大牢里看望兄长，只到得康节级家里讨信。半月之前，小弟正在快活林中店里，只见蒋门神那厮又领着一伙军汉到来厮打。小弟被他又痛打一顿，也要小弟央浼人陪话，绝倒。却被他仍复夺了店面，依旧交还了许多家火什物。绝倒。小弟在家将息未起，今日听得哥哥断配恩州，特有两件绵衣写施恩写得好。送与哥哥路上穿着。煮得两只熟鹅在此，写施恩写得好。请哥哥吃了两块去。"施恩便邀两个公人，请他入酒肆。那两个公人那里肯进酒店里去？便发言发语道："武松这厮，他是个贼汉！不争我们吃你的酒食，明日官府上须惹口舌。你若怕打，快走开去！"深明下文无冤。施恩见不是话头，便取十来两银子送与他两个公人。那厮两个那里肯接，恼忿忿地只要催促武松上路。深明下文无冤。施恩讨两碗酒叫武松吃了，把一个包裹拴在武松腰里，好。把这两只熟鹅挂在武松行枷上。好。施恩附耳低言好。道："包裹里有两件绵衣，好。一帕子散碎银子，路上好做盘缠，好。也有两双八搭麻鞋在里面。好。只是要路上仔细堤防，这两个贼男女不怀好意！"好。○写来竟是父子、夫妇、兄弟，不是朋友，故写得好。○重读之，觉实实写得好，我却写不出。武松点头道："不须分付，我已省得了。再着两个来，也不惧他！每每后文事偏在前文闲中先逗一句，至于此句，尤逗得无痕有影，妙绝妙绝。不知文者，谓是武松自夸了得也。你自回去将息。竟是父子、夫妇、兄弟。且请放心，我自有措置。"施恩拜辞了武松，哭着去了，完施恩完得好。不在话下。

武松和两个公人上路，行不到数里之上，数里。〇看他一路叙出许多里数，史公斂手。两个公人悄悄地商议道："不见那两个来？"果然不出都头所料。〇文笔入妙。武松听了，自暗暗地寻思，冷笑道："没你娘鸟兴！那厮到来扑复老爷！"武松右手却吃钉住在行枷上，左手却散着。武松就枷上取下那熟鹅来，只顾自吃，也不睬那两个公人。妙心妙笔，写出妙人妙景。又行了四五里路，四五里。再把这只熟鹅除来，右手扯着，把左手斯来只顾自吃。妙心妙笔，写出妙人妙景。行不过五里路，五里。把这两只熟鹅都吃尽了。约算离城也有八九里多路，一总八九里。只见前面路边先有两个人，文笔妙绝。提着朴刀，朴刀此处出现。各跨口腰刀，腰刀此处出现。先在那里等候。妙绝。见了公人监押武松到来，便帮着做一路走。文笔妙绝。武松又见这两个公人与那两个提朴刀的挤眉弄眼，打些暗号。文笔妙绝。

武松早睃见，自瞧了八分尴尬，只安在肚里，却且只做不见。妙人。又走不数里多路，数里。只见前面来到一处济济荡荡鱼浦，作文须作如此语，方是绝妙好辞。四面都是野港阔河。五个人行至浦边一条阔板桥，一座牌楼，上有牌额，写着道"飞云浦"三字。武松见了，假意问道："这里地名唤做甚么去处？"两个公人应道："你又不眼瞎，须见桥边牌额上写道'飞云浦'！"武松站住道："我要净手则个。"妙。那两个提朴刀的走近一步，妙。却被武松叫声："下去！"一飞脚早踢中，翻筋斗踢下水去了。妙。这一个急待转身，妙。武松右脚早起，扑通地也踢下水里去。妙。那两个公人慌了，望桥下便走。妙。武松喝一声："那里去！"把枷只一扭，折做两半个，赶将下桥来。妙。那两个先自惊倒了一个。妙。武松奔上前去，望那一个走的后心上只一拳打翻，妙。就水边捞起朴刀来，读此句，为之一叹。本拟武松死于此刀。谁料自家之刀，仍杀自家之身耶？人生世上，此等事往往有之，愿后世以此为鉴也。赶上去搠上几朴刀，死在地下。妙。却转身回来，把那个惊倒的也搠几刀。妙。这两个踢下水去的才挣得起，正待要走，妙。武松追着，又砍倒一个。妙。赶入一步，劈头揪住一个，喝道："你这厮实说，我便饶你性命！"妙。那人道："小人两个，是蒋门神徒弟。今被师父和张团练定计，使小人两个来相帮防送公人，一处来害好汉。"武松道："你师父蒋门神今在何处？"妙。○问得筋节。那人道："小人临来时，和张团练都在张都监家里后堂鸳鸯楼上吃酒，专等小人回报。"妙。○"都在"句写出不费手脚，"鸳鸯楼"句写出熟溜，"专等"句写出毒。

武松道："原来恁地！却饶你不得！"手起刀落，也把这人杀了。妙。解下他腰刀来，拣好的带了一把。看他捞朴刀，解腰刀，便有两刀矣。将两个尸首都撺在浦里。又怕那两个不死，提起朴刀，每人身上又搠了几刀。妙。立在桥上看了一回，活画出来。○写武松真是武松，与他人不同。思量道："虽然杀了这四个贼男女，不杀得张都监、张团练、蒋门神，如何出得这口恨气！"提着朴刀踌躇了半晌，妙绝。○"提刀踌躇"四字，自《庄子》写庖丁后，忽于此处再见。一个念头，竟奔回孟州城里来。妙绝。○转笔如风。不因这番，有分教：武松杀几个贪夫，出一口怨气。定教画堂深处尸横地，红烛光中血满楼。毕竟武松再回孟州城来，怎地结束，且听下回分解。

第三十回
张都监血溅鸳鸯楼
武行者夜走蜈蚣岭

鴛鴦楼
殺人者打虎武松

我读至“血溅鸳鸯楼”一篇，而叹天下之人磨刀杀人，岂不怪哉！《孟子》曰：“杀人父，人亦杀其父。杀人兄，人亦杀其兄。”我磨刀之时，与人磨刀之时，其间不能以寸，然则非自杀之，不过一间，所谓易刀而杀之也。呜呼，岂惟是乎！夫易刀而杀之也，是尚以我之刀杀人，以人之刀杀我，虽同归于一杀，然我犹见杀于人之刀，而不至遂杀于我之刀也。乃天下祸机之发，曾无一格，风霆骇变，不须旋踵，如张都监、张团练、蒋门神三人之遇害，可不为之痛悔哉！方其授意公人，而复遣两徒弟往帮之也，岂不尝殷勤致问：“尔有刀否？”两人应言：“有刀。”即又殷勤致问：“尔刀好否？”两人应言：“好刀。”则又殷勤致问：“是新磨刀否？”两人应言：“是新磨刀。”复又殷勤致问：“尔刀杀得武松一个否？”两人应言：“再加十四五个亦杀得，岂止武松一个供得此刀。”当斯时，莫不自谓此刀跨而往，掣而出，飞而起，劈而落，武松之头断，武松之血洒，武松之命绝，武松之冤拔，于是拭之，视之，插之，悬之，归更传观之，叹美之，摩挲之，沥酒祭之，盖天下之大，万家之众，其快心快事，当更未有过于鸳鸯楼上张都监、张团练、蒋门神之三人者也。而殊不知云浦净手，马院吹灯，刀之去，自前门而去者，刀之归，已自后门而归。刀出前门之际，刀尚姓张，刀入后门之时，刀已姓武。于是向之霍霍自磨，惟恐不铦快者，此夜一十九人遂亲以头颈试之。呜呼，岂忍言哉！夫自买刀，自佩之，佩之多年而未尝杀一人，则是不如勿买，不如勿佩之为愈也。自买刀，自佩之，佩之多年而今夜始杀一人，顾一人未杀而刀已反为所借，而立杀我一十九人。然则买为自杀而买，佩为自杀而佩，更无疑也。呜呼！祸害之伏，秘不得知，及其猝发，疾不得掩，盖自古至今，往往皆有，乃世之人犹甘蹈之不悟，则何不读《水浒》二刀之文哉！

此文妙处，不在写武松心粗手辣，逢人便斫，须要细细看他笔致闲处，笔尖细处，笔法严处，笔力大处，笔路别处。如马槽听得声音方才知是武松句，丫鬟骂客人一段酒器皆不曾收句，夫人兀自问谁句，此其笔致之闲也。杀后槽便把后槽尸首踢过句，吹灭马院灯火句，开角门便掇过门扇句，掩角门便把闩都提过句，丫鬟尸首拖放灶前句，灭了厨下灯火句，走出中门拴前门句，撇了刀鞘句，此其笔尖之细也。前书一更四点，后书四更三点，前插出施恩所送绵衣及碎银，后插出麻鞋，此其笔法之严也。抢入后门杀了后槽，却又闪出后门拿了朴刀。门扇上爬入角门，却又开出角门掇过门扇，抢入楼中杀了三人，却又退出楼梯让过两人。重复随入楼中杀了二人，然后抢下楼来杀了夫人。再到厨房换了朴刀，反出中堂拴了前门。一连共有十数个转身，此其笔力之大也。一路凡有十一个“灯”字，四个“月”字，此其笔路之别也。

鸳鸯楼之立名，我知之矣，殆言得意之事与失意之事相倚相伏，未曾暂离，喻如鸳鸯二鸟双游也。佛言功德天尝与黑暗女姊妹相逐，是其义也。

武松蜈蚣岭一段文字，意思暗与鲁达瓦官寺一段相对，亦是初得戒刀，另与喝采一番耳，并不复关武松之事。

话说张都监听信这张团练说诱嘱托，替蒋门神报仇，要害武松性命，谁想四个人倒都被武松搠杀在飞云浦了。当时武松立于桥上寻思了半晌，踌躇起来，怨恨冲天：“不杀得张都监，如何出得这口恨气！”便去死尸身边解下腰刀，选好的取把来跨了，一写腰刀。拣条好朴刀提着，一写朴刀。○妙在即以彼家之刀，杀彼家之人。再径回孟州城里来。进得城中，早是黄昏时候，武松径踅去张都监后花园墙外，却是一个马院。武松就在马院边伏着，听得那后槽却在衙里，未曾出来。正看之间，只见呀地角门开，一写角门开。后槽提着个灯笼出来，一写灯。里面便关了角门。二写角门关。武松却躲在黑影里，听那更鼓时，早打一更四点。此句起，妙笔。那后槽上了草料，挂起灯笼，二写灯。铺开被卧。脱了衣裳，上床便睡。武松却来门边挨那门响，后槽喝道：“老爷方才睡，你要偷我衣裳也早些哩！”妙语。武松把朴刀倚在门边，二写朴刀。却掣出腰刀在手里，二写腰刀。又呀呀地推门。那后槽那里忍得住，便从床上赤条条地跳将出来，拿了搅草棍，拔了闩，却待开门，被武松就势推开去，抢入来，入一重门来。○看他入来，出去，又入来，又出去，写得跳脱不可言。把这后槽擗头揪住。却待要叫，灯影下三字妙笔。○三写灯。见明晃晃地一把刀在手里，三写腰刀。○不见人，单见刀，一者灯下，二者吓极。先自惊得八分软了，口里只叫得一声：“饶命！”武松道：“你认得我么？”后槽听得声音，方才知是武松，妙。○有此闲笔。便叫道：“哥哥，不干我事，你饶了我罢！”武松道：“你只实说，张都监

一路看他写刀，写角门，写灯，写月。

如今在那里？”后槽道：“今日和张团练、蒋门神——他三个吃了一日酒，如今兀自在鸳鸯楼上吃哩。”武松道：“这话是实么？”后槽道：“小人说谎，就害疔疮！”绝倒。武松道：“恁地却饶你不得！”手起一刀，四写腰刀。把这后槽杀了。杀第一个。一脚踢开尸首，闲细。把刀插入鞘里。五写腰刀。就灯影下，妙。○四写灯。去腰里解下施恩送来的绵衣，前文施恩送绵衣、碎银、麻鞋三件，今忽将两件插在前边，一件插在后边，为百忙中极闲之笔，真乃非常之才。将出来，脱了身上旧衣裳，把那两件新衣穿了。拴缚得紧凑，把腰刀和鞘跨在腰里，六写腰刀。却把后槽一床单被包了散碎银两，百忙中插出施恩银两，非常之才。入在缠袋里，却把来挂在门边。记着。却将一扇门立在墙边，先去吹灭了灯火，闲细。○五写灯。却闪将出来，又出去。拿了朴刀，妙。○三写朴刀。○此句下又入来。从门上一步步爬上墙来。

此时却有些月光明亮，一写月。○妙笔。武松从墙头上一跳，却跳在墙里，又入一重门来。便先来开了角门。三写角门开。掇过了门扇，闲细。○此句又出去。复翻身入来，又入来。虚掩上角门，四写角门关。闩都提过了。闲细。武松却望灯明处来五写灯。○又入一处来。看时，正是厨房里。只见两个丫鬟正在那汤罐边埋冤，说道：“伏侍了一日，兀自不肯去睡，只是要茶吃。那两个客人也不识羞耻，绝倒。噇得这等醉了，也兀自不肯下楼去歇息，只说个不了！”表出等回话。那两个女使正口里喃喃呐呐地怨怅，武松却倚了朴刀，四写朴刀。○朴刀在此。掣出腰里那口带血刀来，七写腰刀。○带血妙。把门一推，呀地推开门，抢入来，又入一重门来。先把一个女使髽角儿揪住，一刀八写腰刀。杀了。杀第二个。那一个却待要走，两只脚一似钉住了的，再要叫时，口里又似哑了的，端的是惊得呆了。休道是两个丫嬛，便是说话的见了，也惊得口里半舌不展！忽然跳出话外，真是以文为戏。武松手起一刀，九写腰刀。也杀了。杀第三个。却把这两个尸首，拖放灶前。闲细。灭了厨下灯火，六写灯。○闲细。趁着那窗外月光，二写月。○妙笔。一步步挨入堂里来。又入一重来。

武松原在衙里出入的人，已都认得路数，径踅到鸳鸯楼胡梯边来，捏脚捏手摸上楼来。又入一重来。此时亲随的人都伏事得厌烦，远远地躲去了。好。只听得那张都监、张团练、蒋门神三个说话。武松在胡梯口听，只听得蒋门神口里称赞不了，只说："亏了相公与小人报了冤仇，再当二字妙，将有字衬出无字处。重重的报答恩相！"这张都监道："不是看我兄弟张团练面上，谁肯干这等的事！你虽费用了些钱财，却也安排得那厮好。这早晚多是在那里下手，那厮敢是死了。却不道"这早晚已在这里下手"，为之绝倒。只教在飞云浦结果他。待那四人明早回来，便见分晓。"张团练道："这四个对付他一个，有甚么不了？再有几个性命六字奇句。也没了。"绝倒。○遂成口谶。蒋门神道："小人也分付徒弟来，只教就那里下手，结果了快来回报。"武松听了，心头那把无明业火高三千丈，冲破了青天。右手持刀，十写腰刀。左手揸开五指，陪一句，衬成刀势。抢入楼中。再入一步来。只见三五枝灯烛荧煌，七写灯。一两处月光射入，三写月。○绝妙好辞。楼上甚是明朗。面前酒器，皆不曾收。闲细。蒋门神坐在交椅上，见是武松，吃了一惊，把这心肝五脏都提在九霄云外。说时迟，那时快，蒋门神急要挣扎时，武松早落一刀，十一写腰刀。劈脸剁着。和那交椅都砍翻了。武松便转身回过刀来，不惟转身回刀甚疾，其转笔回墨亦甚疾。○十二写腰刀。那张都监方才伸得脚动，被武松当时一刀，十三写腰刀。齐耳根连脖子砍着，扑地倒在楼板上。两个都在挣命。顿一句。这张团练终是个武官出身，闲细。虽然酒醉，还有些气力，见剁翻了两个，料道走不迭，便提起一把交椅轮将来。武松早接个住，就势只一推，疾。休说张团练酒后，便清醒白醒时，也近不得武松神力，真正妙笔。扑地望后便倒了。武松赶入去，句。一刀，句。○十四写腰刀。先割下头来。杀第四个，又割头，与杀别个不同。蒋门神有力挣得起来，武松左脚早起，翻筋斗踢一脚，按住也割了头。杀第五个，亦割头。转身来，把张都监也割了头。杀第六个，也割头。见桌子上有酒有肉，武松拿起酒钟子，一饮而尽，连吃了三四钟，妙。便去死尸身上割下一片衣襟来，奇笔。蘸着血，奇墨。去白粉壁上奇纸。大写下八字道：

杀人者打虎武松也。奇文。○奇笔奇墨奇纸，定然做出奇文来。○卿试掷地，当作金石声。○看他"者"字"也"字，何等用得好，只八个字，亦有打虎之力。○文只八字，却有两番异样奇彩在内，真是天地间有数大文也。○依谢叠山例，是一篇放胆文字。

把桌子上器皿踏匾了，揣几件在怀里。却待下楼，只听得楼下夫人声音叫道："楼上官人们都醉了，快着两个上去搀扶。"行到水穷，又看云起，妙笔。○写武松杀张都监，定必写到杀得灭门绝户，方快人意；然使夫人深坐房中，武松亦不必搜捉出来也。只借分付家人，凑在手边来，一齐授首，工良心苦，人谁知之？○下养娘引着两个小的，亦只闲闲凑来。说犹未了，早有两个人上楼来。武松却闪在胡梯边，又出来一步。看时，却是两个自家亲随人，便是前日拿捉武松的。妙笔，妙不可言！

武松在黑处让他过去，却拦住去路。两个人进楼中，见三个尸首横在血泊里，惊得面面厮觑，做声不得。正如："分开八片顶阳骨，倾下半桶冰雪水。"急待回身，武松随在背后，手起刀落，十五写腰刀。早剁翻了一个。杀第七个。那一个便跪下讨饶，武松道："却饶你不得！"揪住也是一刀，十六写腰刀。○杀第八个。杀得血溅画楼，尸横灯影。绝妙好辞。○八写灯。武松道："一不做，二不休，杀了一百个，也只一死！"提了刀，十七写腰刀。下楼来。又出来一步。

夫人问道："楼上怎地大惊小怪？"武松抢到房前，又入一重来。夫人见条大汉入来，兀自问道："是谁？"闲细。○又表是暗中，与后灯明相照。武松的刀早飞起，十八写腰刀。劈面门剁着，倒在房前声唤。杀第九个。武松按住，将去割头时，刀切不入。十九写腰刀。○半日可谓忙杀腰刀，闲杀朴刀矣。得此一变，令人叫绝。○真正才子。武松心疑，就月光下四写月。看那刀时，已自都砍缺了。二十写腰刀。武松道：“可知割不下头来！”便抽身去厨房下忽然直出来。真正才子。拿取朴刀，五写朴刀。丢了缺刀。二十一写腰刀。翻身再入楼下来，忽然又直入来。写得怕人。只见灯明下，九写灯。前番那个唱曲儿的养娘玉兰引着两个小的，人口凑聚，有法，又有情。把灯十写灯。照见夫人被杀死地下，方才叫得一声：“苦也！”武松握着朴刀，六写朴刀。向玉兰心窝里搠着，杀第十个。○前杀金莲是“心窝里”，今杀玉兰亦是“心窝里”，藏此三字为暗记也。两个小的，亦被武松搠死，一朴刀一个七写朴刀。结果了。杀第十一个，杀第十二个。走出中堂，把闩拴了前门，忽然又出前门去，拴得妙。又入来，忽然又入去。寻着两三个妇女，也都搠死了在地下。杀十三个，杀十四个，杀十五个。

武松道：“我方才心满意足，六字绝妙好辞。走了罢休！”撇了刀鞘，闲细之极。○二十二写腰刀。提了朴刀，八写朴刀。出到角门外，又直出来。○五写角门开。来马院里再出来。除下缠袋来，忘之固是败笔，然不忘真是奇笔。把怀里踏匾的银酒器都装在里面，拴在腰里。拽开脚步，再出来。倒提朴刀便走，九写朴刀。○“倒提”妙绝，是心满意足后气色，只两字便描写出来。到城边，寻思道：“若等开门，须吃拿了，不如连夜越城走。”便从城边踏上城来。这孟州城是个小去处，那土城苦不甚高。就女墙边望下，句。先把朴刀虚按一按，句。○写跳城，便真写出跳城来，真是才子。○十写朴刀。刀尖在上，棒梢向下，托地只一跳，妙写。○十一写朴刀。把棒一拄，立在濠堑边。妙笔。○十二写朴刀。月明之下看水时，四写月。○楼上月，此月也，濠边月，亦此月也。然而楼上之月，何其惨毒，濠边之月，何其幽凉。武松在楼上时，月亦在楼上，初不知濠边月色何如。武松来濠边时，月亦在濠边，竟不记楼上月明何似。都监一家看月之时，濠边月里并无一个，武松濠边立月之际，张家月下更无一人。嗟乎！一月普照万方，万方不齐苦乐。月影只争转眼，转眼生死无常。前路茫茫，世间魍魉，读书至此，不知后人又何以为情也！只有一二尺深。此时正是十月半天气，各处水泉皆涸。武松就濠堑边，脱了鞋袜，解下腿絣护膝，抓扎起衣服，从这城濠里走过对岸。却想起施恩送来的包裹里有双八搭麻鞋，如此穿插，妙岂容说。○以前篇中间一句，分插在后篇前后，真正奇笔。取出来穿在脚上。听城里更点时，已打四更三点。此句收，妙笔。○与前一更四点句，作一开一阖。武松道："这口鸟气，今日方才出得松臊！'梁园虽好，不是久恋之家。'只可撒开。"提了朴刀，十三写朴刀。投东小路便走。走了一五更，一更四点，四更三点，前提后缴，合成奇格，此更以五更带作余波。天色朦朦胧胧，尚未明亮。武松一夜辛苦，身体困倦，棒疮发了又疼，那里熬得过？望见一座树林里，一个小小古庙，武松奔入里面，把朴刀倚了，十四写朴刀。解下包裹来做了枕头，闲细。扑翻身便睡。却待合眼，只见庙外边探入两把挠钩，把武松搭住。两个人便抢入来，将武松按定，一条绳索绑了。奇事。那四个男女道："这鸟汉子却肥，好送与大哥去！"武松那里挣扎得脱，被这四个人夺了包裹朴刀，十五写朴刀。却似牵羊的一般，脚不点地，好笑。拖到村里来。这四个男女，于路上自言自说道："看这汉子一身血迹，不正写，却用他人看出。却是那里来？莫不做贼着了手来？"捎带两月以前。武松只不做声，由他们自说。行不到三五里路，早到一所草屋内，把武松推将进去。侧首一个小门，里面还点着碗灯，十一写灯。四个男女将武松剥了衣裳，绑在亭柱上。武松看时，见灶边梁上挂着两条人腿，武松自肚里寻思道："却撞在横死神手里，死得没了分晓！早知如此时，不若去孟州府里首告了，便吃一刀一剐，却也留得一个清名于世！"那四个男女提着那包裹，口里叫道："大哥、大嫂，快起来！我们张得一头好行货在这里了！"只听得前面应道："我来也，你们不要动手，我自来开剥。"好。没一盏茶时，只见两个人入屋后来。

武松看时，前面一个妇人，背后一个大汉。两个定睛看了武松，那妇人便道："这个不是叔叔？"妙绝，一篇十来卷文字，回环踢跳，无句不钩，无字不锁。那大汉道："果然是我兄弟！"妙绝，真疑鬼疑神之文。武松看时，那大汉不是别人，却正是菜园子张青，这妇人便是母夜叉孙二娘。这四个男女吃了一惊，便把索子解了，将衣服与武松穿了。头巾已自扯碎，且拿个毡笠子与他戴上。两句写得好笑，遂似为做头陀之谶，然实是算到做头陀时。无处安放头巾，故先于此处销缴之也。原来这张青十字坡店面作坊却有几处，所以武松不认得。公自注。张青即便请出前面客席里，叙礼罢，张青大惊，连忙问道："贤弟，如何恁地模样？"武松答道："一言难尽！我读半日不得了，一言如何得尽？自从与你相别之后，到得牢城营里，得蒙施管营儿子，唤做金眼彪施恩，一见如故，每日好酒好肉管顾我。为是他有一座酒肉店，在城东快活林内，甚是趁钱，却被一个张团练带来的蒋门神，那厮倚势豪强，公然白白地夺了。施恩如此告诉，我却路见不平，醉打了蒋门神，复夺了快活林，施恩以此敬重我。后被张团练买嘱张都监定了计谋，取我做亲随，设智陷害，替蒋门神报仇。八月十五日夜，只推有贼，赚我到里面，却把银酒器皿预先放在我箱笼内，拿我解送孟州府里，强扭做贼，打招了，监在牢里。却得施恩上下使钱透了，不曾受害。又得当案叶孔目仗义疏财，不肯陷害平人。又得当牢一个康节级，与施恩最好，两个一力维持，待限满脊杖，转配恩州。昨夜出得城来，叵耐张都监设计，教蒋门神使两个徒弟和防送公人相帮，就路上要结

看他一路细细叙述，不省一字，显出大笔力。

果我。到得飞云浦僻静去处，正欲要动手，先被我两脚，把两个徒弟踢下水里去。赶上这两个鸟公人，也是一朴刀一个搠死了，都撇在水里。思量这口气怎地出得，因此再回孟州城里去。一更四点，进去马院里，先杀了一个养马的后槽。爬入墙内，去就厨房里杀了两个丫嬛。直上鸳鸯楼上，把张都监、张团练、蒋门神三个都杀了，又砍了两个亲随。下楼来又把他老婆、儿女、养娘都戳死了。四更三点，跳城出来。走了一五更路，前正传是第一遍，此叙述是第二遍。一时困倦，棒疮发了又疼，因行不得，投一小庙里权歇一歇，却被这四个绑缚将来。”那四个捣子便拜在地下道：“我们四个，都是张大哥的火家。因为连日博钱输了，去林子里寻些买卖。却见哥哥从小路来，身上淋淋漓漓都是血迹，却在土地庙里歇，我四个不知是甚人。早是张大哥这几时分付道：‘只要捉活的。’因此，我们只拿挠钩套索出去，不分付时，也坏了大哥性命。正是‘有眼不识泰山’，一时误犯着哥哥，恕罪则个！”

张青夫妻两个笑道：“我们因有挂心，这几时只要他们拿活的行货。他这四个，如何省的我心里事。好张青夫妻。若是我这兄弟不困乏时，不说你这四个男女，更有四十个也近他不得！”那四个捣子只顾磕头，武松唤起他来道：“既然他们没钱去赌，我赏你些。”便把包裹打开，取十两碎银，把与四人将去分。好人送好物，应如此好好用。那四个捣子拜谢武松。张青看了，也取三二两银子，赏与他们四个自去分了。张青道：“贤弟不知我心！四个捣子不知我心，连武松亦复不知我心，写张青夫妻其实好。从你去后，我只怕你有些失支脱节，或早或晚回来，知己。因此上分付这几个男女，但凡拿得行货，只要活的。那厮们慢仗些的，趁活捉了，敌他不过的，必致杀害。以此不教他们将刀仗出去，只与他挠钩套索。方才听得说，我便心疑，连忙分付等我自来看，好张青。谁想果是贤弟！”孙二娘道：“只听得叔叔打了蒋门神，又是醉了赢他，那一个来往人不吃惊！只一句便将前一篇，重复出色加染。有在快活林做买卖的客商，常说到这里，却不知向后的事。叔叔困倦，且请去客房里将息，却再理会。”张青引武松去客房里睡了。两口儿自去厨下安排些佳肴美馔酒食，管待武松。不移时，整治齐备，专等武松起来相叙。八个字写出好主人，正不以酒食为感也。

却说孟州城里张都监衙内，也有躲得过的，直到五更才敢出来。上半夜怕人，下半夜怕鬼，写得绝倒。众人叫起里面亲随，外面当直的军牢，都来看视，声张起来。街坊邻舍，谁敢出来。捱到天明时分，妙绝妙绝，遂令读者疑字缝里或有武松劈面直跳出来。却来孟州府里告状。知府听说罢大惊，火速差人下来，简点了杀死人数，行凶人出没去处，填画了图像格目，回府里禀覆知府道：“先从马院里入来，就杀了养马的后槽一人，有脱下旧衣二件。前文所无。○前文止半句。次到厨房里灶下，杀死两个丫嬛，厨门边遗下行凶缺刀一把。前文所有。○此句本在后，倒插在前。楼上杀死张都监一员，并亲随二人。此句本在后，倒插在前。外有请到客官张团练与蒋门神二人。白粉壁上，衣襟蘸血，大写八字道：‘杀人者打虎武松也。’楼下搠死夫人一口，在外搠死玉兰一口，奶娘二口，此句本在后，倒插在前。儿女三口。此句前是二口，此多一口，前在前，此在后。共计杀死男女一十五名，掳掠去金银酒器六件。”正传是第一遍，叙述是第二遍，报官是第三遍。看他第一遍之纵横，第二遍之次第，第三遍之颠倒，无不处处入妙。○看他叙来有与前文合处，有与前文不必合处，政以疏密互见，错落不定为奇耳。必拘拘一字不失，何不印板印作一样三张也！知府看罢，便差人把住孟州四门，点起军兵并缉捕人员，城中坊厢里正逐一排门搜捉凶人武松。

次日飞云浦地里保正人等告称：“杀死四人在浦内，见有杀人血痕在飞云浦桥下，尸首俱在水中。”共计十五人后，急接四人，踌躕满志之笔。知府接了状子，当差本县县尉下来，一面着人打捞起四个尸首，都简验了。两个是本府公人，两个自有苦主，各备棺木盛殓了尸首，尽来告状，催促捉拿凶首偿命。城里闭门三日，绝倒。家至户到，逐一挨察。五家一连，十家一保，那里不去搜寻。知府押了文书，委官下该管地面，各乡、各保、各都、各村，尽要排家搜捉，缉捕凶首。写了武松乡贯、年甲、貌相、模样，画影图形，出三千贯信赏钱。如有人知得武松下落，赴州告报，随文给赏；如有人藏匿犯人在家宿食者，事发到官，与犯人同罪。遍行邻近州府一同缉捕。

且说武松在张青家里将息了三五日，打听得事务蔑刺一般紧急，纷纷攘攘，有做公人出城来各乡村缉捕。张青知得，只得对武松说道：“二哥，不是我怕事不留你久住，如今官司搜捕得紧急，排门挨户，只恐明日有些疏失，必须怨恨我夫妻两个。我却寻个好安身去处与你，在先也曾对你说来，张青夫妻一片之心。只不知你心中肯去也不？”武松道：“我这几日也曾寻思，想这事必然要发，如何在此安得身牢？止有一个哥哥，又被嫂嫂不仁害了。甫能来到这里，又被人如此陷害。祖家亲戚都没了。无家之痛，此日最深。〇“不仁”二字，雅驯之极，却已断尽淫妇奸夫矣，妙绝。今日若得哥哥有这好去处叫武松去，我如何不肯去？只不知是那里地面？”张青道：“是青州管下一座二龙山宝珠寺。我哥哥鲁智深和甚么青面兽好汉杨志在那里打家劫舍，霸着一方落草。青州官军捕盗，不敢正眼觑他。贤弟只除那里去安身，方才免得。若投别处去，终久要吃拿了。他那里常常有书来取我入伙，我只为恋土难移，不曾去得。我写一封书，备细说二哥的本事。于我面上，如何不着你入伙？”武松道：“大哥也说的是。我也有心，恨时辰未到，缘法不能凑巧。今日既是杀了人，事发了，没潜身处，此为最妙。大哥，你便写书与我去，只今日便行。”张青随即取幅纸来，备细写了一封书，把与武松，安排酒食送路。

只见母夜叉孙二娘指着张青说道：“你如何便只这等叫叔叔去？前面定吃人捉了！”独表孙二娘能。武松道：“嫂嫂，你且说，我怎地去不得，如何便吃人捉了？”孙二娘道：“阿叔，如今官司遍处都有了文书，出三千贯信赏钱，画影图形，明写乡贯年甲，到处张挂。阿叔脸上见今明明地两行金印，走到前路须赖不过。”张青道：“脸上贴了两个膏药便了。”孙二娘笑道：“天下只有你乖！你说这痴话！这个如何瞒得过做公的？我却有个道理，只怕叔叔依不得。”武松道：“我既要逃灾避难，如何依不得？”孙二娘大笑道：“我说出来，叔叔却不要嗔怪。”武松道：“嫂嫂说的定依。”妙笔，令人忽然想到暮雪房中，不觉失笑。孙二娘道：“二年前有个头陀打从这里过，吃我放翻了，把来做了几日馒头馅。却留得他一个铁界箍，一身衣服，一领皂布直裰，一条杂色短穗绦，一本度牒，一串一百单八颗人顶骨数珠，一个沙鱼皮鞘子，插着两把雪花镔铁打成的戒刀。这刀时常半夜里鸣啸得响，叔叔前番也曾看见。妙笔。今既要逃难，只除非把头发剪了，做个行者，须遮得额上金印。又且得这本度牒做护身符，年甲貌相又和叔叔相等，却不是前世前缘？叔叔便应了他的名字，前路去谁敢来盘问？这件事好么？”张青拍手道：“二娘说得是，我倒忘了这一着！二哥，你心里如何？”武松道：“这个也使得，只恐我不像出家人模样。”张青道：“我且与你扮一扮看。”以文为戏。孙二娘去房中取出包裹来打开，将出许多衣裳，教武松里外穿了。武松自看道：“却一似我身上做的。”好。着了皂直裰，系了绦，把毡笠儿除下来，好。解开头发，折叠起来，将界箍儿箍起，挂着数珠。张青、孙二娘看了，两个喝采道：“却不是前生注定！”武松讨面镜子照了，自哈哈大笑起来。张青道：“二哥为何大笑？”武松道：“我照了自也好笑，不知何故做了行者。写武二无可不可，真是天人处都在此等句见得，不得于世人所赞亦赞也。大哥便与我剪了头发。”张青拿起剪刀，真是豪杰相聚，便有此等妙事。替武松把前后头发都剪了。

武松见事务看看紧急，便收拾包裹要行。张青又道：“二哥，你听我说。好像我要便宜，趣语。你把那张都监家里的酒器留下在这里，我换些零碎银两与你路上去做盘缠，万无一失。”细。武松道：“大哥见得分明。”尽把出来与了张青，换了一包散碎金银，都拴在缠袋内，系在腰里。武松饱吃了一顿酒饭，拜辞了张青夫妻二人，腰里跨了这两口戒刀，当晚都收拾了。孙二娘取出这本度牒，就与他缝个锦袋盛了，教武松挂在贴肉胸前。武松临行，张青又分付道：“二哥于路上小心在意，凡事不可托大。酒要少吃，四字妙。休要与人争闹，也做些出家人行径。诸事不可躁性，省得被人看破了。如到了二龙山，便可写封回信寄来。我夫妻两个在这里，也不是长久之计。只作商量，却便檃括后事于此，妙笔。敢怕随后收拾家私，也来山上入伙。二哥，保重保重！千万拜上鲁、杨二头领！”武松辞了出门，插起双袖，摇摆着便行。张青夫妻看了喝采道：“果然好个行者！”谥曰“伏虎尊者”。当晚武行者离了大树十字坡，便落路走。

此时是十月间天气，好笔。日正短，转眼便晚了。约行不到五十里，早望见一座高岭，武行者趁着月明，一步步上岭来，料道只是初更天色。武行者立在岭头上看时，见月从东边上来，照得岭上草木光辉。正看之间，只听得前面林子里有人笑声，武行者道："又来作怪！这般一条净荡荡高岭，有甚么人笑语？"走过林子那边去打一看，只见松树林中，傍山一座坟庵，约有十数间草屋，推开着两扇小窗，一个先生搂着一个妇人在那窗前看月戏笑。又是一个妇人，文情奇肆至此。武行者看了，怒从心上起，恶向胆边生："这是山间林下，出家人"出家人"上忽添"山间林下"四字，便将三千威仪，八百细行，一齐提出。武松做行者，便真是行者，叹今日法门之非也。却做这等勾当！"便去腰里掣出那两口烂银也似戒刀来，在月光下看了烂银也似刀，却在烂银也似月光下照看，便写得纸上烂银也似射人目睛，正不辨其是刀，是月，是纸，是墨也。道："刀却是好，到我手里不曾发市，且把这个鸟先生试刀！""先生"字上加"鸟"字，下加"试刀"字，千载奇语！手腕上悬了一把，再将这把插放鞘内，把两只直裰袖结起在背上，画出。竟来到庵前敲门。那先生听得，便把后窗关上。武行者拿起块石头，便去打门。只见呀地侧首门开，走出一个道童来，喝道："你是甚人，如何敢半夜三更大惊小怪，敲门打户做甚么？"武行者睁圆怪眼，大喝一声："先把这鸟道童祭刀！"说犹未了，手起处，铮地一声响，道童的头落在一边，倒在地下。只见庵里那个先生大叫道："谁敢杀我道童！"托地跳将出来。那先生手轮着两口宝剑，竟奔武行者。武松大笑道："我的本事，不要箱儿里去取！一生本事都放箱儿里，盖鸟先生则然矣。正是挠着我的痒处！"便去鞘里再拔出那口戒刀，轮起双戒刀来迎那先生。两个就月明之下，一来一往，一去一回，四道寒光旋成一圈冷气。竟是剑术传中选句，俗本改去，何也？〇写两口剑，两口刀，却偏增出"月明之下"四字，便有异常气色。两个斗到十数合，只听得山岭傍边一声响亮，两个里倒了一个。妙。○此语前文未有。但见寒光影里人头落，杀气丛中血雨喷。毕竟两个里厮杀，倒了一个的是谁，且听下回分解。

第三十一回
武行者醉打孔亮
锦毛虎义释宋江

武行者醉打孔亮
錦毛虎義釋宋江

此回完武松，入宋江，只是交代文字，故无异样出奇之处。然我观其写武松酒醉一段，又何其寓意深远也。盖上文武松一传，共有十来卷文字，始于打虎，终于打蒋门神。其打虎也，因“三碗不过冈”五字，遂至大醉，大醉而后打虎，甚矣，醉之为用大也！其打蒋门神也，又因“无三不过望”五字，至于大醉，大醉而后打蒋门神，又甚矣，醉之为用大也！虽然古之君子，才不可以终恃，力不可以终恃，权势不可终恃，恩宠不可终恃。盖天下之大，曾无一事可以终恃，断断如也。乃今武松一传，偏独始于大醉，终于大醉，将毋教天下以大醉独可终恃乎哉？是故怪力可以徒搏大虫，而有时亦失手于黄狗，神威可以单夺雄镇，而有时亦受缚于寒溪。盖借事以深戒后世之人，言天人如武松，犹尚无十分满足之事，奈何纭纭者，曾不一虑之也！

下文将入宋江传矣。夫江等之终皆不免于窜聚水泊者，有迫之必入水泊者也。若江等生平一片之心，则固皎然如冰在玉壶，千世万世，莫不共见。故作者特于武松落草处顺手表暴一通，凡以深明彼江等一百八人，皆有大不得已之心，而不必其后文之必应之也。乃后之手闲面厚之徒，无端便因此等文字，遽续一部，唐突才子，人之无良，于斯极矣！

当时两个斗了十数合，那先生被武行者卖个破绽，让那先生两口剑砍将入来，被武行者转过身来，看得亲切，只一戒刀，那先生的头滚落在一边，尸首倒在石上。武行者大叫：“庵里婆娘出来，我不杀你，只问你个缘故！”只见庵里走出那个妇人来，倒地便拜。武行者道：“你休拜我！你且说，这里叫甚么去处？

那先生却是你的甚么人？”那妇人哭着道：“奴是这岭下张太公家女儿。这庵是奴家祖上坟庵。这先生不知是那里人，来我家里投宿，言说善习阴阳，能识风水。我家爹娘不合留他在庄上，因请他来这里坟上观看地理，被他说诱，又留他住了几日。那厮一日见了奴家，便不肯去了。住了三两个月，把奴家爹娘哥嫂都害了性命，却把奴家强骗在此坟庵里住。这个道童也是别处掳掠来的。这岭唤做蜈蚣岭。这先生见这条岭好风水，以此他便自号‘飞天蜈蚣’王道人。”好风水，今日验矣，绝倒。○若真有风水，则又何以偏有此等事也？若风水本有，人自一时看不出，则何日当遇看得出人也？世之愚人，必欲津津言之，何哉！

武行者道：“你还有亲眷么？”那妇人道：“亲戚自有几家，都是庄农之人，谁敢和他争论？”武行者道：“这厮有些财帛么？”妇人道：“他也积蓄得一二百两金银。”武行者道：“有时，你快去收拾，我便要放火烧庵了。”那妇人问道：“师父，你要酒肉吃么？”好。武行者道：“有时，将来请我。”好。那妇人道：“请师父进庵里去吃。”武行者道：“怕别有人暗算我么？”那妇人道：“奴有几颗头，敢赚得师父？”武行者随那妇人入到庵里，见小窗边桌子上摆着酒肉。补前未写。武行者讨大碗，吃了一回，那妇人收拾得金银财帛已了，武行者便就里面放起火来。那妇人捧着一包金银，献与武行者。武行者道：“我不要你的，你自将去养身。快走，快走！”那妇人拜谢了，自下岭去。武行者把那两个尸首，都撺在火里烧了。插了戒刀，四字妙。○此一段，岂以必杀飞天蜈蚣为武乎？岂以必救妇人为仁乎？于是二者皆无取焉。然则为写戒刀，此言为独断也。连夜自过岭来，迤逦取路，望着青州地面来。

又行了十数日，但遇村坊道店，市镇乡城，果然都有榜文张挂在彼处，捕获武松。到处虽有榜文，武松已自做了行者，于路却没人盘诘他。时遇十一月间，天色好生严寒。好笔。当日武行者一路上买酒肉吃，只是敌不过寒威。上得一条土冈，早望见前面有一座高山，生得十分崄峻。先叙白虎山。古云“行人如在画图中”，今日笔墨都入画图中也。武行者下土冈子来，走得三五里路，早见一个酒店。门前一道清溪，门前一道清溪。屋后都是颠石乱山。屋后都是乱山。〇此二句，人只谓是写景，却不知都是章法。看那酒店时，却是个村落小酒肆。武行者过得那土冈子来，径奔入那村酒店里坐下，便叫道：“店主人家，先打两角酒来，肉便买些来吃。”店主人应道：“实不瞒师父说，酒却有些茅柴白酒，肉却多卖没了。”看他说没了。武行者道：“且把酒来挡寒。”店主人便去打两角酒，大碗价筛来，教武行者吃，将一碟熟菜，与他过口。看他没了。片时间，吃尽了两角酒，又叫再打两角酒来。店主人又打了两角酒，大碗筛来，武行者只顾吃。原来过冈子时，先有三五分酒了；好笔。〇四角酒，不足以醉武松也，然要写多，又恐与“三碗不过冈”“无三不过望”相近，因倒追到前文去插此一句，特与俗笔不同。一发吃过这四角酒，又被朔风一吹，酒却涌上。武松却大呼小叫道：“主人家，你真个没东西卖？你便自家吃的肉食也回些与我吃了，想到自吃的肉，一发挑动下文。一发还你银子。”店主人笑道：“也不曾见这个出家人，酒和肉只顾要吃。只是顺口捎带一句，亦是情所必有，却偏与榜文捕获相挑斗，故妙。却那里去取？师父，你也只好罢休！”看他只是说没了。武行者道：“我又不白吃你的，如何不卖与我？”店主人道：“我和你说过，只有这些白酒，那得别的东西卖？”看他到底说没了。

正在店里论口，只见外面走入一条大汉，引着三四个人入进店里。主人笑容可掬，迎接道：“二郎请坐。”那汉道：“我分付你的，安排也未？”店主人答道：“鸡与肉都已煮熟了，不但肉，又有鸡；

不但有，又已熟。忽然写得馨香满鼻，绝妙文情。只等二郎来。”那汉道：“我那青花瓮酒在那里？”“酒”字上，又加“青花瓮”三字，写得分外入耳。店主人道：“在这里。”三字活跳，与前许多郎当语相激射。那汉引了众人，便向武行者对席上头坐了；又偏坐得相激射。那同来的三四人，却坐在肩下。店主人却捧出一樽青花瓮酒来，写得射眼之极。开了泥头，倾在一个大白盆里。青花瓮外，又加写出一个大白盆，不惟其物，惟其器，使已令人眼涎喉痒之极，况又实实清香滑辣耶！武行者偷眼看时，写得绝倒，四字中有又恼又羞在内，馋自不必说。却是一瓮窨下的好酒，风吹过一阵阵香味来。武行者不住闻得香味，写得绝倒，中间又恼又羞，馋自不必说。喉咙痒将起来，“痒”字绝倒，又爬挠不得。恨不得钻过来抢吃。只见店主人又去厨下，把盘子托出一对熟鸡、一大盘精肉来，射眼之极。放在那汉面前，便摆了菜蔬，用杓子舀酒去烫。故意写得射眼，绝妙文情。武行者看自己面前只是一碟儿熟菜，不由的不气。写得馋，自不必说，其实又恼又羞。正是眼饱肚中饥，酒又发作，恨不得一拳打碎了那桌子。大叫道：“主人家，你来！你这厮好欺负客人！”店主人连忙来问道：“师父，为头是此一声当不起。休要焦躁，要酒便好说。”好。〇写出半日不来顾管。武行者睁着双眼喝道：“你这厮好不晓道理！这青花瓮酒和鸡肉之类，如何不卖与我？我也一般还你银子！”店主人道：“青花瓮酒和鸡肉，都是那二郎家里自将来的，只借我店里坐地吃酒。”

武行者心中要吃，那里听他分说，一片声喝道：“放屁！放屁！”店主人道：“也不曾见你这个出家人，恁地蛮法！”只管将“出家人”三字挑斗榜文捕获，有铜山东崩，洛钟西应之巧。武行者喝道：“怎地是老爷蛮法？我白吃你的？”那店主人道：“我倒不曾见出家人自称老爷！”绝倒语。〇看他只管说曾不看见，妙绝。武行者听了，跳起身来，叉开五指，望店主人脸上只一掌，把那店主人打个踉跄，直撞过那边去。那对席的大汉见了大怒，看那店主人时，打得半边脸都肿了，半日挣扎不起。写那汉大怒，却不便来发作，却又去看店主人，然后跳起身来。如画之笔。

那大汉跳起身来指定武松道："你这个鸟头陀，好不依本分！却怎地便动手动脚？却不道是'出家人勿起嗔心'！"只管将"出家人"三字挑斗榜文捕获，使读者心中疑忌。武行者道："我自打他，干你甚事！"一个硬。○写两硬相磕，互不肯让，句句出色。那大汉怒道："我好意劝你，你这鸟头陀敢把言语伤我！"一个又硬。武行者听得大怒，便把桌子推开，走出来喝道："你那厮说谁？"一个又硬。○有声有色。那大汉笑道："你这鸟头陀，要和我厮打，正是来太岁头上动土！"便点手叫道："你这贼行者，出来和你说话！"一个又硬。○有声有色。武行者喝道："你道我怕你，不敢打你？"一抢抢得门边，一个又硬。○须知是一头喝，一头抢出来。那大汉便闪出门外去。武行者赶到门外，那大汉见武松长壮，那里敢轻敌，便做个门户等着他。如画。武行者抢入去，接住那汉手。如画。那大汉却待用力跌武松，如画。怎禁得他千百斤神力，就手一扯，扯入怀中；只一拨，拨将去，恰似放翻小孩子的一般，那里做得半分手脚？如画。○自打虎至此，曾无一次不变。那三四个村汉看了，手颤脚麻，那里敢上前来。武行者踏住那大汉，提起拳头来，只打实落处。如画。打了二三十拳，就地下提起来，望门外溪里只一丢。如画。○写得只如将大汉作戏，又表神力，又表醉后。○"溪里"二字，妙绝文情。

一个立起。

又一个立起。

一个走出。

又一个走出。
一个出门。
又一个出门。一路看他写两个硬汉各不相下。

那三四个村汉叫声苦，不知高低，都下水去把那大汉救上溪来，救上溪来，捉上溪来，不意寒溪有此妙事。自搀扶着投南去了。如画。这店主人吃了这一掌，打得麻了，动掸不得，自入屋后躲避去了。去了。武行者道："好呀！你们都去了，老爷吃酒了！"二语写出快活，有旁若无人之意。把个碗去白盆内舀那酒来，只顾吃。可怜，好酒却是冷吃。○虽然冷吃，亦足强似顷间偷看时也。桌子上那对鸡，一盘子肉，都未曾吃动。写得快活。武行者且不用箸，双手扯来任意吃。快活亦有，醉亦有。没半个时辰，把这酒句。肉句。和鸡，句。都吃个八分。武行者醉饱了，把直裰袖结在背上，便出店门，沿溪而走。绝妙文情。却被那北风卷将起来，武行者捉脚不住，一路上抢将来。画出头陀，画出醉，画出严寒，画出溪边。

离那酒店走不得四五里路，傍边土墙里走出一只黄狗，看着武松叫。无端忽想出一只黄狗，文心千奇百怪，真乃意想不到。武行者看时，一只大黄狗赶着吠。叠写一句者，上句从作者笔端写出，此句从武松眼中写出。从笔端写出者，写狗也，从眼中写出者，写醉也。武行者大醉，正要寻事，四字骂世，言世间无事可寻，一寻便寻了狗的事也。恨那只狗赶着他只管吠，便将左手鞘里掣一口戒刀来，大踏步赶。狗上加一"恨"字，赶狗上着一"戒刀"字，皆喻古今君子，有时忽与小人相持，为可深痛惜也。夫狗岂足恨之人，戒刀岂赶狗之具哉。那只黄狗绕着溪岸叫。写出寒溪，写出村犬，写出醉头陀，真是笔头有画。武行者一刀砍将去，却砍个空，使得力猛，头重脚轻，翻筋斗倒撞下溪里去，却起不来。其力可以打倒大虫，而不能不失手于黄狗，为用世者读之寒心。黄狗便立定了叫。活画黄狗，活画小人。○黄狗得意。○俗本落此句。冬月天道，虽只有一二尺深浅的水，却寒冷得当不得，爬起来，淋淋的一身水，学道必须闻一知十，看书却须闻一知二。如此句寒冷得当不得，须知是两个人寒冷得当不得；淋淋漓漓一身水，须知是淋淋漓漓两身水也。作传妙处，全妙于写一边，不写一边，却将不写一边，宛然在写一边时现出，其妙不可以一端尽也。却见那口戒刀浸在溪里，亮得耀人。爬起时不记戒刀，起来后忽然耀眼，写醉人真是醉人，写戒刀真好戒刀。俗本落此句。便再蹲下去捞那刀时，扑地又落下去，再起不来，只在那溪水里滚。此段不止活画醉人而已，喻言君子用世，每每一蹶之后，不能再振，所以深望其慎之也。

岸上侧首墙边转出一伙人来。当先一个大汉，头戴毡笠子，身穿鹅黄纻丝衲袄，手里拿着一条哨棒。却不接吃打大汉，妙。背后十数个人跟着，都拿木钯白棍。众人看见狗吠，画。〇一狗吠而众人随之，类如此矣。指道：“这溪里的贼行者，便是打了小哥哥的。如今小哥哥寻不见大哥哥，却又引了二三十个庄客，自奔酒店里捉他去了。他却来到这里……”又作补，又作引。说犹未了，只见远远地那个吃打的汉子换了一身衣服，细笔不漏。手里提着一条朴刀，背后引着三二十个庄客，都拖枪拽棒，跟着那个大汉，吹风胡哨来寻武松。赶到墙边，见了，指着武松，对那穿鹅黄袄子的大汉道：“这个贼头陀，正是打兄弟的！”那个大汉道：“且捉这厮去庄里细细拷打！”那汉喝声：“下手！”三四十人一发上。可怜武松醉了，挣扎不得，急要爬起来，被众人一齐下手，横拖倒拽，捉上溪来。不成捉矣，止可谓之捞上溪来耳。〇前文闲写一句云“门前一道清溪”，不意遂两用之。

转过侧首墙边一所大庄院，两下都是高墙粉壁，垂柳乔松，围绕着墙院。众人把武松推抢入去，剥了衣裳，夺了戒刀包裹，揪过来绑在大柳树上，叫取一束藤条来，细细的打那厮。却才打得三五下，只见庄里走出一个人来问道：“你兄弟两个又打甚么人？”“又打”妙。只见这两个大汉叉手道：“师父听禀：兄弟今日和邻庄三四个相识去前面小路店里吃三杯酒，叵耐这个贼行者到来寻闹，把兄弟痛打了一顿，又将来撺在水里，头脸都磕破了，险些冻死，却得相识救了回来。归家换了衣服，带了人再去寻他，那厮把我酒肉都吃了，却大醉，倒在门前溪里，因此捉拿在这里细细的拷打。看起这贼头陀来也不是出家人，脸上见刺着两个金印，这贼却把头发披下来遮了，必是个避罪在逃的囚徒。问出那厮根原，解送官司理论！”忽然一逼。这个吃打伤的大汉道：“问他做甚么！忽然一松。〇一逼一松，总是摇漾读者。这秃贼打得我一身伤损，不着一两个月，将息不起。不如把这秃贼一顿打死了，一把火烧了他，才与我消得这口恨气！”说罢，拿起藤条恰待又打，只见出来的那人说道：“贤弟，且休打，待我看他一看，这人也像是一个好汉。”“也像是”三字妙绝。可见连日说好汉也，可见连日说武松也。

此时武行者心中略有些醒了，理会得，此三字中，又提动景阳打虎一事在心头矣。只把眼来闭了，由他打，只不做声。那个人先去背上看了杖疮，写看一看，亦不一直写出，且先写个看背上杖疮，以作一曲，便无馋笔渴墨之诮。便道：“作怪！这模样想是决断不多时的疤痕。”转过面前，便将手把武松头发揪起来，方才看正面，便有酣笔饱墨之致也。定睛看了，叫道：“这个不是我兄弟武二郎？”疑鬼疑神之笔。武行者方才闪开双眼，看了那人道：“你不是我哥哥？”疑鬼疑神之笔。那人喝道：“快与我解下来，这是我的兄弟！”自武二郎兄死之后，如十字坡、孟州营、白虎庄，处处写出许多“哥哥”“弟弟”字来，读之真有“昨夜雨滂烹，打倒葡萄棚”之妙也。然前两处犹明明知是某人，却写到结拜兄弟，便有通身击应之能耳。此却更不知是何人，竟写一个认是哥哥，一个认是兄弟，叫得一片亲热，使读者茫不知其为谁，岂其梦中见武大耶？盖特特为是疑鬼疑神之笔以自娱乐，亦以娱乐后世之人也。那穿鹅黄袄子的妙。并吃打的妙。〇一时写出四个人，却一个人认得三个人，一个人认得一个人，两个人各认得两个人，一个人只认得一个人。一个人认得三个人者，出来的人认得三个人也。一个人认得一个人者，武松只认得出来的人也。两个人各认得两个人者，鹅黄袄子的认得出来的吃打的，吃打的认得出来的鹅黄袄子的也。一个人只认得一个人者，读者此时只认得武松，并不认得出来的鹅黄袄子的、吃打的也。〇妙批。尽皆吃惊，连忙问道：“这个行者，如何却是师父的兄弟？”那人便道：“他便是我时常和你们说的那景阳冈上打虎的武松。景阳冈打虎，不惟自己时常说，别人也时常说，可知是一件非常事。我也不知他如今怎地做了行者！”如画，如活。

看他写四个人都无名字。

那弟兄两个听了，慌忙解下武松来，便讨几件干衣服与他穿了，细笔不漏。便扶入草堂里来。武松便要下拜，那个人惊喜相半，扶住武松道：“兄弟酒还未醒，且坐一坐说话。”《水浒》写拜，已成套事，此又写得异样出色。○真好哥哥。武松见了那人，欢喜上来，酒早醒了五分，真有是事。讨些汤水洗漱了，吃些醒酒之物，便来拜了那人，只一拜作两橛写。相叙旧话。那人不是别人，又略一顿。正是郓城县人氏，句。姓宋句。名江，句。表字公明。句。

武行者道：“只想哥哥在柴大官人庄上，却如何来在这里？兄弟莫不是和哥哥梦中相会么？”宋江道：“我自从和你在柴大官人庄上分别之后，我却在那里住得半年。是打虎杀嫂，初遇张青时也。不知家中如何，恐父亲烦恼，先发付兄弟宋清归去。便带出三十四回来。后却收拾得家中书信，说道：‘官司一事，全得朱、雷二都头气力，已自家中无事，口中补写朱、雷。只要缉捕正身。因此，已动了个海捕文书，各处追获。’这事已自慢了，却有这里孔太公屡次使人去庄上问信。后见宋清回家，说道宋江在柴大官人庄上。因此，特地使人直来柴大官人庄上，取我在这里。口中补写来孔家前半节事。此间便是白虎山，这庄便是孔太公庄上。恰才和兄弟相打的，便是孔太公小儿子。因他性急，好与人厮闹，到处叫他做‘独火星’孔亮。这个穿鹅黄袄子的，便是孔太公大儿子，人都叫他做‘毛头星’孔明。因他两个好习枪棒，却是我点拨他些个，以此叫我做师父。此句丑。我在此间住半年了，是打蒋门神，杀张都监，再遇张青时也。我如今正欲要上清风寨走一遭，这两日方欲起身。便入此句，为下作引。我在柴大官人庄上时，只听得人传说兄弟在景阳冈上打了大虫，又听知你在阳谷县做了都头，又闻斗杀了西门庆。此是半年。向后不知你配到何处去。兄弟如何做了行者？”此是半年。〇上文云柴家半年，孔家半年，此又叙出半年中事都知，半年中事都不知，不惟行文有虚实之妙，又表出柴、孔两庄大小之不同也。武松答道：“小弟自从柴大官人庄上别了哥哥，去到得景阳冈上打了大虫，送去阳谷县，知县就抬举我做了都头。后因嫂嫂不仁，与西门庆通奸，通奸上坐以“不仁”二字，妙绝，遂令“风情”二字，更立不起。药死了我先兄武大，诸字哭杀，何也？昔佛入灭后，阿难结集四经，升座初唱“如是我闻”四字，一时大众，无不大哭也。曰：“昨犹见佛，今日已称我闻。”今武松别宋江时，犹口口哥哥，见宋江时，已口称先兄。嗟乎！肠断脉绝，胡可以言也！被武松把两个都杀了，自首告到本县，转申东平府。后得陈府尹一力救济，断配孟州……”至十字坡，怎生遇见张青、孙二娘，到孟州，怎地会施恩，怎地打了蒋门神，如何杀了张都监一十五口，又逃在张青家，“母夜叉孙二娘教我做了头陀行者”的缘故，过蜈蚣岭试刀，杀了王道人，至村店吃酒，醉打了孔兄。把自家的事，从头备细告诉了宋江一遍。

孔明、孔亮两个听了大惊，扑翻身便拜。武松慌忙答礼道：“却才甚是冲撞，休怪！休怪！”孔明、孔亮道：“我弟兄两个‘有眼不识泰山’，万望恕罪！”武行者道：“既然二位相觑武松时，却是与我烘焙度牒、书信，并行李衣服，不可失落了那两口戒刀，这串数珠。”孔明道：“这个不须足下挂心，小弟已自着人收拾去了，整顿端正拜还。”武行者拜谢了。宋江请出孔太公，竟是哥哥身分，妙。〇写得宋江亦有夸耀武松之意，妙妙。都相见了。孔太公置酒设席管待，不在话下。当晚宋江邀武松同榻，叙说一年有余的事，我于世间无所爱，正独爱此一句耳。我二三同学人，亦同此癖也，武松之入玄中，宜哉！宋江心内喜悦。

武松次日天明起来，都洗漱罢，出到中堂，相会吃早饭。孔明自在那里相陪，孔亮捱着疼痛也来管待。妙，写得孔亮爱敬豪杰出，写得武松豪杰为人爱敬出。孔太公便叫杀羊宰猪，安排筵宴。是日，村中有几家街坊亲戚都来谒拜，又有几个门下人亦来拜见。宋江见了大喜。写武松到处有人拜门生，可谓荣华之极。一百七人中，无一个得及也。○官司榜文，有如无物，写得妙绝。当日筵宴散了，宋江问武松道：“二哥，今欲往何处安身？”武松道：“昨夜已对哥哥说了，一夜话中抽出一句，妙笔。菜园子张青写书与我，着兄弟投二龙山宝珠寺花和尚鲁智深不说起杨志。那里入伙。他也随后便上山来。”宋江道：“也好。“也好”者，仅好而有所未尽之辞，只二字截住，下却疾转出清风寨同去一段来，深表自家爱惜武松之至，不愿其遂去落草，而自家之一片冰心，遂可借此得以自白。此皆宋江生平权诈过人处，而后人反因此等续出后数十回，真可笑也。我不瞒你说：我家近日有书来说道，清风寨知寨小李广花荣，他知道我杀了阎婆惜，每每寄书来与我，千万教我去寨里住几时。此间又离清风寨不远，我这两日正待要起身去，因见天气阴晴不定，未曾起程。早晚要去那里走一遭，不若和你同往如何？”写出恩爱如见。○诚如此，可谓爱人以德矣。武松道：“哥哥怕不是好情分，带携兄弟投那里去住几时。只是武松做下的罪犯至重，遇赦不宥，因此发心，只是投二龙山落草避难。亦且我又做了头陀，难以和哥哥同往。路上被人设疑，倘或有些决撒了，须连累了哥哥。便是哥哥与兄弟同死同生，也须累及了花知寨不好。说得妙。曾不见花知寨，因宋公明而爱及花知寨，一妙也；虽因宋公明而爱及花知寨，然毕竟信公明深于信知寨，二妙也。只是由兄弟投二龙山去了罢。“只是由”三字、“去了罢”三字，便活衬出宋江恩爱来。天可怜见，异日不死，受了招安，那时却来寻访哥哥未迟。”武松不必有此心，只因上文宋江数语，感激至深，便慨然将宋江口中不便说明之事，一直都说出来。读其言，真令我欲痛哭也。○殊不知宋江却不然。宋江道：“兄弟既有此心归顺朝廷，皇天必祐。看他便着实赞叹，全是一片权诈。若如此行，不敢苦劝，此八字，重上四字。你只相陪我住几日了去。”此句又落到兄弟恩情上来，妙绝。○只因宋江要表不反，便有此一段文；只因有此一段文，便为七十回后续貂者作地也。自此，两个在孔太公庄上，一住过了十日之上。

宋江与武松要行，孔太公父子那里肯放。又留了三五日，宋江坚执要行，孔太公只得安排筵席送行。管待一日了，次日，将出新做的一套行者衣服，皂布直裰，陪。并带来的度牒、书信、界箍、数珠、戒刀、金银之类，交还武松，又各送银五十两，权为路费。宋江推却不受，武松偏不然。孔太公父子只顾将来拴缚在包裹里。宋江整顿了衣服器械，武松依前穿了行者的衣裳，带上铁界箍，挂了人顶骨数珠，跨了两口戒刀，收拾了包裹，拴在腰里。宋江提了朴刀，悬口腰刀，带上毡笠子，辞别了孔太公。孔明、孔亮叫庄客背了行李，弟兄二人直送了二十余里路，拜辞了宋江、武行者两个。宋江自把包裹背了，说道："不须庄客远送，我自和武兄弟去。"孔明、孔亮相别，自和庄客归家，不在话下。

只说宋江和武松两个在路上行着，于路说些闲话，走到晚，歇了一宵。次日早起，打伙又行。两个吃罢饭，又走了四五十里，却来到一市镇上，地名唤做瑞龙镇，却是个三岔路口。宋江借问那里人道："小人们欲投二龙山、清风镇上，不知从那条路去？"那镇上人答道："这两处不是一条路去了。这里要投二龙山去，只是投西落路。若要投清风镇去，须用投东落路，过了清风山便是。"宋江听了备细，便道："兄弟，我和你今日分手，就这里吃三杯相别。"武行者道："我送哥哥一程了，却回来。"真正哥哥既死，且把认义哥哥远送，所谓虽无老成人，尚有典型也。宋江道："不须如此。自古道：'送君千里，终有一别。'兄弟，你只顾自己前程万里，早早的到了彼处。入伙之后，少戒酒性。与张青如出一口。如得朝廷招安，你便可撺掇鲁智深投降了，日后但是去边上一枪一刀，博得个封妻荫子，久后青史上留得一个好名，也不枉了为人一世。前宋江口中不好说明，却向武松口中说明之；然武松口中却说不畅，便再向宋江口中畅说之。妙绝。然而其实都是宋江权术，七十回后，纷纷续貂，殊无谓也。我自百无一能，虽有忠心，不能得进步。兄弟，你如此英雄，决定做得大事业，可以记心，听愚兄之言，图个日后相见。”此非宋江自谦，实是武松珠玉在前矣。武行者听了。此五字真写得好，有如鱼似水之乐。酒店上饮了数杯，还了酒钱，二人出得店来，行到市镇梢头，三岔路口，武行者下了四拜。宋江洒泪，不忍分别，又分付武松道：“兄弟，休忘了我的言语；笔墨淋漓之至。少戒酒性。再申四字者，所以消缴武松十来卷文字，直挽至最初柴进庄上使酒打人一句也。保重，保重！”武行者自投西去了。

看官牢记话头，武行者自来二龙山投鲁智深、杨志入伙了。不在话下。且说宋江自别了武松，转身投东，望清风寨路上来，于路只忆武行者。七字妙绝，遥遥直与一年前柴进庄上武松别宋江上路时相应。又自行了几日，却早远远的望见前面一座高山，生得古怪，树木稠密，心中欢喜，观之不足；贪走了几程，不曾问得宿头。如此入。看看天色晚了，宋江心内惊慌，肚里寻思道：“若是夏月天道，胡乱在林子里歇一夜，却恨又是仲冬天气，风霜正冽，夜间寒冷，难以打熬。倘或走出一个毒虫虎豹来时，如何抵当？却不害了性命！”只顾望东小路里撞将去。约莫走了也是一更时分，心里越慌，看不见地下，踹了一条绊脚索。树林里铜铃响，走出十四五个伏路小喽啰来，发声喊，把宋江捉翻，一条麻索缚了，夺了朴刀、包裹，吹起火把，将宋江解上山来。即晚间心中欢喜，观之不足之山也。宋江只得叫苦，却早押到山寨里。

宋江在火光下看时，四下里都是木栅，当中一座草厅，厅上放着三把虎皮交椅，后面有百十间草房。小喽啰把宋江捆做粽子相似，将来绑在将军柱上。有几个在厅上的小喽啰说道：“大王方才睡，且不要去报。等大王酒醒时，却请起来，剖这牛子心肝做醒酒汤，我们大家吃块新鲜肉。”宋江被绑在将军柱上，心里寻思道：“我的造物只如此偃蹇！只为杀了一个烟花妇人，变出得如此之苦！谁想这把骨头却断送在这里！”只见小喽啰点起灯烛荧煌，宋江已自冻得身体麻木了，动掸不得，只把眼来四下里张望，低了头叹气。约有二三更天气，只见厅背后走出三五个小喽啰来，叫道：“大王起来了。”便去把厅上灯烛剔得明亮。

宋江偷眼看时，只见那个出来的大王头上绾着鹅梨角儿，一条红绢帕裹着，身上披着一领枣红纻丝衲袄，便来坐在当中虎皮交椅上。那个好汉祖贯山东莱州人氏，姓燕名顺，绰号“锦毛虎”。原是贩羊马客人出身，因为消折了本钱，流落在绿林丛内打劫。那燕顺酒醒起来，坐在中间交椅上，问道：“孩儿们，那里拿得这个牛子？”小喽啰答道：“孩儿们正在后山伏路，只听得树林里铜铃响，原来这个牛子独自个背些包裹，撞了绳索，一交绊翻，因此拿得来献与大王做醒酒汤。”燕顺道：“正好！快去与我请得二位大王来同吃。”小喽啰去不多时，只见厅侧两边走上两个好汉来。左边一个，五短身材，一双光眼，祖贯两淮人氏，姓王名英，江湖上叫他做“矮脚虎”。原是车家出身，为因半路里见财起意，就势劫了客人，事发到官，越狱走了，上清风山，和燕顺占住此山，打家劫舍。右边这个生的白净面皮，三牙掩口髭须，瘦长膀阔，清秀模样，也裹着顶绛红头巾。他祖贯浙西苏州人氏，姓郑，双名天寿。为他生得白净俊俏，人都号他做“白面郎君”。原是打银为生，因他自小好习枪棒，流落在江湖上，因来清风山过，撞着王矮虎，和他斗了五六十合，不分胜败。因此燕顺见他好手段，留在山上坐了第三把交椅。当下三个头领坐下，王矮虎便道："孩儿们快动手，取下这牛子心肝来，造三分醒酒酸辣汤来！"只见一个小喽啰掇一大铜盆水来，放在宋江面前。怕。又一个小喽啰卷起袖子，手中明晃晃拿着一把剜心尖刀。怕。那个掇水的小喽啰便把双手泼起水来，浇那宋江心窝里。怕。〇一部大书以宋江为主，则如此等处定当不妨，然作者却偏故意写得怕人，读之亦复吃惊不少。原来但凡人心都是热血裹着，把这冷水泼散了热血，取出心肝来时，便脆了好吃。再注一句者，为欲少迟下文也，然于何知之？

那小喽啰把水直泼到宋江脸上，宋江叹口气道："可惜宋江死在这里！"燕顺亲耳听得"宋江"两字，三十七字只作一句读，其事甚疾。〇此三十七字中，凡叙三个人，三件事，然其实泼时即是叹时，叹时即是听时，听时即是泼时，虽是三个人，三件事，然只在一霎中一齐都有，故应作一句读也。便喝住小喽啰道："且不要泼水！"燕顺问道："他那厮妙。说甚么'宋江'？"妙。〇看他两半句不合处。小喽啰答道："这厮口里妙。说道：'可惜宋江死在这里！'"妙。燕顺便起身来，妙。问道："兀那汉子，你认得宋江？"妙妙。宋江道："只我便是宋江。"妙妙。燕顺走近跟前，妙妙。又问道："你是那里的宋江？"天下岂有两宋江耶？妙妙。宋江答道："我是济州郓城县做押司的宋江。"妙妙。燕顺嚷道：妙妙。"你莫不是山东及时雨宋公明，杀了阎婆惜逃出在江湖上的宋江？"妙妙。〇详其地不足信，又必详其事焉。笔墨淋漓，乃至于此。宋江道："你怎得知？我正是宋三郎宋江。"妙妙。〇无所不详矣，只余"三郎"二字，亦详出来。文心当面变化而出，非先有定式可据也。〇看他连用无数宋江字押脚，有《渔阳掺挝》之声，能令满座动色。〇俗本讹。燕顺吃了一惊，便夺过小喽啰手内尖刀，把麻索都割断了，便夺尖刀，妙绝妙绝。便把自身上披的枣红纻丝衲袄脱下来，裹在宋江身上，便脱枣红衲袄，妙绝妙绝。便抱在中间虎皮交椅上，便抱上虎皮交椅，妙绝妙绝。便叫王矮虎、郑天寿快下来，三人纳头便拜。便叫来拜，妙绝妙绝。〇写得燕顺屁滚尿流如活。〇上七"宋江"字押脚，此四"便"字提头，文笔盘飞踢跳。俗本讹。宋江滚下来答礼，问道："三位壮士，何故不杀小人，反行重礼，此意如何？”亦拜在地。那三个好汉一齐跪下，燕顺道：“小弟只要把尖刀剜了自己的眼睛！未审亦作汤否？原来不识好人！一时间见不到处，少问个缘由，争些儿坏了义士！若非天幸，使令仁兄自说出大名来，我等如何得知仔细！小弟在江湖上绿林丛中，走了十数年，闻得贤兄仗义疏财，济困扶危的大名，只恨缘分浅薄，不能拜识尊颜。今日天使相会，真乃称心满意！”宋江答道：“量宋江有何德能，教足下如此挂心错爱！”燕顺道：“仁兄礼贤下士，结纳豪杰，名闻寰海，谁不钦敬！梁山泊近来如此兴旺，四海皆闻，曾有人说道尽出仁兄之赐。全书大眼目。不知仁兄独自何来，今却到此？”宋江把这救晁盖一节，杀阎婆惜一节，却投柴进并孔太公许多时，及今次要往清风寨寻小李广花荣这几件事，一一备细说了。三个头领大喜，随即取套衣服与宋江穿了。一面叫杀羊宰马，连夜筵席。当夜直吃到五更，叫小喽啰伏侍宋江歇了。

次日辰牌起来，诉说路上许多事务，又说武松如此英雄了得。妙。〇又妙于夜来不说，留作今朝竟日之欢也。三个头领跌脚懊恨道：“我们无缘，若有他来这里十分是好，却恨他投那里去了！”妙。话休絮繁。宋江自到清风山，住了五七日，每日好酒好食管待，不在话下。

时当腊月初旬，山东人年例，腊日上坟。笔法。只见小喽啰山下报上来说道：“大路上有一乘轿子，七八个人跟着，挑着两个盒子，去坟头化纸。”王矮虎是个好色之徒，见报了，想此轿子必是个妇人，点起三五十小喽啰，便要下山。宋江、燕顺那里拦当得住？绰了枪刀，敲一棒铜锣，下山去了。宋江、燕顺、郑天寿三人，自在寨中饮酒。那王矮虎去了约有三两个时辰，远探小喽啰报将来，说道："王头领直赶到半路里，七八个军汉都走了，拿得轿子里抬着的一个妇人。只有一个银香盒，别无物件财物。"燕顺问道："那妇人如今抬到那里？"小喽啰道："王头领已自抬在山后房中去了。"燕顺大笑。宋江道："原来王英兄弟要贪女色，不是好汉的勾当。"燕顺道："这个兄弟，诸般都肯向前，只是有这些毛病。"宋江道："二位和我同去劝他。"燕顺、郑天寿便引了宋江，直来到后山王矮虎房中，推开房门，只见王矮虎正搂住那妇人求欢。见了三位入来，慌忙推开那妇人，请三位坐。宋江看见那妇人，便问道："娘子，你是谁家宅眷？这般时节出来闲走，有甚么要紧？"那妇人含羞向前，深深地道了三个万福，便答道："侍儿是清风寨知寨的浑家。凭空设幻，疑其笔尖有五鬼搬运之符也。为因母亲弃世，今得小祥，特来坟前化纸。那里敢无事出来闲走？告大王垂救性命！"宋江听罢，吃了一惊，肚里寻思道："我正来投奔花知寨，莫不是花荣之妻？我如何不救！"文情奇妙，读之欲迷。宋江问道："你丈夫花知寨好。如何不同你出来上坟？"那妇人道："告大王，侍儿不是花知寨的浑家。"好。宋江道："你恰才说是清风寨知寨的恭人。"好。那妇人道："大王不知：这清风寨如今有两个知寨，好。一文好。一武。好。武官便是知寨花荣，好。文官便是侍儿的丈夫，知寨刘高。"好。宋江寻思道："他丈夫既是和花荣同僚，我不救时，明日到那里须不好看！"看他下文好看。○此等皆是无中生有文字。宋江便对王矮虎说道："小人有句话说，不知你肯依么？"王英道："哥哥有话，但说不妨。"宋江道："但凡好汉犯了'溜骨髓'三个字的，好生惹人耻笑。我看这娘子说来，是个朝廷命官的恭人，怎生二字宋江声口。看在下薄面并江湖上'大义'两字，放他下山回去，教他夫妻完聚，如何？”王英道：“哥哥听禀，王英自来没个押寨夫人做伴，况兼如今世上都是那大头巾弄得歹了，哥哥管他则甚？骂世语，竟似李贽恶习矣，然偶然一见即不妨，但不得通身学李贽，便殊累盛德也。胡乱容小弟这些个。”

宋江便跪一跪宋江身分。道：“贤弟若要押寨夫人时，日后宋江拣一个停当好的，在下纳财进礼，娶一个伏侍贤弟。只是这个娘子是小人友人同僚正官之妻，怎地做个人情，放了他则个。”燕顺、郑天寿一齐扶住宋江道：“哥哥且请起来，这个容易。”宋江又谢道：“恁的时，重承不阻。”燕顺见宋江坚意要救这妇人，因此不顾王矮虎肯与不肯，喝令轿夫抬了去。此是写燕顺。那妇人听了这话，插烛也似拜谢宋江，一口一声叫道：“谢大王！”宋江道：“恭人，你休谢我，我不是山寨里大王，我自是郓城县客人。”辨得迟矣，亦可云辨得早哩。那妇人拜谢了下山，两个轿夫也得了性命，抬着那妇人下山来，飞也似走，只恨爷娘少生了两只脚。这王矮虎又羞又闷，只不做声。被宋江拖出前厅劝道：“兄弟，你不要焦躁。宋江日后好歹要与兄弟完娶一个，教你欢喜便了。小人并不失信。”燕顺、郑天寿都笑起来。王矮虎一时被宋江以礼义缚了，礼义可以缚人，乃至可以缚王矮虎，而何世之不用之也？虽不满意，敢怒而不敢言，只得陪笑，自同宋江在山寨中吃筵席，不在话下。

且说清风寨军人一时间被掳了恭人去，只得回来到寨里报知刘知寨，说道：“恭人被清风山强人掳去了！”刘高听了大怒，喝骂去的军人不了事，如何撇了恭人，大棍打那去的军汉。众人分说道：“我们只有五七个，他那里三四十人，如何与他敌得？”刘高喝道：“胡说！你们若不去夺得恭人回来时，我都把你们下在牢里问罪！”那几个军人吃逼不过，没奈何，只得央浼本寨内军健七八十人，各执枪棒，用意来夺。不想来到半路，正撞见两个轿夫，抬得恭人飞也似来了。众军汉接见恭人，问道：“怎地能够下山？”那妇人道：“那厮捉我到山寨里，见我说道是刘知寨的夫人，唬得他慌忙拜我，便叫轿夫送我下山来。”活是文官妻子，亦会说大话骗人。众军汉道：“恭人，可怜见我们！只对相公说我们打夺得恭人回来，权救我众人这顿打！”那妇人道：“我自有道理说便了。”众军汉拜谢了，簇拥着轿子便行。众人见轿夫走得快，妙。便说道：“你两个闲常在镇上抬轿时，只是鹅行鸭步，妙。如今却怎地这等走的快？”妙。那两个轿夫应道：“本是走不动，却被背后老大栗暴打将来！”妙。众人笑道：“你莫不见鬼，背后那得人？”轿夫方才敢回头，看了道：“哎也！是我走得慌了，脚后跟直打着脑杓子！”妙。○此文只是花荣楔子，作者无可见长，故借此作闲中一笑也。众人都笑。簇着轿子，回到寨中。刘知寨见了大喜，便问恭人道：“你得谁人救了你回来？”那妇人道：“便是那厮们掳我去，不从奸骗，正要杀我，活是文官妻子，会说自家好处。见我说是知寨的恭人，不敢下手，慌忙拜我，却得这许多人来抢夺得我回来。”刘高听了这话，便叫取十瓶酒、一口猪，赏了七八十人，十瓶酒、一口猪，赏七八十人，文官破格事也。不在话下。

且说宋江自救了那妇人下山，又在山寨中住了五七日，思量要来投奔花知寨。当时作别要下山，三个头领苦留不住，做了送路筵席饯行，各送些金宝与宋江，打缚在包裹里。当日宋江早起来，洗漱罢，吃了早饭，拴束了行李，作别了三位头领下山。那三个好汉将了酒果肴馔，直送到山下二十余里官道傍边，把酒分别。三人不舍，叮嘱道："哥哥去清风寨回来，是必再到山寨相会几时。"带一句。宋江背上包裹，提了朴刀，说道："再得相见。"唱个大喏，分手去了。

若是说话的同时生，并肩长，拦腰抱住，把臂拖回，便不使宋江要去投奔花知寨，险些儿死无葬身之地。又变出一样住法。正是：遭逢坎坷皆天数，际会风云岂偶然？毕竟宋江来寻花知寨，撞着甚人，且听下回分解。

第三十二回
宋江夜看小鳌山
花荣大闹清风寨

宋江夜看小鳌山
清風寨

文章家有过枝接叶处，每每不得与前后大篇一样出色。然其叙事洁净，用笔明雅，亦殊未可忽也。譬诸游山者游过一山，又问一山，当斯之时，不无借径于小桥曲岸，浅水平沙。然而前山未远，魂魄方收，后山又来，耳目又费，则虽中间少有不称，然政不致遂败人意。又况其一桥一岸，一水一沙，乃殊非七十回后一望荒屯绝徼之比。想复晚凉新浴，豆花棚下，摇蕉扇，说曲折，兴复不浅也。

看他写花荣，文秀之极，传武松后定少不得此人，可谓矫矫虎臣，翩翩儒将，分之两隽，合之双璧矣。

话说这清风山离青州不远，只隔得百里来路。这清风寨却在青州三岔路口，地名清风镇。因为这三岔路上通三处恶山，因此特设这清风寨在这清风镇上。落笔亦似一座恶山，便伏下许多林莽。那里也有三五千人家，却离这清风山只有一站多路。当日三位头领自上山去了。

只说宋公明独自一个背着些包裹，迤逦来到清风镇上，便借问花知寨住处。那镇上人答道："这清风寨衙门在镇市中间。南边有个小寨，是文官刘知寨住宅；问花知寨，偏先答刘寨，行文有犬牙交错之法。北边那个小寨，正是武官花知寨住宅。"宋江听罢，谢了那人，便投北寨来。到得门首，见有几个把门军汉，问了姓名入去通报。只见寨里走出那个少年的军官来，拖住宋江，喝叫军汉接了包裹、朴刀、腰刀，扶到正厅上，便请宋江当中凉床上坐了，纳头便拜四拜。写花荣，又有花荣。〇正厅上当中设放凉床，写得妙绝。盖花荣望宋江来久矣，特暗借陈蕃故事，翻写出异样交情来，真正妙手。起身道："自从别了兄长之后，屈指又早五六年矣，常常念想。听得兄长杀了一个泼烟花，官司行文书各处追捕。小弟闻得，如坐针毡，连连写了十数封书去贵庄问信，不知曾到也不？今日天赐，幸得哥哥到此相见一面，大慰平生！”说罢又拜。宋江扶住道：“贤弟休只顾讲礼，请坐了听在下告诉。”花荣斜坐着，三字与上“凉床”句对看，要知他全不用宾主二字相待，便连下文妻妹一段都有神理。作者之手法如此。宋江把杀阎婆惜一事和投奔柴大官人并孔太公庄上遇见武松、清风山上被捉遇燕顺等事，细细地都说了一遍。花荣听罢，答道：“兄长如此多难，今日幸得仁兄到此。且住数年，人寿几何，是何言与！却又理会。”宋江道：“若非兄弟宋清寄书来孔太公庄上时，在下也特地要来贤弟这里走一遭。”花荣便请宋江去后堂里坐，唤出浑家崔氏来拜伯伯。拜罢，花荣又叫妹子出来拜了哥哥。写花荣，又有花荣。○花荣武官，何其文也。○看他文心前掩后映，何其妙哉！见刘知寨恭人，却误认是花知寨恭人，既晓得不是花知寨恭人，却又仍得见花知寨恭人，一奇也；未算到秦家嫂嫂，却先见花家妹子，今日是花家妹子，后日又却是秦家嫂嫂，二奇也。世之浅夫读此文，则止谓是花荣出妻见妹耳，岂复知其结构之妙哉？便请宋江更换衣裳、鞋袜，香汤沐浴，真好花荣。在后堂安排筵席洗尘。

当日筵宴上，宋江把救了刘知寨恭人的事，备细对花荣说了一遍。花荣听罢，皱了双眉，说道：“兄长，没来由救那妇人做甚么？正好教灭这厮的口！”宋江道：“却又作怪！我听得说是清风寨知寨的恭人，因此把做贤弟同僚面上，特地不顾王矮虎相怪，一力要救他下山。你却如何恁的说？”花荣道：“兄长不知：不是小弟说口，这清风寨是青州紧要去处，是。若还是小弟独自在这里守把时，是。远近强人怎敢把青州搅得粉碎！是。近日除将这个穷酸饿醋来做个正知寨，是。这厮又是文官，又不识字，是。自从到任，只把乡间些少上户诈骗，是。朝廷法度，无所不坏。是。小弟是个武官副知寨，每每被这厮呕气，是。恨不得杀了这滥污禽兽。兄长却如何救了这厮的妇人？打紧这婆娘极不贤，只是调拨他丈夫行不仁的事，残害良民，贪图贿赂，贪图贿赂，未有不残害良民者；残害良民以图贿赂，未有不奉其婆娘者，婆娘既识贿赂滋味，未有不调拨丈夫多行不仁者。借花荣口中，写得如秦镜相似。正好叫那贱人受些玷辱，兄长错救了这等不才的人。”宋江听了，便劝道：“贤弟差矣！自古道：‘冤仇可解不可结。’他和你是同僚官，虽有些过失，你可隐恶而扬善。贤弟休如此浅见。”花荣道：“兄长见得极明。来日公廨内见刘知寨时，与他说过救了他老小之事。”宋江道：“贤弟若如此，也显你的好处。”花荣夫妻几口儿，朝暮臻臻至至，献酒供食，伏侍宋江。极写花荣。当晚安排床帐在后堂轩下，请宋江安歇。次日，又备酒食筵宴管待。

话休絮烦。宋江自到花荣寨里，吃了四五日酒。花荣手下有几个梯己人，一日换一个，拨些碎银子在他身边，每日教相陪宋江去清风镇街上观看市井喧哗，村落宫观寺院，闲走乐情。写花荣都好。〇为下文作引，好。自那日为始，这梯己人相陪着闲走，邀宋江去市井上闲玩。那清风镇上也有几座小勾栏并茶坊酒肆，自不必说得。当日宋江与这梯己人在小勾栏里闲看了一回，又去近村寺院、道家宫观游赏一回，请去市镇上酒肆中饮酒。临起身时，那梯己人取银两还酒钱。宋江那里肯要他还钱，却自取碎银还了。宋江归来，又不对花荣说。那个同去的人欢喜，又落得银子，又得身闲。此等只是闲笔闲搁。自此每日拨一个相陪，和宋江去闲走。每日又只是宋江使钱。自从到寨里，无一个不敬爱他的。

宋江在花荣寨里住了将及一月有余，看看腊尽春回，又早元宵节近。且说这清风寨镇上居民，商量放灯一事，准备庆赏元宵。科敛钱物，去土地大王庙前扎缚起一座小鳌山，上面结彩悬花，张挂五七百碗花灯。土地大王庙内，逞赛诸般社火。家家门前，扎起灯棚，赛悬灯火。市镇上，诸行百艺都有，虽然比不得京师，只此也是人间天上。当下宋江在寨里和花荣饮酒，正值元宵。是日晴明得好，花荣到巳牌前后，上马去公廨内点起数百个军士，教晚间去市镇上弹压。又点差许多军汉，分头去四下里守把栅门。为官应如此矣。未牌时分回寨来，邀宋江吃点心。宋江对花荣说道："听闻此间市镇上今晚点放花灯，我欲去看看。"花荣答道："小弟本欲陪侍兄长，奈缘我职役在身，不能够闲步同往。先补一句。今夜兄长自与家间二三人去看灯，早早的便回，小弟在家专待家宴三杯，以庆佳节。"宋江道："最好。"

却早天色向晚，东边推出那轮明月。宋江和花荣家亲随梯己人两三个，跟随着缓步徐行。到这清风镇上看灯时，只见家家门前搭起灯棚，悬挂花灯。灯上画着许多故事，也有剪彩飞白牡丹花灯，并芙蓉荷花异样灯火。四五个人手厮挽着，来到大王庙前，在鳌山前看了一回，迤逦投南走。不过五七百步，只见前面灯烛荧煌，一伙人围住在一个大墙院门首热闹。锣声响处，众人喝采。宋江看时，却是一伙舞鲍老的。宋江矮矬人，背后看不见。那相陪的梯己人，却认的社火队里，便教分开众人，让宋江看。那跳鲍老的身躯扭得村村势势的。宋江看了，呵呵大笑。只见这墙院里面却是刘知寨夫妻两口儿和几个婆娘在里面看。武知寨便上马去弹压，文知寨便和婆娘看灯，往往如是矣。听得宋江笑声，那刘知寨的老婆于灯下却认的宋江，便指与丈夫道："兀那个黑矮汉子，便是前日清风山抢掳下我的贼头！"刘知寨听了，吃一惊，便唤亲随六七人，叫捉那个笑的黑汉子。宋江听得，回身便走。走不过十余家，众军汉赶上，把宋江捉住，拿到寨里，用四条麻索绑了，押至厅前。那三个梯己人见捉了宋江去，自跑回来报与花荣知道。

且说刘知寨坐在厅上，叫："解过那厮来！"众人把宋江簇拥在厅前跪下。刘知寨喝道："你这厮是清风山打劫强贼，如何敢擅自来看灯！今被擒获，有何理说？"宋江告道："小人自是郓城县客人张三，与花知寨是故友。来此间多日了，从不曾在清风山打劫。"刘知寨老婆却从屏风背后转将出来，喝道："你这厮兀自赖哩！你记得教我叫你做大王时？"宋江告道："恭人差矣！那时小人不对恭人说来，'小人自是郓城县客人，亦被掳掠在此间，不能够下山去'？"刘知寨道："你既是客人被掳劫在那里，今日如何能够下山来，却到我这里看灯？"那妇人便说道："你这厮在山上时，大剌剌的坐在中间交椅上，由我叫大王，那里睬人！"宋江道："恭人全不记我一力救你下山，如何今日到把我强扭做贼！"那妇人听了大怒，指着宋江骂道："这等赖皮赖骨，不打如何肯招！"刘知寨道："说得是。"喝叫："取过批头来打那厮！"一连打了两料，打得宋江皮开肉绽，鲜血迸流。叫把铁锁锁了，明日合个囚车，把做"郓城虎"张三解上州里去。

却说相陪宋江的梯己人慌忙奔回来报知花荣。花荣听罢大惊，连忙写一封书，差两个能干亲随人去刘知寨处取。亲随人赍了书，急忙到刘知寨门前。把门军士入去报覆道："花知寨差人在门前下书。"刘高叫唤至当厅。那亲随人将书呈上，刘高拆开封皮，读道：

花荣拜上僚兄相公座前：所有薄亲刘丈，花荣文甚。近日从济州来，放开“郓城”二字。因看灯火，误犯尊威。万乞情恕放免，自当造谢。草字不恭，烦乞照察不宣。

刘高看了大怒，把书扯的粉碎，大骂道：“花荣这厮无礼！你是朝廷命官，如何却与强贼通同，也来瞒我！这贼已招是郓城县张三，你却如何写济州刘丈？俺须不是你侮弄的！你写他姓刘，是和我同姓，恁的我便放了他！”文官徒知此耳。喝令左右把下书人推将出去。那亲随人被赶出寨门，急急归来，禀覆花荣知道。花荣听了，只叫得：“苦了哥哥！快备我的马来。”花荣披挂，拴束了弓箭，花荣一生。绰枪上马，带了三五十名军汉，都拖枪拽棒，直奔到刘高寨里来，把门军人见了，那里敢拦当。见花荣头势不好，尽皆吃惊，都四散走了。写得好看。花荣抢到厅前，下了马，手中拿着枪。那三五十人都摆在厅前。写得好看。花荣口里叫道：“请刘知寨说话！”刘高听得，惊得魂飞魄散，惧怕花荣是个武官，那里敢出来相见。花荣见刘高不出来，立了一回，喝叫左右去两边耳房里搜人，那三五十军汉一齐去搜时，早从廊下耳房里寻见宋江，被麻索高吊起在梁上，又使铁索锁着，两腿打得肉绽。几个军汉便把绳索割断，铁锁打开，救出宋江。花荣便叫军士先送回家里去。花荣上了马，绰枪在手，口里发话道：“刘知寨，你便是个正知寨，待怎的奈何了花荣！谁家没个亲眷，你却甚么意思？我的一个表兄，直拿在家里，强扭做贼，好欺负人！明日和你说话！”花荣带了众人，自回到寨里来看视宋江。

却说刘知寨见花荣救了人去，急忙点起一二百人，也叫来花荣寨夺人。那二百人内，新有两个教头。为首的教头，虽然了得些枪刀，终不及花荣武艺。不敢不从刘高，只得引了众人，奔花荣寨里来。把门军士入去报知花荣。此时天色未甚明亮，那二百来人拥在门首，谁敢先入去？写得好看。都惧怕花荣了得。看看天大明了，却见两扇大门不关，写得好看。只见花知寨在正厅上坐着，写得好看。左手拿着弓，右手挽着箭。写得好看。众人都拥在门前，花荣竖起弓，大喝道：“你这军士们，不知‘冤各有头，债各有主’？刘高差你来，休要替他出色。你那两个新参教头，还未见花知寨的武艺，今日先教你众人看花知寨弓箭，然后你那厮们要替刘高出色，不怕的入来！看我先射大门上左边门神的骨朵头！”妙。搭上箭，拽满弓，只一箭，喝声：“着！”正射中门神骨朵头。妙。二百人都吃一惊。写得好看。花荣又取第二枝箭，大叫道：“你们众人再看，我这第二枝箭，要射右边门神的头盔上朱缨！”妙。飕的又一箭，不偏不斜，正中缨头上。妙。那两枝箭却射定在两扇门上。总结一句，有力。花荣再取第三枝箭，喝道：“你众人看，我第三枝箭，要射你那队里穿白的教头心窝！”妙妙。那人叫声：“哎呀！”便转身先走。写得好看。众人发声喊，一齐都走了。写得好看。

花荣且叫闭上寨门，却来后堂看觑宋江。花荣说道：“小弟误了哥哥，受此之苦。”宋江答道：“我却不妨，只恐刘高那厮不肯和你干休。我们也要计较个长便。”花荣道：“小弟舍着弃了这道官诰，真好花荣。和那厮理会！”宋江道：“不想那妇人将恩作怨，教丈夫打我这一顿。我本待自说出真名姓来，却又怕阎婆惜事发，因此只说郓城客人张三。叵耐刘高无礼，要把我做郓城虎张三，解上州去，合个囚车盛我。要做清风山贼首时，顷刻便是一刀一剐。不得贤弟自来力救，便有铜唇铁舌也和他分辩不得！”花荣道：“小弟寻思，只想他是读书人，须念同姓之亲，因此写了‘刘丈’，花知寨差矣：越是读书人，越把同姓痛恶；越是同姓，越为读书人痛恶耳。读至此处，我将听普天下慨叹之声。不想他直恁没些人情。如今既已救了来家，且却又理会。”宋江道：“贤弟差矣，既然仗你豪势，救了人来，凡事要三思。自古道：‘吃饭防噎，行路防跌。’他被你公然夺了人来，急使人来抢，又被你一吓，尽都散了。我想他如何肯干罢，必然要和你动文书。今晚我先走上清风山去躲避，你明日却好和他白赖，终久只是文武不和相殴的官司。我若再被他拿出去时，你便和他分说不过。”是。花荣道：“小弟只是一勇之夫，却无兄长的高明远见。只恐兄长伤重了，走不动。”好花荣。宋江道：“不妨，事急难以担阁，我自挣到山下便了。”当日敷贴了膏药，吃了些酒肉，把包裹都寄在花荣处。黄昏时分，便使两个军汉送出栅外去了。宋江自连夜捱去，不在话下。

再说刘知寨见军士一个个都散回寨里来说道：“花知寨十分英勇了得，谁敢去近前当他弓箭！”两个教头道：“着他一箭时，射个透明窟窿，却是都去不得！”刘高终是个文官，有些算计，当下寻思起来：“想他这一夺去，必然连夜放他上清风山去了，明日却来和我白赖。便争竞到上司，也只是文武不和斗殴之事，我却如何奈何得他？刘高又贼。我今夜差二三十军汉去五里路头等候。倘若天幸捉着时，将来悄悄的关在家里，却暗地使人连夜去州里，报知军官下来取，就和花荣一发拿了，都害了他性命。那时我独自霸着这清风寨，文武不和，只为此句，写出千古炯鉴，非直稗官而已。省得受那厮们的气！”当晚点了二十余人，各执枪棒，就夜去了。约莫有二更时候，去的军汉背剪绑得宋江到来。看他省法，便避却前文清风山下被捉一段矣。刘知寨见了，大喜道：“不出吾之所料！且与我囚在后院里，休教一个人得知。”连夜便写了实封申状，差两个心腹之人，星夜来青州府飞报。

次日，花荣只道宋江上清风山去了，坐视在家，心里只道：“我且看他怎的！”竟不来睬着。刘高也只做不知，两下都不说着。好。

且说这青州府知府正值升厅公座。那知府复姓慕容，“慕容”两字，可称赐姓。双名彦达，是今上徽宗天子慕容贵妃之兄。倚托妹子的势要，在青州横行，残害良民，欺罔僚友，无所不为。为六十二回作案。正欲回衙早饭，只见左右公人接上刘知寨申状，飞报贼情公事。知府接来，看了刘高的文书，吃了一惊，便道：“花荣是个功臣之子，如何结连清风山强贼？这罪犯非小，未审虚实。”便教唤那本州兵马都监来到厅上，分付他去。

原来那个都监姓黄名信，为他本身武艺高强，威镇青州，因此称他为“镇三山”。那青州地面所管下有三座恶山，第一便是清风山，第二便是二龙山，第三便是桃花山。三山出名。这三处都是强人草寇出没的去处，黄信却自夸要捉尽三山人马，因此唤做“镇三山”。这兵马都监黄信上厅来，领了知府的言语出来，点起五十个壮健军汉，披挂了衣甲，马上擎着那口丧门剑，连夜便下清风寨来，径到刘高寨前下马。刘知寨出来接着，请到后堂叙礼罢，一面安排酒食管待，一面犒赏军士。后面取出宋江来，教黄信看了。黄信道："这个不必问了，连夜合个囚车，把这厮盛在里面，头上抹了红绢，插一个纸旗，上写着：'清风山贼首郓城虎张三'。"宋江那里敢分辩，只得由他们安排。

此下一段专写黄信。

黄信再问刘高道："你拿得张三时，花荣知也不知？"黄信能。刘高道："小官夜来二更拿了他，悄悄的藏在家里。花荣只道去了，安坐在家。"黄信道："既是恁的，却容易。明早安排一副羊酒，去大寨里公厅上摆着，却教四下里埋伏下三五十人预备着。我却自去花荣家请得他来，只说道：'慕容知府听得你文武不和，因此特差我来置酒劝谕。'赚到公厅，只看我掷盏为号，就下手拿住了，一同解上州里去。此计如何？"刘高喝采道："还是相公高见，此计却似瓮中捉鳖，手到拿来！"当夜定了计策。

次日天晓，先去大寨左右两边帐幕里预先埋伏了军士，厅上虚设着酒食筵宴。早饭前后，黄信上了马，只带三两个从人，来到花荣寨前。军人入去传报，花荣问道："来做甚么？"军汉答道："只听得教报道黄都监特来相探。"花荣听罢，便出来迎接。黄信下马，花荣请至厅上叙礼罢，便问道："都监相公，有何公干到此？"黄信道："下官蒙知府呼唤，发落道：为是你清风寨内文武官僚不和，未知为甚缘由。知府诚恐二位因私仇而误公事，黄信会说。特差黄某赍到羊酒，前来与你二位讲和。已安排在大寨公厅上，便请足下上马同往。"花荣笑道："花荣如何敢欺罔刘高？他又是个正知寨。只是他累累要寻花荣的过失。不想惊动知府，有劳都监下临草寨，花荣将何以报？"黄信附耳低言道："知府只为足下一人。倘有些刀兵动时，他是文官，做得何用？你只依着我行。"黄信能。花荣道："深谢都监过爱。"黄信便邀花荣同出门首上马，花荣道："且请都监少叙三杯了去。"黄信道："待说开了，畅饮何妨。"黄信能。花荣只得叫备马。当时两个并马而行，直来到大寨下了马。

黄信携着花荣的手，同上公厅来。黄信能。只见刘高已自先在公厅上，三个人都相见了。黄信叫取酒来，从人已自先把花荣的马牵将出去，闭了寨门。黄信能。花荣不知是计，只想黄信是一般武官，必无歹意。黄信擎一盏酒来，先劝刘高道："知府为因听得你文武二官同僚不和，好生忧心；今日特委黄信到来，与你二公陪话。烦望只以报答朝廷为重，再后有事，和同商议。"黄信会说。刘高答道："量刘高不才，颇识些理法，直教知府恩相如此挂心。我二人也无甚言语争执，此是外人妄传。"黄信大笑道："妙哉！"黄信能。刘高饮过酒，黄信又斟第二杯酒来劝花荣道："虽然是刘知寨如此说了，想必是闲人妄传，故是如此，且请饮一杯。"花荣接过酒吃了。刘高拿副台盏，斟一盏酒回劝黄信道："动劳都监相公降临敝地，满饮此杯。"黄信接过酒来，拿在手里，把眼四下一看，黄信能。有十数个军汉簇上厅来。黄信把酒盏望地下一掷，只听得后堂一声喊起，两边帐幕里走出三五十个壮健军汉，一发上把花荣拿倒在厅前。

黄信喝道："绑了！"花荣一片声叫道："我得何罪？"黄信大笑，喝道："你兀自敢叫哩！你结连清风山强贼，一同背反朝廷，当得何罪！我念你往日面皮，不去惊动拿你家老小。"此却不是黄信交情，正是文章要着。花荣叫道："也须有个证见！"黄信道："还你一个证见！教你看真赃真贼，我不屈你。左右，与我推将来！"黄信能。无移时，一辆囚车，一个纸旗儿，一条红抹额，从外面推将入来。花荣看时，却是宋江。目睁口呆，面面厮觑，做声不得。黄信喝道："这须不干我事，见有告人刘高在此。"花荣道："不妨，不妨！这是我的亲眷。他自是郓城县人，你要强扭他做贼，到上司自有分辩处！"黄信道："你既然如此说时，我只解你上州里，你自去分辩！"便叫刘知寨点起一百寨兵防送。花荣便对黄信说道："都监赚我来，虽然捉了我，便到朝廷，和他还有分辩。可看我和都监一般武职官面，休去我衣服，此亦不是花荣爱好，正是文章要着。容我坐在囚车里。"黄信道："这一件容易，便依着你。就叫刘知寨一同去州里折辩明白，休要枉害人性命。"此却不是黄信公道，正是文章要着，入下回便知。

当时黄信与刘高都上了马，监押着两辆囚车，并带三五十军士，一百寨兵，簇拥着车子，取路奔青州府来。有分教：火焰堆里，送数百间屋宇人家；刀斧丛中，杀一二千残生性命。正是：生事事生君莫怨，害人人害汝休嗔。毕竟宋江怎地脱身，且听下回分解。

第三十三回

镇三山大闹青州道
霹雳火夜走瓦砾场

镇三山大闹青州道
吴凤台刊

吾观元人杂剧，每一篇为四折，每折止用一人独唱，而同场诸人，仅以科白从旁挑动承接之。此无他，盖昔者之人，其胸中自有一篇一篇绝妙文字，篇各成文，文各有意，有起有结，有开有阖，有呼有应，有顿有跌，特无所附丽，则不能以空中抒写，故不得已旁托古人生死离合之事，借题作文。彼其意，期于后世之人，见吾之文而止，初不取古人之事得吾之文而见也。自杂剧之法坏，而一篇之事乃有四十余折，一折之辞乃用数人同唱。于是辞烦节促，比于蛙鼓；句断字歇，有如病夫。又一似古人之事全赖后人传之，而文章在所不问也者。而冬烘学究，乳臭小儿，咸摇笔洒墨来作传奇矣。稗官亦然。稗官固效古史氏法也，虽一部前后必有数篇，一篇之中凡有数事，然但有一人必为一人立传，若有十人必为十人立传。夫人必立传者，史氏一定之例也；而事则通长者，文人联贯之才也。故有某甲、某乙共为一事，而实书在某甲传中，斯与某乙无与也。又有某甲、某乙不必共为一事，而于某甲传中忽然及于某乙，此固作者心爱某乙，不能暂忘，苟有便可以及之，辄遂及之，是又与某甲无与。故曰：文人操管之际，其权为至重也。夫某甲传中忽及某乙者，如宋江传中再述武松，是其例也。书在甲传，乙则无与者，如花荣传中不重宋江，是其例也。夫一人有一人之传，一传有一篇之文，一文有一端之指，一指有一定之归。世人不察，乃又摇笔洒墨，纷纷来作稗官，何其游手好闲一至于斯也！

古本《水浒》写花荣，便写到宋江悉为花荣所用。俗本只落一二字，其丑遂不可当。不知何人所改，既不可致诘，故特取其例一述之。

话说那黄信上马，手中横着这口丧门剑。刘知寨也骑着马，身上披挂些戎衣，手中拿一把叉。可谓善戏谑兮不为虐兮者矣。○叉、差同音，手中拿一把“差”，不止刘高，天下之人皆然矣。那一百四五十军汉寨兵，各执着缨枪棍棒，腰下都带短刀利剑，两下鼓，一声锣，解宋江和花荣望青州来。众人都离了清风寨，行不过三四十里路头，前面见一座大林子。正来到那山嘴边，前头寨兵指道：“林子里有人窥望！”都立住了脚。黄信在马上问道：“为甚不行？”军汉答道：“前面林子里有人窥看。”黄信喝道：“休睬他，只顾走！”看看渐近林子前，只听得当当的二三十面大锣一齐响起来。那寨兵人等，都慌了手脚，只待要走。黄信喝道：“且住，都与我摆开！”叫道：“刘知寨，你压着囚车。”刘高在马上死应不得，只口里念：“救苦救难天尊，句。哎呀呀，句。十万卷经，句。三十坛醮，句。救一救！”句。○写得口中乱攛之极。或无上半句，或无下半句，真是绝倒。惊的脸如成精的东瓜，青一回，黄一回。绝倒。○亦是奇语。

这黄信是个武官，终有些胆量，便拍马向前看时，只见林子四边，齐齐的分过三五百个小喽啰来。一个个身长力壮，都是面恶眼凶，头裹红巾，身穿衲袄，腰悬利剑，手执长枪，早把一行人围住。林子中跳出三个好汉来：一个穿青，一个穿绿，一个穿红，都戴着一顶销金万字头巾，各跨一口腰刀，又使一把朴刀，当住去路。中间是锦毛虎燕顺，上首是矮脚虎王英，下首是白面郎君郑天寿。三个好汉大喝道：“来往的到此当住脚！留下三千两买路黄金，任从过去！”黄信在马上大喝道：“你那厮们，不得无礼，‘镇三山’在此！”好。三个好汉睁着眼，大喝道：“你便是镇万山，也要三千两买路黄金！好。没时，不放你过去！”

黄信说道："我是上司取公事的都监，有甚么买路钱与你？"那三个好汉笑道："莫说你是上司一个都监，便是赵官家驾过，也要三千贯买路钱！若是没有，且把公事人当在这里，待你取钱来赎！"奇谭解人颐。黄信大怒，骂道："强贼，怎敢如此无礼！"喝叫左右擂鼓鸣锣。黄信拍马舞剑，直奔燕顺。三个好汉一齐挺起朴刀，来战黄信。黄信见三个好汉都来并他，奋力在马上斗了十合，怎地当得他三个住。亦且刘高已自抖着，向前不得，见了这般头势，只待要走。

黄信怕吃他三个拿了，坏了名声，只得一骑马扑喇喇跑回旧路。三个头领挺着朴刀赶将来。黄信那里顾得众人，独自飞马奔回清风镇去了。众军见黄信回马时，已自发声喊，撇了囚车，都四散走了。只剩得刘高，写得好。〇读至此，始知前文要刘高同来对理之妙。不然，则重要到镇捉刘高也。见头势不好，慌忙勒转马头，连打三鞭。那马正待跑时，被那小喽啰拽起绊马索，早把刘高的马掀翻，倒撞下来。众小喽啰一发向前拿了刘高，抢了囚车，打开车辆。花荣已把自己的囚车掀开了，好。便跳出来，将这缚索都挣断了，却打碎那个囚车，救出宋江来。好。自有那几个小喽啰已自反剪了刘高，好。又向前去抢得他骑的马，好。亦有三匹驾车的马。好。却剥了刘高的衣服，与宋江穿了，好。〇读至此，始知前文花荣乞留衣服之妙。不然，则一刘高之衣，禁寒中不可分衣两人，花荣又不可赤条条上山也。把马先送上山去。好。这三个好汉一同花荣并小喽啰把刘高赤条条的绑了，押回山寨来。好。〇一段叙得凑手。

原来这三位好汉为因不知宋江消息，差几个能干的小喽啰下山，直来清风镇上探听，闻人说道："都监黄信掷盏为号，拿了花知寨并宋江，陷车囚了，解投青州来。"因此报与三个好汉得知，带了人马，大宽转兜出大路来，预先截住去路，小路里亦差人伺候。闲笔周匝。因此救了两个，拿得刘高，都回山寨里来。

当晚上得山时，已是二更时分，都到聚义厅上相会。请宋江、花荣当中坐定，三个好汉对席相陪，一面且备酒食管待。燕顺分付："叫孩儿们各自都去吃酒。"花荣在厅上称谢三个好汉，说道："花荣与哥哥皆得三位壮士救了性命，报了冤仇，此恩难报。只是花荣还有妻小妹子在清风寨中，必然被黄信擒捉，却是怎生救得？"燕顺道："知寨放心，料应黄信不敢便拿恭人，若拿时，也须从这条路里经过。好。〇读至此，始知前文黄信许花荣不拿家小之妙。我明日弟兄三个下山去，取恭人和令妹还知寨。"便差小喽啰下山，先去探听。花荣谢道："深感壮士大恩。"宋江便道："且与我拿过刘高那厮来！"燕顺便道："把他绑在将军柱上，割腹取心，与哥哥庆喜。"花荣道："我亲自下手割这厮！"花荣文甚。宋江骂道："你这厮，我与你往日无冤，近日无仇，你如何听信那不贤的妇人害我！今日擒来，有何理说？"花荣道："哥哥问他则甚！"把刀去刘高心窝里只一剜，那颗心献在宋江面前。花荣文甚。〇不是花荣说，便要写刘高许多摇尾乞命之语，污笔坏纸极矣。小喽啰自把尸首拖在一边。宋江道："今日虽杀了这厮滥污匹夫，只有那个淫妇不曾杀得，未出那口怨气！"王矮虎便道："哥哥放心：我明日自下山去，拿那妇人，今番还我受用。"行文一时行到平淡处，无可出色，故借此作笑耳，不必真有之。众皆大笑。当夜饮酒罢，各自歇息。次日起来，商议打清风寨一事。燕顺道："昨日孩儿们走得辛苦了，今日歇他一日，明日早下山去也未迟。"宋江道："也见得是。正要将息人强马壮，不在促忙。"

不说山寨整点军马起程，且说都监黄信，一骑马奔回清风镇上大寨内，便点寨兵人马，紧守四边栅门。黄信写了申状，叫两个教军头目，飞马报与慕容知府。知府听得飞报军情紧急公务，连夜升厅。看了黄信申状："反了花荣，结连清风山强盗，时刻清风寨不保。事在告急，早遣良将，保守地方！"已上三十字是申状。知府看了大惊，便差人去请青州指挥司总管本州兵马秦统制，急来商议军情重事。那人原是山后开州人氏，姓秦，讳个明字。因他性格急躁，声若雷霆，以此人都呼他做"霹雳火"秦明。祖是军官出身，使一条狼牙棒，有万夫不当之勇。那人听得知府请唤，径到府里来见知府。各施礼罢，那慕容知府将出那黄信的飞报申状来，教秦统制看了。秦明大怒道："红头子敢如此无礼！不须公祖忧心，不才便起军马，不拿这贼，誓不再见公祖！"慕容知府道："将军若是迟慢，恐这厮们去打清风寨。"秦明答道："此事如何敢迟误！只今连夜便去点起人马，来日早行。"知府大喜，忙叫安排酒肉干粮，先去城外等候赏军。秦明见说反了花荣，怒忿忿地上马，大书秦明忠孝天性。奔到指挥司里，便点起一百马军、四百步军，先叫出城去取齐，摆布了起身。

却说慕容知府先在城外寺院里蒸下馒头，摆了大碗，烫下酒。每一个人三碗酒，两个馒头，一斤熟肉。须知此非闲笔，盖因知府赏军，便得先见秦统制一番军容，先见一番军容，便令后文宋江定计，不写已见。方才备办得了，却望见军马出城，引军红旗上大书"兵马总管秦统制"。慕容知府看见秦明全副披挂了出城来，果是英雄无比。特详此笔，绝妙章法。秦明在马上见慕容知府在城外赏军，慌忙叫军汉接了军器，下马来和知府相见。施礼罢，知府把了盏，将些言语嘱付总管道："善觑方便，早奏凯歌！"赏军已罢，放起信炮。秦明辞了知府，飞身上马，摆开队伍，催趱军兵，大刀阔斧，径奔清风寨来。原来这清风镇却在青州东南上，从正南取清风山较近，可早到山北小路。有此句，便令在前不碍不收花家老小，在后不碍单骑来说黄信也。

却说清风山寨里这小喽啰们探知备细，报上山来。山寨里众好汉正待要打清风寨去，只听的报道："秦明引兵马到来。"都面面厮觑，俱各骇然。花荣便道：独写花荣。"你众位俱不要慌。自古兵临告急，必须死敌。教小喽啰饱吃了酒饭，只依着我行。先须力敌，后用智取，如此如此好么？"真好花荣。宋江道："好计！正是如此行。"当日宋江、花荣先定了计策，便叫小喽啰各自去准备。花荣自选了一骑好马，定是刘高马也。一副衣甲，弓箭铁枪，都收拾了等候。

再说秦明领兵来到清风山下，离山十里下了寨栅。次日五更造饭，军士吃罢，放起一个信炮，直奔清风山来，拣空阔去处摆开人马，发起擂鼓。只听得山上锣声震天响，飞下一彪人马出来。秦明勒住马，横着狼牙棒，睁着眼看时，却见众小喽啰簇拥着小李广花荣下山来。到得山坡前，一声锣响，列成阵势。花荣在马上擎着铁枪，朝秦明声个喏。花荣文甚。秦明大喝道："花荣，你祖代是将门之子，朝廷命官，教你做个知寨，掌握一境地方，食禄于国，有何亏你处？却去结连贼寇，反背朝廷！我今特来捉你，会事的下马受缚，免得腥手污脚！"花荣陪着笑道：看他一个只是笑，一个只是怒，一个儒雅，一个性急，各各如画。"总管听禀，量花荣如何肯反背朝廷？实被刘高这厮无中生有，官报私仇，逼迫得花荣有家难奔，有国难投，权且躲避在此。六字，是一部大书供状。望总管详察救解！"秦明道："你兀自不下马受缚，更待何时？划地花言巧语，煽惑军心！"喝叫左右两边擂鼓，秦明轮动狼牙棒，直奔花荣。花荣大笑道："秦明，你这厮原来不识好人饶让！我念你是个上司官，妙谭，未经人说。你道俺真个怕你！"便纵马挺枪，来战秦明。两个交手斗到四五十合，不分胜败。花荣连斗了许多合，卖个破绽，拨回马望山下小路便走。秦明大怒，大怒。赶将来。花荣把枪去了事环上带住，把马勒个定，左手拈起弓，右手拔箭，拽满弓，扭过身躯，望秦明盔顶上只一箭，正中盔上，射落斗来大那颗红缨，却似报个信与他。妙绝花荣。秦明吃了一惊，不敢向前追赶，霍地拨回马，恰要赶杀众人，却早一哄地都上山去了。花荣自从别路，也转上山寨去了。秦明见他都走散了，心中越怒道：越怒。"叵耐这草寇无礼！"喝叫鸣锣擂鼓，取路上山。

众军齐整呐喊，步军先上山来。转过三两个山头，只见上面擂木、炮石、灰瓶、金汁，从险峻处打将下来。向前的退步不迭，早打倒三五十个，只得再退下山来。秦明怒极，怒极。带领军马绕山下来，寻路上山。寻到午牌时分，只见西山边锣响，树林丛中闪出一队红旗军来。妙绝花荣。秦明引了人马赶将去时，赶到西来。锣也不响，红旗都不见了。妙绝花荣。秦明看那路时，又没正路，都只是几条砍柴的小路，却把乱树折木交叉当了路口，又不能上去得。正待差军汉开路，只见军汉来报道："东山边锣响，一队红旗军出来。"妙绝花荣。秦明引了人马，飞也似奔过东山边来赶到东来。看时，锣也不鸣，红旗也不见了。妙绝花荣。秦明纵马去四下里寻路时，都是乱树折木，塞断了砍柴的路径。句亦小变。只见探事的又来报道："西边山上锣又响，红旗军又出来了。"妙绝花荣。句法亦变。○秦明拍马再奔来西山边又赶到西来。看时，又不见一个人，红旗也没了。妙绝花荣。秦明怒看他用许多“怒”字，写秦明性急，皆太史法。

坏，怒坏。恨不得把牙齿都咬碎了。正在西山边气忿忿的，又听得东山边锣声震地价响。妙绝花荣。○句法又变。急带了人马又赶过来东山边又赶过东来。看时又不见有一个贼汉，红旗都不见了。妙绝花荣。秦明怒挺胸脯，怒挺胸脯。又要赶军汉上山寻路，只听得西山边又发起喊来。妙绝花荣。○又变。秦明怒气冲天，怒气冲天。大驱兵马投西山边来，又赶过西来。山上山下看时，并不见一个人。妙绝花荣。

秦明喝叫军汉两边寻路上山。数内有一个军人禀说道：“这里都不是正路，只除非东南上有一条大路，可以上去。若是只在这里寻路上去时，惟恐有失。”秦明听了，便道：“既有那条大路时，连夜赶将去！”便驱一行军马奔东南角上来。又赶到东南上来。看看天色晚了，又走得人困马乏，巴得到那山下时，正欲下寨造饭，只见山上火把乱起，锣鼓乱鸣。妙绝花荣。○又变。秦明转怒，转怒。引领四五十马军跑上山来。又跑上山来。只见山上树林内乱箭射将下来，又射伤了些军士。秦明只得回马下山，又跑下山来。且教军士只顾造饭。恰才举得火着，只见山上有八九十把火光呼风唿哨下来。妙绝花荣。○又变。秦明急待引军赶时，又赶。火把一齐都灭了。妙绝花荣。○只是骗他赶来，骗他赶去耳，偏写数遍，不嫌重复，故妙。○处急性人妙法。○想见花荣胸中有八门五花之妙。

当夜虽有月光，亦被阴云笼罩，不甚明朗。找上一句好，便先为假秦明留一地也。秦明怒不可当，怒不可当。便叫军士点起火把，烧那树木。只听得山嘴上鼓笛之声。妙绝花荣，出奇无穷。秦明纵马上来看时，见山顶上点着十余个火把，照见花荣陪侍着宋江在上面饮酒。妙绝花荣，令人绝倒。秦明看了，心中没出气处，勒着马在山下大骂。处急性人妙绝。花荣笑答道：只是笑，好花荣。“秦统制，你不必焦躁，且回去将息着，妙绝。我明日和你并个你死我活的输赢便罢。”秦明怒喊道：怒喊。“反贼，你便下来！我如今和你并个三百合，却再作理会！”花荣笑道：只是笑。“秦总管，你今日劳困了，妙绝。我便赢得你也不为强。妙绝。你且回去，明日却来。”秦明越怒，越怒。只管在山下骂。本待寻路上山，却又怕花荣的弓箭，因此只在山坡下骂。百忙中忽注一句。正叫骂之间，只听得本部下军马发起喊来。妙绝花荣，出奇无穷。秦明急回到山下看时，只见这边山上，火炮火箭，一齐烧将下来。妙绝。背后二三十个小喽啰做一群，把弓弩在黑影里射人。妙绝。〇写得又绝倒。众军马发喊，一齐都拥过那边山侧深坑里去躲。十九字句。〇“深坑”字绝倒。此时已有三更时分，好笔。众军马正躲得弓箭时，只叫得苦，上溜头滚下水来，妙绝花荣，出奇无穷。一行人马却都在溪里，各自挣扎性命。妙绝。爬得上岸的，尽被小喽啰挠钩搭住，活捉上山去了；妙绝。爬不上岸的，尽淹死在溪里。妙绝。

且说秦明此时怒得脑门都粉碎了，怒得脑门粉碎。〇看他写大怒，越怒，怒极，怒坏，怒挺胸脯，怒气冲天，转怒，怒不可当，怒喊，越怒，怒得脑门都粉碎了，全用史公章法。却见一条小路在侧边。妙绝花荣。秦明把马一拨，抢上山来。走不到三五十步，和人连马攧下陷坑里去。妙绝花荣。〇一路写花荣不劳一蹄，不折一矢，功成名立，真是妙绝。两边埋伏下五十个挠钩手，把秦明搭将起来，剥了浑身衣甲、句。头盔、句。军器，句。〇妙绝花荣，令我读之而笑。拿条绳索绑了，把马也救起来，妙绝花荣。都解上清风山来。原来这般圈套，都是花荣的计策。自注一遍，令上文再一清出。先使小喽啰或在东，或在西，引诱得秦明人困马乏，策立不定；预先又把这土布袋填住两溪的水，等候夜深，却把人马逼赶溪里去，上面却放下水来。那急流的水都结果了军马。你道秦明带出的五百人马，忽然提一句，笔法奇矫。一大半淹在水中，都送了性命，生擒活捉有一百五七十人。夺了七八十匹好马，不曾逃得一个回去。次后陷马坑里活捉了秦明。自注止此。

当下一行小喽啰捉秦明到山寨里，早是天明时候。五位好汉坐在聚义厅上。小喽啰缚绑秦明，妙绝花荣。解在厅前。花荣见了，连忙跳离交椅，接下厅来，亲自解了绳索，扶上厅来，纳头拜在地下。妙绝花荣，真正出奇无穷。秦明慌忙答礼，便道："我是被擒之人，由你们碎尸而死，何故却来拜我？"花荣跪下道：妙。"小喽啰不识尊卑，误有冒渎，切乞恕罪！"随取锦缎衣服与秦明穿了。妙绝花荣，令我读之而笑。秦明问花荣道："这位为头的好汉，却是甚人？"偏动人问，何也？花荣道："这位是花荣的哥哥，郓城县宋押司讳江的便是。又妙绝花荣。这三位是山寨之主燕顺、王英、郑天寿。"秦明道："这三位我自晓得，句轻。这宋押司莫不是唤做山东及时雨宋公明么？"句重。宋公答道："小人便是。"秦明连忙下拜道："闻名久矣，不想今日得会义士！"宋江慌忙答礼不迭。秦明见宋江腿脚不便，写得好。问道："兄长如何贵足不便？"宋江却把自离郓城县起头，直至刘知寨拷打的事故，从头对秦明说了一遍。秦明只把头来摇道："若听一面之词，误了多少缘故！容秦明回州去对慕容知府说知此事。"燕顺相留且住数日，随即便叫杀羊宰马，安排筵席饮宴。拿上山的军汉都藏在山后房里，妙绝花荣。也与他酒食管待。秦明吃了数杯，起身道："众位壮士，既是你们的好情分，不杀秦明，还了我盔甲、马匹、军器，妙笔，令我读之而笑。回州去。”燕顺道：“总管差矣。你既是引了青州五百兵马都没了，如何回得州去？慕容知府如何不见你罪责？不如权在荒山草寨住几时。本不堪歇马，权就此间落草，论秤分金银，整套穿衣服，不强似受那大头巾的气？”秦明听罢，便下厅道：便下厅，写秦明妙。“秦明生是大宋人，死为大宋鬼！朝廷教我做到兵马总管，兼受统制使官职，又不曾亏了秦明，我如何肯做强人，背反朝廷？你们众位要杀时，便杀了我！”花荣赶下厅来，拖住道：赶下厅，写花荣妙。“兄长息怒，听小弟一言。我也是朝廷命官之子，无可奈何，被逼迫得如此。总管既是不肯落草，如何相逼得你随顺？只请少坐，席终了时，小弟讨衣甲、头盔、鞍马、军器妙笔，令我读之而笑。还兄长去。”秦明那里肯坐？花荣又劝道：“总管夜来劳神费力了一日一夜，人也尚自当不得，那匹马如何不喂得他饱了去？”妙绝花荣。秦明听了，肚内寻思：“也说得是。”再上厅来，再上厅，写秦明、花荣都妙。坐了饮酒。那五位好汉，轮番把盏，陪话劝酒。秦明一则软困，是。二为众好汉劝不过，是。开怀吃得醉了，扶入帐房睡了。这里众人自去行事，实事虚写。○一句八字中，有一夜男啼女哭，杀人放火在内。不在话下。

且说秦明一觉直睡到次日辰牌方醒，跳将起来，急性如画。洗漱罢，便要下山。众好汉都来相留道：“总管，且吃早饭动身，送下山去。”秦明性急的人，便要下山。众人慌忙安排些酒食管待了，取出头盔、衣甲，妙笔好笑。与秦明披挂了，牵过那匹马来，并狼牙棒，妙笔好笑。○为是好笑，便不忍一句写尽，却分作两三句出之。先叫人在山下伺候。五位好汉都送秦明下山来，相别了，交还马匹军器。妙笔好笑。秦明上了马，好笑，妙。拿着狼牙棒，好笑，妙。趁天色大明，离了清风山，取路飞奔青州来。到得十里路头，恰好巳牌前后，远远地望见烟尘乱起，并无一个人来往。奇文。秦明见了，心中自有八分疑忌。到得城外看时，原来旧有数百人家，却都被火烧做白地。奇文。一片瓦砾场上，横七竖八，杀死的男子妇人不计其数。奇文。秦明看了大惊，打那匹马，在瓦砾场上跑到城边，大叫开门时，只见门边吊桥高拽起了，奇文。都摆列着军士旌旗，擂木炮石。秦明勒着马大叫："城上放下吊桥，度我入城。"城上早有人看见是秦明，便擂起鼓来，呐着喊。奇文。秦明叫道："我是秦总管，如何不放我入城？"只见慕容知府立在城上女墙边，大喝道："反贼，奇文。你如何不识羞耻！昨夜引人马来打城子，把许多好百姓杀了，又把许多房屋烧了，今日兀自又来赚哄城门。朝廷须不曾亏负了你，你这厮倒如何行此不仁！已自差人奏闻朝廷去了，早晚拿住你时，把你这厮碎尸万段！"秦明大叫道："公祖差矣！秦明因折了人马，又被这厮们捉了上山去，方才得脱，昨夜何曾来打城子？"知府喝道："我如何不认得你这厮的马匹、句。衣甲、句。军器、句。头盔！句。○奇文妙文。城上众人明明地见你指拨红头子杀人放火，奇文妙文。你如何赖得过？便做你输了被擒，如何五百军人没一个逃得回来报信？你如今指望赚开城门取老小，你的妻子今早已都杀了！你若不信，与你头看！"军士把枪将秦明妻子首级挑起在枪上教秦明看。

秦明是个性急的人，看了浑家首级，气破胸脯，分说不得，只叫得苦屈。城上弩箭如雨点般射将下来，秦明只得回避。上文已足，只如此撇开。看见遍野处火焰尚兀自未灭。再画一句。秦明回马在瓦砾场上，恨不得寻个死处。一句。肚里寻思了半晌，一句。纵马再回旧路。一句。行不得十来里，只见林子里妙绝花荣。转出一伙人马来。当先五匹马上五个好汉，不是别人，宋江、花荣、燕顺、王英、郑天寿，随从一二百小喽啰。宋江在马上欠身道："总管何不回青州，独自一骑投何处去？"秦明见问，怒气道："不知是那个天不盖、地不载、该剐的贼装做我去打了城子，坏了百姓人家房屋，杀害良民，到结果了我一家老小！闪得我如今上天无路，入地无门！我若寻见那人时，直打碎这条狼牙棒便罢！"宋江便道：妙绝。花荣此处便不出头也。〇人但知宋江服秦明，不知花荣用宋江也。"总管息怒。小人有个见识，这里难说。且请到山寨里告禀，总管可以便往。"秦明只得随顺，再回清风山来。

于路无话，早到山亭前下马，众人一齐都进山寨内。小喽啰已安排酒果肴馔在聚义厅上，五个好汉邀请秦明上厅，都让他中间坐定。妙绝花荣。〇此句与后"仍请"句对看，便知花荣之妙也。五个好汉齐齐跪下，秦明连忙答礼，也跪在地。宋江开话道：妙绝花荣，能用宋江。"总管休怪。昨日因留总管在山，坚意不肯，却是宋江定出这条计来，妙绝花荣，既能用宋江，又能深信宋江之必能服秦明，盖不惟能将军，又能将将者矣。叫小卒似总管模样的，却穿了总管的衣甲头盔，骑着那马，横着狼牙棒，直奔青州城下，点拨红头子杀人。燕顺、王矮虎带领五十余人助战，只做总管去家中取老小。因此杀人放火，先绝了总管归路的念头。今日众人特地请罪！"秦明见说了，怒气攒心，欲待要和宋江等厮并，一句。却又自肚里寻思：一句。一则是上界星辰契合，二乃被他们软困以礼待之，三则又怕斗他们不过。三句。〇上二句不足以按住秦明，故作者在旁帮入三句，笔力妙甚。因此只得纳了这口气，便说道："你们弟兄虽是好意要留秦明，只是害得我忒毒些个，断送了我妻小一家人口！"宋江答道：此亦是花荣意，却到底用宋江说。〇何用知其必出于花荣也？盖一人有一人正传，今此文正属花荣正传也。“不恁地时，兄长如何肯死心塌地？若是没了嫂嫂夫人，花知寨自说有一令妹，甚是贤慧，他情愿赔出，立办装奁，与总管为室如何？”妙绝花荣，不惟善用兵，又善用将。乃至又善用其妹也。○俗本讹。秦明见众人如此相敬相爱，方才放心归顺。花荣仍请宋江在居中坐了，秦明道：“好。”妙绝花荣，不惟戡定祸乱，又能正名定位。真是极写之矣。○俗本皆讹。秦明、花荣及三位好汉依次都坐，大吹大擂饮酒，商议打清风寨一事。秦明道：“这事容易，不须众弟兄费心。黄信那人亦是治下，二者是秦明教他的武艺，三乃和我过的最好。明日我便先去叫开栅门，一席话，说他入伙投降，就取了花知寨宝眷，倒此句在拿刘高老婆之前，特与王英映带作趣。○前文宋江先许为王英作媒，后文却忽与秦明作媒，皆是行文闪烁之法。拿了刘高的泼妇，与仁兄报仇雪恨，偏与上句连说，独不为王英地乎？作进见之礼，如何？”宋江大喜道：“若得总管如此慨然相许，却是多幸多幸！”当日筵席散了，各自歇息。

次日早起来，吃了早饭，都各各披挂了。秦明上马，先下山来，拿了狼牙棒，飞奔清风镇来。却说黄信自到清风镇上，发放镇上军民，点起寨兵，晓夜堤防，牢守栅门，又不敢出战。回护前文法。累累使人探听，不见青州调兵策应。当日只听得报道：“栅外有秦统制独自一骑马到来，叫开栅门。”黄信听了，便上马飞奔门边看时，果是一人一骑，又无伴当。黄信便叫开栅门，放下吊桥，迎接秦总管入来，直到大寨公厅前下马。请上厅来叙礼罢，黄信便问道：“总管缘何单骑到此？”秦明当下先说了损折军马等情，后说：“山东及时雨宋公明疏财仗义，结识天下好汉，谁不钦敬他？如今见在清风山上，我今次也在山寨入了伙。你又无老小，花荣、秦明都成累笔，故此处特省一句。何不听我言语，也去山寨入伙，免受那文官的气？”黄信答道：“既然恩官在彼，黄信安敢不从？只是不曾听得说有宋公明在山上，今次却说及时雨宋公明，自何而来？”妙笔明画。秦明笑道：“便是你前日解去的郓城虎张三便是。妙笔明画，又复绝倒。他怕说出真名姓，惹起自己的官司，以此只认说是张三。”黄信听了，跌脚道：“若是小弟得知是宋公明时，路上也自放了他！又表黄信。一时见不到处，只听了刘高一面之词，险不坏了他性命！”

秦明、黄信两个正在公廨内商量起身，只见寨兵报道：“有两路军马鸣锣擂鼓，杀奔镇上来！”秦明、黄信听得，都上了马，前来迎敌。军马到得栅门边望时，只见尘土蔽日，杀气遮天，两路军兵投镇上，四条好汉下山来。毕竟秦明、黄信怎地迎敌，且听下回分解。

第三十四回
石将军村店寄书
小李广梁山射雁

小李廣梁山
射雁

此回篇节至多，如清风寨起行是一节，对影山遇吕方、郭盛是一节，酒店遇石勇是一节，宋江得家书是一节，宋江奔丧是一节，山泊关防严密是一节，宋江归家是一节。

读清风寨起行一节，要看他将军数、马数、人数通计一遍，分调一遍，分明是一段《史记》。

读对影山斗戟一节，要看他忽然变作极耀艳之文。盖写少年将军，定当如此。

读酒店遇石勇一节，要看他写得石将军如猛虎当路，直是撩拨不得。只是认得两位豪杰，其顾盼雄毅便乃如此，何况身为豪杰者，其于天下人当如何也！

读宋江得家书一节，要看他写石勇不便将家书出来，又不甚晓得家中事体，偏用笔笔捺住法；写得宋江大喜，便又叙话饮酒，直待尽情尽致了，然后开出书来；却又不便说书中之事，再写一句封皮逆封，又写一句无“平安”字；皆用极奇拗之笔。

读宋江奔丧一节，要看他活画出奔丧人来。至如麻鞋句，短棒句，马句，则又分外妙笔也。

读水泊一节，要看他设置雄丽，要看他号令精严，要看他谨守定规，要看他深谋远虑，要看他盘诘详审，要看他开诚布忠，要看他不昵所亲之言，要看他不敢慢于远方之人，皆作者极意之笔。

读归家一节，要看他忽然生一张社长作波，却恐疑其单薄，又反生一王社长陪之，可见行文要相形势也。

当下秦明和黄信两个到栅门外看时，望见两路来的军马，却此回篇节至多，须一一分别观之。

好都到。一路是宋江、花荣，一路是燕顺、王矮虎，各带一百五十余人。黄信便叫寨兵放下吊桥，大开寨门，迎接两路人马都到镇上。宋江早传下号令：休要害一个百姓，休伤一个寨兵，叫先打入南寨，把刘高一家老小尽都杀了。王矮虎自先夺了那个妇人。可谓老婆心切。〇极似写王矮虎，却不知借此一句，收取泼妇上山，报仇正法也。小喽啰尽把应有家私——金银财物宝货之资，都装上车子。再有马匹牛羊，尽数牵了。花荣自到家中，将应有的财物等项，装载上车，搬取妻小、妹子。内有清风镇上人数，都发还了。闲心细笔，文所本无，事所必有。

众多好汉收拾已了，一行人马离了清风镇，都回到山寨里来。车辆人马都到山寨，郑天寿迎接向聚义厅上相会。黄信与众好汉讲礼罢，坐于花荣肩下。宋江叫把花荣老小安顿一所歇处，细。将刘高财物分赏与众小喽啰。细。王矮虎拿得那妇人，将去藏在自己房内。燕顺便问道："刘高的妻今在何处？"王矮虎答道："今番须与小弟做个押寨夫人。"燕顺道："与却与你，且唤他出来，我有一句话说。"辞令能品。宋江便道："我正要问他。"王矮虎便唤到厅前，那婆娘哭着告饶。宋江喝道："你这泼妇！我好意救你下山，念你是个命官的恭人，你如何反将冤报？今日擒来，有何理说？"燕顺跳起身来便道："这等淫妇，问他则甚！"拔出腰刀，一刀挥为两段。赃官淫妇，前后一样杀法，亦此篇之章段也。〇换燕顺者，只恐仍出花荣，便有碍矮虎，不如用他自家人，得省手耳。王矮虎见砍了这妇人，心中大怒，夺过一把朴刀，便要和燕顺交并，宋江等起身来劝住。宋江便道："燕顺杀了这妇人也是。兄弟，你看我这等一力救了他下山，教他夫妻团圆完聚，尚兀自转过脸来，叫丈夫害我，贤弟，你留在身边，久后有损无益。宋江日后别娶一个好的，教贤弟满意。"燕顺道："兄弟便是这等寻思，不杀他，久后必被他害了。"王矮虎被众人劝了，默默无言。燕顺喝叫打扫过尸首血迹，且排筵席庆贺。次日，花荣请宋江、黄信主婚，燕顺、王矮虎、郑天寿做媒执伐，把妹子嫁与秦明。一应礼物，都是花荣出备。王英方失夫人，秦明便得夫人，两事偏要接连写在一处，以为激射。吃了三五日筵席。

五七日后，小喽啰探得事情，上山来报道："青州慕容知府申将文书，去中书省奏说，反了花荣、秦明、黄信，要起大军来征剿。"众人听罢，商量道："此间小寨，不是久恋之地。倘或大军到来，四面围住，如何迎敌？"宋江道："小可有一计，不知中得诸位心否？"众好汉都道："愿闻良策。"宋江道："自这南方有个去处，地名唤做梁山泊，方圆八百余里，中间宛子城、蓼儿洼。晁天王聚集着三五千军马，把住着水泊，官兵捕盗，不敢正眼觑他。我等何不收拾起人马，去那里入伙？"一段大书宋江倡众落草，以正其罪也。秦明道："既然有这个去处，却是十分好。只是没人引进，他如何肯便纳我们？”宋江大笑，却把这打劫生辰纲金银一事，直说到刘唐寄书，将金子谢我，因此上杀了阎婆惜，逃去在江湖上。秦明听了大喜道：“恁地，兄长正是他那里大恩人。事不宜迟，可以收拾起快去。”

此一节是清风山起行。

今日众人既属宋江倡率，前日晁盖又属宋江私放，以深表宋江为贼之首，罪之魁也。只就当日商量定了，便打并起十数辆车子，通计车。把老小并金银财物、衣服行李等件，都装载车子上，共有三二百匹好马。通计马。小喽啰们有不愿去的，赍发他些银两，任从他下山去投别主。闲笔，却少不得。有愿去的，编入队里，就和秦明带来的军汉，通有三五百人。通计人。宋江教分作三起下山，妙。只做去收捕梁山泊的官军。妙。〇此一句，便引出后文山泊一篇来。山上都收拾得停当，装上车子，放起火来，把山寨烧作光地。分为三队下山。宋江便与花荣引着四五十人，分人。三五十骑马，分马。簇拥着五七辆车子，分车。老小队仗先行。第一队。秦明、黄信引领八九十匹马分马。和这应用车子，分车。作第二起。第二队。后面第三队字倒在上。便是燕顺、王矮虎、郑天寿三个引着四五十匹马，分马。一二百人。分人。〇第一队，有人，有马，有车；第二队，有马，有车，无人；第三队，有马，有人，无车。〇通共只十辆车，三二百匹马，三五百人，看他写得错纵变化。离了清风山，取路投梁山泊来。于路中见了这许多军马，旗号上又明明写着“收捕草寇官军”，因此无人敢来阻当。在路行五七日，离得青州远了。

且说宋江、花荣两个骑马在前头，背后车辆载着老小，与后面人马只隔着二十来里远近。前面到一个去处，地名唤对影山，两边两座高山，一般形势，中间却是一条大阔驿路。两个在马上正行之间，只听得前山里锣鸣鼓响。为是强贼，为是官军？读至下，却都不是，始信山名“对影”，都有为也。花荣便道：“前面必有强人！”把枪带住，取弓箭来整顿得端正，再插放飞鱼袋内；一面叫骑马的军士催趱后面两起军马上来，好。且把车辆人马扎住了，宋江和花荣两个引了二十余骑军马，向前探路。至前面半里多路，早见一簇人马，约有一百余人，尽是红衣红甲，拥着一个穿红少年壮士，横戟立马奇文奇格。在山坡前大叫道：“今日我和你比试，分个胜败，见个输赢！”只见对过山冈子背后早拥出一队人马来，也有百十余人，都是白衣白甲，也拥着一个穿白少年壮士，手中也使一枝方天画戟。奇文奇格。〇处处皆用散叙，此处忽然用两扇一联法，奇绝。这边都是素白旗号，那壁都是绛红旗号。又一联。只见两边红白旗摇，震地花腔鼓擂。那两个壮士更不打话，各人挺手中戟，纵坐下马，两个就中间大阔路上斗到三十余合，不分胜败。花荣和宋江两个在马上看了喝采。看他前后两番喝采，寓意深隐，为之一叹。花荣一步步趱马向前看时，只见那两个壮士斗到深涧里。这两枝戟上，一枝是金钱豹子尾，一枝是金钱五色旛，又一联。却搅做一团，上面绒绦结住了，那里分拆得开。奇文。花荣在马上看了，便把马带住，左手去飞鱼袋内取弓，

此一节是吕方、郭盛斗戟。特表花荣神箭。

右手向走兽壶中拔箭，亦是一联。○此一段文都作分外耀艳语。搭上箭，拽满弓，觑着豹尾绒绦较亲处，飕的一箭，恰好正把绒绦射断。只见两枝画戟分开做两下。奇文。那二百余人一齐喝声采。前言两番喝采，寓意深隐者何也？盖两戟相交，不相上下，则两戟之妙，可得而知也。两戟之妙可得而知，然而宋江知，花荣知者，二百余人不得知。二百余人不得知，则止有宋江、花荣马上喝采，而二百余人，瞠目不出一声矣。盖天下曲高寡和，才高无赏，往往如是，不足怪也。迨夫花荣一箭分开两戟，而二百余人齐声喝采，夫二百余人，即又岂知花荣之内正外直，左托右抱乎哉！眼见两戟得箭而开，则喝采耳。呜呼！天下以成功论英雄，又往往如是，亦不足怪也！那两个壮士便不斗，写两戟互不相服，却写一箭能服两戟，可谓极表花荣矣。都纵马跑来，直到宋江、花荣马前，就马上欠身声喏，都道："愿求神箭将军大名！"

花荣在马上答道："我这个义兄乃是郓城县押司、山东及时雨宋公明，说得响。我便是清风镇知寨小李广花荣。"说得响。○愿求神箭大名，却反先说郓城押司。岂以神箭重押司哉？得押司而神箭越重耳。那两个壮士听罢，扎住了戟，便下马，推金山，倒玉柱，又一联。○此六字，他书亦学用之矣，却不知在此处分外耀艳中则映衬成色耳。他书前后不称，亦复硬用入来，真是文章苦海也。都拜道："闻名久矣！"宋江、花荣慌忙下马，扶起那两位壮士道："且请问二位壮士高姓大名？"那个穿红的说道："小人姓吕名方，祖贯潭州人氏。平昔爱学吕布为人，因此习学这枝方天画戟，人都唤小人做'小温侯'吕方。一个古人。因贩生药到山东，消折了本钱，不能够还乡，权且占住这对影山，打家劫舍。近日走这个壮士来，要夺吕方的山寨，和他各分一山，他又不肯，因此每日下山厮杀。不想原来缘法注定，今日得遇尊颜。"宋江又问这穿白的壮士高姓。那人答道："小人姓郭名盛，祖贯西川嘉陵人氏。因贩水银货卖，黄河里遭风翻了船，回乡不得。原在嘉陵学得本处兵马张提辖的方天戟，向后使得精熟，人都称小人做'赛仁贵'郭盛。又一个古人。两异名又是一联。○三个古人，一般绝技，文心妙绝。江湖上听得说对影山有个使戟的占住了山头，打家劫舍，因此一径来比并戟法。连连战了十数日，不分胜败，不期今日得遇二公，天与之幸！”宋江把上件事都告诉了，便道：“既幸相遇，就与二位劝和如何？”两个壮士大喜，都依允了。后队人马已都到齐，一个个都引着相见了。

吕方先请上山，杀牛宰马筵会。次日，却是郭盛置酒设席筵宴。宋江就说他两个撞筹入伙，凑队上梁山泊去投奔晁盖聚义。大书宋江倡众。欢天喜地都依允了，此二少年上山，读之真有芝兰玉树，生于庭阶之乐。便将两山人马点起，收拾了财物，待要起身，宋江便道：“且住，非是如此去。一路文势如龙赴海，至此忽用中途一变，遂令读者不复知其鳞甲在何处。假如我这里有三五百人马投梁山泊去，他那里亦有探细的人在四下里探听，倘或只道我们真是来收捕他，不是要处。等我和燕顺先去报知了，后文手书，尚足相据，岂有今日宋江亲在行间，而虞山泊之见怪者？只是要凭空生出枝节，令下文风雨忽变，不欲宋江引着一行人直至山寨，如僧家所谓行道者然也。你们随后却来。还作三起而行。”花荣、秦明道：“兄长高见。正是如此计较，陆续进程。兄长先行半日，我等催督人马，随后起身来。”

且不说对影山人马陆续登程，只说宋江和燕顺各骑了马，带领随行十数人，先投梁山泊来。在路上行了两日，当日行到晌午时分，正走之间，只见官道傍边一个大酒店。宋江看了道：“孩儿们走得困乏，都叫买些酒吃了过去。”当时宋江和燕顺下了马，入酒店里来，叫孩儿们松了马肚带，看官记此一句。都入酒店里来。宋江和燕顺先入店里来看时，只有

此一节是酒店遇石勇。

三副大座头，小座头不多几副。只见一副大座头上先有一个在那里占了。宋江看那人时，裹一顶猪嘴头巾，脑后两个太原府金不换扭丝铜镮。上穿一领皂䌷衫，腰系一条白搭膊，下面腿绑护膝，八搭麻鞋。看官记此一句。桌子边倚着短棒，看官记此一句。横头上放着个衣包。看官记此一句。生得八尺来长，淡黄骨查脸，一双鲜眼，没根髭髯。怪丑如画。宋江便叫酒保过来说道："我的伴当多，我两个借你里面坐一坐。你叫那个客人移换那副大座头，与我伴当们坐地吃些酒。"酒保应道："小人理会得。"宋江与燕顺里面坐了，先叫酒保："打酒来，大碗先与伴当，一人三碗。有肉便买来先与他众人吃，借宋江爱念众人，为酒保央求换座地；借酒保换座，为那人厮闹地；借那人厮闹，为得书地。看他叙事，何等曲折尽变，定不肯直写一笔也。却来我这里斟酒。"酒保又见伴当们都立满在垆边，如画。○又贴一句，为酒保必要换座地也。酒保却去看着那个公人模样的客人道："有劳上下，央求换座，何至便到寻闹？却先写个酒保误认他是上下，如此生情出笔，真称妙绝。那借这副大座头，与里面两个官人的伴当坐一坐。"那汉嗔怪呼他做"上下"，便焦躁道："也有个先来后到！甚么官人的伴当，要换座头！老爷不换！"燕顺听了，对宋江道："你看他无礼么？"先放一句，下便有节次。宋江道："由他便了，你也和他一般见识？"却把燕顺按住了。只见那汉转头看了宋江、燕顺冷笑。写大汉写得异样。方是时，彼固以宋江、燕顺为即所云脚底下泥者也，其安得以仆从如云，遂傲豪杰之士耶？是"冷笑"二字之意。酒保又陪小心道："上下，只管叫他"上下"。周全小人的买卖，换一换有何妨？"那汉大怒，拍着桌子道："你这鸟男女，好不识人！欺负老爷独自一个，明明怪其仆从如云。要换座头！便是赵官家，此亦脚底下泥。老爷也别鸟不换！高则声，大脖子拳不认得你！"你亦脚底下泥。酒保道："小人又不曾说甚么。"那汉喝道："量你这厮敢说甚么！"妙。燕顺听了，那里忍耐得住，便说道："兀那汉子，你也鸟强！不换便罢，没可得鸟吓他！”那汉便跳起来，绰了短棒在手里，便应道：“我自骂他，要你多管！老爷天下只让得两个人，其余的都把来做脚底下的泥！”奇峰忽然当面矗起。燕顺焦躁，便提起板凳，却待要打将去。

宋江因见那人出语不俗，妙。横身在里面劝解：“且都不要闹。我且请问你，你天下只让得那两个人？”那汉道：“我说与你，惊得你呆了！”犹言脚底下泥曾何足以知之。妙绝。宋江道：“愿闻那两个好汉大名。”那汉道：“一个是沧州横海郡柴世宗的子孙，唤做小旋风柴进，柴大官人。”两个人中，须有宾主；今反先说宾在前者，便于跌成妙势也。宋江暗暗地点头，妙，如画。〇脚底下泥，乃复解此语乎？又问：“那一个是谁？”那汉道：“这一个又奢遮，偏又摇摆一句，不忍便说出来，使脚底下泥侧耳。是郓城县押司山东及时雨呼保义宋公明！”此等名字，与脚底下泥言之，尚可惜耳。宋江看了燕顺暗笑，妙，如画。燕顺早把板凳放下了。妙，如画。“老爷只除了这两个，此句接上文连说，宋江、燕顺二句乃夹叙法耳。便是大宋皇帝也不怕他！”皆所谓其余也。宋江道：“你且住，我问你。你既说起这两个人，我却都认得。脚底下泥，亦复难料。你在那里与他两个厮会？”那汉道：“你既认得，我不说谎。三年前在柴大官人庄上住了四个月有余，只不曾见得宋公明。”文情虚实都妙。宋江道：“你便要认黑三郎么？”那汉道：“我如今正要去寻他。”紧凑。宋江问道：“谁教你寻他？”那汉道：“他的亲兄弟铁扇子宋清教我寄

此一节是宋江得书。

家书去寻他。”紧凑。宋江听了大喜，四字妙绝，既已寄书，偏不明白，便顿出许多节次来。○“大喜”字，与一篇“痛哭”字，击射成文。向前拖住道：“有缘千里来相会，无缘对面不相逢。只我便是黑三郎宋江。”那汉相了一面，便拜道：“天幸使令小弟得遇哥哥！争些儿错过，空去孔太公那里走一遭！”宋江便把那汉拖入里面，问道：“家中近日没甚事？”看他问得对针，对得偏不对针，顿挫入妙。那汉道：“哥哥听禀，小人姓石名勇，原是大名府人氏，日常只靠放赌为生，本乡起小人一个异名，唤做‘石将军’。为因赌博上一拳打死了个人，逃走在柴大官人庄上。多听得往来江湖上人说哥哥大名，因此特去郓城县投奔哥哥，却又听得说道为事出外。因见四郎，听得小人说起柴大官人来，却说哥哥在白虎山孔太公庄上。因小弟要拜识哥哥，四郎特写这封家书与小人，寄来孔太公庄上，‘如寻见哥哥时，可叫兄长作急回来。’”只如此，妙妙。宋江见说，心中疑惑，渐从“大喜”字变过来。便问道：“你到我庄上住了几日，曾见我父亲么？”问得对针，妙妙。石勇道：“小人在彼只住得一夜便来了，不曾得见太公。”只是捺住，并不对针，妙妙。宋江把上梁山泊一节都对石勇说了。反写宋江说闲话，妙妙。石勇道：“小人自离了柴大官人庄上，江湖上只闻得哥哥大名，疏财仗义，济困扶危。如今哥哥既去那里入伙，是必携带。”宋江道：“这不必你说，何争你一个人！反写宋江只管说闲话，妙妙。且来和燕顺厮见。”反写宋江做闲事，妙妙。叫酒保且来这里斟酒。

三杯酒罢，反写宋江把酒相劝，只管纵将开去，务令文情尽奇尽变，然后写出石勇书来，妙妙。石勇便去包裹内取出家书，慌忙递与宋江。宋江接来看时，封皮逆封着，一句。又没“平安”二字，二句。○又添二句，使不突然。宋江心内越是疑惑，从“大喜”渐变过来。连忙扯开封皮，从头读至一半，省一半，念一半，只一家书，写得有许多方法。后面写道：“父亲于今年正月初头因病身故，见今停丧在家，专等哥哥来家迁葬。千万，千万！切不可误！弟清泣血奉书。"宋江读罢，叫声苦，不知高低，自把胸脯捶将起来，自骂道："不孝逆子，做下非为！老父身亡，不能尽人子之道，畜生何异！"自把头去壁上磕撞，大哭起来。与前"大喜"照耀。燕顺、石勇抱住，宋江哭得昏迷，半晌方才苏醒。燕顺、石勇两个劝道："哥哥，且省烦恼。"宋江便分付燕顺道："不是我寡情薄意，其实只有这个先父记挂，"只有这个"四字，是纯孝之言。然"只有"二字，又妙在"只"字；"这个"二字，又妙在"这"字。中间便有昊天罔极，父一而已等意，勿以宋江而忽之也。〇"先父"二字，遽然呼得妙，为后文一笑。〇武松呼"先兄"，便终作先兄。宋江呼"先父"，未必真作先父，文情各有其妙。今已没了，只是星夜赶归去，教兄弟们自上山则个。"燕顺劝道："哥哥，太公既已没了，便到家时，也不得见了。天下无不死的父母，只改一字，遂成奇语，令人绝倒。且请宽心，引我们弟兄去了。是。〇写各人胸中各有其心，如画。那时小弟却陪侍哥哥归去奔丧，未为晚了。自古道：'蛇无头而不行。'若无仁兄去时，他那里如何肯收留我们？"写燕顺留宋江，定少不得，不然，便上文都成浪笔矣。宋江道："若等我送你们上山去时，误了我多少日期，却是使不得。我只写一封备细书札，都说在内，就带了石勇一发入伙，等他们一处上山。我如今不知便罢，既是天教我知了，正是度日如年，烧眉之急。我马也不要，从人也不带，二语插放此处，作宋江自说最妙，若俗笔，便定写"在出门时"。又其次者，竟日忘之也。一个连夜自赶回家。"燕顺、石勇那里留得住。宋江问酒保借笔砚，讨了一幅纸，一头哭着一面写

此一节是宋江奔丧。

书，悉与前“大喜”照耀。再三叮咛在上面。写了，封皮不粘，四字画出匆匆，真是妙笔。交与燕顺收了。脱石勇的八搭麻鞋穿上，妙绝。真正才子有此曲心曲笔，俗笔梦想不到。取了些银两藏放在身边，跨了一口腰刀，就拿了石勇的短棒，妙绝。酒食都不肯沾唇，便出门要走。燕顺道：“哥哥，也等秦总管、花知寨都来相见一面了，去也未迟。”定少不得。宋江道：“我不等了。我的书去，并无阻滞。石家贤弟自说备细，可为我上覆众兄弟们，可怜见宋江奔丧之急，休怪则个。”宋江恨不得一步跨到家中，飞也似独自一个去了。一路写宋江部署众人投入山泊，读者莫不拭目洗耳，观忠义堂上晁、宋二人如何相见也。忽然此处如龙化去，令人眼光忽遭一闪，奇文奇格，妙绝，妙绝。

且说燕顺同石勇只就那店里吃了些酒食点心，还了酒钱，却教石勇骑了宋江的马，一双八搭麻鞋一条短棒，却换了一匹马，妙笔。〇宋江奔丧回去，须要随身短棒及八搭麻鞋，便记得石勇身边有。宋江回去后，便记得宋江马空了。只此记得，岂他人所及哉！带了众人，只离酒店三五里路，寻个大客店歇了等候。次日辰牌时分，全伙都到。燕顺、石勇接着，备细说宋江哥哥奔丧去了。众人都埋怨燕顺是，定少不得。道：“你如何不留他一留？”石勇分说道：“他闻得父亲没了，恨不得自也寻死，如何肯停脚？巴不得飞到家里。写了一封备细书札在此，教我们只顾去。他那里看了书，并无阻滞。”花荣与秦明看了书，与众人商议道：“事在途中，进退两难。是。回又不得，是。散了又不成。是。只顾且去。是。还把书来封了，是。〇方始封书。都到山上看，那里不容，却别作道理。”是。〇数语定少不得。九个好汉并作一伙，带了三五百人马，渐近梁山泊，来寻大路上山。

一行人马正在芦苇中过，只见水面上锣鼓振响。众人看时，漫山遍野都是杂彩旗旛，写得精严之极。水泊中棹出两只快船来。当先一只船上，摆着三五十个小喽啰，船头上中间坐着一个头领，乃是豹子头林冲。精严之极。背后那只哨船上，也是三五十个小喽啰，船头上也坐着一个头领，乃是赤发鬼刘唐。精严之极。前面林冲在船上喝问道："汝等是甚么人，那里的官军？敢来收捕我们！教你人人皆死，个个不留！你也须知俺梁山泊的大名！"花荣、秦明等都下马，立在岸边答应道："我等众人非是官军，有山东及时雨宋公明哥哥书札在此，特来相投大寨入伙。"林冲听了道："既有宋公明兄长的书札，且请过前面，到朱贵酒店里，写得水泊精严之极。先请书来看了，却来相请厮会。"精严之极。船上把青旗只一招，何等精严。芦苇里棹出一只小船，妙。内有三个渔人，一人看船，妙。两个上岸来妙。说道："你们众位将军都跟我来。"水面上那两只哨船，一只船上把白旗招动，何等精严。铜锣响处，两只哨船一齐去了。何等精严。一行众人看了，都惊呆了，说道："端的此处官军谁敢侵傍！我等山寨如何及得！"众人跟着两个渔人，从大宽转，表出八百里。直到旱地忽律朱贵酒店里。

此一节是山泊关防严密。

朱贵见说了，迎接众人，都相见了，便叫放翻两头黄牛，富贵气象。散了分例酒食，讨书札看了。精严。先向水亭上放一枝响箭，射过对岸，芦苇中早摇过一只快船来。朱贵便唤小喽啰分付罢，叫把书先赍上山去报知，精严。一面店里杀宰猪羊，富贵。管待九个好汉，把军马屯住在四散歇了。看他极写精严，深表泊中有人。○虽有宋江手书，然或恐官府严刑逼写，假作投伙而图我者有之，把军马屯在四散，真经济之才也。

第二日辰牌时分，只见军师吴学究自来朱贵酒店里迎接众人。又用"军师自来"。一个个都相见了。叙礼罢，动问备细，何等精严。然后二三十只大白棹船来接。何等精严，何等富贵。吴用、朱贵邀请九位好汉下船，老小车辆人马行李亦各自都搬在各船上，前望金沙滩来。上得岸，松树径里，众多好汉随着晁头领，全副鼓乐来接。富贵。晁盖为头与九个好汉相见了，迎上关来。各自乘马坐轿，富贵。直到聚义厅上，一对对讲礼罢。左边一带交椅上森然。却是晁盖、吴用、公孙胜、林冲、刘唐、阮小二、阮小五、阮小七、杜迁、宋万、朱贵、白胜。恭喜白胜已早在此。那时白日鼠白胜，数月之前，已从济州大牢里越狱，只须二字。逃走到山上入伙；皆是吴学究使人去用度，救他脱身。右边一带交椅上森然。却是花荣、秦明、黄信、燕顺、王英、郑天寿、吕方、郭盛、石勇，列两行坐下。中间焚起一炉香来，各设了誓。当日大吹大擂，杀牛宰马筵宴。一面叫新到火伴厅下参拜了，自和小头目管待筵席。何等精严，何等富贵。收拾了后山房舍，教搬老小家眷都安顿了。秦明、花荣在席上称赞宋公明许多好处，清风山报冤相杀一事，众头领听了大喜。后说吕方、郭盛两个比试戟法，花荣一箭射断绒绦，分开画戟。晁盖听罢，意思不信，口里含糊应道："直如此射得亲切，改日却看

此一节是花荣试箭。

比箭。”当日酒至半酣，食供数品，众头领都道：“且去山前闲玩一回，再来赴席。”当下众头领相谦相让，下阶闲步乐情，观看山景。行至寨前第三关上，只听得空中数行宾鸿嘹亮。花荣寻思道：“晁盖却才意思不信我射断绒绦，何不今日就此施逞些手段，教他们众人看，日后敬伏我？”把眼一观，随行人伴数内却有带弓箭的，妙笔。花荣便问他讨过一张弓来，在手看时却是一张泥金鹊画细弓，正中花荣意，花荣妙箭，安肯以寻常之弓试哉？文人所以必用妙笔，美人所以必须妙镜也。急取过一枝好箭，弓详箭略。便对晁盖道：“恰才兄长见说花荣射断绒绦，众头领似有不信之意。远远的有一行雁来，花荣未敢夸口，这枝箭要射雁行内第三只雁的头上。此处一句，后分作二句，只是随手成文。射不中时，众头领休笑。”花荣搭上箭，拽满弓，觑得亲切，望空中只一箭射去，果然正中雁行内第三只，先写前之半句。直坠落山坡下。急叫军士取来看时，那枝箭正穿在雁头上。次找完前之半句，看他随手小文，皆有次第。晁盖和众头领看了，尽皆骇然，都称花荣做“神臂将军”。吴学究称赞道：“休言将军比小李广，便是养由基，也不及神手，真乃是山寨有幸！”自此梁山泊无一个不钦敬花荣。始结花荣传。

众头领再回厅上筵会，到晚各自歇息。次日，山寨中再备筵席，议定坐次。本是秦明才及花荣，因为花荣是秦明大舅，众人推让花荣在林冲肩下坐了第五位，秦明坐第六位，刘唐坐第七位，黄信坐第八位；三阮之下，便是燕顺、王矮虎、吕方、郭盛、郑天寿、石勇、杜迁、宋万、朱贵、白胜：一行共是二十一个头领坐定。第二结。庆贺筵宴已毕。山寨中添造大船、屋宇、车辆、什物；打造枪刀、军器、铠甲、头盔；整顿旌旗、袍袄、弓弩、箭矢，准备抵敌官军，于总结后，更添两行，极写水泊精严富贵。○已上一篇，单表水泊雄丽精严，是全部书作身分处。不在话下。

却说宋江自离了村店，连夜赶归。当日申牌时候，奔到本乡村口张社长酒店里暂歇一歇。本至家矣，却不便归，再生出一张社长家作波磔，真是触手生情，落笔成景。那张社长却和宋江家来往得好。张社长见了宋江容颜不乐，眼泪暗流，张社长动问道："押司有年半来不到家中，今日且喜归来，如何尊颜有些烦恼，心中为甚不乐？且喜官事已遇赦了，必是减罪了。"不惟无忧，反报一喜，妙。宋江答道："老叔自说得是。家中官事且靠后，只如一个生身老父殁了，如何不烦恼？"张社长大笑道："押司真个也是作耍，令尊太公却才在我这里吃酒了回去，只有半个时辰来去，奇文。如何却说这话？"宋江道："老叔休要取笑小侄。"便取出家书，教张社长看了。此句是夹叙法，下语与上语连读下。"兄弟宋清明写道：父亲于今年正月初头殁了，专等我归来奔丧。"张社长看罢，说道："呸，那得这般事！只午时前后，和东村王太公随手又添一人，妙。在我这里吃酒了去，我如何肯说谎？"宋江听了，心中疑影，前文疑惑，是从大喜渐变到哭；此文疑影，是从大哭渐变到喜。没做道理处。寻思了半晌，只等天晚，别了社长，便奔归家。入得庄门看时，没些动静。奇。庄客见了宋江，都来参拜。奇。宋江便问道："我父亲和四郎有么？"庄客道："太公每日望得押司眼穿，今得归来，却是欢喜。方才和东村里王社长在村口张社长店里吃酒了回

此一节是宋江归家。

来，睡在里面房内。”奇文。宋江听了大惊，撇了短棒，细。径入草堂上来。只见宋清迎着哥哥便拜。宋江见他果然不戴孝，奇文。心中十分大怒，便指着宋清骂道：“你这忤逆畜生，是何道理！父亲见今在堂，如何却写书来戏弄我？教我两三遍自寻死处，一哭一个昏迷。你做这等不孝之子！”宋清却待分说，只见屏风背后转出宋太公来，明明假计，乃我读至此句，始觉如梦忽醒，盖于前文一路，所感者深矣。叫道：“我儿，不要焦躁。这个不干你兄弟之事，是我每日思量要见你一面，因此教四郎只写道我殁了，你便归来得快。我又听得人说，白虎山地面多有强人，又怕你一时被人撺掇落草去了，做个不忠不孝的人，为此急急寄书去唤你归家。作者特特书太公家教，正所以深明宋江不孝，而自来读者至此，俱谬许其为忠义之子，斯真过矣。又得柴大官人那里来的石勇寄书去与你。这件事尽都是我主意，不干四郎之事，你休埋怨他。我恰才在张社长店里回来，睡在房里，听得是你归来了。”宋江听罢，纳头便拜太公，句。忧喜相半。不便变出喜来，且写个“忧喜相半”。善体人情，方有此笔。宋江又问父亲道：“不知近日官司如何？已经赦宥，必然减罪。适间张社长也这般说了。”宋太公道：“你兄弟宋清未回之时，多得朱仝、雷横的气力，向后只动了一个海捕文书，再也不曾来勾扰。我如今为何唤你归来？近闻朝廷册立皇太子，已降下一道赦书，应有民间犯了大罪尽减一等科断，俱已行开各处施行。便是发露到官，也只该个徒流之罪，不到得害了性命。且由他，却又别作道理。”宋江又问道：“朱、雷二都头曾来庄上么？”宋清说道：“我前日听得说来，这两个都差出去了：朱仝差往东京去，一实。雷横不知差到那里去了。一虚。〇递开二人，便使下文展笔，乃其妙，却在闲中问及，全无痕影。如今县里却是新添两个姓赵的勾摄公事。”宋太公道：“我儿远路风尘，且去房里将息几时。”

止。合家欢喜，不在话下。

天色看看将晚，玉兔东生。约有一更时分，庄上人都睡了，只听得前后门发喊起来。看时，四下里都是火把，团团围住宋家庄，一片声叫道："不要走了宋江！"太公听了，连声叫苦。不因此起，有分教：大江岸上，聚集好汉英雄；闹市丛中，来显忠肝义胆。毕竟宋公明在庄上怎地脱身，且听下回分解。

第三十五回
梁山泊吴用举戴宗
揭阳岭宋江逢李俊

梁山泊吳用舉戴宗

一部书中写一百七人最易，写宋江最难，故读此一部书者，亦读一百七人传最易，读宋江传最难也。盖此书写一百七人处，皆直笔也，好即真好，劣即真劣。若写宋江则不然，骤读之而全好，再读之而好劣相半，又再读之而好不胜劣，又卒读之而全劣无好矣。夫读宋江一传，而至于再，而至于又再，而至于又卒，而诚有以知其全劣无好，可不谓之善读书人哉！然吾又谓由全好之宋江而读至于全劣也犹易，由全劣之宋江而写至于全好也实难。乃今读其传，迹其言行，抑何寸寸而求之，莫不宛然忠信笃敬君子也？篇则无累于篇耳，节则无累于节耳，句则无累于句耳，字则无累于字耳。虽然，诚如是者，岂将以宋江真遂为仁人孝子之徒哉！《史》不然乎？记汉武初未尝有一字累汉武也，然而后之读者莫不洞然明汉武之非，是则是褒贬固在笔墨之外也。呜呼！稗官亦与正史同法，岂易作哉，岂易作哉！

话说当时宋太公掇个梯子上墙来看时，只见火把丛中约有一百余人。当头两个，便是郓城县新参的都头，却是弟兄两个，一个叫做赵能，一个叫做赵得。两个便叫道：“宋太公，你若是晓事的，便把儿子宋江献将出来，我们自将就他。若是不教他出官时，和你这老子一发捉了去！”宋太公道：“宋江几时回来？”赵能道：“你便休胡说！有人在村口见他从张社长家店里吃了酒归来，亦有人跟到这里。添一句，好。你如何赖得过？”宋江在梯子边说道：“父亲，你和他论甚口！孩儿便挺身出官也不妨，县里府上都有相识，况已经赦宥的事了，必当减罪。求告这厮们做甚么？赵家那厮是个刁徒，如今暴得做个都头，知道甚么义理！“暴”字妙，骂世不尽。他又和孩儿没人情，空自求他。”宋太公哭道：“是我苦了孩儿！”宋江道：“父亲休烦恼，官司见了，到是有幸。明日孩儿躲在江湖上，撞了一班儿杀人放火的弟兄们，打在网里，如何能够见父亲面？于清风山收罗花荣、秦明、黄信、吕方、郭盛及燕顺等三人，纷纷入水泊者，复是何人？方得死父赚转，便将生死热瞒。作者正深写宋江权诈，乃至忍于欺其至亲。而自来读者皆叹宋江忠孝，真不善读书人也！便断配在他州外府，也须有程限，日后归来，也得早晚伏侍父亲终身。”宋太公道：“既是孩儿恁的说时，我自来上下使用，买个好去处。”宋江便上梯来叫道：“你们且不要闹，我的罪犯今已赦宥，定是不死。且请二位都头进敝庄少叙三杯，明日一同见官。”赵能道：“你休使见识赚我入来！”丑。宋江道：“我如何连累父亲、兄弟？你们只顾进家里来。”宋江便下梯子来，开了庄门，请两个都头到庄里堂上坐下，连夜杀鸡宰鹅，置酒相待。那一百土兵人等，都与酒食管待，送些钱物之类。取二十两花银，把来送与两位都头做“好看钱”。只三个字，便胜过一篇钱神论。○人之所以必要钱者，以钱能使人好看也。人以钱为命，而亦有时以钱与人者，既要好看，便不复顾钱也。乃世又有守钱成窖，而不要好看者，斯又一类也矣。

当夜两个都头就在庄上歇了。次早五更，同到县前。等待天明解到县里来时，知县才出升堂。只见都头赵能、赵得押解宋江出官。知县时文彬见了大喜，责令宋江供状。当下宋江一笔供招：“不合于前年秋间典赡到阎婆惜为妾。为因不良，一时恃酒争论斗殴，致被误杀身死，一向避罪在逃。今蒙缉捕到官，取勘前情，所供甘罪无词。”知县看罢，且叫收禁牢里监候。满县人见说拿得宋江，谁不爱惜他？都替他去知县处告说讨饶，备说宋江平日的好处。知县自心里也有八分开豁他，数语皆为迭配作地，不重在写宋江生平。当时依准了供状，免上长枷手杻，只散禁在牢里。宋太公自来买上告下，使用钱帛。那时阎婆已自身故了半年，没了苦主，这张三又没了粉头，不来做甚冤家。无笔不到。○若非此二语，便将必入宋江死罪，瘐死郓城狱耶。算来不如放他迭配出去，再生出事来，使读者欢喜。故当省即省，乃文家妙诀也。县里叠成文案，待六十日限满，结解上济州听断。本州府尹看了申解情由，赦前恩宥之事，已成减罪，把宋江脊杖二十，刺配江州牢城。本州官吏亦有认得宋江的，一句。更兼他又有钱帛使用，二句。名唤做断杖刺配，又无苦主执证，三句。众人维持下来，都不甚深重。当厅带上行枷，押了一道牒文，差两个防送公人，无非是张千、李万。三字妙。可见一部书皆从才子文心捏造而出，愚夫则必谓真有其事。当下两个公人领了公文，监押宋江到州衙前。

宋江的父亲宋太公同兄弟宋清都在那里等候，置酒管待两个公人，赍发了些银两。教宋江换了衣服，打拴了包裹，穿上麻鞋。宋太公唤宋江到僻静处叮嘱道："我知江州是个好地面，鱼米之乡，特地使钱买将那里去。你可宽心守耐，我自使四郎来望你。固少不得。盘缠有便人常常寄来。你如今此去，正从梁山泊过，倘或他们下山来劫夺你入伙，切不可依随他，教人骂做不忠不孝。此一节，牢记于心。屡申此言，深表宋江不孝之子，不肯终受厥考之教也。○观其前聚清风山，后吟浔阳楼，当信此言不谬。孩儿，路上慢慢地去。天可怜见，早得回来，父子团圆，兄弟完聚！"宋江洒泪拜辞了父亲，洒泪。兄弟宋清送一程路。宋江临别时嘱付兄弟道："我此去不要你们忧心。只有父亲年纪高大，我又累被官司缠扰，背井离乡而去。兄弟，你早晚只在家侍奉，休要为我到江州来，弃掷父亲，无人看顾。太公许四郎来，此是人情文情，两所必至。然于后文，来则费笔，不来又疑漏笔，不如便于此处，随手放倒，省却无数心机也。我自江湖上相识多，见的那一个不相助？盘缠自有对付处。天若见怜，有一日归来也。"宋清洒泪拜辞了，父前子洒泪，兄前弟洒泪，写得秩秩然。自回家中去侍奉父亲宋太公，不在话下。

只说宋江和两个公人上路。那张千、李万已得了宋江银两，又因他是个好汉，因此于路上只是伏侍宋江。三个人上路行了一日，到晚投客店安歇了；打火做些饭吃，又买些酒肉请两个公人。宋江对他说道："实不瞒你两个说，我们今日此去正从梁山泊边过。山寨上有几个好汉，闻我的名字，怕他下山来夺我，枉惊了你们。我和你两个明日早起些，只拣小路里过去，宁可多走几里不妨。"两个公人道："押司，你不说，俺们如何得知？我等自认得小路过去，定不得撞着他们。"当夜计议定了。

次日，起个五更来打火。两个公人和宋江离了客店，只从小路里走。约莫也走了三十里路，只见前面山坡背后转出一伙人来。宋江看了，只叫得苦。四字两写，击应为奇。来的不是别人，为头的好汉正是赤发鬼刘唐，全泊头领分路等候，而撞着宋江独是刘唐者，言刘唐则众人见，言他人则刘唐不见，此固史氏之法也。将领着三五十人，便来杀那两个公人。这张千、李万唬做一堆儿跪在地下。宋江叫道："兄弟！你要杀谁？"刘唐道："哥哥，不杀了这两个男女，等甚么！"宋江道："不要你污了手，把刀来我杀便了。"笔墨狡狯，令人莫测其故。两个人只叫得苦。与上击应。刘唐把刀递与宋江，妙。宋江接过，妙。〇此等处，写出宋江权术。问刘唐道："你杀公人何意？"刘唐答道："奉山上哥哥将令，特使人打听得哥哥吃官司，直要来郓城县劫牢，却知道哥哥不曾在牢里，不曾受苦。今番打听得断配江州，只怕路上错了路头，教大小头领 分付去四路等候，迎接哥哥，补文中之所无。便请上山。这两个公人不杀了如何？"宋江道："这个不是你们弟兄抬举宋江，倒要陷我于不忠不孝之地。其言甚正，然作者特书之于清风起行之后，吟反诗之前，殆所以深明宋江之权诈耶？若是如此来挟我，只是逼宋江性命，我自不如死了！"把刀望喉下自刎。看他假，此其所以为宋江也。〇直意原本忠孝，是宋江好处。处处以权诈行其忠孝，是宋江不好处。刘唐慌忙攀住胳膊道：“哥哥，且慢慢地商量！”就手里夺了刀。自刎之假，不如夺刀之真。然真者终为小卒，假者终为大王。世事如此，何可胜叹！宋江道：“你弟兄们若是可怜见宋江时，容我去江州牢城，听候限满回来，那时却待与你们相会。”刘唐道：“哥哥这话，小弟不敢主张。是。前面大路上有军师吴学究同花知寨在那里专等，迎迓哥哥，二人迎。容小弟着小校请来商议。”宋江道：“我只是这句话，由你们怎地商量。”

小喽啰去报不多时，只见吴用、花荣两骑马在前，后面数十骑马跟着，飞到面前。下马叙礼罢，花荣便道：“如何不与兄长开了枷？”花荣真。宋江道：“贤弟，是甚么话！此是国家法度，如何敢擅动！”宋江假。○于知己兄弟面前偏说此话，于李家店、穆家庄偏又不然，写尽宋江丑态。吴学究笑道：“我知兄长的意了。这个容易，只不留兄长在山寨便了。写宋江假杀，出不得吴用圈缋，看他只一“笑”字，便已算定不是今日之事。晁头领多时不曾得与仁兄相会，今次也正要和兄长说几句心腹的话。略请到山寨少叙片时，便送登程。”看他便笼罩宋江。宋江听了道：“只有先生便知道宋江的意。”看他也笼罩吴用。○写两人互用权术相加，真是出色妙笔。扶起两个公人来，宋江道：“要他两个放心，宁可我死，不可害他。”看他写宋江一片假。○既许不留，则定不害二人矣，偏是宋江便要再说一句，写得权诈人如镜。两个公人道：“全靠押司救命！”一行人都离了大路，来到芦苇岸边，已有船只在彼。当时载过山前大路，却把山轿教人抬了，直到断金亭上歇了。叫小喽啰四下里去请众头领都来聚会。妙笔。迎接上山，到聚义厅上相见。

晁盖谢道：“自从郓城救了性命，兄弟们到此，无日不想大恩。前者又蒙引荐诸位豪杰上山，光辉草寨，恩报无门！”宋江答道：“小可自从别后，杀死淫妇，逃在江湖上，去了年半。本欲上山相探兄长一面，偶然村店里遇得石勇，捎寄家书，只说父亲弃世，不想却是父亲恐怕宋江随众好汉入伙去了，因此写书来唤我回家。虽然明吃官司，多得上下之人看觑，不曾重伤。今配江州，亦是好处。适蒙呼唤，不敢不至。今来既见了尊颜，奈我限期相逼，不敢久住，只此告辞。”前聚清风，后吟反诗，抑又何也？晁盖道：“直如此忙？骂得假人妙。且请少坐！”两个中间坐了。宋江便叫两个公人只在交椅后坐，与他寸步不离。看他写宋江假。○便不要害公人，亦何至于如此？偏是假人，偏在人面前做张致，写得真是如镜。晁盖叫许多头领都来参拜了宋江，分两行坐下，小头目一面斟酒。先是晁盖把盏了，向后军师吴学究、公孙胜起至白胜把盏下来。酒至数巡，宋江起身相谢道：“足见弟兄们相爱之情！宋江是个得罪囚人，不敢久停，只此告辞。”只要问前聚清风，后吟反诗，何也？晁盖道：“仁兄，直如此见怪！骂得假人妙。虽然仁兄不肯要坏两个公人；多与他些金银，发付他回去，只说我梁山泊抢掳了去，不到得治罪于他。”宋江道：“兄这话休题！这等不是抬举宋江，明明的是苦我。家中上有老父在堂，宋江不曾孝敬得一日，如何敢违了他的教训，负累了他？前者一时乘兴与众位来相投，写他自解。○试问天下后世，此语还为前回一篇解得过否？天幸使令石勇在村店里撞见在下，指引回家。父亲说出这个缘故，情愿教小可明吃了官司，急断配出来，又频频嘱付。临行之时，又千叮万嘱，教我休为快乐，苦害家中，免累老父怆惶惊恐。因此，父亲明明训教宋江；小可不争随顺了，便是上逆天理，下违父教，做了不忠不孝的人在世，虽生何益？如不肯放宋江下山，情愿只就众位手里乞死。”说罢，泪如雨下，便拜倒在地。极写宋江权术，何也？忠孝之性，生于心，发于色，诚不可夺，虽用三军夺一匹夫而不可得也，如之何其至于哭乎？哭者，人生畅遂之情，非此时之所得来也。晁盖、吴用、公孙胜一齐扶起。众人道：“既是哥哥坚意要往江州，今日且请宽心住一日，明日早送下山。”三回五次，留得宋江就山寨里吃了一日酒。教去了枷，也不肯除，再写一句，与后对看。只和两个公人同起同坐。

当晚住了一夜，次日早起床，坚心要行。吴学究道：“兄长听禀：看吴用更不留，可谓惟贼知贼。○写吴、宋两人权诈相当处，几有曹、杨之忌。吴用有个至爱相识，见在江州充做两院押牢节级，姓戴名宗，本处人称为‘戴院长’。为他有道术，一日能行八百里，人都唤他做‘神行太保’。此人十分仗义疏财。夜来小生修下一封书在此，与兄长去，到彼时可和本人做个相识。但有甚事，可教众兄弟知道。”众头领挽留不住，安排筵宴送行，取出一盘金银，送与宋江，为揭阳岭作引。又将二十两银子送与两个公人。就与宋江挑了包裹，都送下山来，一个个都作别了。吴学究和花荣直送过渡，到大路二十里外，二人送。○迎宋江用吴用、花荣者，花荣与宋江最昵，盖是以情招之，冀其必来也。然又算到宋江假人，未必为情所动，则必须又用吴用以智胜之。此二人迎宋江之意也。送时又用二人者，迎既有之，送亦必然，此作者所以自成其章法也。乃俗子无赖，忽因此文便向后日捏撮成吴用、花荣与宋江同死之文，为之欲呕而死也。众头领回上山去。

只说宋江自和两个防送公人取路投江州来。那个公人见了山寨里许多人马，一句。众头领一个个都拜宋江，一句。又得他那里若干银两，一句。一路上只是小心伏侍宋江。三个人在路约行了半月之上，早来到一个去处，望见前面一座高岭。两个公人说道：“好了，过得这条揭阳岭，便是浔阳江。到江州却是水路，相去不远。”宋江道：“天色暄暖，趁早走过岭去，寻个宿头。”公人道：“押司说得是。”三个人厮赶着奔过岭来。行了半日，巴过岭头，早看见岭脚边一个酒店，背靠颠崖，门临怪树，前后都是草房。去那树阴之下，挑出一个酒旆儿来。画出阴磅。宋江见了，心中欢喜，便与公人道："我们肚里正饥渴哩，原来这岭上有个酒店，我们且买碗酒吃再走。"

三个人入酒店来，两个公人把行李歇了，将水火棍靠在壁上。宋江让他两个公人上首坐定，宋江下首坐了。半个时辰不见一个人出来，置之死地而又生，是必天然有以生之，故妙也。宋江入酒店，坐下半个时辰，不见人出来，早已先明火家不在矣。使无此句，而但于后云等男女不见归，岂不同《西游》捏撮耶？宋江叫道："怎地不见有主人家？"只听得里面应道："来也！来也！"侧首屋下走出一个大汉来，赤色虬须，红丝虎眼，头上一顶破头巾，身穿一领布背心，露着两臂，下面围一条布手巾。看着宋江三个人，唱个喏，画出阴磣。道："客人，打多少酒？"宋江道："我们走得肚饥，你这里有甚么肉卖？"那人道："只有熟牛肉和浑白酒。"宋江道："最好。你先切二斤熟牛肉来，打一角酒来。"那人道："客人，休怪说，我这里岭上卖酒，只是先交了钱，好。方才吃酒。"宋江道："倒是先还了钱吃酒，我也喜欢。等我先取银子与你。"宋江便去打开包裹，取出些碎银子。那人立在侧边偷眼睃着，好。见他包裹沉重，有些油水，心内自有八分欢喜。接了宋江的银子，便去里面舀一桶酒，切一盘牛肉出来，放下三只大碗，三双箸，一面筛酒。三个人一头吃，一面口里说道："如今江湖上歹人多，有万千好汉着了道儿的，酒肉里下了蒙汗药，麻翻了，劫了财物，人肉把来做馒头馅子。我只是不信，那里有这话？"好。那卖酒的人笑道："你三个说了，不要吃，我这酒和肉里面都有了麻药。"好。宋江笑道："这位大哥瞧见我们说着麻药，便来取笑。"好。两个公人道："大哥，热吃一碗也好。"那人道："你们要热吃，我便将去烫来。"那人烫热了，将来筛做三碗。正是饥渴之中，酒肉到口，如何不吃？三人各吃了一碗下去，只见两个公人瞪了双眼，口角边流下涎水来，你揪我扯，望后便倒。宋江跳起来道：“你两个怎地吃得一碗，便恁醉了？”向前来扶他，三个人，偏留一个人再作一纵。不觉自家也头晕眼花，扑地倒了。光着眼，都面面厮觑，麻木了，动掸不得。酒店里那人道：“惭愧！好几日没买卖，今日天送这三头行货来与我！”先把宋江倒拖了，入去山岩边人肉作房里，放在剥人凳上，宋江奈何！又来把这两个公人也拖了入去。奈何！那人再来，却把包裹行李都提在后屋内，解开看时，都是金银。那人自道：“我开了许多年酒店，不曾遇着这等一个囚徒。不知其人，视其物亦可以动心矣。偏不转笔，偏能再生出事来。量这等一个罪人，怎地有许多财物，却不是从天降下，赐与我的！”那人看罢包裹，却再包了，且去门前望几个火家归来开剥。

立在门前看了一回，不见一个男女归来。读者无不知赖有此句，宋江当得不死，而殊不知宋江之不死，非不死于此句，早已不死于并无一人出来句也。只见岭下这边三个人奔上岭来。陡接奇文，有怪峰飞来之势。那人却认得，慌忙迎接道：“大哥那里去来？”那三个内一个大汉应道：便分主使。“我们特地上岭来接一个人，奇绝。料道是来的程途一。日期二。了。我每日出来，只在岭下等候，不见到，正不知在那里担阁了。”远不千里，近只目前，读之绝倒。那人道：“大哥，却是等谁？”那大汉道：“等个奢遮的好男子。”即所谓只等一个囚徒也。那人问道：“甚么奢遮的好男子？”那大汉答道：“你敢也闻他的大名？捎带妙绝。〇岂惟闻名，实乃见面。便是济州郓城县宋押司宋江。”那人道：“莫不是江湖上说的山东及时雨宋公明？”写得遐陬僻澨，无不贯耳。那大汉道：“正是此人。”那人又问道：“他却因甚打这里过？”那大汉道：“我本不知。妙。近日有个相识从济州来，说道郓城县宋押司宋江不知为甚么事，妙。○我本不知，知之相识，乃相识亦复不知，活写出传闻异辞来。发在济州府，断配江州牢城。我料想他必从这里过来，别处又无路。他在郓城县时，我尚且要去和他厮会，今次正从这里经过，如何不结识他？写得笔墨淋漓，病夫闻之，皆欲奋发。因此在岭下连日等候，接了他四五日，恰表出山泊一番来。并不见有一个囚徒过来。我今日同这两个兄弟信步踱上山岭，来你这里买碗酒吃，就望你一望。近日你店里买卖如何？”忽然将说话闲闲说开去，妙绝。不然，便像特特飞奔上岭来救宋江矣。○虽是闲闲说开，然末句仍带定话脚，松急都有其妙。那人道：“不瞒大哥说，这几个月里好生没买卖，今日谢天地，捉得三个行货，又有些东西。”那大汉慌忙问道：“三个甚样人？”“慌忙”妙。○看他写一个慌忙张致，一个慢条斯里，笔笔入妙。那人道：“两个公人和一个罪人。”非是那汉慢条斯里，亦为不如此，不足以衬起大汉之慌故也。那汉失惊道：“这囚徒莫非是黑矮肥胖的人？”“失惊”妙。○传说宋江，并传说其“黑矮”，名士真有如此。那人应道：“真个不十分长大，面貌紫棠色。”绝倒。那大汉连忙问道：“不曾动手么？”“连忙”妙。○看他用“慌忙”字，“失惊”字，“连忙”字，声情俱有。那人答道：“方才拖进作房去，等火家未回，不曾开剥。”至此还说出“开剥”二字，绝倒。

那大汉道：“等我认他一认。”写至此句，有骏马下坡之势矣，入下忽又用“认不得”句，陡然一收，笔法奇拗不可言。当下四个人进山岩边人肉作房里，只见剥人凳上挺着宋江和两个公人，颠倒头放在地下。那大汉看见宋江，却又不认得。拗文妙笔。相他脸上金印，又不分晓。拗文妙笔。没可寻思处，猛想起道：“且取公人的包裹来，我看他公文便知。”绝处逢生，灵变之极。那人道：“说得是。”便去房里取过公人的包裹打开，见了一锭大银，又有若干散碎银两。无端写来，便成绝倒。○为是宋江，不得不救耳，不然，满眼如此物，胡可以忍耶？解开文书袋来，看了差批，众人只叫得“惭愧”，那大汉便道：“天使令我今日上岭来，早是不曾动手，争些儿误了我哥哥性命！”那大汉便叫那人：“快讨解药来，先救起我哥哥。”那人也慌了，半日写那人如醉梦相似者，所以衬起大汉也；此处写那人也慌者，所以开释那人也。连忙调了解药，便和那大汉去作房里，先开了枷，前花荣要开，宋江不肯，此李立私开，宋江不问，皆作者笔法严冷处。○或解云：此处宋江未醒，安得责其不问，不知我不责其作房开时，我正责其出门带时也。扶将起来，把这解药灌将下去。四个人将宋江扛出前面客位里，四个人自扛宋江，火家归来扛公人，有轻重贵贱之分。那大汉扶住着，渐渐醒来。光着眼，看了众人立在面前，又不认得。画出初醒时。只见那大汉教两个兄弟扶住了宋江，纳头便拜。宋江问道："是谁？我不是梦中么？"写宋江既不答，又不扶，妙绝，画出初醒时也。只见卖酒的那人也拜。妙。宋江道："这里正是那里？不敢动问二位高姓？"写宋江只是动不得，妙绝。那大汉道："小弟姓李名俊，祖贯庐州人氏。专在扬子江中撑船艄公为生，能识水性，人都呼小弟做'混江龙'李俊便是。这个卖酒的是此间揭阳岭人，只靠做私商道路，人尽呼他做'催命判官'李立。这两个兄弟，是此间浔阳江边人，专贩私盐来这里货卖，却是投奔李俊家安身。大江中伏得水，驾得船。是弟兄两个：一个唤做'出洞蛟'童威，一个叫做'翻江蜃'童猛。"两个也拜了宋江四拜。只是答不得，扶不得，妙绝。○凡三段写拜，乃其妙处恰在无文字处，盖文字之难知如此。宋江问道："却才麻翻了宋江，如何却知我姓名？"真要问。李俊道："小弟有个相识，近日做买卖，从济州回来，说起哥哥大名，为事发在江州牢城。李俊往常思念，只要去贵县拜识哥哥，只为缘分浅薄，不能够去。今闻仁兄来江州，必从这里经过，小弟连连在岭下等接仁兄，五七日了，不见来。今日无心，天幸使令李俊同两个弟兄上岭来，就买杯酒吃，遇见李立，说将起来。因此小弟大惊，慌忙去作房里看了，却又不认得哥哥。猛可思量起来，取讨公文看了，才知道是哥哥。不敢拜问仁兄，闻知在郓城县做押司，不知为何事配来江州？"应前"不知为甚事"句。宋江把这杀了阎婆惜，直至石勇村店寄书，回家事发，今次配来江州，备细说了一遍，四人称叹不已。李立道：“哥哥何不只在此间住了，休上江州牢城去受苦？”宋江答道：“梁山泊苦死相留，我尚兀自不肯住，恐怕连累家中老父，看他处处自说孝义，真是丑极。○纯孝不在口说，以口说求得孝子之名，甚矣！宋江衣钵之满天下也。此间如何住得？”李俊道：“哥哥义士，必不肯胡行。特书此一句，与前吴用击映。盖李俊不留，乃真信宋江；吴用不留，只是猜破宋江也。你快救起那两个公人来。”李立连忙叫了火家——已都归来了，便把公人扛出前面客位里来，把解药灌将下去，救得两个公人起来，面面厮觑道：“我们想是行路辛苦，恁地容易得醉！”众人听了都笑。

当晚李立置酒管待众人，在家里过了一夜。次日又安排酒食管待，送出包裹还了宋江并两个公人。当时相别了，宋江自和李俊、童威、童猛两个公人下岭来，径到李俊家歇下。置备酒食，殷勤相待，结拜宋江为兄，留住家里。过了数日，宋江要行，李俊留不住，取些银两赍发两个公人。宋江再带上行枷，朝廷法度擅动，宋江不问，何也？收拾了包裹行李，辞别李俊、童威、童猛，离了揭阳岭下，取路望江州来。

三个人行了半日，早是未牌时分。行到一个去处，只见人烟辏集，市井喧哗。正来到市镇上，只见那里一伙人围住着看。宋江分开人丛，挨入去看时，却原来是一个使枪棒卖膏药的。宋江和两个公人立住了脚，看他使了一回枪棒。那教头放下了手中枪棒，又使了一回拳。宋江喝采道：“好枪棒拳脚！”那人却拿起一个盘子来，口里开科道：画。“小人远方来的人，投贵地特来就事，虽无惊人的本事，全靠恩官作成，远处夸称，近方卖弄。如要筋骨膏药，当下取赎。如不用膏药，可烦赐些银两铜钱赍发，休教空过了。”那教头把盘子掠了一遭，没一个出钱与他。画。那汉又道：“看官高抬贵手。”又掠了一遭，众人都白着眼看，又没一个出钱赏他。画。宋江见他惶恐，掠了两遭，没人出钱，便叫公人取出五两银子来。一路写宋江都从银钱上出色，深表宋江无他好处，盖作泥中有刺之笔也。宋江叫道：“教头，我是个犯罪的人，没甚与你。这五两白银，权表薄意，休嫌轻微。”那汉子得了这五两白银，托在手里，便收科道：“恁地一个有名的揭阳镇上，没一个晓事的好汉，抬举咱家！实是恶。难得这位恩官，本身见自为事在官，又是过往此间，恶。颠倒赍发五两白银。正是‘当年却笑郑元和，只向青楼买笑歌。恶。惯使不论家豪富，风流不在着衣多’。恶。这五两银子强似别的五十两。恶。自家拜揖。愿求恩官高姓大名，使小人天下传扬！”恶。宋江答道：“教师，量这些东西，直得几多！不须致谢。”

正说之间，只见人丛里一条大汉分开人众，抢近前来，大喝道：奇文突兀。“兀那厮！是甚么鸟汉，那里来的囚徒，敢来灭俺揭阳镇上威风！”揝着双拳，来打宋江。不因此起相争，有分教：浔阳江上，聚数筹搅海苍龙；梁山泊中，添一伙爬山猛虎。毕竟那汉为甚么要打宋江，且听下回分解。

第三十六回
没遮拦追赶及时雨
船火儿夜闹浔阳江

船火兒夜鬧潯陽江

此书写一百七人，都有一百七人行径心地，然曾未有如宋江之权诈不定者也。其结识天下好汉也，初无青天之旷荡，明月之皎洁，春雨之太和，夏霆之径直，惟一银子而已矣。以银子为之张本，而于是自言孝父母，斯不畏天下之人不信其孝父母也；自言敬天地，斯不畏天下之人不信其敬天地也；自言尊朝廷，斯不畏天下之人不信其尊朝廷也；自言惜朋友，斯不畏天下之人不信其惜朋友也。呜呼！天下之人，而至于惟银子是爱，而不觉出其根底，尽为宋江所窥，因而并其性格，亦遂尽为宋江之所提起放倒，阴变阳易，是固天下之人之丑事。然宋江以区区猾吏，而徒以银子一物买遍天下，而遂欲自称于世为孝义黑三，以阴图他日晁盖之一席。此其丑事，又曷可耐乎？作者深恶世间每有如是之人，于是旁借宋江，特为立传，而处处写其单以银子结人，盖是诛心之笔也。

天下之人，莫不自亲于宋江，然而亲之至者，花荣其尤著也。然则花荣迎之，宋江宜无不来；花荣留之，宋江宜无不留；花荣要开枷，宋江宜无不开耳。乃宋江者，方且上援朝廷，下申父训，一时遂若百花荣曾不得劝宋江暂开一枷也者。而于是山泊诸人，遂真信为宋江之枷，必至江州牢城方始开放矣。作者恶之，故特于揭阳岭上，书曰："先开了枷"；于别李立时，书曰："再带上枷"；于穆家门房里书曰："这里又无外人，一发除了行枷"，又书曰："宋江道：'说得是。'当时去了行枷"；于逃走时，书曰："宋江自提了枷"；于张横口中，书曰："却又项上不带行枷"；于穆弘叫船时，书曰："众人都在江边，安排行枷"；于江州上岸时，书曰：宋江方才"带上行枷"；于蔡九知府口中，书曰：“你为何枷上没了封皮”；于点视厅前，书曰：“除了行枷”。凡九处，特书行枷，悉与前文花荣要开一段遥望击应。嗟乎！以亲如花荣而尚不得宋江之真心，然则如宋江之人，又可与之一朝居乎哉！

此篇节节生奇，层层追险。节节生奇，奇不尽不止。层层追险，险不绝必追。真令读者到此，心路都休，目光尽灭，有死之心，无生之望也。如投宿店不得，是第一追；寻着村庄，却正是冤家家里，是第二追；掇壁逃走，乃是大江截住，是第三追；沿江奔去，又值横港，是第四追；甫下船，追者亦已到，是第五追；岸上人又认得梢公，是第六追；艎板下摸出刀来，是最后一追，第七追也。一篇真是脱一虎机，踏一虎机，令人一头读，一头吓，不惟读亦读不及，虽吓亦吓不及也。

此篇于宋江恪遵父训，不住山泊后，忽然闲中写出一句不满其父语，一句悔不住在山泊语，皆作者用笔极冷，寓意极严处，处处不得漏过。

话说当下宋江不合将五两银子赍发了那个教师，只见这揭阳镇上众人丛中，钻过这条大汉，睁着眼喝道：“这厮那里学得这些鸟枪棒，来俺这揭阳镇上逞强！我已分付了众人休睬他，你这厮如何卖弄有钱，四字骂宋江，确。把银子赏他，灭俺揭阳镇上的威风！”宋江应道：“我自赏他银两，却干你甚事？”那大汉揪住宋江，喝道：“你这贼配军，敢回我话！”宋江道：“做甚么不敢回你话？”那大汉提起双拳，劈脸打来，宋江躲个过。那大汉又赶入一步来，宋江却待要和他放对，写宋江要放对，下却不必宋江放对，笔路活泛。只见那个使枪棒的教头从人背后赶将来，一只手揪住那大汉头巾，一只手提住腰胯，望那大汉肋骨上只一兜，踉跄一交，颠翻在地。偏写颠得不甚费力，与"揭阳镇上威风"句击应。那大汉却待挣扎起来，又被这教头只一脚，踢翻了。偏翻两次，与"揭阳镇上威风"句击应。两个公人劝住教头，那大汉从地下爬将起来，七个字写得羞极，为下文地。看了宋江和教头说道："使得使不得，教你两个不要慌！"一直望南去了。一纵。

宋江且请问："教头高姓，何处人氏？"教头答道："小人祖贯河南洛阳人氏，姓薛名永。祖父是老种经略相公帐前军官，为因恶了同僚，不得升用，子孙靠使枪棒卖药度日。江湖上但呼小人'病大虫'薛永。不敢拜问恩官高姓大名？"宋江道："小可姓宋名江，祖贯郓城县人氏。"薛永道："莫非山东及时雨宋公明么？"宋江道："小可便是。"薛永听罢便拜。宋江连忙扶住道："少叙三杯如何？"薛永道："好！正要拜识尊颜，却为无门得遇兄长。"慌忙收拾起枪棒和药囊，同宋江便往邻近酒肆内去吃酒。只见酒家说道："酒肉自有，只是不敢卖与你们吃。"分付酒家不卖，凡四叙，却段段变换，学《国策》"城北徐公"章法。宋江问道："缘何不卖与我们吃？"酒家道："却才和你们厮打的大汉，已使人分付了：第一段作两节说。若是卖与你们吃时，把我这店子都打得粉碎。我这里却是不敢恶他。这人是此间揭阳镇上一霸，谁敢不听他说？"宋江道："既然恁地，我们去休，那厮必然要来寻闹。"薛永道："小人也去店里算了房钱还他，一两日间，也来江州相会。兄长先行。"宋江又取一二十两银子与了薛永，一路写宋江好处，只是使银撒漫，更无他长，是作者笔法严冷处。辞别了自去。宋江只得自和两个公人也离了酒店，又自去一处吃酒。那店家说道："小郎已自都分付了，我们如何敢卖与你们吃？第二段作一节说，却将下句倒作上句。你枉走，甘自费力，不济事！”宋江和两个公人都做声不得，连连走了几家，都是一般话说。第三段省。三个来到市梢尽头，见了几家打火小客店，正待要去投宿，却被他那里不肯相容。宋江问时，都道：“他已着小郎连连分付去了，不许安着你们三个。”第四段换一句。

当下宋江见不是话头，三个便拽开脚步，望大路上走，看看见一轮红日低坠，天色昏暗，宋江和两个公人心里越慌。三个商量道：“没来由看使枪棒，恶了这厮，如今闪得前不巴村，后不着店，却是投那里去宿是好？”只见远远地小路上，望见隔林深处射出灯光来。此一折，谓是一救，反是一跌，真乃匪夷所思。○先说是小路上，便与江岸相引。宋江见了道：“兀那里灯光明处，必有人家。遮莫怎地陪个小心，借宿一夜，明日早行。”公人看了道：“这灯光处又不在正路上。”再插一句不是正路，务与江岸相引。宋江道：“没奈何！虽然不在正路上，明日多行三二里，却打甚么不紧？”三个人当时落路来，行不到二里多路，林子背后闪出一座大庄院来。宋江和两个公人来到庄院前敲门。庄客听得，出来开门道：“你是甚人，黄昏夜半来敲门打户？”宋江陪着小心答道：“小人是个犯罪配送江州的人。今日错过了宿头，无处安歇，欲求贵庄借宿一宵，来早依例拜纳房金。”庄客道：“既是恁地，你且在这里少待，等我入去报知庄主太公，可容即歇。”庄客入去通报了，复翻身出来，说道：“太公相请。”宋江和两个公人到里面草堂上参见了庄主太公。太公分付教庄客领去门房里安歇，就与他们些晚饭吃。只一笔便打发到门房，极其径净者，所以便于那汉归来也。庄客听了，引去门首草房下，点起一碗灯，教三个歇定了，取三分饭食羹汤菜蔬，教他三个吃了。庄客收了碗碟，自入里面去。两个公人道："押司，这里又无外人，一发除了行枷，"这里又无外人"六字，追入宋江心里，真是如镜之笔。快活睡一夜，明日早行。"宋江道："说得是。"当时去了行枷，闲中无端出此一笔，与前山泊对看，所以深明宋江之权诈也。〇写宋江答公人，偏不答别句，偏答出此三个字，便显出前文"国家法度"之语之诈。〇此书写宋江权诈，俱于前后对照处露出，若散读之，皆恒事耳。和两个公人去房外净手，看见星光满天，妙笔。〇此四字先从闲中一点。〇既不甚亮，又不甚暗。在此夜事情恰好。又见打麦场边屋后是一条村僻小路，闲中先看出妙，不然，后文如何忽然生得出来。宋江看在眼里。

三个净了手，入进房里，关上门去睡。宋江和两个公人说道："也难得这个庄主太公，留俺们歇这一夜。"正说间，听得里面有人，九字。与第二节九字作章法。点火把来打麦场上，一到处照看。陡然矗出奇峰。却只先作一影。妙笔妙笔。宋江在门缝里张时，见是太公引着三个庄客，把火一到处照看。宋江对公人道："这太公和我父亲一般，件件定要自来照管。这早晚也不肯去睡，琐琐地亲自点看。"闲中无端忽然插出宋江不满父亲语。暗与人前好话相射。热攒冷刺。妙不可言。正说间，只听得外面有人九字与上文作章法，中间只换一外字。叫开第一吓。庄门，奇文。庄客连忙来开了门，放入五七个人来。为头的手里拿着朴刀，单见刀。背后的都拿着稻叉、棍棒。单见叉棒。火把光下，宋江张看时，"那个提朴刀的，正是在揭阳镇上要打我们的那汉。"再看方看出来。〇险绝之想，奇绝之笔。宋江又听得那太公问道："小郎，你那里去来？和甚人厮打，日晚了，拖枪拽棒？"那大汉道："阿爹，不知哥哥在家里么？"忽然增出一个"哥哥"。太公道："你哥哥吃得醉了，去睡在后面亭子上。"那汉道："我自去叫他起来，我和他赶人。"太公道："你又和谁合口？叫起哥哥来时，他却不肯干休。写得增出之人倒又利害，妙笔。你且对我说这缘故。"那汉道："阿爹，你不知，今日镇上一个使枪棒卖药的汉子，叵耐那厮不先来见我弟兄两个，便去镇上撒科卖药，教使枪棒，被我都分付了镇上的人分文不要与他赏钱。补叙出前文所无。不知那里走一个囚徒来，那厮做好汉出尖，把五两银子赏他，灭俺揭阳镇上威风。我正要打那厮，却恨那卖药的脑揪翻我，打了一顿，又踢了我一脚，至今腰里还疼。我已教人四下里分付了酒店客店，不许着这厮们吃酒安歇，补叙前文所无。先教那厮三个今夜没存身处。随后吃我叫了赌房里一伙人，赶将去客店里，拿得那卖药的来，尽气力打了一顿，如今把来吊在都头家里。补叙前文所无。明日送去江边，捆做一块，抛在江里，先是一个馄饨。出那口鸟气！却只赶这两个公人押的囚徒不着，前面又没客店，竟不知投那里去宿了。又是远不千里，近则目前，绝倒之笔。我如今叫起哥哥来，分投赶去，捉拿这厮！"太公道："我儿休恁地短命相。他自有银子赏那卖药的，却干你甚事。你去打他做甚么？可知道着他打了，也不曾伤重，快依我口便罢，休教哥哥得知，你吃人打了，他肯干罢？又是去害人性命！偏将未出现者，倒说得利害，令文情险绝。你依我说，且去房里睡了。半夜三更，莫去敲门打户，激恼村坊，你也积些阴德。"

那汉不顾太公说，拿着朴刀，径入庄内去了。文情险怪之极，读之如逢奇鬼。太公随后也赶入去。宋江听罢，对公人说道："这般不巧的事，怎生是好？却又撞在他家投宿，我们只宜走了好。倘或这厮得知，必然吃他害了性命。便是太公不说，庄客如何敢瞒？"此处既有太公，宋江便可不走，然不走，则安得下回奇文耶？特写出一个必走之故，妙绝。两个公人都道：“说得是，事不宜迟，及早快走！”宋江道：“我们休从门前出去，掇开屋后一堵壁子出去罢。”净手时看得，遂令此际得便。用笔既妙，即叙事省力，不可不知此法也。两个公人挑了包裹，宋江自提了行枷，“国家法度”，奈何如此？○自花荣开枷，宋江不肯后，接手便将枷来写出数番通融，深表宋江之诈也。便从房里挖开屋后一堵壁子。三个人便趁星光之下妙笔。望林木深处小路上只顾走。正是慌不择路，走了一个更次，“一更”作提，“五更”作结，妙笔。望见前面满目芦花，一派大江，滔滔滚滚，正来到浔阳江边。出一虎机，踏一虎机，令读者吃吓不暇。○第一逼。只听得背后喊叫，火把乱明，吹风胡哨赶将来。第二逼。宋江只叫得苦道：“上苍救一救则个！”三人躲在芦苇丛中，望后面时，那火把渐近，第三逼。○既作险笔，便令险杀。三人心里越慌，脚高步低，在芦苇里撞。前面一看，不到天尽头，早到地尽处：一带大江拦截，不重此半句，只重下半句耳，此半句已在上。侧边又是一条阔港。再加一句，见更不可走。○第四逼，真是险杀。

第二吓。

第三吓。

第四吓。

宋江仰天叹道：“早知如此的苦，从直住在梁山泊也罢！在宋江是急时真话，在作者是闲中冷笔。谁想直断送在这里！”宋江正在危急之际，只见芦苇丛中悄悄地忽然摇出一只船来。谓是一救，又是一跌，匪夷所思，奇至于此。宋江见了，便叫：“梢公，且把船来救我们三个！俺与你几两银子！”虽是急时相求，亦写卖弄银子。那梢公在船上问道：“你三个是甚么人？却走在这里来？”宋江道：“背后有强人打劫我们，一昧地撞在这里。你快把船来渡我们，我多与你些银两！”一路写宋江只是以银子出色，是此回一篇之眼，不得不与标出。那梢公早把船放得拢来，三个连忙跳上船去。一个公人便把包裹丢下舱里，轻轻四字，又引出下文来。一个公人便将水火棍撐开了船。写忙乱如画。那梢公一头搭上橹，一面听着包裹落舱有些好响声，心中暗喜。前跌犹轻，后跌至重，奇文险笔，使读者吃吓不尽。把橹一摇，那只小船早荡在江心里去。岸上那伙赶来的人早赶到滩头，可骇。有十数个火把，为头两个大汉各挺着一条朴刀，随从有二十余人，各执枪棒，口里叫道：“你那梢公，快摇船拢来！”可骇。宋江和两个公人做一块儿伏在船舱里，说道：“梢公，却是不要拢船！我们自多谢你些银子！”只是卖弄银子。那梢公点头，只不应岸上的人，把船望上水咿咿哑哑的摇将去。试问看官，将谓是救，将谓是跌，真是推测不出。那岸上这伙人大喝道：“你那梢公，不摇拢船来，教你都死！”可骇。那梢公冷笑几声，也不应。此是第一段，下又忽然变出问姓来，一发可骇之极。岸上那伙人又叫道：“你是那个梢公？问那个梢公。直恁大胆，不摇拢来！”那梢公冷笑应道：“老爷叫做张梢公，是张梢公。你不要咬我鸟！”岸上火把丛中那个长汉再画一笔。说道：“元来是张大哥，你见我弟兄两个么？”乃是一路，一发可骇。那梢公应道：“我又不瞎，做甚么不见你？”果是一路，一发可骇。那长汉道：“你既见我时，且摇拢来和你说话。”吓杀，吓杀！那梢公道：“有话明朝来说，趁船的要去得紧。”极慌忙中，忽作趣语，令人又吓又笑。〇此是第二段，入下又换出梢公本意，使读者一发吓杀。那长汉道：

第五吓。

"我弟兄两个，正要捉这趁船的三个人。"骇笔。那梢公道："趁船的三个，都是我家亲眷，衣食父母，奇谈骇笔。请他归去吃碗'板刀面'了来！"奇谈骇笔。那长汉道："你且摇拢来，和你商量。"骇笔。那梢公道："我的衣饭，倒摇拢来把与你，倒乐意！"第三段，写梢公决不肯拢来，其文愈骇也。那长汉道："张大哥，再叫一句，写出相求之极。不是这般说！我弟兄只要捉这囚徒。此句分明说不要你衣饭，单要你囚徒。你且拢来！"那梢公一头摇橹，再画一笔。一面说道："我自好几日接得这个主顾，却是不摇拢来，倒吃你接了去！决不摇拢来矣，虽然，读者真骇绝也。你两个只得休怪，改日相见！"宋江呆了，不听得话里藏阄，妙。在船舱里悄悄的和两个公人说："也难得这个梢公救了我们三个性命，妙。又与他分说！妙。不要忘了他恩德！却不是幸得这只船来渡了我们！"

却说那梢公摇开船去，离得江岸远了。三个人在舱里望岸上时，火把也自去芦苇中明亮。如画之笔。〇不便说去了，为下文留步也。〇将谓又离一虎机，不知正踏一虎机，奇文怪笔，层叠而起。宋江道："惭愧！正是：'好人相逢，恶人远离。'梢公闻之，能无失笑？且得脱了这场灾难！"如那场何？只见那梢公摇着橹，口里唱起湖州歌来，唱道："老爷生长在江边，不爱交游只爱钱。七字妙绝。〇太上，不爱钱，只爱交游；其次，爱钱以为交游之地；又次，爱交游以为钱之地也。夫不爱钱只爱交游，是非宋江之所及也。若云爱交游以为钱地，则亦非宋江之所出也。今日宋江，则正所谓以钱为交游地者耳。乃梢公忽云：只爱钱，不爱交游。然则宋江一路撒漫使银，悉作唐捐矣乎？只此一句，便令宋江神绝心死，政不须又用"板刀面"也。〇俗本讹。昨夜华光来趁我，临行夺下一金砖。"骇人语。宋江和两个公人听了这首歌，都酥软了。宋江又想道："他是唱耍。"且作一纵。三个正在舱里议论未了，只见那梢公放下橹，骇绝。说道："你这个撮鸟，两个公人，平日最会诈害做私商的人，今日却撞在老爷手里！你三个却是要吃'板刀面'，奇语。却是要吃'馄饨'？"奇语。宋江道："家长休要取笑！怎地唤做'板刀面'？怎地是'馄饨'？"那梢公睁着眼骇绝。道："老爷和你要甚鸟！若还要吃'板刀面'时，奇语。○"若要吃"三字，奇绝可笑。俺有一把泼风也似快刀，在这艎板底下。我不消三刀五刀，我只一刀一个，都剁你三个人下水去。你若要吃'馄饨'时，奇语。你三个快脱了衣裳，都赤条条地跳下江里自死！"宋江听罢，扯定两个公人，说道："却是苦也！正是'福无双至，祸不单行'！"那梢公喝道：骇绝。"你三个好好商量，快回我话！"宋江答道："梢公不知。我们也是没奈何，犯下了罪，迭配江州的人。你如何可怜见，饶了我三个！"那梢公喝道："你说甚么闲话！临死讨饶。谓之"闲话"，可发一笑。饶你三个？我半个也不饶你！饶"半个"又作何用？老爷唤作有名的'狗脸张爷爷'，来也不认得爹，去也不认得娘！出色骇语，出色奇语。你便都闭了鸟嘴，快下水里去！"宋江又求告道："我们都把包裹内金银财帛衣服等项，尽数与你，只饶了我三人性命！"那梢公便去艎板底下摸出那把明晃晃板刀来，大喝骇绝。○险笔至此，真令读者有死之心，无生之气。道："你三个要怎地？"宋江仰天叹道："为因我不敬天地，不孝父母，犯下罪责，连累了你两个！"临死犹为此言，即《孟子》所谓"久假而不归，恶知其非有也"。那两个公人也扯着宋江道："押司，罢，罢！我们三个一处死休！"那梢公又喝道："你三个好好快脱了衣裳，此又一喝，似催速跳，然其实反借"脱衣裳"三字，腾那出下文救兵来，须知良工心苦处。跳下江去！跳便跳，不跳时，老爷便剁下水里去！"宋江和那两个公人抱做一块，望着江里。四字住得妙，只是上半句，但未及有下半句耳。写出一时迅速之极。

只见江面上咿咿哑哑橹声响，奇文层叠而出。梢公回头看时，俗本作"宋江回头看"。一只快船飞也似从上水头急溜下来。古本"急溜"二字，便写出船到之速。俗本改作"摇将"二字，谬以千里。船上有三个人，一条大汉，谁？手里横着托叉，立在船头上。梢头两个后生谁？谁？摇着两把快橹。星光之下，妙笔。○四字之妙，正是苦不甚明，又不极暗。早到面前。那船头上横叉的大汉便喝道："前面是甚么梢公，敢在当港行事？船里货物，见者有分！"仍作骇人语，不便露出救兵行径来，妙绝。这船梢公回头看了，慌忙应道："原来却是李大哥，李什么？急急！我只道是谁来！大哥又去做买卖，只是不曾带挈兄弟。"此句正紧对其"见者有分"一句也，活画出"狗脸张爷爷"来，活画出"不爱交游只爱钱"面目来。大汉道："张家兄弟，你在这里又弄这一手！船里甚么行货，有些油水么？"梢公答道："教你得知好笑，我这几日没道路，又赌输了，没一文。正在沙滩上闷坐，岸上一伙人赶着三头行货，来我船里，却是两个鸟公人，解一个黑矮囚徒，揭阳岭上问而后说，浔阳江中不问自说，只"黑矮"二字，用笔不同如此。正不知是那里人。他说道迭配江州来的，却又项上不带行枷。处处写出宋江"不带行枷"，与山泊欺花荣一段击应。赶来的岸上一伙人，却是镇上穆家哥儿两个，梢公姓张，来船姓李，岸上两个姓穆，姓则都知之矣，名则都不知也。定要讨他。我见有些油水吃，我不还他。"船上那大汉道："咄！一字，如闻其声。莫不是我哥哥宋公明？"半日如逢无数奇鬼，读至此句，忽然眼前一亮。宋江听得声音厮熟，便舱里叫道："船上好汉是谁？救宋江则个！"那大汉失惊道："真个是我哥哥，上文险极，此句快极，不险则不快，险极则快极也。早不做出来！"宋江钻出船上来看时，星光明亮。此十一字妙不可说，非云星光明亮，照见来船那汉，乃是极写宋江半日心惊胆碎，不复知天地何色，直至此，忽然得救，夫而后依然又见星光也。盖吃吓一回。始知之矣。那船头上立的大汉，正是混江龙李俊。背后船梢上两个摇橹的，一个是出洞蛟童威，一个是翻江蜃童猛。

这李俊听得是宋公明，便跳过船来，口里叫苦道："哥哥惊恐！若是小弟来得迟了些个，误了仁兄性命！今日天使李俊在家坐立不安，棹船出来江里，赶些私盐，不想又遇着哥哥在此受难！"那梢公呆了半晌，做声不得，与上"狗脸"三句映衬。方才问道："李大哥，这黑汉便是山东及时雨宋公明么？”李俊道：“可知是哩！”那梢公便拜道：“我那爷，你何不早通个大名，省得着我做出歹事来，争些儿伤了仁兄！”却又“只爱交游不要钱”也。宋江问李俊道：“这个好汉是谁？请问高姓？”半日有叫张大哥，有叫张兄弟，他又自叫张爷爷，“张”字之多，非一遍矣。此处宋江忽然又问高姓，活画出前文吓极。李俊道：“哥哥不知，这个好汉，却是小弟结义的兄弟，姓张，将“姓张名横”四字，分作两段，所以深写宋江吓极，不闻张大哥、张爷爷、张兄弟多遍“张”字也。俗本讹。是小孤山下人氏，单名横字，绰号‘船火儿’，专在此浔阳江做这件‘稳善’的道路。”言之可伤。〇以极险恶事而谓之“稳善”，岂非以世间道路更险恶于“板刀面”耶？宋江和两个公人都笑起来。当时两只船并着，摇奔滩边来。缆了船，舱里扶宋江并两个公人上岸。李俊又与张横说道：“兄弟，我常和你说：可见李俊。天下义士，只除非山东及时雨郓城宋押司。今日你可仔细认着。”张横敲开火石，点起灯来，照着宋江，扑翻身又在沙滩上拜星光中来，不好又是星光中去，则必敲火点灯，照着同行矣。乃作者文心，只一点灯亦不肯轻率便写，又必随手生出李俊使张横仔细认宋江来。写得一个点灯，何等笔墨淋漓，真正才子之笔。道：“望哥哥恕兄弟罪过！”

张横拜罢，问道：“义士哥哥，为何事配来此间？”李俊把宋江犯罪的事说了，“……今来迭配江州。”张横听了，说道：“好教哥哥得知，小弟一母所生的亲弟兄两个，长的便是小弟。我有个兄弟却又了得，浑身雪练也似一身白肉，没得四五十里水面，水底下伏得七日七夜，水里行一似一根白条，更兼一身好武艺，因此人起他一个异名，唤做‘浪里白条’张顺。当初我弟兄两个，只在扬子江边做一件依本分的道路。”宋江道：“愿闻则个。”张横道：“我弟兄两个，但赌输了时，我便先驾一只船渡在江边净处做私渡。有那一等客人贪省贯百钱的，又要快，便来下我船。等船里都坐满了，却教兄弟张顺也扮做单身客人，背着一个大包，也来趁船。我把船摇到半江里，歇了橹，抛了钉，插一把板刀，却讨船钱。本合五百足钱一个人，我便定要他三贯。却先问兄弟讨起，教他假意不肯还我。我便把他来起手，一手揪住他头，一手提定腰胯，扑通地撺下江里，排头儿定要三贯。一个个都惊得呆了，把出来不迭，都敛得足了，却送他到僻净处上岸。我那兄弟自从水底下走过对岸，等没了人，却与兄弟分钱去赌。一篇大文中，忽然插入一篇小文，奇笔。那时我两个只靠这道路过日。”宋江道：“可知江边多有主顾来寻你私渡。”李俊等都笑起来。张横又道：“如今我弟兄两个都改了业，妙语。〇升官亦然，出了一个衙门，进了一个衙门，旁人只谓其改了业，殊不知只卖旧时行货也。我便只在这浔阳江里做些私商。兄弟张顺，他却如今自在江州做卖鱼牙子。如今哥哥去时，小弟寄一封书去。只是不识字，写不得。”画。李俊道：“我们去村里央个门馆先生来写。”留下童威、童猛看船。三个人跟了李俊、张横，提了灯，千妖百怪之后，见此三字，如异国忽归。投村里来。

走不过半里路，看见火把还在岸上明亮。可见江心一事，其间甚疾。张横说道：“他弟兄两个还未归去。”李俊道：“你说兀谁弟兄两个？”张横道：“便是镇上那穆家哥儿两个。”李俊道：“一发叫他两个来拜了哥哥。”更为奇笔。宋江连忙说道：“使不得，他两个赶着要捉我！”李俊道：“仁兄放心。他弟兄不知是哥哥。他亦是我们一路人。”李俊用手一招，胡哨了一声，只见火把人伴都飞奔将来。于前火把飞奔，是一是二，皆空中结撰，成此奇笔。看见李俊、张横都恭奉着宋江做一处说话，那弟兄二人大惊道：“二位大哥，如何与这三人厮熟？”李俊大笑道：“你道他是兀谁？”李俊妙人。那二人道：“便是不认得。只见他在镇上出银两赏那使枪棒的，灭俺镇上威风，正待要捉他。”李俊道：“他便是我日常和你们说的山东及时雨郓城宋押司公明哥哥，你两个还不快拜！”可见李俊。那弟兄两个撇了朴刀，扑翻身便拜又可见穆家兄弟。道：“闻名久矣，不期今日方得相会！却才甚是冒渎，犯伤了哥哥，望乞怜悯恕罪。”宋江扶起二位道：“壮士，愿求大名。”李俊便道：“这弟兄两个富户是此间人，姓穆名弘，绰号‘没遮拦’；兄弟穆春，唤做‘小遮拦’，是揭阳镇上一霸。我这里有三霸，哥哥不知，一发说与哥哥知道。忽然结束，其笔如椽。揭阳岭上岭下，便是小弟和李立一霸。此一句，结束揭阳岭一篇绝奇文字。揭阳镇上，是他弟兄两个一霸。此一句，结束揭阳镇一篇绝奇文字。浔阳江边做私商的，却是张横、张顺两个一霸。此一句，结束浔阳江一篇绝奇文字。以此谓之三霸。”又总结一句。宋江答道：“我们如何省得？既然都是自家弟兄情分，望乞放还了薛永。”此是宋江好处。穆弘笑道：“便是使枪棒的那厮？哥哥放心，随即便教兄弟穆春去取来还哥哥。我们且请仁兄到敝庄伏礼请罪。”李俊说道：“最好，最好！便到你庄上去。”穆弘叫庄客着两个去看了船只，就请童威、童猛一同都到庄上去相会。是。一面又着人去庄上报知，置办酒食，杀羊宰猪，整理筵宴。

一行众人等了童威、童猛，一同取路投庄上来，却好五更天气。“五更”作结，妙笔。〇可知吓了一夜。都到庄里，请出穆太公来相见了，就草堂上分宾主坐下。宋江与穆太公对坐。说话未久，天色明朗，穆春已取到病大虫薛永进来，一处相会了。穆弘安排筵席，管待宋江等众位饮宴，至晚都留在庄上歇宿。次日，宋江要行，穆弘那里肯放，把众人都留庄上，陪侍宋江去镇上闲玩，观看揭阳市村景致。又住了三日，宋江怕违了限次，写宋江偏在人前便要着假。坚意要行。穆弘并众人苦留不住，当日做个送路筵席。次日早起来，宋江作别穆太公并众位好汉，临行分付薛永且在穆弘处住几时，却来江州再得相会。写宋江权术。穆弘道："哥哥但请放心，我这里自看顾他。"取出一盘金银送与宋江，又赍发两个公人些银两。临动身，张横在穆弘庄上央人修了一封家书，央宋江付与张顺。当时宋江收放包裹内了。又成后文一引。一行人都送到浔阳江边。与芦苇中映。穆弘叫只船来，与梢公映。取过先头行李下船。众人都在江边，安排行枷，处处写宋江行枷不在颈上，笔法严冷。取酒食上船饯行，当下众人洒泪而别。李俊、张横、穆弘、穆春、薛永、童威、童猛一行人，各自回家，不在话下。

只说宋江自和两个公人下船投江州来，这梢公非比前番，忽插一语作趣。拽起一帆风蓬，早送到江州上岸。宋江方才带上行枷，写宋江行枷，笔笔严冷。两个公人取出文书，挑了行李，直至江州府前来，正值府尹升厅。原来那江州知府，姓蔡，双名得章，是当朝蔡太师蔡京的第九个儿子，因此江州人叫他做蔡九知府。那人为官贪滥，作事骄奢。为后作案。为这江州是个钱粮浩大的去处，抑且人广物盈，因此太师特地教他来做个知府。当时两个公人当厅下了公文，押宋江投厅下，蔡九知府看见宋江一表非俗，便问道："你为何枷上没了本州的封皮？"加意写出宋江视行枷如儿戏，与前欺花荣对看，笔法严冷之极。两个公人告道："于路上春雨淋漓，却被水湿坏了。"知府道："快写个帖来，便送下城外牢城营里去，本府自差公人押解下去。"这两个公人就送宋江到牢城营内交割。当时江州府公人赍了文帖，监押宋江并同公人出州衙前，来酒店里买酒吃。宋江取三两来银子，写宋江单是银子出色。与了江州府公人。当讨了收管，将宋江押送单身房里听候。那公人先去对管营差拨处，替宋江说了方便，交割讨了收管，自回江州府去了。这两个公人也交还了宋江包裹行李，千酬万谢，相辞了入城来。两个自说道："我们虽是吃了惊恐，却赚得许多银两。"又用两个公人闲口闲嗑，一句檃括上文三霸，一句点缀宋江本色。自到州衙府里伺候，讨了回文，两个取路往济州去了。

话里只说宋江又自央浼人情，差拨到单身房里，送了十两银子与他。银子出色。管营处又自加倍送十两并人事。银子出色。营里管事的人并使唤的军健人等，都送些银两与他们买茶吃。银子出色。因此无一个不欢喜宋江。写宋江只如此，严冷之笔。少刻引到点视厅前，除了行枷，写宋江行枷，至此始毕。参见管营，为得了贿赂，在厅上说道："这个新配到犯人宋江听着，先朝太祖武德皇帝圣旨事例，但凡新入流配的人，须先打一百杀威棒，左右与我捉去背起来。"宋江告道："小人于路感冒风寒时症，至今未曾痊可。"管营道："这汉端的像有病的，不见他面黄肌瘦，有些病症？且与他权寄下这顿棒。此人既是县吏出身，着他本营抄事房做个抄事。"就时立了文案，便教发去抄事。宋江谢了，去单身房取了行李，到抄事房安顿了。众囚徒见宋江有面目，都买酒来庆贺。次日，宋江置备酒食，与众人回礼。一句。不时间又请差拨、牌头递杯，二句。管营处常常送礼物与他。三句。宋江身边有的是金银财帛，单把来结识他们。写宋江出色，只是金银财帛，更不见有他长，处处皆下特笔。住了半月之间，满营里没一个不欢喜他。

自古道："世情看冷暖，人面逐高低。"赞叹宋江能得人心，乃只用此二语，其意可知。宋江一日与差拨在抄事房吃酒，那差拨说与宋江道："贤兄，我前日和你说的那个节级常例人情，如何多日不使人送去与他？今已一旬之上了，他明日下来时，须不好看。"宋江道："这个不妨。那人要钱，不与他。若是差拨哥哥但要时，只顾问宋江取不房。那节级要时，一文也没！等他下来，宋江自有话说。”看他全是权诈。差拨道：“押司，那人好生利害，更兼手脚了得。倘或有些言语高低，吃了他些羞辱，却道我不与你通知！”宋江道：“兄长由他。但请放心，小可自有措置。敢是送些与他，也不见得。他有个不敢要我的，也不见得。”语语写出宋江权诈。正恁的说未了，只见牌头来报道：“节级下在这里了，正在厅上大发作，骂道：‘新到配军，如何不送常例钱来与我！’”差拨道：“我说是么？那人自来，连我们都怪！”宋江笑道：“差拨哥哥休罪，不及陪侍，改日再得作杯，小可且去和他说话。”差拨也起身道：“我们不要见他。”省。宋江别了差拨，离了抄事房，自来点视厅上，见这节级。

不是宋江来和这人厮见，有分教：江州城里，翻为虎窟狼窝；十字街头，变作尸山血海。直教撞破天罗归水浒，掀开地网上梁山。毕竟宋江来与这个节级怎么相见，且听下回分解。

第三十七回
及时雨会神行太保
黑旋风斗浪里白条

及時雨會神行太保

写宋江以银子为交游后，忽然接写一铁牛李大哥。妙哉用笔，真令宋江有珠玉在前之愧，胜似骂，胜似打，胜似杀也。看他要银子赌，便向店家借，要鱼请人，便向渔户讨。一若天地间之物，任凭天地间之人公同用之。不惟不信世有悭吝之人，亦并不信世有慷慨之人。不惟与之银子不以为恩，又并不与银子不以为怨。夫如是，而宋江之权术独遇斯人而穷矣。宋江与之银子，彼亦不过谓是店家渔户之流，适值其有之时也。店家不与银子，渔户不与鲜鱼，彼亦不过谓即宋江之流适值其无之时也。夫宋江之以银子与人也，夫固欲人之感之也。宋江之不敢不以银子与人也，夫固畏人之怨之也。今彼亦何感？彼亦何怨？无宋江可骗，则自有店家可借。无店家可借，则自有赌房可抢。无赌房可抢，则自有江州城里城外执涂之人无不可讨。使必恃有结识好汉之宋江，而后李逵方得银子使用，然则宋江未配江州之前，彼将不吃酒不吃肉，小张乙赌房中亦复不去赌钱耶？通篇写李逵浩浩落落处，全是激射宋江，绝世妙笔。

处处将戴宗反衬宋江，遂令宋江愈慷慨愈出丑。皆属作者匠心之笔。

写李逵粗直不难，莫难于写粗直人处处使乖说谎也。彼天下使乖说谎之徒，却处处假作粗直，如宋江其人者，能不对此而羞死乎哉！

话说当时宋江别了差拨，出抄事房来，到点视厅上看时，见那节级掇条凳子坐在厅前，如画。○“掇条凳子”便算官长，可发一笑。**高声喝道：“那个是新配到囚徒？”牌头指着宋江道：“这个便是。”那节级便骂**

道："你这黑矮杀才！倚仗谁的势要，不送常例钱来与我？"宋江道："'人情人情，在人情愿。'妙解解颐。你如何逼取人财？好小哉相！"两边看的人听了，倒捏两把汗。那人大怒，喝骂："贼配军，安敢如此无礼！颠倒说我小哉！那兜驮的，与我背起来，且打这厮一百讯棍！"两边营里众人都是和宋江好的，见说要打他，一哄都走了，只剩得那节级和宋江。上文已成必打之势，却只写作众人走了，便腾那出下文来。笔墨曲折之甚。那人见众人都散了，肚里越怒，拿起讯棒，便奔来打宋江。宋江说道："节级，你要打我，我得何罪？"好。那人大喝道："你这贼配军，是我手里行货，轻咳嗽便是罪过！"奇语可骇。宋江道："你便寻我过失，也不到得该死。"好。那人怒道："你说不该死，我要结果你也不难，只似打杀一个苍蝇！"宋江冷笑道："我因不送得常例钱便该死时，结识梁山泊吴学究的，却该怎地？"好。那人听了这话，慌忙丢了手中讯棍，便问道："你说甚么？"好。宋江道："我自说那结识军师吴学究的，好。你问我怎地？"好。那人慌了手脚，拖住宋江问道："你正是谁，好。那里得这话来？"好。宋江笑道："小可便是山东郓城县宋江。"那人听了大惊，连忙作揖，写戴宗拜，独与他人异。有情有文之笔。说道："原来兄长正是及时雨宋公明！"宋江道："何足挂齿！"那人便道："兄长，此间不是说话处，未敢下拜。戴宗口中自注一句，好。同往城里叙怀，请兄长便行。"宋江道："好。节级少待，容宋江锁了房门便来。"

宋江慌忙到房里，取了吴用的书，细。自带了银两，又带银子。出来锁上房门，分付牌头看管，便和那人离了牢城营里，奔入江州城里来，去一个临街酒肆中楼上坐下。那人问道："兄长何处见吴学究来？"宋江怀中取出书来，递与那人。那人拆开封皮，从头读了，藏在袖内，起身望着宋江便拜。只一拜，写得节次如画。宋江慌忙答礼道："适间言语冲撞，休怪，休怪！"那人道："小弟只听得说有个姓宋的五字为上文补漏，便令后人更无訾议处。发下牢城营里来。往常时，但是发来的配军，常例送银五两。今番已经十数日，不见送来，今日是个闲暇日头，因此下来取讨，不想却是仁兄。与上"姓宋"句合作一语。恰才在营内，甚是言语冒渎了哥哥，万望恕罪！"宋江道："差拨亦曾常对小可说起大名。宋江有心要拜识尊颜，却不知足下住处，又无因入城，特地只等尊兄下来，要与足下相会一面，以此耽误日久。不是为这五两银子不舍得送来，写宋江自表，亦不出银子，真是丑杀。只想尊兄必是自来，故意延挨。今日幸得相见，以慰平生之愿。"说话的，那人是谁？便是吴学究所荐的江州两院押牢节级戴院长戴宗。笔法。那时，故宋时，金陵一路节级都称呼"家长"，湖南一路节级都称呼做"院长"。正叙事中，偏有此闲笔。原来这戴院长有一等惊人的道术，但出路时，赍书飞报紧急军情事，把两个甲马拴在两只腿上，作起神行法来，一日能行五百里；把四个甲马拴在腿上，便一日能行八百里。因此，人都称做"神行太保"戴宗。

当下戴院长与宋公明说罢了来情去意，戴宗、宋江俱各大喜。两个坐在阁子里，叫那卖酒的过来，安排酒果肴馔菜蔬来，就酒楼上两个饮酒。宋江诉说一路上遇见许多好汉，众人相会的事务。戴宗也倾心吐胆，把和这吴学究相交来往的事，告诉了一遍。两个正说到心腹相爱之处，才饮得两三杯酒，只听楼下喧闹起来。过卖连忙走入阁子来，对戴宗说道："这个人，只除非是院长说得他下！未来先画，另是一样妙笔。没奈何，烦院长去解拆则个。"戴宗问道："在楼下作闹的是谁？"过卖道："便是时常同院长走的那自此去入李逵传。

个唤做'铁牛'李大哥，李大哥来何迟也，真令读者盼杀也，想杀也。在底下寻主人家借钱。"二字妙绝。宋江处处以银子为要务，李逵却初入书便是借钱。作者特特将两人写在一处，中间形击真假，笔笔妙绝。戴宗笑道："又是这厮在下面无礼，我只道是甚么人。兄长少坐，我去叫了这厮上来。"戴宗便起身下去，不多时引着一个黑凛凛大汉画李逵只五字，已画得出相。上楼来。

宋江看见，吃了一惊，"黑凛凛"三字，不惟画出李逵形状，兼画出李逵顾盼、李逵性格、李逵心地来。下便紧接宋江"吃惊"句，盖深表李逵旁若无人，不晓阿谀，不可以威劫，不可以名服，不可以利动，不可以智取。宋江吃一惊，真吃一惊也。便问道："院长，这大哥是谁？"戴宗道："这个是小弟身边牢里一个小牢子，姓李名逵。祖贯是沂州沂水县百丈村人氏，本身一个异名，唤做'黑旋风'李逵，他乡中都叫他做'李铁牛'。因为打死了人，逃走出来，虽遇赦宥，流落在此江州，不曾还乡。为他酒性不好，多人惧他。能使两把板斧，及会拳棍。见今在此牢里勾当。"李逵看着宋江，问戴宗道："哥哥，这黑汉子是谁？"汉子黑，则呼之为"黑汉子"耳，岂以其衣冠济楚也而阿谀之。写李逵如画。戴宗对宋江笑道："押司，你看这厮恁么粗卤，全不识些体面！"李逵道："我问大哥，怎地是粗卤？"连"粗卤"不知是何语，妙绝。读至此，始知鲁达自说粗卤，尚是后天之民，未及李大哥也。戴宗道："兄弟，你便请问这位官人是谁便好，暗用苏东坡教坏司马君实仆事。你倒却说'这黑汉子是谁'，这不是粗卤却是甚么？我且与你说知：这位仁兄，便是闲常你要去投奔他的义士哥哥。"从戴宗口中表出李逵生平。李逵道："莫不是山东及时雨黑宋江？”看戴宗只提出“义士”二字，李逵便说出其地来，说出其号来，说出其状来，说出其名来，极写李逵念诵宋江，如人持咒也。戴宗喝道：“咄！你这厮敢如此犯上，直言叫唤，全不识些高低！兀自不快下拜，等几时？”李逵道：“若真个是宋公明，我便下拜。妙语。若是闲人，我却拜甚鸟！妙语。○看他下语，真有铁牛之意。○“拜鸟”二字，未经人说，为之绝倒。节级哥哥不要赚我拜了，你却笑我！”偏写李逵作乖觉语，而其呆愈显，真正妙笔。宋江便道：“我正是山东黑宋江。”便写出宋江喜之至，敬之至。李逵拍手叫道：“我那爷！称呼不类，表表独奇。你何不早说些个，却反责之，妙绝妙绝。也教铁牛欢喜！”写得遂若不是世间性格，读之泪落。○“铁牛欢喜”四字，又是奇文。扑翻身躯便拜。写拜亦复不同。○“扑翻身躯”字，写他拜得死心搭地，“便”字，写他拜的更无商量。宋江连忙答礼，说道：“壮士大哥请坐。”戴宗道：“兄弟，你便来我身边坐了吃酒。”李逵道：“不耐烦小盏吃，换个大碗来筛。”若在他面前说不得此语，即拜之何为？若既已拜之，即何妨开口便说此语？写李逵妙绝。○更无第一句，只此是第一句。宋江便问道：“却才大哥为何在楼下发怒？”李逵道：“我有一锭大银，解了十两小银使用了，第一句讨大碗，第二句便说谎，写得奇绝妙绝。却问这主人家那借十两银子，写宋江则以银子为其生平，写李逵则以银子视同儿戏。笔墨激射，令人不堪。去赎那大银出来便还他，自要些使用。李逵亦复有使用银子处，为之绝倒。叵耐这鸟主人不肯借与我！上文宋江猜戴宗必为五两银，故自家下来，此文李逵猜主人不惜十两银，故径来告借。写两个人，一个纯以小人待君子，一个纯以君子待小人，其厚其薄，天地悬隔，笔墨激射，令人不堪。却待要和那厮放对，打得他家粉碎，却被大哥叫了我上来。”宋江道：“只用十两银子去取，再要利钱么？”李逵道：“利钱已有在这里了，写他说谎，偏极妩媚。只要十两本钱去讨。”宋江听罢，便去身边取出一个十两银子，把与李逵，以十两银买一铁牛，宋江一生得意之笔。说道：“大哥，你将去赎来用度。”戴宗要阻当时，宋江已把出来了。

李逵接得银子，便道：“却是好也！两位哥哥只在这里等我一等，赎了银子便来送还；就和宋哥哥去城外吃碗酒。”宋江道："且坐一坐，吃几碗了去。"李逵道："我去了便来。"推开帘子，下楼去了。我读至此处，不觉掩卷而叹。嗟乎，世安得有此人哉！下之，则骤然与我十两银子；上之，则斯人固我闲常无日不念诵，无日不愿见之人也。乃今突然而来，突然而去，不惟今日之恩惠不能留之少坐，即平日之爱慕亦不必赘以盘桓，要拜便拜，要去便去，要吃酒便吃酒，要说谎便说谎。嗟乎，世岂真有此人哉！戴宗道："兄长休借这银与他便好。却才小弟正欲要阻，兄长已把在他手里了。"写戴宗又另是一色人。宋江道："却是为何？"戴宗道："这厮虽是耿直，只是贪酒好赌。他却几时有一锭大银解了！兄长吃他赚漏了这个银去。他慌忙出门，必是去赌。若还赢得时，便有得送来还哥哥。丑语。若是输了时，那讨这十两银来还兄长？丑语，写戴宗只与宋江一样。戴宗面上须不好看。"宋江笑道："尊兄何必见外。些须银子，何足挂齿？由他去赌输了罢。写宋江好处只如此。我看这人，倒是个忠直汉子。"戴宗道："这厮本事自有，只是心粗胆大不好。在江州牢里，但吃醉了时，却不奈何罪人，只要打一般强的牢子。驳李逵，殆所以自驳也。我也被他连累得苦。专一路见不平，好打强汉，以此江州满城人都怕他。"又在戴宗口中补写生平。宋江道："俺们再饮两杯，却去城外忽生一笋。闲玩一遭。"戴宗道："小弟也正忘了，和兄长去看江景则个。"宋江道："小可也要看江州的景致，如此最好。"

且不说两个再饮酒。只说李逵得了这个银子，寻思道："难得宋江哥哥，又不曾和我深交，便借我十两银子，果然仗义疏财，名不虚传！如今来到这里，却恨我这几日赌输了，没一文做好汉请他。没一文便做不得"好汉"，此宋江一路来，所以独做成好汉也。语语皆与宋江激射。如今得他这十两银子，且将去赌一赌，倘或赢得几贯钱来，请他一请也好看！"要"好看"，是李逵白璧一瑕，分别观之。当时李逵慌忙跑出城外一笋。小张乙赌房里来，便去场上将这十两银子撇在地下，画。叫道："把头钱过来我博！"那小张乙得知李逵从来赌直，便道："大哥，且歇这一博，下来便是你博。"画。下语皆与李逵不称，故妙。○客人已坐店中，只要赢得，便去做"好汉"请他矣，却偏说出"歇一博"来，妙绝。李逵道："我要先赌这一博！"小张乙道："你便傍猜也好。"画。○语语与李逵不称，妙绝。李逵道："我不傍猜，只要博这一博！五两银子做一注。"又欲赢得快，又欲赢得多，绝倒。有那一般赌的却待要博，被李逵劈手夺过头钱来，便叫道："我博兀谁？"小张乙道："便博我五两银子。"李逵叫声："快！"胳膊地博一个"叉"。绝倒。小张乙便拿了银子过来。李逵叫道："我的银子是十两！"小张乙道："你再博我五两，'快'便还了你这锭银子。"李逵又拿起头钱，叫声"快！"胳膊的又博个"叉"。绝倒。○不如此，不成奇文。小张乙笑道："我教你休抢头钱，且歇一博，不听我口，如今一连博上两个'叉'。"画。○赌场信色，写来活现。李逵道："我这银子是别人的！"铁牛作此软语，越可怜，越无理，越好笑，越妩媚。小张乙道："遮莫是谁的，也不济事了！你既输了，却说甚么？"李逵道："没奈何，三字越可怜，越无理，越好笑，越妩媚。且借我一借，妙绝语，宋江处处以银为正经，李逵处处以银为戏事。笔墨激射，极其不堪。明日便送来还你。"看他又说谎，正妙极也。小张乙道："说甚么闲话？自古'赌钱场上无父子'，你明明地输了，如何倒来革争？"李逵把布衫拽起在前面，先作盛放银子之地，绝倒。口里喝道："你们还我也不还？"小张乙道："李大哥，你闲常最赌得直，口碑凿凿。今日如何恁么没出豁？"

李逵也不答应他，“不答应”，又写得妙，直写出他外虽发极，内实心服来。便就地下掳了银子，又抢了别人赌的十来两银子，索性。都搂在布衫兜里，妙绝之事，奇绝之文。睁起双眼就道：“老爷闲常赌直，今日权且不直一遍！”二语遂若出自圣人口中，盖上句守经，下句达权也。小张乙急待向前夺时，被李逵一指一交。十二三个赌博的一齐上，银子是命，真有此事。要夺那银子，被李逵指东打西，指南打北。李逵把这伙人打得没地躲处，便出到门前。把门的问道：“大郎那里去？”被李逵提在一边，“提”字妙，一手兜银可知。一脚踢开了门一手兜银，一手提人，便一脚踢门矣，活画出此时李大哥来。便走。何等爽利，看他到底“不答应”一句。那伙人随后赶将出来，都只在门前叫道：画。“李大哥，你恁地没道理，都抢了我们众人的银子去！”只在门前叫喊，没一个敢近前来讨。此二句，便又写出平日来也。

李逵正走之时，听得背后一人赶上来，扳住肩臂，奇文。喝道：“你这厮！如何却抢掳别人财物？”李逵口里应道：“干你鸟事！”骂尽天下。○常想世人评论古今，真是“干你鸟事”。回过脸来看时，却是戴宗，背后立着宋江。先骂后回，笔笔入妙。李逵见了，惶恐满面，天真烂熳，不是世人害羞身分。便道：“哥哥休怪。铁牛闲常只是赌直，又不说谎。今日不想输了哥哥银子，又没得些钱来相请哥哥，喉急了，时下做出这些不直来。”写他自辩处，恰与上文解银取赎语相违，得却一边，失却一边，天真烂熳，妙不可说。宋江听了，大笑道：“贤弟但要银子使用，只顾来问我讨。写宋江只如此。今日既是明明地输与他了，快把来还他。”李逵只得从布衫兜里取出来，都递在宋江手里，又写他使乖，绝倒。宋江便叫过小张乙前来，都付与他。宋江只如此。小张乙接过来，说道：“二位官人在上：小人只拿了自己的。这十两原银，虽是李大哥两博输与小人，如今小人情愿不要他的，省得记了冤仇。”画。宋江道：“你只顾将去，不要记怀。”小张乙那里肯？

宋江便道："他不曾打伤了你们么？"小张乙道："讨头的，拾钱的，和那把门的，都被他打倒在里面。"宋江道："既是恁的，就与他众人做将息钱。宋江只如此。兄弟自不敢来了，我自着他去。"小张乙收了银子，拜谢了回去。

宋江道："我们和李大哥吃三杯去。"戴宗道："前面靠江，有那琵琶亭酒馆，是唐朝白乐天古迹。我们去亭上酌三杯，就观江景则个。"宋江道："可于城中买些肴馔之物将去。"插一句，早为鱼汤作引。戴宗道："不用，如今那亭上有人在里面卖酒。"宋江道："恁地时却好。"当时三人便望琵琶亭上来。到得亭子上看时，一边靠着浔阳江，一边是店主人家房屋。琵琶亭上有十数副座头，戴宗便拣一副干净座头，让宋江坐了头位，戴宗坐在对席，肩下便是李逵。三个坐定，便叫酒保铺下菜蔬果品海鲜按酒之类。李逵不爱。〇偏写得与李逵不称。酒保取过两樽"玉壶春"酒，此是江州有名的上色好酒，写酒皆用出色名目，非为与宋戴映衬，全为与李逵不称也。开了泥头。李逵便道：三个人中第一开口。"酒把大碗来筛，不耐烦小盏价吃。"赌房抢银一事，竟若太虚云点，更不一字周旋，妙绝之笔。〇不得做主，又来做客，在世人便有无数殷勤周致之语，今偏写得朴至慷慨，政不辨其谁主谁客，妙哉，至于此乎！〇李逵传妙处，都在无字句处，要细玩。戴宗喝道："兄弟好村！你不要做声，只顾吃酒便了。"宋江分付酒保道："我两个面前放两只盏子，这位大哥面前放个大碗。"酒保应了，下去取只碗来放在李逵面前，一面筛酒，一面铺下肴馔。李逵笑道：一"笑"字，有小儿得饼之乐。"真个好个宋哥哥，人说不差了，看他极粗人胸中，又要三回四转将友生来玩味，真是奇笔。便知做兄弟的性格。李逵只说出八个字，而千载已无合式中选之人矣，何可胜叹。结拜得这位哥哥，也不枉了。"竟骂戴宗矣，绝倒。酒保斟酒，连筛了五七遍。宋江因见了这两人，心中欢喜，结上文。〇下另出第三个人也。吃了几杯，忽然心里想要鱼辣汤吃，凭空落下"鱼"字，无影无痕。便问戴宗道："这里有好鲜鱼么？”戴宗笑道：“兄长，你不见满江都是渔船？便插入渔船，明快之笔。此间正是鱼米之乡，如何没有鲜鱼？”宋江道：“得些辣鱼汤醒酒最好。”戴宗便唤酒保，教造三分加辣点红白鱼汤来。偏写得与李逵不称。顷刻造了汤来，宋江看见，道：“美食不如美器。虽是个酒肆之中，端的好整齐器皿。”偏写得与李逵不称。拿起箸来，相劝戴宗、李逵吃。自也吃了些鱼，呷几口汤汁。李逵并不使箸，便把手去碗里捞起鱼来，和骨头都嚼吃了。何等妩媚，其疾如风。宋江一头忍笑不住，呷了两口汁，此呷汁与上呷汁连，中间插出李逵捞鱼嚼吃，如风卷云，故宋江呷汁犹未毕也。便放下箸不吃了。文情渐引而出。戴宗道：“兄长，一定这鱼腌了，不中仁兄吃。”宋江道：“便是不才酒后，只爱口鲜鱼汤吃，渐引下。这个鱼，真是不甚好。”戴宗应道：“便是小弟也吃不得，是腌的，不中吃。”李逵嚼了自碗里鱼，便道：“两位哥哥都不吃，我替你们吃了。”忽用“替你们”三字，写他何等出力。○非写今日吃鱼出力，正写他日出力只如吃鱼也。便伸手去宋江碗里捞将过来吃了，又去戴宗碗里也捞过来吃了，无党无偏，平平荡荡，使宰天下，如此鱼矣。滴滴点点淋一桌子汁水。观此，便深厌曲礼为烦。

宋江见李逵把三碗鱼汤和骨头都嚼吃了，便叫酒保来分付道：“我这大哥想是肚饥，你可去大块肉切二斤来与他吃，好宋江，人说不差了，真是知他肚里。少刻一发算钱还你。”酒保道：“小人这里只卖羊肉，却没牛肉。四字绝倒，忽从酒保口中，画出李逵不似吃羊肉人，妙笔凭空生出。要肥羊尽有。”李逵听了，便把鱼汁擗脸泼将去，淋那酒保一身。泼酒保有何妙处，妙在因此一泼，便写出李逵不吃汁来，偏与宋江思汤想水，不是一样。绝倒绝倒！戴宗喝道：“你又做甚么！”四字问得妙，真是令人应接不暇。李逵应道：“叵耐这厮无礼，欺负我只吃牛肉，吃牛肉何足赖，不赖抢银，却赖吃牛肉，妙绝。不卖羊肉与我吃！”酒保道：“小人问一声，也不多话。”宋江道：“你去只顾切来，我自还钱。”宋江只如此。酒保忍气吞声，去切了二斤羊肉做一盘，将来放桌子上。李逵见了，也不更问，买与我吃，则我吃矣，问固不差，不问更不差也。大把价揸来只顾吃。撚指间，把这二斤羊肉都吃了。何其妩媚。宋江看了道：“壮哉，真好汉也！”宋江掉文。李逵道：“这宋大哥便知我的鸟意，吃肉不强似吃鱼？”无端插出宋江掉文一句，却紧接出李逵误认来，奇笔妙笔，鬼神于文矣。○宋江自赞李逵“壮哉”，李逵却认是说羊肉“壮哉”。宋江自赞李逵“真好汉”，李逵却认是说羊肉“真好吃”，写通文人与不通文人相对，如画。戴宗叫酒保来问道：“却才鱼汤，家生甚是整齐，鱼却腌了不中吃。别有甚好鲜鱼时，另造些辣汤来，与我这位官人醒酒。”酒保答道：“不敢瞒院长说，这鱼端的是昨夜的。今日的活鱼还在船内，等鱼牙主人不来，渐引而下。未曾敢卖动，因此未有好鲜鱼。”李逵跳起来道：“我自去讨两尾活鱼来，与哥哥吃！”此句须分上下两半句读，正是各有其妙。盖“我自去讨”四字，只是向店主借银手段，而“与哥哥吃”四字，已是做好汉请宋江胸襟也。戴宗道：“你休去！只央酒保去回几尾来便了。”李逵道：“船上打鱼的，不敢不与我，直得甚么！”戴宗拦当不住，李逵一直去了。又去了，并不以温存软款，自表平日相慕，而狡狯如宋江，已为之一倾。然则为人在世，其应学李大哥也。戴宗对宋江说道：“兄长休怪：小弟引这等人来相会，全没些个体面，羞辱杀人！”写戴宗丑。宋江道：“他生性是恁的，如何教他改得？我倒敬他真实不假。”写宋江见李逵，便令权诈都尽，是作者特特合传之旨。两个自在琵琶亭上笑语说话取乐。

却说李逵走到江边看时，见那渔船一字排着，约有八九十只，都缆系在绿杨树下。看他一路写绿杨树。船上渔人，有斜枕着船梢睡的，画。○不止一人。有在船头上结网的。画。○又不止一人。也有在水里洗浴的。画。○又不止一人。此时正是五月半天气，好笔。一轮红日将及沉西，不见主人来开舱卖鱼。李逵走到船边，喝一声道：“你们船上活鱼，把两尾来与我！”只如取诸宫中者然。那渔人应道：“我们等不见鱼牙主人来，不敢开舱。你看，那行贩都在岸上坐地。”妙。○却从渔人口中，又补画中一样。

○又不止一人。○先写下无数人，便令下文看厮打热闹如画。李逵道："等甚么鸟主人！先把两尾鱼来与我！"真是天不能盖，地不能载，王化不能服语，可骇可笑。那渔人又答道："纸也未曾烧，如何敢开舱，那里先拿鱼与你？"李逵见他众人不肯拿鱼，便跳上一只船去，渔人那里拦当得住。李逵不省得船上的事，只顾便把竹笆篾来拔。奇文。渔人在岸上，只叫得："罢了！"奇文。李逵伸手去艎板底下一绞摸时，那里有一个鱼在里面？奇文。原来那大江里渔船，船尾开半截大孔，放江水出入，养着活鱼，却把竹笆篾拦住，以此船舱里活水往来，养放活鱼，因此，江州有好鲜鱼。这李逵不省得，倒先把竹笆篾提起了，将那一舱活鱼都走了。自注一遍。李逵又跳过那边船上去拔那竹篾。奇文。那七八十渔人都奔上船，把竹篙来打李逵。奇文。○七八十竹篙打李逵，奇文绝倒。李逵大怒，焦躁起来，便脱下布衫，看他一路写布衫。里面单系着一条綦子布手巾儿，好看。见那乱竹篙打来，两只手一架，早抢了五六条在手里，一似扭葱般都扭断了。奇文。渔人看见，尽吃一惊，却都去解了缆，把船撑开去了。奇文好看。李逵忿怒，赤条条地拿了截折竹篙，上岸来赶打行贩，无理之极。○奇文。都乱纷纷地挑了担走。奇文好看。

正热闹里，只见一个人从小路里走出来。众人看见，叫道："主人来了！这黑大汉在此抢鱼，都赶散了渔船。"那人道："甚么黑大汉，敢如此无礼！"众人把手指道："那厮兀自在岸边寻人厮打。"那人抢将过去，喝道："你这厮吃了豹子心，大虫胆，也不敢来搅乱老爷的道路！"李逵看那人时：六尺五六身材，三十二三年纪，三柳掩口黑髯，头上裹顶青纱万字巾，掩映着穿心红一点鬎儿，上穿一领白布衫，腰系一条绢搭膊，下面青白枭脚多耳麻鞋，手里提条行秤。李逵眼中看出。那人正来卖鱼，见了李逵在那里横七竖八打人，好看。便把秤递与行贩接了，细。赶上前来，大喝道：“你这厮要打谁！”李逵不回话，轮过竹篙却望那人便打。无理之极。○奇文。那人抢入去，早夺了竹篙。李逵便一把揪住那人头发。奇文。那人便奔他下三面，要跌李逵，怎敌得李逵水牛般气力，直推将开去，不能够拢身。奇文。那人便望肋下擢得几拳，李逵那里着在意里。奇文。那人又飞起脚来踢，被李逵直把头按将下去，提起铁锤般大小拳头，去那人脊梁上擂鼓也似打。奇文。○一总无理之极。那人怎生挣扎？李逵正打哩，一个人在背后劈腰抱住，一个人便来帮住手，喝道：“使不得，使不得！”李逵回头看时，却是宋江、戴宗。李逵便放了手。那人略得脱身，一道烟走了。忽然半路一顿。戴宗埋冤李逵道：“我教你休来讨鱼，又在这里和人厮打！倘若一拳打死了人，你不去偿命坐牢？”李逵应道：“你怕我连累你，我自打死了一个，我自去承当！”宋江便道：“兄弟，休要论口，拿了布衫，布衫。且去吃酒。”

此一段李逵主，那人宾。

李逵向那柳树根头绿杨树。拾起布衫，搭在胳膊上，布衫。跟了宋江、戴宗便走。行不得十数步，只听得前忽然用半路一顿，至此重复涌坌而起，文格奇绝。背后有人叫骂道：“黑杀才，今番要和你见个输赢！”李逵回转头来看时，便是那人，脱得赤条条地，匾扎起一条水裩儿，露出一身雪练也似白肉。头上除了巾帻，显出此一段那人主，李逵宾。

那个穿心一点红俏鬏儿来。奇文。在江边独自一个妙。把竹篙妙。撑着一只渔船妙。赶将来，口里大骂道：“千刀万剐的黑杀才！老爷怕你的，不算好汉！宾句。走的不是好男子！”主句。〇妙绝语，读之欲笑。李逵听了大怒，吼了一声，如画。撇了布衫，布衫。抢转身来。那人便把船略拢来，凑在岸边，妙。一手把竹篙点定了船，妙。口里大骂着。妙。李逵也骂道：“好汉便上岸来！”不便合，妙笔。那人把竹篙去李逵腿上便搠，妙妙，读之欲笑。撩拨得李逵火起，托地跳在船上。妙。说时迟，那时快，那人只要诱得李逵上船，便把竹篙望岸边一点，妙。双脚一蹬，妙。那只渔船箭也似投江心里去了。妙。李逵虽然也识得水，反衬一句李逵识水，为后文不死地。苦不甚高，当时慌了手脚。那人更不叫骂，撇了竹篙，叫声：“你来！今番和你定要见个输赢！”便把李逵胳膊拿住，口里说道：“且不和你厮打，先教你吃些水！”两只脚把船只一晃，船底朝天，英雄落水，绝妙好辞。两个好汉扑通地都翻筋斗撞下江里去。

宋江、戴宗急赶至岸边，那只船已翻在江里，两个只在岸上叫苦。画二人。江岸边早拥上三五百人，在柳阴底下看，画三五百人。都道：“这黑大汉今番却着道儿，便挣扎得性命，也吃了一肚皮水！”宋江、戴宗在岸边看时，只见江面开处，那人把李逵提将起来，又渰将下去。奇文。两个正在江心里面，清波碧浪中间：一个显浑身黑肉，一个露遍体霜肤。绝妙好辞。○清波碧浪，黑肉白肤，斐然成章，照笔耀纸。两个打做一团，绞做一块。江岸上那三五百人没一个不喝采。每见人看火发喝采，看杖责喝采，看厮打喝采，嗟乎！人之无良，一至于此。愿后之读至此者，其一念之也。当时宋江、戴宗看见李逵被那人在水里揪扯，浸得眼白，又提起来，又纳下去，老大吃亏，铁牛遂作水牛，奇文绝倒。便叫戴宗央人去救。戴宗问众人道："这白大汉是谁？"渐引而下。有认得的说道："这个好汉便是本处卖鱼主人，唤做张顺。"宋江听得，猛省道：渐引而下。"莫不是绰号'浪里白条'的张顺？"众人道："正是，正是。"宋江对戴宗说道："我有他哥哥张横的家书在营里。"戴宗听了，便向岸边高声叫道："张二哥，叫得妙。不要动手，有你令兄张横家书在此。这黑大汉是俺们兄弟，你且饶了他上岸来说话。"张顺在江心里，见是戴宗叫他，却也时常认得，便放了李逵。不便肯拢，笔有余劲。赴到岸边，爬上岸来，看着戴宗唱个喏道："院长，休怪小人无礼。"戴宗道："足下可看我面，且去救了我这兄弟上来，却教你相会一个人。"便似相赎者，然真是妙语。张顺再跳下水里，赴将开去。李逵正在江里探头探脑，假挣扎赴水。偏写他假处，偏是天真烂熳，令人绝倒。张顺早赴到分际，带住了李逵一只手，自把两条腿踏着水浪，如行平地。那水浸不过他肚皮，淹着脐下，摆了一只手，直托李逵上岸来。江边的人个个喝采。再画三五百人一句，表牙市未散。

宋江看得呆了。半晌，张顺、李逵都到岸上，李逵喘做一团，口里只吐白水。三碗辣鱼，二斤羊肉，一齐都出，为之绝倒。戴宗道："且都请你们到琵琶亭上说话。"张顺讨了布衫穿着，李逵也穿了布衫。前只一领布衫，此忽变出两领布衫，妙。四个人再到琵琶亭上来。戴宗便对张顺道："二哥，你认得我么？"先问自家起，做个波磔。张顺道："小人自识得院长，只是无缘，不曾拜会。”戴宗指着李逵，问张顺道：“足下日常曾认得他么？次问李逵，再做一波磔。今日倒冲撞了你。”张顺道：“小人如何不认得李大哥，只是不曾交手。”李逵道：“你也渰得我够了！”妙。张顺道：“你也打得我好了！”妙。戴宗道：“你两个今番却做个至交的弟兄。常言道：‘不打不成相识。’”李逵道：“你路上休撞着我！”妙。张顺道：“我只在水里等你便了！”妙。四人都笑起来，大家唱个无礼喏。戴宗指着宋江对张顺道：“二哥，你曾认得这位兄长么？”用两波磔后，忽然放去作李、张斗口语，然后再提出第三问来，笔法奇妙。张顺看了道：“小人却不认得，这里亦不曾见。”李逵跳起身来道：“这哥哥便是黑宋江！”司马君实仆，苏东坡教得坏；李逵，戴宗教不坏，看他依旧直言叫唤也。○活写出他得意来。张顺道：“莫非是山东及时雨郓城宋押司？”戴宗道：“正是公明哥哥。”张顺纳头便拜道：“久闻大名，不想今日得会！多听的江湖上来往的人说兄长清德，扶危济困，仗义疏财。”宋江答道：“量小可何足道哉！前日来时，揭阳岭下混江龙李俊家里住了几日。后在浔阳江，因穆弘相会，得遇令兄张横，修了一封家书，寄来与足下，放在营内，不曾带得来。今日便和戴院长并李大哥，来这里琵琶亭吃三杯，就观江景。宋江偶然酒后思量些鲜鱼汤醒酒，怎当得他定要来讨鱼，一句画出李逵。我两个阻他不住。只听得江岸上发喊热闹，叫酒保看时，说道是黑大汉和人厮打。我两个急急走来劝解，不想却与壮士相会。今日宋江一朝得遇三位豪杰，又结束一句。○前结两人，此结三人。岂非天幸！且请同坐，菜酌三杯。”再唤酒保重整杯盘，再备肴馔。张顺道：“既然哥哥要好鲜鱼吃，兄弟去取几尾来。”宋江道：“最好。”李逵道：“我和你去讨。”宋江与银不以为恩，张顺水浸不以为怨，天真烂熳，荡荡乎乎。戴宗喝道：“又来了！你还吃得水不快活？”张顺笑将起来，绾了李逵手，说道：“我今番和你去讨鱼，看别人怎地？”情分语言，都臻绝妙，又真好张顺也。两个下琵琶亭来。

到得江边，张顺略哨一声，只见江上鱼船都撑拢来到岸边。画。张顺问道：“那个船里有金色鲤鱼？”只见这个应道：“我船上来。”那个应道：“我船里有。”一霎时，却凑拢十数尾金色鲤鱼来。张顺选了四尾大的，折柳条穿了，绿杨树。先教李逵将来亭上整理。竟是一家。张顺自点了行贩，分付了小牙子去把秤卖鱼。细。○收拾三五百人，好笔。张顺却自来琵琶亭上陪侍宋江。宋江谢道：“何须许多，但赐一尾便够了。”张顺答道：“些小微物，何足挂齿！兄长食不了时，将回行馆做下饭。”两个序齿坐了。李逵道：“自家年长。”坐了第三位。妙绝。○礼岂为我辈设耶？然而先王之礼，莫大于此矣。张顺坐第四位。再叫酒保讨两樽“玉壶春”上色酒来，并些海鲜按酒果品之类。张顺分付酒保，把一尾鱼做辣汤，用酒蒸，一尾叫酒保切鲙。

四人饮酒中间，各叙胸中之事。正说得入耳，只看一个女娘，年方二八，穿一身纱衣，五月。来到跟前，深深的道了四个万福，顿开喉音便唱。李逵正待要卖弄胸中许多豪杰的事务，却被他唱起来一搅；三个且都听唱，打断了他的话头。不表李逵不近女色，正讥三人不觉露其本色也。李逵怒从心起，跳起身来，把两个指头去那女娘额上一点，饶他三个指头，已算惜玉怜香矣。那女娘大叫一声，蓦然倒地。众人近前看时，只见那女娘桃腮似土，檀口无言。那酒店主人一发向前拦住四人，要去经官告理。正是怜香惜玉无情绪，煮鹤焚琴惹是非。毕竟宋江等四人在酒店里怎地脱身，且听下回分解。

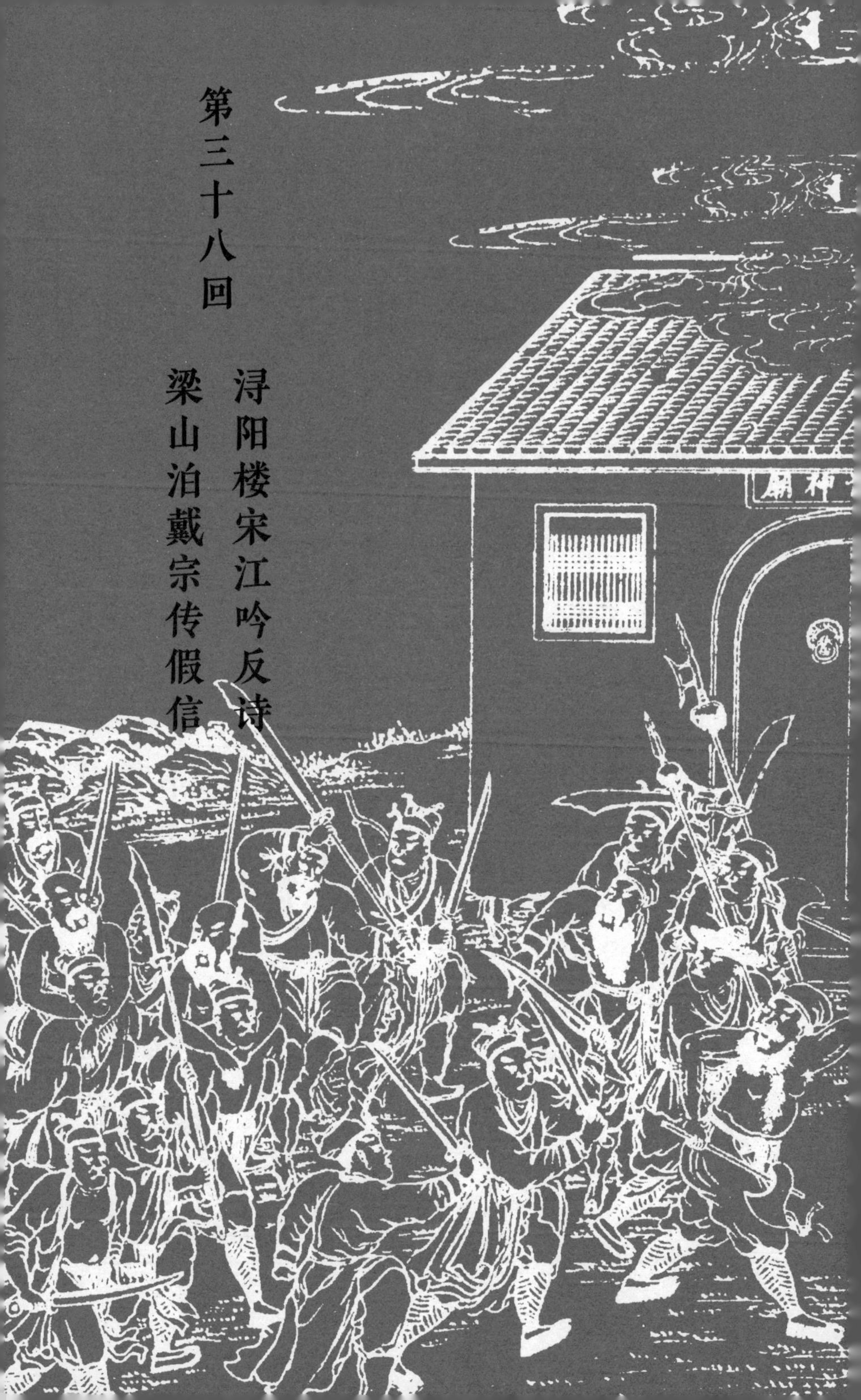
第三十八回
浔阳楼宋江吟反诗
梁山泊戴宗传假信

梁山泊戴宗傳假信

此回止黄通判读反诗一段，错落扶疏之极，其余止看其叙事明净径捷耳。

浔阳楼饮酒后，忽写宋江腹泻，是作者惨淡经营之笔。盖不因此事，便要仍复入城寻彼三人，则笔墨殊费。不复入城寻彼三人，即又嫌新交冷落也。此正与林冲气闷，连日不上街来同法。

写宋江问三个人住处，凡三样答法，可谓极尽笔墨之巧。至行入正库，饮酒吟诗，便纯用“月明星稀，乌鹊南飞”笔气，读之令人慷慨。

篇首女娘晕倒一段，只是吃鱼后借作收科，更无别样照应。

话说当下李逵把指头捺倒了那女娘，酒店主人拦住说道：“四位官人，如何是好？”主人心慌，便叫酒保过卖都向前来救他，就地下把水喷噀。看看苏醒，扶将起来看时，额角上抹脱了一片油皮，因此那女子晕昏倒了。救得醒来，千好万好。他的爹娘听得说是黑旋风，一句便省无数。先自惊得呆了半晌，那里敢说一言。看那女子已自说得话了，娘母取个手帕，自与他包了头，收拾了钗镮。宋江问道：“你姓甚么？那里人家？”那老妇人道：“不瞒官人说，老身夫妻两口儿姓宋，原是京师人。只有这个女儿，小字玉莲，他爹自教得他几个曲儿，胡乱叫他来这琵琶亭上卖唱养口。为他性急，反映李逵性急。不看头势，不管官人说话，只顾便唱，今日这哥哥失手伤了女儿些个，终不成经官动词，连累官人。”宋江见他说得本分，便道：“你着甚人跟我到营里，我与你二十两银子宋江只如此。将息女儿，日后嫁个良人，免在这里卖唱。”那夫妻两口儿便拜谢道：“怎敢指望许多！”宋江道：“我说一句是一句，并不会说谎。反映李逵说谎。你便叫你老儿自跟我去讨与他。”那夫妻二人拜谢道：“深感官人救济！”戴宗埋冤李逵道：“你这厮要便与人合口，又教哥哥坏了许多银子！”非写戴宗小哉相，正借以反衬宋江耳。李逵道：“只指头略擦得一擦，他自倒了。不曾见这般鸟女子恁地娇嫩！你便在我脸上打一百拳也不妨！”绝倒之语，可谓刻画铁牛，唐突玉莲矣。宋江等众人都笑起来。张顺便叫酒保去说：“这席酒钱我自还他。”写李逵无钱作主，反来大腹作客，后忽生出宋、张争还酒钱一段，前后照射，令人不堪。酒保听得道：“不妨，不妨，只顾去。”宋江那里肯，丑。便道：“兄弟，我劝二位来吃酒，倒要你还钱！”丑。张顺苦死要还，丑。说道：“难得哥哥会面。仁兄在山东时，小弟哥儿两个也兀自要来投奔哥哥。今日天幸得识尊颜，权表薄意，非足为礼！”戴宗劝道：丑。“宋兄长，既然是张二哥相敬之心，只得曲允。”宋江道：“既然兄弟还了，改日却另置杯复礼。”丑。张顺大喜，就将了两尾鲤鱼，和戴宗、李逵带了这个宋老儿，都送宋江离了琵琶亭，来到营里。

五个人都进抄事房里坐下。宋江先取两锭小银二十两与了宋老儿，写宋江只如此。那老儿拜谢了去，不在话下。天色已晚，张顺送了鱼，宋江取出张横书付与张顺，相别去了。宋江又取出五十两一锭大银与李逵宋江只如此。道：“兄弟，你将去使用。”戴宗也自作别，和李逵赶入城去了。神妙之笔，更不写李逵谢，亦不写李逵别。

只说宋江把一尾鱼送与管营，写宋江只如此。留一尾自吃。宋江因见鱼鲜，贪爱爽口，多吃了些，至夜四更，肚里绞肠刮肚价疼。天明时，一连泻了二十来遭，昏晕倒了，睡在房中。昨日之叙，为见三人也。既见三人了，明日若又叙，便觉行文稠叠。不叙，又殊觉冷淡也。只改作腹泻睡倒，其法与林冲“连日气闷不上街来”正同。宋江为人最好，营里众人都来煮粥烧汤，看觑伏侍他。次日，张顺因见宋江爱鱼吃，又将得好金色大鲤鱼两尾送来，余波。就谢宋江寄书之义。却见宋江破腹泻倒在床，众囚徒都在房里看视。张顺见了，要请医人调治。宋江道："自贪口腹，吃了些鲜鱼，坏了肚腹，你只与我赎一贴止泻六和汤来吃便好了。"叫张顺把这两尾鱼，一尾送与王管营，一尾送与赵差拨。写宋江只如此。张顺送了鱼，就赎了一贴六和汤药来与宋江了，自回去，不在话下。营内自有众人煎药伏侍。次日，戴宗备了酒肉，李逵也跟了，径来抄事房看望宋江。只见宋江暴病才可，吃不得酒肉，两 个自在房面前吃了，直至日晚，相别去了，写三人不复叙，只各自来，各自去，妙绝。亦不在话下。

只说宋江自在营中将息了五七日，觉得身体没事，病症已痊，思量要入城中去寻戴宗。又过了一日，不见他一个来。先写一句作引。次日早膳罢，辰牌前后，揣了些银子，又带银子。锁上房门，离了营里，信步出街来，径走入城去，州衙前左边寻问戴院长家，有人说道：妙笔。"他又无老小，只在城隍庙间壁观音庵里歇。"是个太保。宋江听了，直寻访到那里，已自锁了门出去了。妙想妙笔。○若寻着，便又续前日之游矣，有何妙哉。却又来寻问黑旋风李逵时，多人说道：妙笔。○偏是他"多人说"。"他是个没头神，妙。又无家室，妙。只在牢里安身。妙。没地里的巡简，东边歇两日，西边歪几时，妙。正不知他那里是住处。"妙。宋江又寻问卖鱼牙子张顺时，亦有人说道：妙笔。"他自在城外村里住。便自卖鱼时，也只在城外江边，只除非讨赊钱入城来。"三段其文各变。宋江听罢，只得出城来，五字一顿，妙绝，遂若此日已毕，不复有事者。直要问到那里。独自一个，闷闷不已。信步再出城外来，看见那一派江景非常，观之不足。以非常之人，负非常之才，抱非常之志，对非常之景，每每露出圭角来，写得雄浑之极。正行到一座酒楼前过，仰面看时，傍边竖着一根望竿，悬挂着一个青布酒旆子，上写道："浔阳江正库。"奇语。雕檐外一面牌额，上有苏东坡大书"浔阳楼"三字。宋江看了，便道："我在郓城县时，只听得说江州好座浔阳楼，原来却在这里。我虽独自一个在此，不可错过，何不且上楼去自己看玩一遭？"宋江来到楼前看时，只见门边朱红华表柱上两面白粉牌，各有五个大字，写道："世间无比酒"，"天下有名楼"。将写宋江吟反诗，却先写出此十个字来，替他挑动诗兴；却又暗将"世间无比，天下有名"八个字，挑动宋江雄才异志，真是绝妙之笔。宋江便上楼来，去靠江占一座阁子里坐了，凭栏举目，喝采不已。酒保上楼来，问道："官人还是要待客，只是自消遣？"宋江道："要待两位客人，未见来，你且先取一樽好酒，果品肉食只顾卖来，鱼便不要。"余波。酒保听了，便下楼去。少时一托盘把上楼来，一樽"蓝桥风月"美酒，摆下菜蔬时新果品按酒，列几般肥羊、嫩鸡、酿鹅、精肉，尽使朱红盘楪。

宋江看了，心中暗喜，自夸道："这般整齐肴馔，济楚器皿，端的是好个江州。我虽是犯罪远流到此，却也看了些真山真水。我那里虽有几座名山古迹，却无此等景致。"独自一个，一杯两盏，倚栏畅饮，不觉沉醉，猛然蓦上心来，思想道：奇文突兀。〇写宋江平生狡狯，却于醉后露出真心，极严极冷之笔。"我生在山东，长在郓城，学吏出身，结识了多少江湖好汉，虽留得一个虚名，目今三旬之上，名又不成，利又不就，倒被文了双颊，配来在这里！我家乡中老父和兄弟如何得相见？"不觉酒涌上来，潸然泪下，临风触目，感恨伤怀。忽然做了一首《西江月》词，写出宋江言发于衷，奇文突兀。便唤酒保索借笔砚来，起身观玩，见白粉壁上多有先人题咏。画。宋江寻思道："何不就书于此？倘若他日身荣，公欲以何科目出身？写宋江内蓄异心，笔墨如镜。再来经过，重睹一番，以记岁月，想今日之苦。”寒士真有此兴，写来欲哭。乘着酒兴，磨得墨浓，蘸得笔饱，去那白粉壁上便写道：

自幼曾攻经史，长成亦有权谋。表出权术，为宋江全传提纲。恰如猛虎卧荒丘，潜伏爪牙忍受。不幸刺文双颊，那堪配在江州！他年若得报冤仇，血染浔阳江口！写宋江心事，令人不可解。既不知其冤仇为谁，又不知其何故乃在浔阳江上也。

宋江写罢，自看了大喜大笑，一面又饮了数杯酒，突兀淋漓之极。不觉欢喜，自狂荡起来，手舞足蹈，又拿起笔来，去那《西江月》后再写下四句诗，突兀淋漓之极。道是：

心在山东身在吴，飘蓬江海谩嗟吁。他时若遂凌云志，敢笑黄巢不丈夫！其言咄咄，使人欲惊。

宋江写罢诗，又去后面大书五字道：“郓城宋江作。”突兀淋漓之极。写罢，掷笔在桌上，又自歌了一回。再饮满数杯酒，突兀淋漓之极。不觉沉醉，力不胜酒，便唤酒保计算了，取些银子算还，多的都赏了酒保。写宋江醉中亦如此，真是久假成性。拂袖下楼来，踉踉跄跄，取路回营里来。开了房门，便倒在床上，一觉直睡到五更。酒醒时，全然不记得昨日在浔阳江楼上题诗一节。宋江权术人，何至有漏，特补一笔，甚妙。当日害酒，自在房里睡卧，不在话下。

且说这江州对岸，另有个城子，唤做无为军，却是个野去处。城中有个在闲通判，姓黄，双名文炳。这人虽读经书，却是阿谀谄佞之徒，心地褊窄，只要嫉贤妒能，胜如己者害之，不如己者弄之，专在乡里害人。为后伏案。闻知这蔡九知府是当朝蔡太师儿子，每每来浸润他，时常过江来请访知府，指望他引荐出职，再欲做官。也是宋江命运合当受苦，撞了这个对头。当日这黄文炳在私家闲坐，无可消遣，带了两个仆人，买了些时新礼物，自家一只快船渡过江来，径去府里探望蔡九知府。恰恨撞着府里公宴，不敢进去，却再回船，正好那只船，仆人已缆在浔阳楼下。来得便净。

黄文炳因见天气暄热，且去楼上闲玩一回。信步入酒库里来，看了一遭，转到酒楼上，凭栏消遣。观见壁上题咏甚多，也有做得好的，陪一句。亦有歪谈乱道的。再陪一句。黄文炳看了冷笑。大惊句，亦先作一陪。正看到宋江题《西江月》词并所吟四句诗，大惊道："这个不是反诗？谁写在此？"后面却书道："郓城宋江作"五个大字。黄文炳再读道：一。"自幼曾攻经史，长成亦有权谋。"冷笑道："冷笑"妙。"这人自负不浅！"确。又读道：二。"恰如猛虎卧荒丘，潜伏爪牙忍受。"侧着头道："侧着头"妙。"那厮也是个不依本分的人！"确。又读：三。"不幸刺文双颊，那堪配在江州。"又笑道："又笑"妙。"也不是个高尚其志的人，看来只是个配军。"确。又读道：四。"他年若得报冤仇，血染浔阳江口。"摇头道："摇头"妙。"这厮报仇兀谁？我亦疑之。却要在此间生事！我亦疑之。量你是个配军，做得甚用！"是，又殊不然。又读诗道：五。"心在山东身在吴，飘蓬江海谩嗟吁。"一点头道："点头"妙。"这两句兀自可恕。"是。又读道：六。"他时若遂凌云志，敢笑黄巢不丈夫！"伸着舌摇着头道："伸着舌摇着头"妙。"这厮无礼！他却要赛过黄巢，不谋反待怎地？"确。再读了"郓城宋江作"，七。想道："想"妙。

"我也多曾闻这个名字，那人多管是个小吏。"确。〇一段逐句读，逐句评，有峡云乱卷，江树对生之势。便唤酒保来问道："作这两篇诗词端的是何人题下在此？"酒保道："夜来一个人独自吃了一瓶酒，写在这里。"黄文炳道："约莫甚么样人？"酒保道："面颊上有两行金印，多管是牢城营里人。好。〇有此句，后便有脚。生得黑矮肥胖。"黄文炳道："是了。"就借笔砚，取幅纸来抄了，藏在身边，分付酒保休要刮去了。细。

黄文炳下楼，自去船中歇了一夜。次日饭后，仆人挑了盒仗，一径又到府前。正值知府退堂在衙内，使人入去报复。多样时，蔡九知府遣人出来，邀请在后堂。蔡九知府却出来与黄文炳叙罢寒温已毕，送了礼物，分宾主坐下。黄文炳禀说道："文炳夜来渡江，到府拜望，闻知公宴，不敢擅入。今日重复拜见恩相。"蔡九知府道："通判乃是心腹之交，径入来同坐何妨？下官有失迎迓。"左右执事人献茶。茶罢，黄文炳道："相公在上，不敢拜问，不知近日尊府太师恩相曾使人来否？"心上正经语，却又宛然接入新闻，妙甚。知府道："前日才有书来。"黄文炳道："不敢动问京师近日有何新闻？"报新闻，反先问新闻，口角如画。知府道："家尊写来书上分付道：近日太史院司天监奏道，夜观天象，罡星照临吴、楚，敢有作耗之人，随即体察剿除。更兼街市小儿谣言四句道：'耗国因家木，刀兵点水工。纵横三十六，播乱在山东。'因此嘱付下官，紧守地方。"黄文炳寻思了半晌，笑道："恩相，事非偶然也！"黄文炳袖中取出所抄之诗，呈与知府道："不想却在此处。"蔡九知府看了道："这是个反诗，通判那里得来？"黄文炳道："小生夜来不敢进府，回至江边，无可消遣，却去浔阳楼上避热闲玩，观看闲人吟咏。只见白粉壁上新题下这篇。"知府道："却是何等样人写下？”写公子官如画。黄文炳回道：“相公，上面明题着姓名，道是‘郓城宋江作’。”知府道：“这宋江却是甚么人？”数日前曾问枷上无封皮，数日后已梦梦不知，公子官活画。黄文炳道：“他分明写着‘不幸刺文双颊，那堪配在江州’。眼见得只是个配军，牢城营犯罪的囚徒。”知府道：“量这个配军，做得甚么！”黄文炳道：“相公不可小觑了他。恰才相公所言尊府恩相家书说小儿谣言，正应在本人身上。”知府道：“何以见得？”黄文炳道：“‘耗国因家木’，耗散国家钱粮的人，必是‘家’头着个‘木’字，明明是个‘宋’字。第二句，‘刀兵点水工’，兴起刀兵之人，水边着个‘工’字，明是个‘江’字。这个人姓宋名江，又作下反诗，明是天数。万民有福！”知府又问道：“何为‘纵横三十六，播乱在山东’？”黄文炳答道：“或是六六之年，或是六六之数。不明白正妙。‘播乱在山东’，今郓城县正是山东地方。这四句谣言，已都应了。”知府又道：“不知此间有这个人么？”公子官活画。黄文炳回道：“小生夜来问那酒保时，说道这人只是前日写下了去。这个不难，只取牢城营文册一查，便见有无。”知府道：“通判高见极明。”公子官活画。便唤从人，叫库子取过牢城营里文册簿来看。当时从人于库内取至文册，蔡九知府亲自简看，见后面果有“五月间新配到囚徒一名，郓城县宋江”。黄文炳看了道：“正是应谣言的人，非同小可！如是迟缓，诚恐走透了消息。可急差人捕获，下在牢里，却再商议。”

知府道：“言之极当。”公子官活画。随即升厅，叫唤两院押牢节级过来。厅下戴宗声诺。知府道：“你与我带了做公的人，快下牢城营里，捉拿浔阳楼吟反诗的犯人郓城县宋江来，不可时刻违误！”戴宗听罢，吃了一惊，心里只叫得苦。[一。]随即出府来，点了众节级牢子，都叫：“各去家里取了各人器械，来我下处间壁城隍庙里取齐。”戴宗分付了，众人各自归家去。戴宗却自作起神行法，先来到牢城营里，径入抄事房，推开门看时，宋江正在房里。见是戴宗入来，慌忙迎接，便道：“我前日入城来，那里不寻遍。因贤弟不在，独自无聊，自去浔阳楼上饮了一瓶酒。这两日迷迷不好，正在这里害酒。”补两日又不见三人也。戴宗道：“哥哥，你前日却写下甚言语在楼上？”宋江道：“醉后狂言，谁个记得？”戴宗道：“却才知府唤我当厅发落，叫多带从人，拿捉浔阳楼上题反诗的犯人郓城县宋江正身赴官。兄弟吃了一惊，先去稳住众做公的在城隍庙等候，如今我特来先报你知。哥哥，却是怎地好，如何解救？”宋江听罢，搔头不知痒处，偏写宋江用不着权诈，妙绝。只叫得苦：“我今番必是死也！”戴宗道：“我教仁兄一着解手，未知如何？如今小弟不敢担阁，回去便和人来捉你，你可披乱了头发，把尿屎泼在地上，就倒在里面，诈作风魔。我和众人来时，你便口里胡言乱语，只做失心风，我便好自去替你回复知府。”绝倒。○宋江权诈偏至于此，令人绝倒。宋江道：“感谢贤弟指教，万望维持则个！”

戴宗慌忙别了宋江，回到城里，径来城隍庙，唤了众做公的，一直奔入牢城营里来，假意喝问：“那个是好。新配来的宋江？”牌头引众人到抄事房里，只见宋江披散头发，倒在尿屎坑里滚，见了戴宗和做公的人来，便说道：“你们是甚么鸟人？”戴宗假意大喝一声：“捉拿这厮！”宋江白着眼，却乱打将来，口里乱道：“我是玉皇大帝的女婿，丈人教我领十万天兵来杀你江州人！阎罗大王做先锋，五道将军做合后，与我一颗金印，重八百余斤，杀你这般鸟人！”众做公的道：“原来是个失心风的汉子，我们拿他去何用？”戴宗道：“说得是。好。我们且去回话，要拿时再来。”众人跟了戴宗，回到州衙里。蔡九知府在厅上专等回话。戴宗和众做公的在厅下回复知府道：“原来这宋江是个失心风的人，尿屎秽污全不顾，口里胡言乱语，浑身臭粪不可当，因此不敢拿来。”蔡九知府正待要问缘故时，黄文炳早在屏风背后转将出来，对知府道：“休信这话。本人作的诗词，写的笔迹，不是有风症的人，其中有诈。黄文炳能。好歹只顾拿来，便走不动，扛也扛将来。”黄文炳能。蔡九知府道：“通判说得是。”公子官活画。便发落戴宗：“你们不拣怎地，只与我拿得来。”戴宗领了钧旨，只叫得苦；二。再将带了众人下牢城营里来，对宋江道：“仁兄，事不谐矣！兄长只得去走一遭。”便把一个大竹箩扛了宋江，直抬到江州府里，当厅歇下。知府道：“拿过这厮来！”众做公的把宋江押于阶下。宋江那里肯跪？睁着眼，见了蔡九知府道：“你是甚么鸟人，敢来问我！我是玉皇大帝的女婿。丈人教我引十万天兵来杀你江州人！阎罗大王做先锋，五道将军做合后，有一颗金印，重八百余斤！你也快躲了，不时我教你们都死！”蔡九知府看了，没做理会处。公子官活画。黄文炳又对知府道：“且唤本营差拨并牌头来问，这人来时有风，近日却才风？黄文炳能。若是来时风，便是真症候。若是近日才风，必是诈风。”知府道：“言之极当。”公子官活画。便差人唤到管营、差拨，问他两个时，那里敢隐瞒？只得直说道：“这人来时不见有风病，敢只是近日举发此症。”知府听了大怒，唤过牢子狱卒，把宋江捆翻，一连打上五十下。打得宋江一佛出世，二佛涅槃，皮开肉绽，鲜血淋漓。戴宗看了，只叫得苦，三。又没做道理救他处。宋江初时也胡言乱语，次后吃拷打不过，只得招道：“自不合一时酒后，误写反诗，别无主意。”蔡九知府明取了招状，将一面二十五斤死囚枷枷了，推放大牢里收禁。宋江吃打得两腿走不动，当厅钉了，直押赴死囚牢里来。却得戴宗一力维持，分付了众小牢子，都教好觑此人。戴宗自安排饭食，供给宋江，不在话下。

再说蔡九知府退厅，邀请黄文炳到后堂，称谢道：“若非通判高明远见，下官险些儿被这厮瞒过了。”黄文炳又道：“相公在上，此事也不宜迟，只好急急修一封书，便差人星夜上京师，报与尊府恩相知道，显得相公干了这件国家大事。只说“显得相公”，便已显得自家，小人机智，明捷如此。就一发禀道：‘若要活的，便着一辆陷车解上京。如不要活的，恐防路途走失，就于本处斩首号令，以除大害。’为下作引。便是今上得知必喜。”只说相公，便显自己。蔡九知府道：“通判所言有理，公子官活画。下官即日也要使人回家，书上就荐通判之功，使家尊面奏天子，早早升授富贵城池，去享荣华。”通篇归结。黄文炳拜谢道：“小生终身皆依托门下，是文中旁语，却是文炳正题。自当衔环背鞍之报。”黄文炳就撺掇蔡九知府写了家书，印上图书。八字详细，为下作引。黄文炳问道：“相公差那个心腹人去？”知府道：“本州自有个两院节级，唤做戴宗，会使神行法，一日能行八百里路程，只来早便差此人径往京师。只消旬日，可以往回。”黄文炳道：“若得如此之快，最好，最好！”蔡九知府就后堂置酒，管待了黄文炳。次日相辞知府，自回无为军去了。

且说蔡九知府安排两个信笼，打点了金珠宝贝玩好之物，上面都贴了封皮。次日早辰，唤过戴宗到后堂，嘱付道：“我有这般礼物，一封家书，要送上东京太师府里去，庆贺我父亲六月十五日生辰。奇文大笔，忽若怪石飞落。○宋江为事之根，今日忽又撞着。日期将近，只有你能干去得。你休辞辛苦，可与我星夜去走一遭，讨了回书便转来，我自重重地赏你。你的程途，都在我心上。我已料着你神行的日期，专等你回报，切不可沿途耽阁，有误事情。”戴宗听了，不敢不依，只得领了家书、信笼，便拜辞了知府，挑回下处安顿了。却来牢里对宋江说道：“哥哥放心，知府差我上京师去，只旬日之间便回。就太师府里使些见识，解救哥哥的事。写戴宗不知书里事，妙。每日饭食，我自分付在李逵身上，委着他安排送来，不教有缺。仁兄且宽心守奈几日。”宋江道：“望烦贤弟救宋江一命则个！”戴宗叫过李逵，当面分付道：“你哥哥是对李逵语，只此三字已足。误题了反诗，在这里吃官司，未知如何。我如今又吃差往东京去，早晚便回。哥哥饭食，朝暮全靠着你看觑他则个。”李逵应道：“吟了反诗，打甚么鸟紧。万千谋反的，倒做了大官。骇人语，快绝妙绝。你自放心东京去，牢里谁敢奈何他！好便好，不好我使老大斧头砍他娘！”亦为下作引。戴宗临行，又嘱付道：“兄弟小心，不要贪酒，失误了哥哥饭食。休得出去噇醉了，饿着哥哥！”李逵道：“哥哥，你自放心去。若是这等疑忌时，兄弟从今日就断了酒，看他断头沥血，可敬可畏。待你回来却开，未曾断，先算开，写来绝倒。○看他未曾断先算开，却又肯断，一发难得也。早晚只在牢里，服侍宋江哥哥，有何不可？”戴宗听了大喜道：“兄弟若得如此发心，坚意守看哥哥更好。”当日作别，自去了。李逵真个不吃酒，早晚只在牢里服侍宋江，寸步不离。写得至性人可敬可爱。○写李逵口中并不说忠说孝，而忽然发心服侍宋江，便如此寸步不离，激射宋江日日谈忠说孝，不曾伏侍太公一刻也。

不说李逵自看觑宋江，且说戴宗回到下处，换了腿絣、护膝、八搭麻鞋，穿上杏黄衫，整了搭膊，腰里插了宣牌，换了巾帻，便袋里藏了书信、盘缠，挑上两个信笼，出到城外，身边取出四个甲马，去两只腿上每只各拴两个，口里念起神行法咒语来，顷刻离了江州。戴宗打扮，至此方出。一日行到晚，投客店安歇，解下甲马，取数陌金纸烧送了，奇语。过了一宿。次日早起来，吃了酒食，离了客店，又拴上四个甲马，挑起信笼，放开脚步便行。端的是耳边风雨之声，脚不点地。路上略吃些素饭素酒点心又走。看看日暮，戴宗早歇了，又投客店宿歇一夜。次日起个五更，赶早凉行，拴上甲马，挑上信笼又走。约行过了三二百里，已是巳牌时分，不见一个干净酒店。此时正是六月初旬天气，蒸得汗雨淋漓，满身蒸湿，又怕中了暑气。正饥渴之际，早望见前面树林侧首一座傍水临湖酒肆。可知。戴宗撚指间走到跟前看时，干干净净，有二十副座头，尽是红油桌凳，一带都是槛窗。戴宗挑着信笼入到里面，拣一副稳便座头，歇下信笼，解下腰里搭膊，脱下杏黄衫，喷口水晾在窗栏上。夏景。戴宗坐下，只见个酒保来问道："上下，打几角酒？要甚么肉食下酒，或猪羊牛肉？"戴宗道："酒便不要多，与我做口饭来吃。"酒保又道："我这里卖酒卖饭，又有馒头、粉汤。"戴宗道："我却不吃荤腥，有甚素汤下饭？"酒保道："加料麻辣熝豆腐如何？"戴宗道："最好，最好！"

酒保去不多时，熝一碗豆腐，放两碟菜蔬，连筛三大碗酒来。戴宗正饥又渴，一上把酒和豆腐都吃了，却待讨饭吃，只见天旋地转，头晕眼花，就凳边便倒。酒保叫道："倒了！"只见店里走出一个人来，便是梁山泊旱地忽律朱贵，说道："且把信笼将入去，先搜那厮身边有甚东西。”便有两个火家去他身上搜看。只见便袋里搜出一个纸包，包着一封书，取过来，递与朱头领。朱贵拆开，却是一封家书，见封皮上面写道：“平安家信，百拜奉上父亲大人膝下。男蔡德 章谨封。”朱贵便拆开，从头看去，见上面写道：“……见今拿得应谣言题反诗山东宋江，监收在牢”一节，“……听候施行。”朱贵看罢，惊得呆了半晌，做声不得。火家正把戴宗扛起来，背入杀人作房里去开剥，只见凳头边溜下搭膊，上挂着朱红绿漆宣牌。朱贵拿起来看时，上面雕着银字，道是：“江州两院押牢节级戴宗”。看出戴宗，又是一样写法。朱贵看了道：“且不要动手。我常听得军师说，这江州有个神行太保戴宗，是他至爱相识。莫非正是此人？如何倒送书去害宋江？好。这一段书，却又天幸，撞在我手里！”叫火家：“且与我把解药救醒他来，问个虚实缘由。”当时火家把水调了解药，扶起来，灌将下去。

须臾之间，只见戴宗舒眉展眼，便爬起来。却见朱贵拆开家书在手里看，好。戴宗便喝道：“你是甚人？好大胆，却把蒙汗药麻翻了我！如今又把太师府书信擅开，拆毁了封皮，却该甚罪？”朱贵笑道：“这封鸟书，打甚么不紧！休说拆开了太师府书札，俺这里兀自要和大宋皇帝做个对头的！”戴宗听了大惊，便问道：“好汉，你却是谁？愿求大名！”朱贵答道：“俺是梁山泊好汉旱地忽律朱贵。”戴宗道：“既是梁山泊头领时，定然认得吴学究先生。”朱贵道：“吴学究是俺大寨里军师，执掌兵权。足下如何认得他？”戴宗道：“他和小可至爱相识。”朱贵道：“兄长莫非是军师常说的江州神行太保戴院长么？”戴宗道："小可便是。"朱贵又问道："前者宋公明断配江州，经过山寨，吴军师曾寄一封书与足下，如今却缘何倒去害宋三郎性命？"戴宗道："宋公明和我又是至爱兄弟。他如今为吟了反诗，救他不得。我如今正要往京师寻门路救他，如何肯害他性命！"朱贵道："你不信，请看蔡九知府的来书。"戴宗看了，自吃一惊，却把吴学究初寄的书，与宋公明相会的话并宋江在浔阳楼醉后误题反诗一事，备细说了一遍。朱贵道："既然如此，请院长亲到山寨里，与众头领商议良策，可救宋公明性命。"朱贵慌忙叫备分例酒食，管待了戴宗。便向水亭上，觑着对港，放了一枝号箭，响箭到处，早有小喽啰摇过船来，朱贵便同戴宗带了信笼细。下船，到金沙滩上岸，引至大寨。

吴用见报，连忙下关迎接。见了戴宗，叙礼道："间别久矣，今日甚风吹得到此？且请到大寨里来。"与众头领相见了。朱贵说起戴宗来的缘故，"如今宋公明见监在彼。"晁盖听得，慌忙请戴院长坐地，备问宋三郎吃官司为甚么事起。戴宗却把宋江吟反诗的事一一说了。晁盖听罢大惊，便要起请众头领，点了人马，下山去打江州，救取宋三郎上山。吴用谏道："哥哥，不可造次。江州离此间路远，军马去时，诚恐因而惹祸，打草惊蛇，倒送宋公明性命。此一件事不可力敌，只可智取。吴用不才，略施小计，只在戴院长身上定要救宋三郎性命。"奇事。晁盖道："愿闻军师妙计。"吴学究道："如今蔡九知府却差院长送书上东京去，讨太师回报，只这封书上，将计就计，写一封假回书，可称吴学究二劫生辰纲也。教院长回去。书上只说教把犯人宋江切不可施行，便须密切差的当人员解赴东京，问了详细，定行处决示众，断绝童谣。真好计策，真好回书。等他解来此间经过，我这里自差人下山夺了。读者只谓下文，又若清风山前故事矣。此计如何？”晁盖道：“倘若不从这里过时，却不误了大事？”详得好。公孙胜便道：“这个何难！我们自着人去远近探听，遮莫从那里过，务要等着，好歹夺了。是。只怕不能够他解来。”此句又为下作一引。晁盖道：“好却是好，只是没人会写蔡京笔迹。”奇文。吴学究道：“吴用已思量心里了。如今天下盛行四家字体，是苏东坡、黄鲁直、米元章、不意三公落名《水浒传》中，亦是奇事。蔡京四家字体。苏、黄、米、蔡，宋朝‘四绝’。四绝。小生曾和济州城里一个秀才做相识，那人姓萧名让。因他会写诸家字体，人都唤他做‘圣手书生’。又会使枪弄棒，舞剑轮刀。吴用知他写得蔡京笔迹。不若央及戴院长就到他家，赚道：‘泰安州岳庙里要写道碑文，先送五十两银子在此，作安家之资。’便要他来。随后却使人赚了他老小上山，就教本人入伙如何？”晁盖道：“书有他写便好了，也须要使个图书印记。”奇文。吴学究又道：“小生再有个相识，亦思量在肚里了。这人也是中原一绝，一绝。见在济州城里居住。本身姓金，双名大坚，开得好石碑文，剔得好图书、玉石、印记，亦会枪棒厮打。因为他雕得好玉石，人都称他做‘玉臂匠’。也把五十两银去，就赚他来镌碑文。到半路上，却也如此行便了。这两个人，山寨里亦有用他处。”补一句妙。晁盖道：“妙哉！”当日且安排筵席，管待戴宗，就晚歇了。

次日早饭罢，烦请戴院长打扮做太保模样，将了一二百两银子，不限两个五十两，好。拴上甲马便下山，把船渡过金沙滩上岸，拽开脚步，奔到济州来。没两个时辰，早到城里，寻问圣手书生萧让住处。有人指道：“只在州衙东首文庙前居住。”住得是。戴宗径到门首，咳嗽一声，问道："萧先生有么？"只见一个秀才从里面出来。见了戴宗，却不认得，便问道："太保何处，有甚见教？"戴宗施礼罢，说道："小可是泰安州岳庙里打供太保。今为本庙重修五岳楼，本州上户要刻道碑文，特地教小可赍白银五十两，作安家之资，请秀才便那尊步，同到庙里作文则个。选定了日期，不可迟滞。"萧让道："小生只会作文及书丹，别无甚用。如要立碑，还用刻字匠作。"顺手串下好。戴宗道："小可再有五十两白银，就要请玉臂匠金大坚刻石。拣定了好日，万望指引，串下好。寻了同行。"萧让得了五十两银子，便和戴宗同来寻请金大坚。正行过文庙，只见萧让把手指道："前面那个来的，便是玉臂匠金大坚。"顺手串出，便不相犯，好。当下萧让唤住金大坚，教与戴宗相见，具说前用戴宗说，此换萧让说，都好。泰安州岳庙里重修五岳楼，众上户要立道碑文碣石之事。"这太保特地各赍五十两银子，来请我和你两个去。"金大坚见了银子，心中欢喜。两个邀请戴宗就酒肆中市沽三杯，置些蔬食管待了。戴宗就付与金大坚五十两银子，作安家之资，又说道："阴阳人已拣定了日期，请二位今日便烦动身。"萧让道："天气暄热，今日便动身，也行不多路，前面赶不上宿头。只是来日起个五更，挨门出去。"金大坚道："正是如此说。"两个都约定了来早起身，各自归家收拾动用。

萧让留戴宗在家宿歇。次日五更，金大坚持了包裹行头，来和萧让、戴宗三人同行。离了济州城里，行不过十里多路，戴宗道："二位先生慢来，不敢催逼，小可先去报知众上户来接二位。"拽开步数，争先去了。这两个背着些包裹，自慢慢而行。看看走到未牌时候，约莫也走过了七八十里路，只见前面一声胡哨响，山城坡下跳出一伙好汉，约有四五十人。当头一个好汉正是那清风山王矮虎，看他用相迎之人，只是肩上肩下一辈，都好。大喝一声道：“你两个是甚么人？那里去？孩儿们，拿这厮，取心来吃酒！”萧让告道：“小人两个是上泰安州刻石镌文的，又没一分财赋，止有几件衣服。”王矮虎喝道：“俺不要你财赋衣服，只要你两个聪明人的心肝做下酒！”萧让和金大坚焦躁，倚仗各人胸中本事，便挺杆棒，径奔王矮虎。王矮虎也挺朴刀来斗。三人各使手中器械，约战了五七合，王矮虎转身便走。两个却待去赶，听得山上锣声又响，左边走出云里金刚宋万，右边走出摸着天杜迁，背后却是白面郎君郑天寿。自是一辈。各带三十余人，一发上，把萧让、金大坚横拖倒拽，捉投林子里来。四筹好汉道：“你两个放心，我们奉着晁天王的将令，特来请你二位上山入伙。”萧让道：“山寨里要我们何用？我两个手无缚鸡之力，只好吃饭。”杜迁道：“吴军师一来与你相识，二乃知你两个武艺本事，特使戴宗来宅上相请。”萧让、金大坚都面面厮觑，做声不得。

当时都到旱地忽律朱贵酒店里，相待了分例酒食，不漏。连夜唤船，便送上山来。到得大寨，晁盖、吴用并头领众人都相见了，一面安排筵席相待，且说修蔡京回书一事，“因请二位上山入伙，共聚大义。”两个听了，都扯住吴学究道：“我们在此趋侍不妨，只恨各家都有老小在彼，自是闲文，然亦政须了却。明日官司知道，必然坏了！”

吴用道：“二位贤弟不必忧心，天明时便有分晓。”奇。当夜只顾吃酒歇了。次日天明，只见小喽啰报道：“都到了。”吴学究道：“请二位贤弟亲自去接宝眷。”奇。萧让、金大坚听得，半信半不信。两个下至半山，只见数乘轿子抬着两家老小上山来。两个惊得呆了，问其备细。老小说道："你昨日出门之后，只见这一行人将着轿子来，说家长只在城外客店里中了暑风，快叫取老小来看救。出得城时，不容我们下轿，直抬到这里。"两家都一般说。萧让听了，与金大坚两个闭口无言，只得死心塌地，再回山寨入伙，安顿了两家老小。了。

吴学究却请出来，与萧让商议写蔡京字体回书，去救宋公明。金大坚便道："从来雕得蔡京的诸样图书名讳字号。"当时两个动手完成，疾。忙排了回书，疾。备个筵席，快送戴宗起程，疾。分付了备细书意。疾。戴宗辞了众头领下山来时，小喽啰忙把船只渡过金沙滩，疾。送至朱贵酒店里；连忙取四个甲马拴在腿上，作别朱贵，拽开脚步，登程去了。疾。〇数语写得手忙脚乱，为失事作地，妙绝。

且说吴用送了戴宗过渡，自同众头领再回大寨筵席。正饮酒间，只见吴学究叫声苦，不知高低。奇妙不可言。众头领问道："军师何故叫苦？"吴用便道："你众人不知，是我这封书倒送了戴宗和宋公明性命也！"奇妙不可言。众头领大惊，连忙问道："军师书上却是怎地差错？"吴学究道："是我一时只顾其前，不顾其后，书中有个老大脱卯！"萧让便道："小生写得字体和蔡太师字体一般，语句又不曾差了。一衬妙绝。请问军师，不知那一处脱卯？"金大坚又道："小生雕的图书，亦无纤毫差错，又一衬妙绝。怎地见得有脱卯处？"吴学究叠两个指头，说出这个差错脱卯处，有分教：众好汉大闹江州城，鼎沸白龙庙。直教弓弩丛中逃性命，刀枪林里救英雄。毕竟军师吴学究说出怎生脱卯来，且听下回分解。

第三十九回
梁山泊好汉劫法场
白龙庙英雄小聚义

梁山泊好漢
劫法場白龍
廟英雄小聚
龍神廟

写急事不得多用笔，盖多用笔则其事缓矣。独此书不然，写急事不肯少用笔，盖少用笔则其急亦遂解矣。如宋江、戴宗谋逆之人，决不待时，虽得黄孔目捱延五日，然至第六日已成水穷云尽之际，此时只须云“只等午时三刻，便要开刀”一句便过耳。乃此偏写出早辰先着地方打扫法场，饭后点土兵刀仗刽子，巳牌时分，狱官禀请监斩，孔目呈犯由牌，判“斩”字，又细细将贴犯由牌之芦席亦都描画出来。此一段是牢外众人打扮诸事，作第一段。次又写揌扎宋江、戴宗，各将胶水刷头发，各绾作鹅梨角儿，又各插朵红绫纸花，青面大圣案前，各有“长休饭”“永别酒”，然后六七十个狱卒，一齐推拥出来。此一段是牢里打扮宋、戴两人，作第二段。次又写押到十字路口，用枪棒团团围住，又细说一个面南背北，一个面北背南，纳坐在地，只等监斩官来。此一段是宋、戴已到法场，只等监斩，作第三段。次又写众人看出人，为未见监斩官来，便去细看两个犯由牌。先看宋江，云犯人一名某人，如何如何，律斩。次看戴宗，犯人某人，如何如何，律斩。逡巡间，不觉知府已到，勒住马，只等午时三刻。此一段是监斩已到，只等时辰，作第四段。使读者乃自陡然见有“第六日”三字便吃惊起，此后读一句吓一句，读一字吓一字，直至两三叶后，只是一个惊吓。吾尝言读书之乐，第一莫乐于替人担忧。然若此篇者，亦殊恐得乐太过也。

此篇妙处，在来日便要处决，迅雷不及掩耳，此时即有人报知山泊，亦已缩地无法，又况更无有人得知他二人与山泊有情分也。今却在前回中，写吴用预先算出漏误，连忙授计众人下山。至于于路数日，则恰好是事发迟二日，黄孔目捱五日，三处各不相照，而时至事起，适然凑合，真是脱尽印板小说套子也。

写戴宗事发后，李逵、张顺二人杳然更不一见。不惟不见而已，又反写二番众人叫苦，以倒踢之，真令读者一路不胜闷闷。及读至“虎形黑大汉”一句，不觉毛骨都抖。至于张顺之来，则又做梦亦梦不到之奇文也。

话说当时晁盖并众人听了，请问军师道：“这封书如何有脱卯处？”吴用说道：“早间戴院长将去的回书，是我一时不仔细，见不到处！才使的那个图书不是玉箸篆文‘翰林蔡京’四字？篆体字文，前略此详，正妙。只是这个图书，便是教戴宗吃官司！”奇谈。金大坚便道：“小弟每每见蔡太师书缄并他的文章都是这样图书。今次雕得无纤毫差错，如何有破绽？”吴学究道：“你众位不知，如今江州蔡九知府是蔡太师儿子，如何父写书与儿子，却使个讳字图书？说得明快之极。因此差了。是我见不到处！此人到江州必被盘诘，问出实情，却是利害！”晁盖道：“快使人去赶唤他回来别写，如何？”吴学究道：“如何赶得上！他作起神行法来，这早晚已走过五百里了。好。只是事不宜迟，我们只得恁地，可救他两个。”晁盖道：“怎生去救，用何良策？”吴学究便向前与晁盖耳边说道：“这般这般，如此如此。主将便可暗传下号令与众人知道，只是如此动身，休要误了日期。”众多好汉得了将令，各各拴束行头，连夜下山望江州来，不在话下。

且说戴宗扣着日期，好。回到江州，当厅下了回书。蔡九知府见了戴宗如期回来，好生欢喜。先取酒来赏了三钟，亲自接了回书，便道：“你曾见我太师么？”戴宗禀道：“小人只住得一夜便回了，不曾得见恩相。”知府拆开封皮，看见前面说正经。信笼内许多物件，都收了，中间说次之。妖人宋江，今上自要他看，可令牢固陷车盛载，密切差的当人员，连夜解上京师，沿途休教走失，书尾说带。黄文炳早晚奏过天子，必然自有除授。蔡九知府看了，喜不自胜，叫取一锭二十五两花银赏了戴宗；一面分付教造陷车，商量差人解发起身。戴宗谢了，自回下处，买了些酒肉，来牢里看觑宋江，不在话下。

且说蔡九知府催并合成陷车，过得一二日，正要起程，只见门子来报道：“无为军黄通判特来相探。”紧接。蔡九知府叫请至后堂相见，又送些礼物、时新酒果。知府谢道：“累承厚意，何以克当？”黄文炳道：“村野微物，何足挂齿！”知府道：“恭喜早晚必有荣除之庆。”黄文炳道：“相公何以知之？”知府道：“昨日下书人已回。妖人宋江，教解京师。通判只在早晚奏过今上，升擢高任。家尊回书，备说此事。”黄文炳道：“既是恁地，深感恩相主荐。那个人下书，真乃神行人也！”知府道：“通判如不信时，就教观看家书，显得下官不谬。”黄文炳道：“小生只恐家书不敢擅看，如若相托，求借一观。”知府便道：“通判乃心腹之交，看有何妨！”便令从人取过家书，递与黄文炳看。黄文炳接书在手，从头至尾读了一遍。卷过来，看了封皮，只见图书新鲜。黄文炳摇着头道：“这封书不是真的。”贼。知府道：“通判错矣。此是家尊亲手笔迹，真正字体，如何不是真的？”黄文炳道：“相公容覆，往常家书来时，曾有这个图书么？”贼。知府道：“往常来的家书，却不曾有这个图书，只是随手写的。今番一定是图书匣在手边，就便印了这个图书在封皮上。”反用一解妙。黄文炳道：“相公休怪小生多言，这封书被人瞒过了。相公，方今天下盛行苏、黄、米、蔡四家字体，谁不习学得？书轻点过。只是这个图书，是令尊恩相做翰林学士时使出来，贼。法帖文字上，多有人曾见。贼。如今升转太师丞相，如何肯把翰林图书使出来？贼。〇此一段，比前吴用所说，又另增出。更兼亦是父寄书与子，须不当用讳字图书。令尊太师恩相是个识穷天下、高明远见的人，安肯造次错用？贼。〇此一段与吴用所说同。相公不信小生之言，可细细盘问下书人，曾见府里谁来。若说不对，便是假书。休怪小生多说，因蒙错爱至厚，方敢僭言。”蔡九知府听了，说道：“这事不难，此人自来不曾到东京，补一句。一盘问便显虚实。”知府留住黄文炳在屏风背后坐地，随即升厅，叫唤戴宗有委用的事。当下做公的领了钧旨，四散去寻。

且说戴宗自回到江州，先去牢里见了宋江，附耳低言将前事说了。宋江心中暗喜。次日又有人请去酌杯，戴宗正在酒肆中吃酒，只见做公的四下来寻。当时把戴宗唤到厅上，蔡九知府问道：“前日有劳你走了一遭，真个办事，未曾重重赏你。”戴宗答道：“小人是承奉恩相差使的人，如何敢怠慢！”知府道：“我正连日事忙，未曾问得你个仔细。你前日与我去京师，那座门入去？”戴宗道：“小人到东京时，那日天色晚了，不知唤做甚么门。”东京帝都，人山人海，如何日晚门都不知？写得好笑。知府又道：“我家府里门前，谁接着你？留你在那里歇？”戴宗道：“小人到府前，寻见一个门子，“寻见”二字好笑，写得如市之门，可张雀网。接了书入去。少刻，“少刻”又好笑，写得潭潭之府，跬步即尽。门子出来，又好笑，写得相府中鬼亦更无别个。交收了信笼，着小人自去寻客店里歇了。写得相府中门房亦无一间，好笑。次日早五更去写得太师府前，如“鸡声茅店，人迹板桥”相似，好笑。府门前伺候时，只见那门子只是这个门子，如贫士仓头相似，好笑。回书出来。小人怕误了日期，那里敢再问备细，戴宗固不问，门子如何也不问？好笑。慌忙一径来了。”知府再问道：“你见我府里那个门子却是多少年纪？或是黑瘦也白净肥胖？长大也是矮小？有须的也是无须的？”戴宗道：“小人到府里时，天色黑了。好笑。次早回时，又是五更时候，天色昏暗，好笑。○趁黑交进去，趁黑交出来，写得太师府前如做鬼市，好笑。不十分看得仔细。只觉不恁么长，中等身材，“中等”二字好笑，长亦有之，短亦不远。敢是有些髭须。”反与知府商量髭须，好笑之极。

知府大怒，喝一声：“拿下厅去！”傍边走过十数个狱卒牢子，将戴宗拖翻在当面。戴宗告道：“小人无罪！”知府喝道：“你这厮该死！我府里老门子王公，已死了数年，如今只是个小王看门，如何却道他年纪大，有髭须？况兼门子小王，不能够入府堂里去，但有各处来的书信缄帖，必须经由府堂里张干办，方才去见李都管，然后递知里面，才收礼物。便要回书，也须得伺候三日。我这两笼东西，如何没个心腹的人出来问你个常便备细，就胡乱收了？我昨日一时间仓卒，被你这厮瞒过了！你如今只好好招说，这封书那里得来！”戴宗道：“小人一时心慌要赶程途，因此不曾看得分晓。”蔡九知府喝道：“胡说！这贼骨头，不打如何肯招？左右，与我加力打这厮！”狱卒牢子情知不好，觑不得面皮，把戴宗捆翻，打得皮开肉绽，鲜血迸流。戴宗捱不过拷打，只得招道：“端的这封书是假的。”知府道：“你这厮怎地得这封假书来？”戴宗告道：“小人路经梁山泊过，走出那一伙强人来，把小人劫了，绑缚上山，要割腹剖心。辩。去小人身上搜出书信看了，把信笼都夺了，却饶了小人。情知回乡不得，只要山中乞死。他那里却写这封书，与小人回来脱身。辩。

一时怕见罪责，小人瞒了恩相。”知府道：“是便是了，中间还有些胡说！眼见得你和梁山泊贼人通同造意，谋了我信笼物件，却如何说这话？再打那厮！”戴宗由他拷讯，只不肯招和梁山泊通情。

蔡九知府再把戴宗拷讯了一回，语言前后相同，说道：“不必问了！取具大枷枷了，下在牢里！”却退厅来称谢黄文炳道：“若非通判高见，下官险些儿误了大事！”黄文炳又道：“眼见得这人也结连梁山泊，通同造意，谋叛为党。若不祓除，必为后患。”知府道：“便把这两个问成了招状，立了文案，押去市曹斩首，然后写表申朝。”黄文炳道：“相公高见极明。似此，一者朝廷见喜，知道相公干这件大功，二者免得梁山泊草寇来劫牢。”知府道：“通判高见甚远。下官自当动文书，亲自保举通判。”当日管待了黄文炳，送出府门，自回无为军去了。

次日蔡九知府升厅，便唤当案孔目来分付道：“快教叠了文案，把这宋江、戴宗的供状招款粘连了。一面写下犯由牌，教来日押赴市曹斩首施行。自古‘谋逆之人，决不待时’，斩了宋江、戴宗，免致后患。”作此疾语，令人吃惊。当案却是黄孔目，本人与戴宗颇好，却无缘便救他，只替他叫得苦。先写一句孔目无便救他，只叫得苦，反呼山泊诸公，妙甚。当日禀道：“明日是个国家忌日，妙。〇空中结撰有此奇文。〇此止为梁山泊来不及作地耳。然在俗笔，定向知府边延捱下去。更不能先作骇疾语。次又另生出奇情救之也。后日又是七月十五日，中元之节，妙。〇生出许多枝节。皆不可行刑，大后日亦是国家景命。妙。〇看他“亦是”二字，勉强之极。直至五日后，方可施行。”一日是国忌，一日是中元，一日是景命，然则止是三日后耳，却云“五日”后，妙。原来黄孔目也别无良策，只图与戴宗少延残喘，亦是平日之心。又反呼山泊诸公，妙。蔡九知府听罢，依准黄孔目之言。直待第六日此五字中，暗伏无数事在内。早辰，早辰。先差人去十字路口打扫了法场，偏是急杀人事，偏要故意细细写出，以惊吓读者。盖读者惊吓，斯作者快活也。○读者曰：不然，我亦以惊吓为快活，不惊吓处，亦便不快活也。饭后饭后。点起土兵和刀仗刽子，急杀人事。约有五百余人，都在大牢门前伺候。闲中先叙土兵之多，为后出色。巳牌时候，巳牌时候。狱官禀了，知府亲自来做监斩官。急杀人事。黄孔目只得把犯由牌呈堂，当厅判了两个“斩”字，便将片芦席贴起来。急杀人事。○急杀人事，偏又写得细。江州府众多节级牢子虽然和戴宗、宋江过得好，却没做道理救得他，众人只替他两个叫苦。再插一句众人无力相救，只叫得苦，反呼山泊诸公。妙甚。○李逵两日不知在何处。○张顺两日一发不知在何处。急切中令人闷闷。

当时打扮已了，就大牢里把宋江、戴宗两个揙扎起。一发急杀人。又将胶水刷了头发，绾个鹅梨角儿，偏要细写，恶极。各插上一朵红绫子纸花，偏要细写，恶极。驱至青面圣者神案前，偏要细写。各与了一碗“长休饭”“永别酒”。偏要细写。吃罢，辞了神案，漏转身来，搭上利子。越急杀人。六七十个狱卒五百土兵，又加六七十狱卒，写得闹乱之极，为后作地。早把宋江在前、戴宗在后推拥出牢门前来。越急杀人。宋江和戴宗两个面面厮觑，各做声不得。宋江只把脚来跌，戴宗低了头只叹气。江州府看的人真乃压肩叠背，何止一二千人。五百余土兵，六七十狱卒，又加二千看的人，写得闹动之极，为后作地。○李逵何在？张顺何在？急切中都不见了，令人闷绝。押到市曹十字路口，团团枪棒围住。越急杀人。把宋江面南背北，将戴宗面北背南，偏细。两个纳坐下，只等午时三刻监斩官到来开刀。十八字句，真正急杀人。那众人仰面看那犯由牌上写道：

江州府犯人一名，宋江，故吟反诗，妄造妖言，结连梁山泊强寇，通同造反，律斩。

犯人一名，戴宗，与宋江暗递私书，勾结梁山泊强寇，通同谋叛，律斩。

监斩官江州府知府蔡某。已到法场上，只等午时到矣，却不便接“午时三刻”四字，却反生出众人看犯由牌一段，如得恶梦，偏不便醒，多捱一刻，即多吓一刻。吾尝言写急事，须用缓笔，正此法也。

那知府勒住马，只等报来。上言只等午时三刻监斩官到，即便开刀，此又云监斩官已到，只等午时三刻，文情愈迫愈急，真是地脉尽绝，天路不通，令人更无生情入想之处。只见法场东边一伙弄蛇的丐者奇文。○法场必在十字路口，故有东边西边南边北边之文也。强要挨入法场里看，众土兵赶打不退。

正相闹间，只见法场西边一伙使枪棒卖药的奇文。也强挨将入来。土兵喝道：“你那伙人好不晓事！这是那里，强挨入来要看！”那伙使枪棒的说道：“你倒鸟村！我们冲州撞府，那里不曾去？到处看出人！便是京师天子杀人，也放人看。你这小去处，砍得两个人，闹动了世界，我们便挨入来看一看，打甚么鸟紧！”东边略，西边详。各异。正和土兵闹将起来。监斩官喝道：“且赶退去，休放过来！”

闹犹未了，只见法场南边一伙挑担的脚夫奇文。又要挨将入来。土兵喝道：“这里出人，你挑那里去？”那伙人说道：“我们挑东西送与知府相公去的，你们如何敢阻当我？”土兵道：“便是相公衙里人，也只得去别处过一过！”那伙人就歇了担子，都掣了匾担，立在人丛里看。第二段闹，第三段不闹，又各异。

只见法场北边一伙客商推两辆车子过来，定要挨入法场上来。土兵喝道：“你那伙人那里去？”客人应道：“我们要赶路程，可放我等过去。”土兵道：“这里出人，如何肯放你？你要赶路程，从别路过去。”那伙客人笑道：“你倒说的好。俺们便是京师来的人，不认得你这里鸟路，只是从这大路走。”土兵那里肯放，那伙客人齐齐地挨定了不动。亦与上异。

四下里吵闹不住，再总束一句，极其精神。这蔡九知府也禁治不得。又见这伙客人都盘在车子上，立定了看。

没多时，法场中间，人分开处，一个报，报道一声："午时三刻。"写得急杀不可当。监斩官便道："斩讫报来！"急杀不可当。两势下刀棒刽子便去开枷，急杀不可当。行刑之人执定法刀在手。急杀不可当。说时迟，"说时迟那时快"六字，固此书中奇语也。乃此处又作两半用，更奇绝。那伙客人在车子上听得"斩"字，数内一个客人便向怀中取出一面小锣儿，立在车子上"当、当"地敲得两三声，四下里一齐动手。那时快，却见十字路口茶坊楼上一个虎形黑大汉，脱得赤条条的，两只手握两把板斧，大吼一声，却似半天起个霹雳，从半空中跳将下来。五十一字成一句，不得读断。〇自拿翻戴宗后，便不复更见大哥，何意此时从天而降，读之令人身毛都竖。〇要想他更无商量处，直是一副血性自做出来。可笑可爱。手起斧落，早砍翻了两个行刑的刽子，要着。〇每言大哥粗卤，大哥辄不肯服，只如此处两斧，大哥真是不粗卤也。便望监斩官马前砍将来。更要着，妙绝。众土兵急待把枪去搠时，那里拦当得住？

众人且簇拥蔡九知府逃命去了。只见东边那伙弄蛇的丐者，写如此匆忙事，偏板板下"东西南北"四字，却又偏板板用两遍，而又能不见其板板，偏见其匆忙，见其笔力过人处。身边都掣出尖刀，看着土兵便杀。西边那伙使枪棒的妙。大发喊声，只顾乱杀将来，一派杀倒土兵狱卒。比前增狱卒字，便有变换。南边那伙挑担的脚夫，妙。轮起匾担，横七竖八，都打翻了土兵和那看的人。比前又增看的人。北边那伙客人妙。都跳下车来，推过车子，拦住了人。写得妙。两个客商钻将入来，一个背了宋江，要着。一个背了戴宗，要着。其余的人也有取出弓箭来射的，也有取出石子来打的，也有取出摽枪来摽的。写出纷纷杂杂，真使其事如画。

原来扮客商的这伙，便是晁盖、花荣、黄信、吕方、郭盛。此五个人真像客商。那伙扮使枪棒的，便是燕顺、刘唐、杜迁、宋万。此四个人真像使枪棒的。扮挑担的，便是朱贵、王矮虎、郑天寿、石勇。此四个人真像脚夫。那伙扮丐者的，便是阮小二、阮小五、阮小七、白胜。此四个人真像丐者。这一行梁山泊共是十七个头领到来，带领小喽啰一百余人，四下里杀将起来。

只见那人丛里那个黑大汉，抡两把板斧，一味地砍将来。晁盖等却不认得，写黑大汉，忽然欲明，忽然欲灭，笔势奇绝。〇此处忽灭。只见他第一个出力，杀人最多。叙功疏中奇语。晁盖猛省起来，戴宗曾说一个黑旋风李逵和宋三郎最好，是个莽撞之人。此处忽明，闲中补出戴宗在山泊说琵琶亭饮酒事，如画。晁盖便叫道："前面那好汉，莫不是黑旋风？"那汉那里肯应，火杂杂地抡着大斧只顾砍人。此处又忽灭，妙绝。

晁盖便叫背宋江、戴宗的两个小喽啰，只顾跟着那黑大汉走。晁盖极是。〇只因极是，变出极不是来。奇想奇笔，出人意外。当下去十字街口，不问军官百姓，杀得尸横遍地，血流成渠，推倒攧翻的，不计其数。众头领撇了车辆担仗，细。一行人尽跟了黑大汉，妙绝。直杀出城来。背后花荣、黄信、吕方、郭盛四张弓箭，飞蝗般望后射来。那江州军民百姓，谁敢近前？这黑大汉直杀到江边来，身上血溅满身，兀自在江边杀人。晁盖便挺朴刀四字写得义形于色。叫道："不干百姓事，休只管伤人！"好晁盖。那汉那里来听叫唤，一斧一个，排头儿砍将去。又好黑大汉，真乃各成其事。约莫离城沿江上也走了五七里路，前面望见尽是淘淘一派大江，却无了旱路。偏要逼到险绝处，使读者受吓不少。晁盖看见，只叫得苦。那黑大汉方才叫道："方才"二字，有僧繇点睛之妙，忽然将他跳楼以后气忿不开口直写出来，并将他跳楼以前气忿不开口亦直写出来。"不要慌，且把哥哥背来庙里！"

众人都到来看时，合二语，活写出黑大汉在前，众人在后，好笑。靠江一所大庙，两扇门紧紧地闭着。黑大汉两斧砍开，快事。便抢入来。晁盖众人看时，两边都是老桧苍松，林木遮映，前面牌额上四个金书大字，写道："白龙神庙"。小喽啰把宋江、戴宗背到庙里歇下，宋江方才敢开眼，宋江、戴宗开眼，不作一齐，好笔法。见了晁盖等众人，哭道："哥哥！莫不是梦中相会？"晁盖便劝道："恩兄不肯在山，致有今日之苦。这个出力杀人的黑大汉是谁？""黑大汉"上，加"出力杀人"四字，可作李大哥生时官名，死后谥号，妙绝妙绝。〇写晁盖勤问李逵，非表晁盖关心，正表李逵骇目也。宋江道："这个便是叫做黑旋风李逵。此处忽明。他几番就要大牢里放了我，补得妙绝。却是我怕走不脱，不肯依他。"晁盖道："却是难得！这个人出力最多，四字评尽一生。又不怕刀斧箭矢！"六字画尽平生。花荣便叫："且将衣服与俺二位兄长穿了。"问李逵是晁盖，定是大将。讨衣服是花荣，定是儒将。

正相聚间，只见李逵提着双斧，从廊下走出来。奇。宋江便叫住道："兄弟那里去？"李逵应道："寻那庙祝，一发杀了！叵耐那厮见神见鬼，白日把鸟庙门关上！我指望拿他来祭门，却寻那厮不见！"余波，一笑。宋江道："你且来，先和我哥哥头领相见。"李逵听了，丢了双斧，望着晁盖跪了一跪，要知此跪非跪晁盖，正为宋江严命，不敢不跪耳。〇"跪了一跪"四字，不是写他肯跪，正是写他不肯拜也。与前文"扑翻身躯便拜"六字反对，妙绝。说道："大哥，休怪铁牛粗卤！"杀得快活，便认粗卤。绝倒。与众人都相见了，却认得朱贵是同乡人，两个大家欢喜。遥作沂水杀虎之引。花荣便道："哥哥，你教众人只顾跟着李大哥走。如今来到这里，前面又是大江拦截住，断头路了，却又没一只船接应，倘或城中官军赶杀出来，却怎生迎敌？将何接济？"李逵便道："不要慌，上云"不要慌"，是背入庙里；此又云"不要慌"，不审有何良策？陡然看到下句，不觉绝倒。我与你们再杀入城去，奇语。和那个鸟蔡九知府一发都砍了快活！"戴宗此时方才苏醒，然后戴宗苏醒。便叫道："兄弟，使不得莽性。城里有五七千军马，下文城中追兵，遥望如何能定其数？先向无意中就戴宗口中点出一句，其法非人所知。若杀入去，必然有失！”阮小七便道：“远望隔江那里，有数只船在岸边。我兄弟三个赴水过去，夺那几只船过来，载众人如何？”若无下文张、李、穆、童船来，则并不写隔江有船矣。为有下文张、李、穆、童船来，故先以隔江有船作引也。晁盖道：“此计是最上着。”

当时阮家三弟兄都脱剥了衣服，各人插把尖刀，便钻入水里去。约莫赴开得半里之际，妙笔。〇不是等船，又不是夺船。只见江面上溜头流下三只棹船，吹风胡哨，飞也似摇将来。偏写得两耀，妙。众人看时，见那船上各有十数个人，都手里拿着军器。两耀得妙。众人却慌将起来。妙。宋江听得说了，便道：“我命里这般合苦也！”奔出庙前看时，张顺不认众人，宋江又在庙内，叙事至此，几成两错。看他如此卸出笋口来，真有撚笔如花之乐。只见当头那只船上坐着一条大汉，倒提一把明晃晃五股叉，只“倒提”二字，明明写出不是追兵，妙极。头上挽个穿心红一点鬏儿，下面拽起条白绢水裩，口里吹着胡哨。可知。宋江看时，不是别人，正是张顺。宋江连忙便招手叫道：“兄弟救我！”张顺等见是宋江，大叫道：“好了！”写出心中无数又苦又急。飞也似摇到岸边。三阮看见，退赴过来。夺船一段乃引文，盖惟恐张顺来得突然，故先作一波折。今既迎入，便随笔放下。一行众人都上岸，来得庙前。宋江看见宋江看出，余人不认，都好。张顺自引十数个壮汉此一段乃独写张顺，故在当先船上，又独坐一只也。在那只船头上，张顺独作第一队。张横引着穆弘、穆春、薛永，数十个庄客在一只船上。揭阳镇一霸，浔阳江一霸，作第二队。第三只船上，倒一句，便觉文字变换。李俊引着李立、童威、童猛，也带十数个卖盐火家，揭阳岭一霸作第三队。忽然将上文无数长书，收在一处，布想立格，无不大奇。都各执枪棒上岸来。张顺见了宋江，喜从天降，哭拜道：“喜从天降”四字下，却接“哭拜”二字，直写出豪杰朋友神理来。俗笔如何能有一字！〇真正大喜，未有不哭者，俗子安得知之，才子则知之耳。“自从哥哥吃官司，兄弟坐立不安，又无路可救。补出数日中又苦又急。近日又听得拿了戴院长。李大哥又不见面。补出寻李逵不着，又苦又急。〇不惟补出张顺寻李逵，兼补出李逵自去行事，无一人与他商量，妙绝。我只得去寻了我哥哥，补出浔阳江心兄弟二人又苦又急。引到穆太公庄上，补出揭阳镇上穆薛三人又苦又急。叫了许多相识。补出揭阳岭上四人又苦又急。今日我们正要杀入江州，要劫牢救哥哥，正文是劫法场，旁文又说劫牢，写一时人事，咄咄之极。不想仁兄已有好汉们救出来到这里。不敢拜问，这伙豪杰，莫非是梁山泊义士晁天王么？”是不曾相认语。宋江指着上首立的四字写出山泊体统。道：“这个便是晁盖哥哥。你等众位都来庙里叙礼则个。”张顺等九人，晁盖等十七人，宋江、戴宗、李逵，共是二十九人，都入白龙庙聚会。这个唤做白龙庙小聚会。忽然一束，其笔如椽。〇此一段，为一部书之腰。

当下二十九筹好汉各各讲礼已罢，只见小喽啰慌慌忙忙入庙来，报道：“江州城里鸣锣擂鼓，整顿军马，出城来追赶。远远望见旗旛蔽日，刀剑如麻，前面都是带甲马军，后面尽是擎枪兵将，大刀阔斧，杀奔白龙庙路上来！”李逵听了，大叫一声：“杀将去！”只三字，壮多少军威，笑铙歌之繁弱也。提了双斧，便出庙门。晁盖叫道：“一不做，二不休，众好汉相助着晁某，直杀尽江州军马，方才回梁山泊去！”众英雄齐声应道：“愿依尊命！”一百四五十人一齐呐喊，杀奔江州岸上来。有分教：血染波红，尸如山积。直教跳浪苍龙喷毒火，巴山猛虎吼天风。毕竟晁盖等众好汉怎地脱身，且听下回分解。

第四十回
宋江智取无为军
张顺活捉黄文炳

張順活捉黄文炳

前回写吴用劫江州，皆呼众人默然授计，直至法场上，方突然走出四色人来。此回写宋江打无为军，却将秘计一一说出，更不隐伏一句半句，凡以特特与之相异也。然文章家又有省则加倍省，增即加倍增之法。既已写宋江明明定计，便又写众人个个起行，不写则只须一句，写则必须两番。此又特特与俗笔相异，不可不知也。

打无为军一一事宜，已都在定计时明白开列，入后正叙处，只将许多“只见”字点逗人数而已。譬诸善奕者，满盘大势都已打就，入后只将一子两子处处劫杀，便令全局随手变动。文章至此，真妙手也。

写宋江口口恪遵父训，宁死不肯落草，却前乎此，则收拾花荣、秦明、黄信、吕方、郭盛、燕顺、王矮虎、郑天寿、石勇等九个人，拉而归之山泊，后乎此，则又收拾戴宗、李逵、张横、张顺、李俊、李立、穆弘、穆春、童威、童猛、薛永、侯健、欧鹏、蒋敬、马麟、陶宗旺等十六个人，拉而归之山泊。两边皆用大书，便显出中间奸诈，此史家案而不断之式也。

一路写宋江使权诈处，必紧接李逵粗言直叫，此又是画家所谓反衬法。读者但见李逵粗直，便知宋江权诈则庶几得之矣。

写宋江上梁山后，毅然更张旧法，别出自己新裁，暗压众人，明欺晁盖，甚是咄咄逼人。不意笔墨之事，其力可以至此。

话说江州城外白龙庙中常论一篇大文，全要尾上结束得好，固也。独今此文，忽然反在头上结束一遍，看他将“白龙庙中”四字，兜头提出，下却分出梁山泊好汉某人某人等，浔阳江好汉某人某人等，城里好汉某人一人，通共计有若干好汉。读之政不知其为是结前文，为是起后文，但见其有切玉如泥之力。可见文无定格，随手可造也。**梁山泊好汉**先叙山泊。**劫了法场，救得宋江、戴**

宗，正是晁盖、花荣、黄信、吕方、郭盛、刘唐、燕顺、杜迁、宋万、朱贵、王矮虎、郑天寿、石勇、阮小二、阮小五、阮小七、白胜，共是一十七人，看他许多大将。领带着八九十个悍勇壮健小喽啰。看他许多手下人。〇一结。浔阳江上来接应的好汉次叙江上。张顺、张横、李俊、李立、穆弘、穆春、童威、童猛、薛永九筹好汉，看他又是许多大将。也带四十余人，看他亦有许多手下人。都是江面上做私商的火家，撑驾三只大船，前来接应。一结。城里末叙城里。黑旋风李逵看他单是一个人。〇上文结叙山泊、江上两枝人马，可称雄师，此单是李逵一个，亦不可不称雄师。笔墨之妙，史迁未及。引众人山泊、江上如许人马，城里李逵只是一个，可云多寡不敌之至矣。却忽然写出"引众人"三字，便令山泊一十七人，及江上九人，无不悉为李逵所统。是至少者反至多，为奇变之极也。杀至浔阳江边。两路救应，通共有一百四五十人，都在白龙庙里聚义。如此结束，岂是恒人之笔！只听得小喽啰报道："江州城里军兵，擂鼓摇旗，鸣锣发喊，追赶到来。"那黑旋风李逵听得，大吼了一声，提两把板斧，先出庙门。"先出"妙。众好汉呐声喊，都挺手中军器，齐出庙来迎敌。"齐出"妙。

刘唐、朱贵先把宋江、戴宗护送上船。调刘、朱好。李俊同张顺、三阮整顿船只。调李、张、三阮好。就江边看时，见城里出来的官军约有五七千军马，须知"五七千"不是从众人眼中约出，是从戴宗口中约出。当先都是顶盔衣甲，全副弓箭，手里都使长枪，彼军当先。背后步军簇拥，彼军背后。〇写得彼军精神之极。摇旗呐喊，杀奔前来。这里李逵当先轮着板斧，赤条条地飞奔砍将入去。此军当先。背后便是花荣、黄信、吕方、郭盛四将拥护。此军背后。〇写得此军亦出色之极。花荣见前面的军马都扎住了枪，只怕李逵着伤，偷手取弓箭出来，搭上箭，拽满弓，望着为头领的一个马军，飕地一箭，只见番筋斗射下马去。那一伙马军吃了一惊，各自奔命，活画。拨转马头便走，倒把步军先冲倒了一半。活画。〇是以师中重纪律也。这里众多好汉们一齐冲突将去，杀得那官军尸横野烂，血染江红，直杀到江州城下。城上策应官军早把擂木炮石打将下来，官军慌忙入城，关上城门，好几日不敢出来。为打无为州地。

众多好汉拖转黑旋风，“拖”字妙，非旗可令，非金可收。画出铁牛情性。回到白龙庙前下船。晁盖整点众人完备，都叫分头下船，开江便走。四字如脱兔。却值顺风，拽起风帆，三只大船载了许多人马头领，却投穆太公庄上来。一帆顺风，早到岸边埠头。一行众人都上岸来。穆弘邀请众好汉到庄内堂上，穆太公出来迎接，宋江等众人都相见了。太公道：“众头领连夜劳神，且请客房中安歇，将息贵体。”各人且去房里暂歇将养，整理衣服器械。当日穆弘叫庄客宰了一头黄牛，杀了十数个猪羊，鸡鹅鱼鸭，珍肴异馔，排下筵席，管待众头领。饮酒中间，说起许多情节。晁盖道：“若非是二哥众位把船相救，我等皆被陷于缧绁！”穆太公道：“你等如何却打从那条路上来？”是近江州人语。李逵道：“我自只拣人多处杀将去，他们自要跟我来，我又不曾叫他！”大哥口中，纯是天籁。众人听了，都大笑。

宋江起身与众人道：“小人宋江，若无众好汉相救时，和戴院长皆死于非命。今日之恩，深于沧海，如何报答得众位！只恨黄文炳那厮，搜根剔齿，聪明人为人干事，往往不遭人怨，定被天怒，只为犯此四字耳。几番唆毒，要害我们。这冤仇如何不报？怎地启请众位好汉，再做个天大人情，去打了无为军，杀得黄文炳那厮，也与宋江消了这口无穷之恨，那时回去如何？”晁盖道：“我们众人偷营劫寨，只可使一遍，如何再行得？非写晁盖心懒，亦非写其老成，盖止为才闹江州，便打无为，笔墨无节，便同戏事，故特向主军口中商量一句，以作文章一顿也。似此奸贼已有堤备，不若且回山寨去，聚起大队人马，一发和学究、公孙二先生并林冲、秦明都来报仇，也未为晚。”宋江道："若是回山去了，再不能够得来。一者山遥路远，二乃江州必然申开明文，各处谨守。不要痴想，只是趁这个机会，便好下手，不要等他做了准备。"花荣道："哥哥见得是。每写花荣灵警。虽然如此，只是无人识得路径，不知他地理如何。先得个人，去那里城中探听虚实，也要看无为军出没的路径去处，就要认黄文炳那贼的住处了，然后方好下手。"薛永便起身说薛永上山无功，故特用之。道："小弟多在江湖上行，此处无为军最熟，我去探听一遭，如何？"宋江道："若得贤弟去走一遭，最好。"薛永当日别了众人，自去了。

只说宋江自和众头领在穆弘庄上商议要打无为军一事，整顿军器枪刀，安排弓弩箭矢，打点大小船只等项。堤备已了，只见薛永去了两日，带将一个人回到庄上来，拜见宋江。宋江便问道："兄弟，这位壮士是谁？"薛永答道："这人姓侯名健，祖居洪都人氏。做得第一手裁缝，端的是飞针走线。更兼惯习枪棒，曾拜薛永为师。人见他黑瘦轻捷，因此唤他做'通臂猿'。见在这无为军城里黄文炳家做生活，小弟因见了，就请在此。"宋江大喜，便教同坐商议。那人也是一座地煞星之数，自然义气相投。宋江便问江州消息，一。无为军路径如何。二。薛永说道：薛永说江州消息，侯健说无为州路径，行文清整之甚。"如今蔡九知府计点官军百姓，被杀死有五百余人，带伤中箭者不计其数。见今差人星夜申奏朝廷去了。城门日中后便关，出入的好生盘问得紧。原来哥哥被害一事，倒不干蔡九知府事，都是黄文炳那厮前回事情，却于此处薛永口中醒出，妙甚。三回五次点拨知府，教害二位。如今见劫了法场，城中甚慌，晓夜堤备。小弟又去无为军打听，正撞见这个兄弟出来吃饭，因是得知备细。”薛永只说江州，无为州便交卸下去。

宋江道：“侯兄何以知之？”侯健道：侯健说无为州路径。“小人自幼只爱习学枪棒，多得薛师父指教，因此不敢忘恩。近日黄通判特取小人来他家做衣服，因出来遇见师父，提起仁兄大名，说起此一节事来。小人要结识仁兄，特来报知备细。这黄文炳有个嫡亲哥哥，唤做黄文烨，止为后要赚他开门，便预先添出一个大官人来，然又不必杀大官人，故反加倍写他好善，以形容文炳之恶，其实乃是闲文，无别意也。与这文炳是一母所生二子。这黄文烨平生只是行善事，修桥补路，塑佛斋僧，扶危济困，救拔贫苦。那无为军城中都叫他‘黄面佛’。好。〇俗本作“黄佛子”。这黄文炳虽是罢闲通判，心里只要害人，惯行歹事，无为军都叫他做‘黄蜂刺’。好。他兄弟两个分开做两院住，只在一条巷内出入，靠北门里便是他家。黄文炳贴着城住，黄文烨近着大街，此数语，是特特生出黄文烨来本意。小人在他那里做生活，却听得黄通判回家来说：‘这件事，蔡九知府已被瞒过了，却是我点拨他，教知府先斩了，然后奏去。’黄文烨听得说时，只在背后骂，说道：‘又做这等短命促掏的事！于你无干，何故定要害他？倘或有天理之时，报应只在目前，却不是反招其祸？’这两日听得劫了法场，好生吃惊。昨夜去江州探望蔡九知府，与他计较，尚兀自未回来。”反先为不见黄文炳作注，妙笔。〇注在前而不知，读至而犹然疑之，甚矣，人之不会读书也！宋江道：“黄文炳隔着他哥哥家多少路？”侯健道：“原是一家分开，如今只隔着中间一个菜园。”是生出黄文烨本意。宋江道：“黄文炳家多少人口，有几房头？”侯健道：“男子妇人，通有四五十口。”报仇至杀其四五十口，可称大快，然杀之而后数之，不若数之而后杀之之尤快也。笔法之妙如此。

宋江道：“天教我报仇，特地送这个人来。虽是如此，全靠众弟兄维持。”众人齐声应道：“当以死向前，正要驱除这等赃滥奸恶之人，宋江以私怨杀黄文炳家四五十口，不可训矣，特标此句以盖之也。与哥哥报仇雪恨！”宋江又道：“只恨黄文炳那贼一个，却与无为军百姓无干。是。他兄既然仁德，亦不可害他，休教天下人骂我不仁。众弟兄去时，不可分毫侵害百姓。今去那里，我有一计，只望众人扶助扶助。”众头领齐声道：“专听哥哥指教。”宋江道：“有烦穆太公调遣诸将，第一先是太公，趣甚。○往常诸将听计，皆用秘密，此独彰明昭著，一一都写出来者，为避劫江州时，吴用调遣一篇也。对付八九十个叉袋，又要百十束芦柴，用着五只大船，两只小船。央及张顺、李俊驾两只小船；一一写出。五只大船上用着张横、三阮、童威和识水的人护船，一一写出。此计方可。”穆弘道：“此间芦苇、油柴、布袋都有。我庄上的人都会使水驾船。便请哥哥行事。”宋江道：“却用侯家兄弟引着薛永并白胜先去无为军城中藏了。来日三更二点为期，只听门外放起带铃鹁鸽，便教白胜上城策应，先插一条白绢号带，近黄文炳家，便是上城去处。”一一写出。再又教石勇、杜迁扮做丐者，去城门边左近埋伏，只看火为号，便要下手杀把门军士。一一写出。李俊、张顺只在江面上往来巡绰，等候策应。完李俊、张顺句。○一一写出。

宋江分拨已定，薛永、白胜、侯健先自去了，先一队作埋伏。○上一番明写调遣，此一番又明写发军，务要与劫江州时不同也。随后再是石勇、杜迁扮做丐者，身边各藏了短刀暗器，也去了。一队作策应。这里自一面扛抬沙土布袋和芦苇油柴，上船装载。众好汉至期，各各拴束了，身上都准备了器械，船舱里埋伏军汉。众头领分拨下船，晁盖、宋江、花荣在童威船上，此是中军第一队。燕顺、王矮虎、郑天寿在张横船上，第二队。戴宗、刘唐、黄信在阮小二船上，第三队。吕方、郭盛、李立在阮小五船上，第四队，穆弘、穆春、李逵在阮小七船上。第五队。只留下朱贵、宋万在穆太公庄，看理江州城里消息。另一队作防守。先使童猛棹一只打渔快船，前去探路。另一队作探听。〇不过二三十人，写得如许有进有退，有攻有守，有伏有应，有伸有缩，妙甚。小喽啰并军健都伏在舱里，火家、庄客、水手撑驾船只，当夜密地望无为军来。

此时正是七月尽天气，夜凉风静，月白江清，水影山光，上下一碧。如许杀人放火事，偏用绝妙好辞，写得景物清夷，行文亦当有诸葛君真名士之誉也。约莫初更前后，大小船只都到无为江岸边，拣那有芦苇深处好。〇何物文人，其胸中无所不妙。一字儿缆定了船只。只见那童猛看他历历落落，写出无数"只见"字，如闻棋子落枰之声。回船来报道："城里并无些动静。"好。宋江便叫手下众人把这沙土布袋和芦苇干柴都搬上岸，望城边来。听那更鼓时，正打二更。宋江叫小喽啰各各抡了沙土布袋并芦柴，就城边堆垛了。众好汉各挺手中军器，只留张横、三阮、两童守船接应；不惟精于行文，亦复精于行兵，若在俗笔，竟一哄都上岸矣。其余头领都奔城边来。望城上时，约离北门有半里之路，宋江便叫放起带铃鹁鸽。只见城上"只见"二。一条竹竿，缚着白号带，风飘起来。宋江见了，便叫军士就这城边堆起沙土布袋，分付军汉一面挑担芦苇、油柴上城。只见白胜"只见"三。已在那里接应等候，把手指与众军汉道："只那条巷便是黄文炳住处。"好。宋江问白胜道："薛永、侯健在那里？"妙。〇调遣曲折，前文已详。此处连用数个"只见"，不过更将前计再一点醒之耳。若又逐一板板应出，便觉了无灵变之气。只就一问一答，显得众人无不效命，笔法妙绝。白胜道："他两个潜入黄文炳家里去了，只等哥哥到来。"宋江又问道："你曾见石勇、杜迁么？"妙。白胜道："他两个在城门边左近伺候。"宋江听罢，引了众好汉下城来，径到黄文炳门前。只见侯健"只见"四。闪在房檐下。宋江唤来，附耳低言道："你去将菜园门开了，放他军士把芦苇、油柴堆放里面。可教薛永寻把火来点着，却去敲黄文炳门道：'间壁大官人家失火，有箱笼什物搬来寄顿！'大官人失火，曾与二官人何涉？然大官人失火，而搬运箱笼前来寄顿，此言直钻入二官人耳朵心坎也。〇上文增出大官人，只为此一句耳。敲得门开，我自有摆布。”

宋江教众好汉分几个把住两头。精于用兵。侯健先去开了菜园门，军汉把芦柴搬来，堆在里面。侯健就讨了火种，递与薛永，将来点着。侯健便闪出来，却去敲门，叫道：“间壁大官人家失火，有箱笼搬来寄顿，快开门则个！”里面听得，便起来看时，望见隔壁火起，连忙开门出来。晁盖、宋江等呐声喊，杀将入去。众好汉亦各动手，见一个杀一个，见两个杀一双，把黄文炳一门内外大小四五十口，尽皆杀了，不留一人，献勤人看样。只不见了文炳一个。文情奇绝，偏要作此一闪。○前已注明，人自不觉也。众好汉把他从前酷害良民积攒下许多家私金银，“家私金银”上，加出“酷害良民积攒下”七字，与天下看样。收拾俱尽。大哨一声，众多好汉都扛了箱笼家财却奔城上来。

且说石勇、杜迁见火起，各掣出尖刀，便杀把门的军人，却见前街邻舍拿了水桶、梯子，都奔来救火。好。石勇、杜迁大喝道：“你那百姓休得向前！我们是梁山泊好汉数千在此，来杀黄文炳一门良贱，与宋江、戴宗报仇！不干你百姓事，你们快回家躲避了，休得出来闲管事！”众邻舍有不信的，立住了脚看。写得好，真有是事。只见黑旋风李逵“只见”五。抡起两把板斧，着地卷将来，众邻舍方才呐声喊，抬了梯子、水桶，一哄都走了。写得好。这边后巷也有几个守门军汉，带了些人，拖了麻搭火钩，都奔来救火。写得好。○多写救火者，正是张皇火势也。早被花荣张起弓，当头一箭，射翻了一个，好，足矣。大喝道：“要死的便来救火！”那伙军汉一齐都退去了。写得好。只见薛永“只见”六。拿着火把，便就黄文炳家里前后点着，乱乱杂杂火起。当时李逵砍断铁锁，大开城门，一半人从城上出去，一半人从城门下出去。必尽从门下出去，便是死笔。此独写出纷纷杂杂，得胜便走之状，就画也画不来。○前宋江用石、杜夺门，正是要众人都从门下出去也。到此忽然写出一半人不依宋江将令，一时忙乱如画。只见三阮、张、童“只见”七。都来接应，合做一处，扛抬财物上船。无为军已知江州被梁山泊好汉劫了法场，杀死无数的人，如何敢出来追赶？只得回避了。写得好。这宋江一行众好汉只恨拿不着黄文炳，结上引下。都上了船，摇开了，自投穆弘庄上来。不在话下。

却说江州城里望见无为军火起，蒸天价红，此一句上边都红。○上文止写众人各逞功劳，不曾写到火势，此处方显出大火来。满城中都讲动，只得报知本府。这黄文炳正在府里议事，直接侯健语。听得报说了，慌忙来禀知府道：“敝乡失火，“敝乡”二字妙，写得从宽渐紧。急欲回家看觑！”蔡九知府听得，忙叫开城门，差一只官船相送。文炳之被捉，知府害之矣。黄文炳谢了知府，随即出来，带了从人，慌速下船，摇开江面，望无为军来。看见火势猛烈，映得江面上都红。此一句下边多红。艄公说道：“这火只是北门里火。”比“敝乡”渐紧。黄文炳见说了，心里越慌。看看摇到江心里，只见一只小船从江面上摇过去了。妙。写得神出鬼没。○“只见”八。少时，又是一只小船摇将过来，摇过去，摇过来，妙不可言。却不径过，望着官船直撞将来。此句上暗藏两只小船商量可知。从人喝道：“甚么船，敢如此直撞来！”只见那小船上一条大汉跳起来，“只见”九。手里拿着挠钩，妙，又可救火，又可搭人。口里应道：“去江州报失火的船。”只道手里拿一钩，不道口里又舒一钩也。黄文炳便钻出来，问道：“那里失火？”那大汉道：“北门黄通判家第一句是“敝乡”，第二句是“北门“，第三句便直逼出“黄通判家”四字来，妙妙。被梁山泊好汉杀了一家人口，劫了家私，如今正烧着哩！”黄文炳失口叫声苦，不知高低。写得疾。那汉听了，一挠钩搭住了船，便跳过来。写得疾。黄文炳是个乖觉的人，早瞧了一分，便奔船梢后走，望江边踊身便跳。写得疾。只见当面前又一只船，“只见”十，写得疾。水底下早钻过一个人，把黄文炳劈腰抱住，拦头揪起，扯上船来。写得疾。船上那个大汉早来接应，写得疾。便把麻索绑了。水底下活捉了黄文炳的便是浪里白条张顺，船上把挠钩的，便是混江龙李俊。两个好汉立在船上。那摇官船的艄公只顾下拜。余波。李俊说道：“我不杀你们，只顾捉黄文炳这厮！你们自回去，说与蔡九知府那贼驴知道，俺梁山泊好汉们权寄下他那颗驴头，早晚便要来取！”斩首犯，赦从犯，都好。艄公战抖抖的道：“小人去说。”李俊、张顺拿了黄文炳过自己的小船上，放那官船去了。

两个好汉棹了两只快船，径奔穆弘庄上。早摇到岸边，望见一行头领都在岸上等候，搬运箱笼上岸。见说拿得黄文炳，宋江不胜之喜。众好汉一齐心中大喜，说：“正要此人见面！”可谓久慕通判高才。李俊、张顺早把黄文炳带上岸。众人看了，监押着离了江岸，到穆太公庄上来。朱贵、宋万接着众人，看他一笔不乱。入到庄里，草厅上坐下。宋江把黄文炳剥了湿衣服，绑在柳树上，请众头领团团坐定。宋江叫取一壶酒来，与众人把盏。上自晁盖，下至白胜，共是三十位好汉，都把遍了。宋江大骂：“黄文炳！你这厮！我与你往日无冤，近日无仇，你如何只要害我？三回五次，教唆蔡九知府杀我两个。你既读圣贤之书，如何要做这等毒害的事！我又不与你有杀父之仇，你如何定要谋我？你哥哥黄文烨与你这厮一母所生，他怎恁般修善？久闻你那城中都称他做‘黄面佛’，我昨夜分毫不曾侵犯他。你这厮在乡中只是害人，交结权势，浸润官长，欺压良善。我知道无为军人民都叫你做‘黄蜂刺’！我今日且替你拔了这个‘刺’！”妙说解颐。黄文炳告道：“小人已知过失，只求早死！”晁盖喝道：“你那贼驴，怕你不死！你这厮早知今日，悔不当初！”宋江便问道：“那个兄弟替我下手？”只见黑旋风李逵“只见”十一。〇须得此人动手。跳起身来，说道：“我与哥哥动手割这厮！我看他肥胖了，倒好烧吃！”晁盖道：“说得是！教取把尖刀来，就讨盆炭火来，细细地割这厮，烧来下酒，与我贤弟消这怨气！”李逵拿起尖刀，看着黄文炳，笑道：该笑。“你这厮在蔡九知府后堂且会说黄道黑，拨置害人，无中生有撺掇他。字字令文炳心服，觉上文宋江之言烦而无当。今日你要快死，“快死”二字奇绝。老爷却要你慢死！”“慢死”二字又奇绝。便把尖刀先从腿上割起，拣好的人肉又有好歹拣择，奇绝之语。就当面炭火上炙来下酒。割一块，炙一块。无片时，割了黄文炳，李逵方才把刀割开胸膛，取出心肝，把来与众头领做醒酒汤。

众多好汉看割了黄文炳，都来草堂上与宋江贺喜。只见宋江先跪在地下，看他写宋江肯得性命，便用权术，真是笔情如镜。众头领慌忙都跪下，齐道：“哥哥有甚事，但说不妨。兄弟们敢不听？”宋江便道：“小可不才，自小学吏。初世为人，便要结识天下好汉。谦得奇绝。奈缘力薄才疏，不能接待，以遂平生之愿。自从刺配江州，多感晁头领并众豪杰苦苦相留。宋江因守父亲严训，不曾肯住。正是天赐机会，于路直至浔阳江上，又遭际许多豪杰。不想小可不才，一时间酒后狂言，险累了戴院长性命。感谢众位豪杰不避凶险，来虎穴龙潭，力救残生，又蒙协助报了冤仇。如此犯下大罪，闹了两座州城，必然申奏去了。今日不由宋江不上梁山泊投托哥哥去，未知众位意下若何？如是相从者，只今收拾便行，只此语，亦不必跪说，偏写宋江跪，皆表其权术也。如不愿去的，一听尊命。假作一顿，下便疾收，妙甚。只恐事发，反遭……”宋江口口不肯上山，却前在清风收拾许多人去，今在江州又要收拾许多人去。两番都用大书，盖深表其以权术为生平也。〇“反遭”下，辞尚未毕。说言未绝，李逵先跳起来，便叫道：“都去，都去！但有不去的，吃我一鸟斧，砍做两截便罢！”写宋江权术处，偏写李逵爽直相形之。〇一个跪说，一个斧砍，谁是谁非，人必能辨。〇"先跳起来"四字妙，便见众人尚跪也。宋江道："你这般粗卤说话！全在各弟兄们心肯意肯，方可同去。""事发"一句已说在前，便仍以"心肯意肯"听之众人，极似不相强者，然写宋江权术不可当。众人议论道："如今杀死了许多官军人马，闹了两处州郡，他如何不申奏朝廷？必然起军马来擒获。今若不随哥哥去同死同生，却投那里去？"宋江大喜，谢了众人。当日先叫朱贵和宋万前回山寨里去报知，次后分作五起进程。头一起便是晁盖、旧。宋江、新。花荣、旧。戴宗、新。李逵，新。〇第一起，旧、新相间。第二起便是刘唐、旧。杜迁、旧。石勇、旧。薛永、新。侯健，新。〇第二起，旧在前，新在后。第三起便是李俊、新。李立、新。吕方、旧。郭盛、旧。童威、新。童猛，新。〇第三起，两头新，中间旧。第四起便是黄信、旧。张顺、新。张横、新。阮家三弟兄，旧。〇第四起，两头旧，中间新。第五起便是穆弘、新。穆春、新。燕顺、旧。王矮虎、旧。郑天寿、旧。白胜。旧。〇第五起，新在前，旧在后。五起二十八个头领，总结一句，有气力，有神采。带了一干人等，将这所得黄文炳家财各各分开，装载上车子。穆弘带了穆太公并家小人等，将应有家财金宝装载车上。庄客数内有不愿去的，都赍发他些银两，自投别主去佣工。有愿去的，一同便往。前四起陆续去了，已自行动。穆弘收拾庄内已了，放起十数个火把，烧了庄院，了。撇下了田地，了。自投梁山泊来。

且不说五起人马登程，节次进发，只隔二十里而行。先说第一起晁盖、宋江、花荣、戴宗、李逵五骑马，带着车仗人伴，在路行了三日。前面来到一个去处，地名唤做黄山门。宋江在马上与晁盖说道："这座山生得形势怪恶，莫不有大伙在内？可着人催趱后面人马上来，一同过去。"说犹未了，只见前面山嘴上锣鸣鼓响。渐与对影山相犯矣，看他极力摆脱。宋江道："我说么！且不要走动，等后面人马到来，好和他厮杀。”花荣便拈弓搭箭在手，晁盖、戴宗各执朴刀，李逵拿着双斧，拥护着宋江，闲中又写四人拥护，独表宋江无能，只是一生权术，便得为头为脑，妙笔人看不出。一齐趱马向前。只见山坡边闪出三五百个小喽啰，当先簇拥出四筹好汉，各挺军器在手，高声喝道：“你等大闹了江州，劫掠了无为军，杀害了许多官军百姓，待回梁山泊去，我四个等你多时，会事的只留下宋江，都饶了你们性命！”何由知之，写得可骇。宋江听得，便挺身出去，跪在地下说道：“小可宋江，处处写宋江权术过人。○好在挺身出跪，又妙在竟实说出“小可宋江”四字。被人陷害，冤屈无伸，今得四方豪杰救了性命。小可不知在何处触犯了四位英雄？万望高抬贵手，饶恕残生！”不刚不柔，又悲又响，辞令至此，无人不哭。那四筹好汉见了宋江跪在前面，都慌忙滚鞍下马，撇了军器，飞奔前来，拜倒在地下，又奇。说道：“俺弟兄四个只闻山东及时雨宋公明大名，想杀也不能个见面。俺听知哥哥在江州为事吃官司，我弟兄商议定了，正要来劫牢，有晁盖等十五筹好汉劫法场，便有李逵独自一个劫法场以陪之，有张顺等六筹相识好汉要劫牢，便有欧鹏等四筹不相识好汉要劫牢。文心文格，无不诡变之极。只是不得个实信。劫法场若单靠李逵，几误大事，劫牢若单靠欧鹏等，亦几误大事。令人事过思之，尚有余畏未定。前日使小喽啰直到江州来打听，回来说道：‘已有多少好汉闹了江州，劫了法场，救出往揭阳镇去了。后又烧了无为军，劫掠黄通判家。’料想哥哥必从这里来，节次使人路中来探望，犹恐未真，故反作此一番诘问。得此一段，遂令前话有由。冲撞哥哥，万勿见罪。今日幸见仁兄，小寨里略备薄酒粗食，权当接风。请众好汉同到敝寨，盘桓片时。”

宋江大喜，扶起四位好汉，逐一请问大名。为头的那人姓欧名鹏，祖贯是黄州人氏，守把大江军户，因恶了本官，逃走在江湖上绿林中，熬出奇语，又痛语。这个名字，唤做“摩云金翅”。第二个好汉姓蒋名敬，祖贯是湖南潭州人氏，原是落科举子出身，科举不第，弃文就武，颇有谋略，精通书算，积万累千，纤毫不差。亦能刺枪使棒，布阵排兵，因此人都唤他做“神算子”。第三个好汉姓马名麟，祖贯是南京建康人氏，原是小番子闲汉出身，吹得双铁笛，使得好大滚刀，百十人近他不得，因此人都唤他做“铁笛仙”。第四个好汉姓陶名宗旺，祖贯是光州人氏，庄家田户出身，能使一把铁锹，有的是气力，亦能使枪抡刀，因此人都唤做“九尾龟”。这四筹好汉接住宋江，小喽啰早捧过果盒，一大壶酒，两大盘肉，托来把盏。先递晁盖、宋江，次递花荣、戴宗、李逵，与众人都相见了。一面递酒，没两个时辰，第二起头领又到了，看他写后四起不一齐来。一个个尽都相见。把盏已遍，邀请众位上山。两起十位头领，先来到黄门山寨内。那四筹好汉便叫椎牛宰马管待。却教小喽啰陆续下山，接请后面那三起十八位头领上山来筵宴。未及半日，三起好汉已都来到了，叙得省手。尽在聚义厅上筵席相会。宋江饮酒中间，在席上闲话道：“今次宋江投奔了哥哥晁天王看他紧顶晁天王，则晁天王一席他日便更无余人能夺之者。写宋江权术如镜。上梁山泊去，一同聚义。未知四位好汉肯弃了此处同往梁山泊大寨相聚否？”处处写他收罗人马上山，可知前番大哭之诈。四个好汉齐答道：“若蒙二位义士不弃贫贱，情愿执鞭坠镫。”宋江、晁盖大喜，便说道：“既是四位肯从大义，便请收拾起程。”众多头领俱各欢喜。在山寨住了一日，过了一夜。

次日，宋江、晁盖仍旧做头一起真是用笔详到。下山进发先去，次后依例而行，只隔着二十里远近。四筹好汉收拾起财帛金银等项，带领了小喽啰三五百人，便烧毁了寨栅，随作第六起登程。第六起纯是新，更无旧。○忽然增出一起，意外奇笔。宋江又合得这四个好汉，心中甚喜，于路在马上对晁盖说道：晁盖直性人，任凭宋江调拨。看他第一起只是自己与晁盖两个，其余三人悉是梯己心腹，更不着一余人在旁，于路便好多将言语兜绾他。写宋江权术，真有出神入化之笔。“小弟来江湖上走了这几遭，虽是受了些惊恐，却也结识得这许多好汉。看他自家先叙功一句，可谓咄咄逼人。〇笔墨之事，摹画至此，奇哉！今日同哥哥上山去，这回只得死心塌地与哥哥同死同生。”看他一段说话，先叙功高，次表心赤。功高，则众人不得而争之；心赤，则晁盖不得而疑之矣。一路上，说着闲话，此是宋江吃紧权诈语，却说是“闲话”，妙绝。〇愚尝思世人一生鹿鹿，皆闲话也，宋江谋晁盖交椅，今复安在哉！后人笑前人，后人又笑后人，笑自笑，闲话自闲话，世间之事，胡可胜叹！不觉早来到朱贵酒店里了。

且说四个守山寨的头领吴用、公孙胜、林冲、秦明，和两个新来的萧让、金大坚，已得朱贵、宋万先回报知，每日差小头目棹船出来酒店里迎接。一起起都到金沙滩上岸。擂鼓吹笛，众好汉们都乘马轿，迎上寨来。到得关下，军师吴学究等六人把了接风酒，都到聚义厅上，焚起一炉好香。晁盖便请宋江为山寨之主，坐第一把交椅。晁盖已入玄中，一路闲说之力如此。宋江那里肯？又妙。便道：“哥哥差矣！感蒙众位不避刀斧，救拔宋江性命。哥哥原是山寨之主，如何却让不才？若要坚执如此相让，宋江情愿就死！”晁盖道：“贤弟如何这般说！当初若不是贤弟担那血海般干系，救得我等七人性命上山，如何有今日之众？你正该山寨之恩主，你不坐，谁坐？”宋江道：“仁兄，论年齿，兄长也大十岁。看他句句权诈之极。〇让晁盖，还只是论齿，然则余人可知矣。俨然以功自居，真乃咄咄相逼。宋江若坐了，岂不自羞？”再三推晁盖坐了第一位，宋江坐了第二位。吴学究坐了第三位，公孙胜坐了第四位。宋江道：看他毅然开口，目无晁盖，咄咄逼人。“休分功荣高下，只一句，便将晁盖从前号令一齐推倒，别出自己新裁，使山泊无旧无新，无不仰其鼻息。枭雄之才如此！〇耐庵不过舐笔蘸墨耳，何其枭雄遂至如此。才子胸中，洵不可测也。梁山泊一行旧头领去左边主位上坐，欲形其少也。贼，贼！新到头领去右边客位上坐，欲夸其多也，贼，贼！待日后出力多寡，那时另行定夺。”尽入宋江手矣。〇大才调人做大事业，只是一着两着，譬如高手奕棋，只在一着两着也。但得之笔墨之间，更为奇事耳。众人齐道："此言极当。"左边一带，林冲、刘唐、阮小二、阮小五、阮小七、杜迁、宋万、朱贵、白胜；只九人。右边一带，论年甲次序，互相推让，增此八字，便显得右边济济。花荣、秦明、黄信、戴宗、李逵、李俊、穆弘、张横、张顺、燕顺、吕方、郭盛、萧让、王矮虎、薛永、金大坚、穆春、李立、欧鹏、蒋敬、童威、童猛、马麟、石勇、侯健、郑天寿、陶宗旺，共二十七人。〇中间止萧让、金大坚非宋江相识，然要拖过花荣、秦明、黄信、燕顺、吕方、郭盛、王矮虎、郑天寿八人列在右边，定不得不并及之矣。宋江此时，真顾盼自豪矣哉。共是四十位头领坐下。一结。大吹大擂，且吃庆喜筵席。

宋江说起江州蔡九知府捏造谣言一事，说与众头领："叵耐黄文炳那厮，事又不干他己，却在知府面前将那京师童谣解说道：'耗国因家木'，耗散国家钱粮的人必是家头着个'木'字，不是个'宋'字？'刀兵点水工'，兴动刀兵之人必是三点水着个'工'字，不是个'江'字？这个正应宋江身上。那后两句道：'纵横三十六，播乱在山东'，合主宋江造反在山东。妙绝之笔。〇要知此一番不是酒席上闲述乐情而已，须知宋江只把现成公案向众重宣一遍，便抵无数篝火狐鸣、鱼罾书帛之事。无处不写宋江权术过人。以此拿了小可。不期戴院长又传了假书，以此黄文炳那厮撺掇知府，只要先斩后奏。若非众好汉救了，焉得到此！"李逵跳将起来道："好哥哥，正应着天上的言语！每每写宋江用诈处，便被李逵跳破。如上文自述童谣一遍，本是以符谶牢笼众人，然却口中不要说出，自得众人心中暗动。偏忽然用李逵一句直叫出来，两两相形，文情奇绝。〇"天上言语"四字，从何而来？奇绝纱绝！虽然吃了他些苦，黄文炳那贼也吃我割得快活！正应"天上言语"下，忽然说入自己快活事，夹七夹八，活画铁牛。放着我们许多军马，便造反，怕怎地？晁盖哥哥便做大宋皇帝，宋江哥哥便做小宋皇帝，见当时国号大宋，便误认"宋皇帝"三字再折不开，一妙也；宋江姓宋，忽说是"宋皇帝"，晁盖不姓宋，亦说是"宋皇帝"，二妙也；皇帝又有大小两个，三妙也。〇要知晁盖大皇帝，全是宋江面上增出来者，妙绝。吴先生做个丞相，何处学来？公孙道士便做个国师，何处学来？我们都做个将军，铁牛思做将军，真乃未能免俗，然吾不知其藏之胸中已复几时，直至今日始得快吐之也。〇除两哥哥做皇帝外，其余本做将军，亦止为吴用、公孙二人，看来不似做将军者，故遂生出丞相、国师来也。〇铁牛居然欲为周公，真是梦想不到。杀去东京夺了鸟位，在那里快活却不好，不强似这个鸟水泊里？”位是“鸟位”，水泊是“鸟水泊”，说得兴尽。戴宗慌忙喝道：“铁牛，你这厮胡说！你今日既到这里，不可使你那在江州性儿，须要听两位头领哥哥的言语号令，亦不许你胡言乱语，多嘴多舌！再如此多言插口，先割了你这颗头来为令，以警后人！”李逵道：“阿呀！若割了我这颗头，几时再长得一个出来，我只吃酒便了！”此不是呆语，又写李大哥鉴貌辨色，明哲保身也。众多好汉都笑。

宋江又题起拒敌官军一事，说道：“那时小可初闻这个消息，好不惊恐，不期今日轮到宋江身上！”将前文直缩结到今日。吴用道：“兄长当初若依了弟兄之言，只住山上快活，不到江州，不省了多少事？这都是天数注定如此。”宋江道：“黄安那厮，如今在那里？”已隔数卷，至此忽问，可见此书一笔不漏。晁盖道：“那厮住不够两三个月，便病死了。”将今日直缩到前文。宋江嗟叹不已。当日饮酒，各各尽欢。晁盖先叫安顿穆太公一家老小；完。叫取过黄文炳的家财，赏劳了众多出力的小喽啰。完。取出原将来的信笼，交还戴院长收用，完。戴宗那里肯要？定教收放在库内公支使用。又表戴宗。〇此等是戴宗与宋江做人一样处。晁盖叫众多小喽啰参拜了新头领李俊等，完。都参见了。连日山寨里杀牛宰马，作庆贺筵席，不在话下。

再说晁盖教山前山后各拨定房屋居住，山寨里再起造房舍，修理城垣。至第三日，酒席上宋江起身对众头领说道：“宋江还有一件大事，正要禀众弟兄。小可今欲下山走一遭，乞假数日，何也？未知众位肯否？”晁盖便问道：“贤弟，今欲要往何处，干甚么大事？”宋江不慌不忙，说出这个去处，有分教：枪刀林里，再逃一遍残生；山岭边傍，传授千年勋业。正是：只因玄女书三卷，留得清风史数篇。毕竟宋公明要往何处去走一遭，且听下回分解。

第四十一回
还道村受三卷天书
宋公明遇九天玄女

尝观古学剑之家，其师必取弟子，先置之断崖绝壁之上，迫之疾驰，经月而后，授以竹枝，追刺猿猱，无不中者，夫而后归之室中，教以剑术，三月技成，称天下妙也。圣叹叹曰：嗟乎，行文亦犹是矣。夫天下险能生妙，非天下妙能生险也。险故妙，险绝故妙绝。不险不能妙，不险绝不能妙绝也。游山亦犹是矣。不梯而上，不缒而下，未见其能穷山川之窈窕，洞壑之隐秘也。梯而上，缒而下，而吾之所至，乃在飞鸟徘徊，蛇虎踯躅之处，而吾之力绝，而吾之气尽，而吾之神色索然犹如死人，而吾之耳目乃一变换，而吾之胸襟乃一荡涤，而吾之识略乃得高者愈高，深者愈深，奋而为文笔，亦得愈极高深之变也。行文亦犹是矣。不阁笔，不卷纸，不停墨，未见其有穷奇尽变出妙入神之文也。笔欲下而仍阁，纸欲舒而仍卷，墨欲磨而仍停，而吾之才尽，而吾之髯断，而吾之目矐，而吾之腹痛，而鬼神来助，而风云忽通，而后奇则真奇，变则真变，妙则真妙，神则真神也。吾以此法遍阅世间之文，未见其有合者。今读还道村一篇，而独赏其险妙绝伦。嗟乎，支公畜马，爱其神骏，其言似谓自马以外都更无有神骏也者。今吾亦虽谓自《水浒》以外都更无有文章，亦岂诬哉！

前半篇两赵来捉，宋江躲过，俗笔只一句可了。今看他写得一起一落，又一起又一落，再一起再一落，遂令宋江自在厨中，读者本在书外，却不知何故一时便若打并一片心魂，共受若干惊吓者。灯昏窗响，壁动鬼出，笔墨之事，能令依正一齐震动，真奇绝也。

上文神厨来捉一段，可谓风雨如磬，虫鬼骇逼矣。忽然一转，却作花明草媚，团香削玉之文。如此笔墨，真乃有妙必臻，无奇不出矣。

第一段神厨搜捉，文妙于骇紧。第二段梦受天书，文妙于整丽。第三段群雄策应，便更变骇紧为疏奇，化整丽为错落。三段文字，凡作三样笔法，不似他人小儿舞鲍老，只有一副面具也。

此书每写宋江一片奸诈后，便紧接李逵一片真诚以激射之，前已处处论之详矣。最奇妙者，又莫奇妙于写宋江取爷后，便写李逵取娘也。夫爷与娘，所谓一本之亲者也。譬之天矣，无日不戴之，无日不忘之，无日不忘之，无日不戴之。非有义可尽，亦并非有恩可感，非有理可讲，亦并非有情可说也。执涂之人，而告之曰："我孝。"孝，口说而已乎？执涂之人，而告之曰："我念我父。"然则尔之念尔父也，殆亦暂矣。我闻诸我先师曰："夫孝，推而放之四海而准。"推而放之四海而准者，以孝我父者孝我君谓之忠，以孝我父者孝我兄谓之悌，以孝我父者孝我友谓之敬，以孝我父者孝我妻谓之良，以孝我父者孝我子谓之慈，以孝我父者孝我百姓谓之有道仁人也。推而至于伐一树，杀一兽，不以其顺谓之不孝。故知孝者，百顺之德也，万福之原也。故知孝之为言顺也，顺之为言时也。时春则生，时秋则杀，时喜则笑，时怒则骂，生杀笑骂，皆谓之孝。故知行孝，非可以口说为也。我父我母，非供我口说之人也。自世之大逆极恶之人，多欲自言其孝，于是出其狡狯阴阳之才，先施之于其父其母，而后亦遂推而加之四海，驯至殃流天下，祸害相攻，大道既失，不可复治。呜呼此口说之孝所以为强盗之孝，而作者特借宋江以活画之。盖言强盗之为强盗，徒以恶心向于他人。若夫口口说孝之人，乃以恶心向其父母，是加于强盗一等者也。我观远行者，必爇香而祝曰："好人相逢，恶人远避。"盖畏强盗之至也。今父母孕子，亦当爇香祝曰："心孝相逢，口孝远避。"盖为父母者之畏口口说孝之子，真有过于强盗也者。彼说孝之人，闻吾之言，今定不信。迨于他日不免有子，夫然后知曩者其父其母之遭我之毒，乃至若斯之极也。呜呼，作者之传宋江，其识恶垂戒之心，岂不痛哉！故于篇终紧接李逵取娘之文，以见粗卤凶恶如李铁牛其人，亦复不忘源本。然则孝之为德，下及禽虫，无不具足，宋江可以不必屡自矜许。且见粗卤凶恶如李铁牛其人，乃其取娘陡然一念，实反过于宋江取爷百千万倍。然则，孝之为德，惟不说者其内独至！宋江不为人骂死，不为雷震死，亦当自己羞死也矣。

李逵取娘文前，又先借公孙胜取娘作一引者，一是写李逵见人取爷，不便想到娘，直至见人取娘，方解想到娘，是写李逵天真烂熳也。一是写宋江作意取爷，不足以感动李逵，公孙胜偶然看娘，却早已感动李逵，是写宋江权诈无用也。《易·彖辞》曰："中孚，信及豚鱼。"言豚鱼无知，最为易信。中孚无为，而天下化之。解者乃作豚鱼难信。盖久矣权术之行于天下，而大道之不复讲也。

自家取爷，偏要说死而无怨，偏一日亦不可待。他人取娘，便怕他有疏失，便要他再过几时。传曰："夫子之道，忠恕而已矣。"观其不恕，知其不忠，何意稗官有此论道之乐。

话说当下宋江在筵上对众好汉道："小可宋江自蒙救护上山

到此，连日饮宴，甚是快乐。不知老父在家正是何如。即目江州申奏京师，必然行移济州，着落郓城县追捉家属，比捕正犯，恐老父存亡不保。宋江想念，欲往家中搬取老父上山，以绝挂念，不知众弟兄还肯容否？”晁盖道：“贤弟，这件是人伦中大事。不成我和你受用快乐，倒教家中老父吃苦，如何不依贤弟！只是众兄弟们连日辛苦，寨中人马未定，再停两日，点起山寨人马，一径去取了来。”下文宋江本欲一人自去，却先于晁盖口中作一宽笔，然后转出独自去来，行文何等委婉。〇又，此处先表过众兄弟不去，便令玄女庙侧，大树背后，出其不意。所谓欲起后文，先于前文作地矣。宋江道：“仁兄，再过几日不妨，只恐江州行文到济州，追捉家属，以此事不宜迟。今也不须点多人去，只宋江潜地自去，和兄弟宋清搬取老父连夜上山来，那时乡中神不知、鬼不觉。若还多带了人伴去，必然惊吓乡里，反招不便。”晁盖道：“贤弟，路中倘有疏失，无人可救。”宋江道：“若为父亲，死而无怨。”看他方得性命，又早说“死而无怨”，读之失笑。当日苦留不住，宋江坚执要行，便取个毡笠带了，提条短棒，腰带利刃，便下山去。众头领送过金沙滩自回。

且说宋江过了渡，到朱贵酒店里上岸，出大路投郓城县来。路上少不得饥餐渴饮，夜住晓行。无事即省。一日，奔宋家村晚了，到不得，且投客店歇了。次日趱行，到宋家村时却早，且在林子里伏了，等待到晚，却投庄上来敲后门。看他归家踪迹，写得招摇之甚。庄里听得，只见宋清出来开门，见了哥哥，吃那一惊，慌忙道：“哥哥，你回家来怎地？”画。宋江道：“我特来家取父亲和你。”宋清道：“哥哥，你在江州做了的事，如今这里都知道了。本县差下这两个赵都头每日来勾取，管定了我们，不得转动。只等江州文书到来，便要捉我们父子二人下在牢里监禁，听候拿你。日里夜间一二百土兵巡绰，你不宜迟，快去梁山泊请下众头领来救父亲并兄弟！”宋江听了，惊得一身冷汗，不敢进门，转身便走，奔梁山泊路上来。

是夜，月色朦胧，路不分明，宋江只顾拣僻净小路去处走。约莫也走了一个更次，写得妙。只听得背后有人发喊起来。宋江回头听时，只隔一二里路，看见一簇火把照亮，只听得叫道：“宋江休走！”宋江一头走，一面肚里寻思：“不听晁盖之言，果有今日之祸。皇天可怜，垂救宋江则个！”远远望见一个去处，只顾走。少间，风扫薄云，现出那轮明月，宋江方才认得仔细，叫声苦，不知高低。看了那个去处，有名唤做“还道村”。写得妙。〇月暗月明，翻入奇境。原来团团都是高山峻岭，山下一遭涧水，中间单单只一条路。入来这村，左来右去走，只是这条路，更没第二条路。

宋江认得这个村口，欲待回身，却被背后赶来的人已把住了路口，火把照耀如同白日。宋江只得奔入村里来，寻路躲避。抹过一座林子，早看见一所古庙，双手只得推开庙门，闲处先留一笔。乘着月光，入进庙里来，寻个躲避处。前殿后殿相了一回，安不得身，心里越慌。一进来便入神厨，此小儿捉迷藏耳。先顿一句“安不得身”，直等赵能到了，方乘急钻入神厨，写一时匆匆情景，可谓活画。只听得外面有人道：“多管只走在这庙里！”真是急杀。宋江听时，是赵能声音，赵能声音，前未配江州时识之。急没躲处，见这殿上一所神厨，神厨如何躲得过？故必写到赵能到第一段。

了，急没躲处，然后看到神厨，写慌迫中情事，分寸都出。宋江揭起帐幔，望里面探身便钻入神厨里，安了短棒，做一堆儿伏在厨内，身体把不住簌簌地抖。一。○看他数“抖”字。只听得外面拿着火把照将入来。急杀。宋江在神厨里一头抖，二。一头偷眼看时，赵能、赵得引着四五十人，拿着火把各到处照，看看照上殿来，急杀不可言。宋江抖道：三。“我今番走了死路，望神明庇佑则个。神明庇佑，神明庇佑！”活写出情急人口中念诵无伦无次来。一个个都走过了，没人看着神厨里。如此奇峰，忽然一跌。○看他一路忽然跌起，忽然跌落，凡有数番。宋江抖定道：四。“可怜天！”只见赵得将火把来神厨里一照，方得上句一跌，下句忽然矗起，令人劈面一吓。○赵得一照，陡然接入，令宋江一句话只得说三个字，真是奇笔。宋江抖得几乎死去。五。赵得一只手将朴刀杆挑起神帐，上下把火只一照，偏是急杀句，偏要仔细写，妙绝。火烟冲将起来，冲下一片黑尘来，正落在赵得眼里，眯了眼，便将火把丢在地下，一脚踏灭了，走出殿门外来，忽然又跌落。对土兵们道：“这厮不在庙里，别又无路，却走向那里去了？”众土兵道：“多应这厮走入村中树林里去了。这里不怕他走脱，这个村唤做还道村，只有这条路出入，里面虽有高山林木，却无路上得去。都头只把住村口，频提“把住村口”四字，使读者心头有两层着急。他便会插翅飞上天去，也走不脱了！待天明，村里去细细搜捉！”赵能、赵得道：“也是。”引了土兵下殿去了。趁跌落时，再与着实一跌，奇笔妙笔。宋江抖定道：六。“却不是神明庇佑！若还得了性命，必当重修庙宇，再塑……”意是“再塑金身”四字，却不及说完。

只听得有几个土兵在庙门前叫道：“都头，在这里了！”陡然又矗起，奇笔妙笔。赵能、赵得和众人又抢入来，宋江簌簌地又把不住抖。七。赵能到庙前问道：“在那里？”土兵道：“都头，你来看庙门上两个尘手迹，何等奇妙！真乃天外飞来，却是当面拾得。一定是却才推开庙门，闪在里面去了。”赵能道：“说得是，再仔细搜一搜看！”这伙人再入庙里来搜时，急杀。宋江这一番抖真是几乎休了。八。那伙人去殿前殿后搜遍，只不曾翻过砖来。写得好笑。众人又搜了一回，火把看看照上殿来，急杀。○上殿来，下殿去，又上殿来，文笔奇恣，至于如此。赵能道：“多是只在神厨里，却才兄弟看不仔细，我自照一照看！”急杀。○前赵得照，乃突然一照，此赵能照，却先说了要照，然后来照，为神厨中人急杀也。一个土兵拿着火把，赵能便揭起帐幔，五七个人伸头来看。前赵得只是一个人匆匆一看而已，此却五七个人仔细来看，便一发急杀不可当。不看万事俱休，才看一看，故作惊人语。只见神厨里卷起一阵恶风，将那火把都吹灭了，黑腾腾罩了庙宇，对面不见。赵能道：“却又作怪，平地里卷起这阵恶风来，想是神明在里面，定嗔怪我们只管来照，因此起这阵恶风显应。我们且去罢，又跌落。只守住村口，待天明再来寻。”赵得道：“只是神厨里不曾看得仔细，再把枪去搠一搠。”赵能道：“也是。”欲落未落，忽然又起，奇恣至此，真是惊才绝笔。

两个却待向前，只听得殿后又卷起一阵怪风，吹得飞砂走石，滚将下来，摇得那殿宇岌岌地动，罩下一阵黑云，布合了上下，冷气侵人，毛发竖起。赵能情知不好，叫了赵得道：“兄弟，快走！神明不乐。”众人一哄都奔下殿来，望庙门外跑走。方跌落。有几个攧翻了的，也有闪肭腿的，爬得起来奔命。走出庙门，只听得庙里有人叫：“饶恕我们！”余波奇绝，出于意外。赵能再入来看时，两三个土兵跌倒在龙墀里，被树根钩住了衣服，死也挣不脱，手里丢了朴刀，扯着衣裳叫饶。绝倒。○如此死急事，偏有本事写得一起一落，突兀尽致，临了犹作峰峦拳曲之形，真是才子。宋江在神厨里听了，又抖又笑。九。赵能把土兵衣服解脱了，领出庙门去。有几个在前面的土兵“在前面的”四字，令人绝倒。即暗翻《孟子》“五十步笑百步”法。说道：“我说这神道最灵，“我说”二字绝倒，不知在何处说也。○活写出小人说风凉话来。你们只管在里面缠障，引得小鬼发作起来。“小鬼发作”，奇语。我们只去守住了村口等他，须不吃他飞了去！”赵能、赵得道：“说得是，只消村口四下里守定。”众人都望村口去了。无数奇峰，一齐尽跌。

只说宋江在神厨里口称惭愧道：“虽不被这厮们拿了，却怎能够出村口去？”正在厨内寻思，百般无计，只听得后面廊下有人出来。上文无数奇峰一齐尽跌，忽然此处又另转出一峰，令人猜测不出。宋江又抖道：“又是苦也，早是不钻出去！”只见两个青衣童子径到厨边，举口道：“小童奉娘娘法旨，请星主说话。”宋江那里敢做声答应。一请。外面童子又道：“娘娘有请，星主可行。”宋江也不敢答应。二请。外面童子又道：“宋星主，休得迟疑，娘娘久等。”三请。宋江听得莺声燕语，不是男子之音，便从神椅底下钻将出来。看时，却是两个青衣女童，侍立在床边。宋江吃了一惊，却是两个泥神。分明听得三番相请，却借两个泥神忽作一跌，写鬼神便有鬼神气，真是奇绝之笔。只听得外面又说道：“宋星主，娘娘有请。”写得便活是鬼神，闪闪尸尸之极。宋江分开帐幔，钻将出来，只见是两个青衣螺髻女童，有上一番闪烁，便令此处亦不敢信其真假。齐齐躬身，各打个稽首。宋江问道：“二位仙童，自何而来？”青衣道：“奉娘娘法旨，有请星主赴宫。”宋江道：“仙童差矣。我自姓宋名江，不是甚么星主。”青衣道：“如何差了！请星主便行，娘娘久等。”宋江道：“甚么娘娘？亦不曾拜识，如何敢

第二段。上文如怒龙入云，鳞爪忽没忽现，又如怪鬼夺路，形状忽近忽远。一转却别作天清地朗，柳霏花拂之文，令读者惊喜摇惑不定。

去？”青衣道：“星主到彼便知，不必询问。”宋江道：“娘娘在何处？”青衣道：“只在后面宫中。”青衣前引便行，宋江随后跟下殿来。转过后殿，侧首一座子墙角门，青衣道：“宋星主从此间进来。”

宋江跟入角门来看时，星月满天，香风拂拂，四下里都是茂林修竹。宋江寻思道：“原来这庙后又有这个去处。早知如此，却不来这里躲避，不受那许多惊恐！”一路都作疑鬼疑神，似信不信之笔。宋江行时，觉道香坞两行，夹种着大松树，都是合抱不交的，中间平坦一条龟背大街。宋江看了，暗暗寻思道：“我倒不想古庙后有这般好路径！”都不实写。跟着青衣，行不过一里来路，听得潺潺的涧水响，看前面时，一座青石桥两边都是朱栏杆；要识梦回时，记取来时路。岸上栽种奇花异草，苍松茂竹，翠柳夭桃。桥下翻银滚雪般的水，流从石洞里去。过得桥基看时，两行奇树，中间一座大朱红櫺星门。宋江入得櫺星门看时，抬头见一所宫殿。宋江寻思道：“我生居郓城县，不曾听得说有这个去处。”心中惊恐，不敢动脚。都不实写。青衣催促：“请星主行。”一引引入门内。有个龙墀，两廊下尽是朱红亭柱，都挂着绣帘。正中一所大殿，殿上灯烛荧煌。青衣从龙墀内一步步引到月台上。听得殿上阶前又有几个青衣道：“娘娘有请，星主进来。”宋江到大殿上，不觉肌肤战栗，毛发倒竖。下面都是龙凤砖阶。青衣入帘内奏道：“请至宋星主在阶前。”

宋江到帘前御阶之下，躬身再拜，俯伏在地，口称：“臣乃下浊庶民，不识圣上，伏望天慈俯赐怜悯！”御帘内传旨，教请星主坐。宋江那里敢抬头，委婉。教四个青衣扶上锦墩坐。宋江只得勉强坐下。殿上喝声："卷帘！"数个青衣，早把珠帘卷起，搭在金钩上。娘娘问道："星主别来无恙？"宋江起身再拜道："臣乃庶民，不敢面觑圣容。"娘娘道："星主既然至此，不必多礼。"宋江恰才敢抬头舒眼，委婉。看见殿上金碧交辉，点着龙灯凤烛，两边都是青衣女童，持笏捧圭，执旌擎扇侍从。正中七宝九龙床上，坐着那个娘娘，身穿金缕绛绡之衣，手秉白玉圭璋之器，天然妙目，正大仙容。尝叹神女、感甄等赋，笔墨淫秽，殊愧大雅。似此绝妙好辞，令人敬爱交至。○"天然"句，妙在"妙目"字；"仙容"句，妙在"正大"字。岂惟稗史未有，亦是诸书所无。口中说道："请星主到此。"命童子献酒。两下青衣女童，执着莲花宝瓶，捧酒过来，斟在杯内。一个为首的女童执杯递酒，来劝宋江。宋江起身，不敢推辞，接过杯，朝娘娘跪饮了一杯。宋江觉道这酒馨香馥郁，如醍醐灌顶，甘露洒心。又是一个青衣，捧过一盘仙枣，上劝宋江。宋江战战兢兢，怕失了体面，伸着指头，取了一枚，就而食之，怀核在手。青衣又斟过一杯酒来劝宋江，宋江又一饮而尽。娘娘法旨，教再劝一杯。青衣再斟一杯酒，过来劝宋江，宋江又饮了。仙女托过仙枣，又食了两枚。共饮过三杯仙酒，三枚仙枣。宋江便觉有些微醺，又怕酒后醉失体面，再拜道："臣不胜酒量，望乞娘娘免赐。"殿上法旨道："既是星主不能饮酒，可止。"教："取那三卷天书，赐与星主。"青衣去屏风背后，青盘中托出黄罗袱子，包着三卷天书，度与宋江。宋江看时，可长五寸，阔三寸，不敢开看，再拜祇受，藏于袖中。娘娘法旨道："宋星主，传汝三卷天书，汝可替天行道，为主全忠仗义，为臣辅国安民，去邪归正，勿忘勿泄。"只因此等语，遂为后人续貂之地。殊不知此等悉是宋江权术，不是一部提纲也。宋江再拜谨受。娘娘法旨道："玉帝因为星主魔心未断，道行未完，暂罚下方，不久重登紫府，切不可分毫懈怠。若是他日罪下酆都，吾亦不能救汝。此三卷之书，可以善观熟视。只可与天机星同观，其他皆不可见。写宋江用权诈，独不敢瞒吴用，其笔如镜。功成之后，便可焚之，勿留在世。从来相传异书，悉以此语为出身之路，思之每欲失笑。所嘱之言，汝当记取。目今天凡相隔，难以久留，汝当速回。”便令童子：“急送星主回去，他日琼楼金阙，再当重会。”宋江便谢了娘娘，跟随青衣女童下得殿庭来。出得檽星门，送至石桥边，依稀记得来时有路，写得妙绝。青衣道：“恰才星主受惊，不是娘娘护祐，已被擒拿。天明时，自然脱离了此难。星主，看石桥下水里二龙相戏。”宋江凭栏看时，果见二龙戏水。二青衣望下一推，宋江大叫一声，却撞在神厨内，觉来乃是南柯一梦。入梦时不说是梦，至出后始说。此法诸书遍用，而不知出于此。

宋江爬将起来看时，月影正午，料是三更时分。好。宋江把袖子里摸时，手内枣核三个，袖里帕子包着天书，将出来看时，果是三卷天书，又只觉口里酒香。宋江想道：“这一梦真乃奇异，似梦非梦。若把做梦来，妙。○前文何等匆遽，此文何等舒缓。疾雷激电之后，偏接一番烟霏云卷之态，极尽笔墨之致。如何有这天书在袖子里，口中又酒香，枣核在手里，说与我的言语都记得，不曾忘了一句？不把做梦来，妙。○两番活是初醒未醒意思。我自分明在神厨里，一交攧将入来，有甚难见处。想是此间神圣最灵，显化如此。只是不知是何神明？”又作一顿，笔笔飞舞。揭起帐幔看时，九龙椅上坐着一位妙面娘娘，正和方才一般。妙笔入化，令人不能寻其笔迹。○入梦时，青衣女童是真是假，出梦时，妙面娘娘是假是真。只古庙中三个泥神，分作头尾两波，写得活灵生现，令俗子何处着笔也。宋江寻思道：“这娘娘呼我做‘星主’，想我前生非等闲人也。这三卷天书必然有用。分付我的天言，天何言哉，况于书也！不曾忘了。青衣女童道：‘天明时，自然脱离此村之厄。’如今天色渐明，我却出去。”借势便出。便探手去厨里摸了短棒，细。把衣服拂拭了，细。一步步走下殿来。从左廊下转出庙前，仰面看时，旧牌额上刻着四个金字道“玄女之庙”。牌额金字，有来时看者，有去时看者，皆写尽一时情事，不是浪补一笔。宋江以手加额，称谢道：“惭愧！原来是九天玄女娘娘传授与我三卷天书，又救了我的性命！如若能够再见天日之面，必当来此重修庙宇，再建殿庭。伏望圣慈俯垂护祐！”称谢已毕，只得望着村口悄悄出来。离庙未远，只听得前面远远地喊声连天。又闪一影。○二赵去后，侍女一闪，此处又一闪，笔情飘忽至此，读之猜测不出。

第三段。

宋江寻思道：“又不济了！”住了脚，“且未可出去，上忽自云“我却出去”，此忽又自云：“未可出去”，笔笔作鬼神恍惚之势。○一句“未可出去”。我若到他面前，定吃他拿了。不如且在这里路傍树背后躲一躲。”却才闪得入树背后去，只见数个土兵只见先是土兵。急急走得喘做一堆，奇绝之笔。把刀枪拄着，一步步撷将入来，“拄着”妙，活画出来。口里声声都只叫道：“神圣救命则个！”“神圣救命”四字，忽然檃括前来两段大文，倒皴反剔之法，于斯极矣。宋江在树背后看了，寻思道：“却又作怪！他们把着村口，紧提此句，真令读者摇颤不定。等我出来拿我，却又怎地抢入来？”再看时，赵能也抢入来，只见次是赵能。口里叫道：“神圣，神圣救命！”土兵叫“神圣救命”，赵能又叫“神圣救命”，令读者疑是玄女显化，定有鬼兵在后也。此皆作者特特为此鬼怪之笔，俗本乃作“我们都是死也”，一何可笑！宋江道：“那厮如何恁地慌？”却见背后一条大汉追将入来，那个大汉上半截不着一丝，露出鬼怪般肉，手里拿着两把夹钢板斧，奇绝。○此来定不一人，然冲锋陷敌，当先敢死，必是大哥，写得情性俱有。口里喝道："含鸟休走！"远观不睹，近看分明，正是黑旋风李逵。看他句句作鬼神恍惚之笔。○是泥塑侍女，又是梦中娘娘，又是泥塑娘娘，上文无数鬼神恍惚之事，忽然就黑旋风上反衬一笔，真乃出神入化之文也。宋江想道："莫非是梦里么？"句句与上文摇曳出鬼神恍惚之色来。不敢走出去。又一句不敢出去。那赵能正走到庙前，被松树根只一绊，一交攧在地下。只松根绊跌，亦复写得前后掩映。李逵赶上，就势一脚踏住脊背，手起大斧，却待要砍，背后又是两筹好汉赶上来，把毡笠儿掀在脊梁上，各挺一条朴刀。看他写得如连珠炮相似，令人目光摇动。上首的是欧鹏，下首的是陶宗旺。李逵见他两个赶来，恐怕争功，坏了义气，就手把赵能一斧砍做两半，连胸脯都砍开了。跳将起来，把土兵赶杀，四散走了。宋江兀自不敢便走出来。又一句不敢出来。背后只见又赶上三筹好汉，也杀将来：写众人来，真写得好，活画出四星五落赶杀之状来。前面赤发鬼刘唐，第二石将军石勇，第三催命判官李立。这六筹好汉说道："这厮们都杀散了，只寻不见哥哥，却怎生是好？"石勇叫道："兀那松树背后一个人立在那里！"宋江方才敢挺身出来，方写宋江出来，前凡用三跌也。说道："感谢众兄弟们又来救我性命，将何以报大恩！"六筹好汉见了宋江，大喜道："哥哥有了，四字妙，可见意不在杀人，又可见已寻了一早辰也。快去报与晁头领得知！"石勇、李立分头去了。只四字，便檃括各处赶杀，而晁盖等七人，李俊等八人之许多辛苦，赵得之被杀，悉在其中矣。

宋江问刘唐道："你们如何得知来这里救我？"刘唐答道："哥哥前脚下得山来，晁头领与吴军师放心不下，此句单写晁盖，不写吴用，须知。便叫戴院长随即下来探听哥哥下落。补。晁头领又自己放心不下，写晁盖好。○"放心不下"四字作两番写来，使人感泣。再着我等众人前来接应，补。只恐哥哥有些疏失。半路里撞见戴宗道：'两个贼驴追赶捕捉哥哥。'补。晁头领大怒，分付戴宗去山寨，只教留下吴军师、公孙胜、阮家三兄弟、吕方、郭盛、朱贵、白胜看守寨栅，其余兄弟都教来此间寻觅哥哥。补。听得人说道：'赶宋江入还道村去了！'补。村口守把的这厮们尽数杀了，不留一个，补。只有这几个奔进村里来。随即李大哥追来，我等都赶入来，不想哥哥在这里。"

说犹未了，石勇引将淋漓错落之至。晁盖、花荣、秦明、黄信、薛永、蒋敬、马麟到来，李立引将李俊、穆弘、张横、张顺、穆春、侯健、萧让、金大坚一行众多好汉，都相见了。宋江作谢众位头领。晁盖道："我叫贤弟不须亲自下山，不听愚兄之言，险些儿又做出来。"宋江道："小可兄弟只为父亲这一事悬肠挂肚，坐卧不安，不由宋江不来取。"晁盖道："好教贤弟欢喜，令尊并令弟家眷，我先叫戴宗引杜迁、宋万、王矮虎、郑天寿、童威、童猛送去，已到山寨中了。"省多少笔墨。宋江听得大喜，拜谢晁盖道："得仁兄如此施恩，宋江死亦无怨！"方得性命，又说"死亦无怨"，将谁欺，欺天乎？一时，众头领各各上马，离了还道村口。宋江在马上以手加额，望空顶礼，称谢神明庇祐之力，容日专当拜还心愿。

一行人马径回梁山泊来。吴学究领了守山头领直到金沙滩，都来迎接。前到得大寨聚义厅上，众好汉都相见了。宋江急问道："老父何在？"一片权诈。〇孝顺不在口说，孝顺亦不在人前。凡属口说，及在人前者，皆强盗，非孝顺也。晁盖便叫请宋太公出来。不多时，铁扇子宋清策着一乘山轿，抬着宋太公到来。众人扶策下轿，上厅来。宋江见了，喜从天降，笑逐颜开，再拜道："老父惊恐。宋江做了不孝之子，负累了父亲吃惊受怕！"宋太公道："叵耐赵能那厮弟兄两个，每日拨人来守定了我们，只待江州公文到来，便要捉取我父子二人解送官司。听得你在庄后敲门，此时已有八九个土兵在前面草厅上，续后不见了，不知怎地赶出去了。补。〇宛然口吻，遂宛然事情。到三更时候，又有二百余人把庄门开了，将我搭扶上轿抬了，教你兄弟四郎收拾了箱笼，放火烧了庄院。那时不由我问个缘由，径来到这里。”补。宋江道：“今日父子团圆相见，皆赖众兄弟之力也！”叫兄弟宋清拜谢了众头领。晁盖众人都来参拜宋太公已毕，一面杀牛宰马，且做庆喜筵席，作贺宋公明父子团圆。当日尽醉方散。次日，又排筵席贺喜，大小头领尽皆欢喜。

第三日，晁盖又梯己备个筵席，写得有情有致。庆贺宋江父子完聚。忽然感动公孙胜一个念头，思忆老母在蓟州，写宋江取父一片假后，便欲写李逵取母一片真，以形激之。却恐文情太觉唐突，故又先借公孙胜作一过接。看他下文只用数语略递，便紧入李逵，别构奇观，意可见也。〇今日借作李逵过接，后日又借作杨林等众人枝节，可谓一用两便矣。离家日久了，未知如何。众人饮酒之时，只见公孙胜起身对众头领说道：“感蒙众位豪杰相待贫道许多时，恩同骨肉。只是小道自从跟着晁头领到山，逐日宴乐，一向不曾还乡看视老母，亦恐我真人本师悬望。欲待回乡省视一遭，暂别众头领三五个月，再回来相见，以满小道之愿，免致老母挂念悬望。”晁盖道：“向日已闻先生所言，令堂在北方无人侍奉。如曾说者，妙。今既如此说时，难以阻当，只是不忍分别。虽然要行，且待来日相送。”公孙胜谢了。当日尽醉方散，各自归房安歇。次日早，就关下排了筵席，与公孙胜饯行。

且说公孙胜依旧做云游道人打扮了，腰裹腰包、肚包，背上雌雄宝剑，肩胛上挂着棕笠，手中拿把鳖壳扇，便下山来。众头领接住，就关下筵席，各各把盏送别饯行已遍。晁盖道：“一清先生，此去难留，却不可失信。本是不容先生去，只是老尊堂在上，不敢阻当。百日之外，专望鹤驾降临，切不可爽约！”公孙胜道：“重蒙列位头领看待许久，小道岂敢失信？回家参过本师真人，安顿了老母，便回山寨。”宋江道：“先生何不将带几个人去，一发就搬取老尊堂上山，早晚也得侍奉。”全为引出李逵，并非为一清作计，当想其用笔之妙。公孙胜道：“老母平生只爱清幽，吃不得惊唬，因此不敢取来。家中自有田产、山庄，老母自能料理。上宋江语本为李逵作引，故一清只如此撇开。〇一清之母，只爱清幽，一清能养其志，如何公明之父，惟恐其子落草，而终亦至于受尽惊吓也？写宋江许多孝行后，偏写出许多反衬之笔，以深志宋江之恶逆也。小道只去省视一遭，便来再得聚义。”宋江道：“既然如此，专听尊命，只望早早降临为幸！”晁盖取出一盘黄白之赀相送，公孙胜道：“不消许多，但只够盘缠足矣。”晁盖定教收了一半，打拴在腰包里，打个稽首，别了众人，过金沙滩便行，望蓟州去了。

众头领席散，却待上山，只见黑旋风李逵就关下放声大哭起来。奇人奇事奇文，亦是妙人妙事妙文。宋江连忙问道：“兄弟你如何烦恼？”李逵哭道：“干鸟气么！这个也去取爷，那个也去望娘，偏铁牛是土掘坑里钻出来的！”何等天真烂熳，活写出纯孝之人来。〇偏作谐语，便显宋江说忠说孝之假。晁盖便问道：“你如今待要怎地？”李逵道：“我只有一个老娘在家里，我的哥哥又在别人家做长工，如何养得我娘快乐？我要去取他来这里快乐几时也好。”晁盖道：“兄弟说得是。写晁盖以衬出宋江。我差几个人同你去取了上来，也是十分好事。”宋江便道：“使不得。《诗》云“孝子不匮，永锡尔类”也。今宋江于己则一日不可更迟，于他人则毅然说“使不得”，天下有如是之仁人孝子者乎？写得可恨可畏！李家兄弟生性不好，回乡去必然有失。若是教人和他去，亦是不好，况且他性如烈火，到路上必有冲撞。他又在江州杀了许多人，那个不认得他是黑旋风？这几时官司如何不行移文书到那里了，必然原籍追捕。你又形貌凶恶，倘有疏失，路程遥远，如何得知？你且过几时，打听得平静了，去取未迟。”看他与前自己取爷时更不相同，皆特特写权诈人照顾不及处，以表宋江之假也。

李逵焦躁，叫道："哥哥，你也是个不平心的人！确，确。忠恕之道，强盗恶乎知之哉！你的爷便要取上山来快活，我的娘由他在村里受苦？兀的不是气破了铁牛的肚子！""你的爷"，"我的娘"，说得凿凿有理，使宋江无辩。

宋江道："兄弟，你不要焦躁。既是要去取娘，只依我三件事，便放你去。"李逵道："你且说那三件事？"宋江点两个指头，说出这三件事来，有分教：李逵施为撼地摇天手，来斗巴山跳涧虫。毕竟宋江对李逵说出那三件事来，且听下回分解。

第四十二回
假李逵剪径劫单人
黑旋风沂岭杀四虎
神廟

假李逵剪徑劫單身

粤自仲尼殁而微言绝，而忠恕一贯之义，其不讲于天下也既已久矣。夫中心之谓忠也，如心之谓恕也。见其父而知爱之谓孝，见其君而知爱之谓敬。夫孝敬由于中心，油油然不自知其达于外也，如恶恶臭，如好好色，不思而得，不勉而中，此之谓自慊。圣人自慊，愚人亦自慊。君子为善自慊，小人为不善亦自慊。为不善亦自慊者，厌然掩之，而终亦肺肝如见，然则天下之意，未有不诚者也。善亦诚于中形于外，不善亦诚于中形于外，不思善，不思恶，若恶恶臭、好好色之微，亦无不诚于中形于外。盖天下无有一人，无有一事，无有一刻不诚于中形于外也者。故曰："自诚明，谓之性。"性之为言故也，故之为言自然也，自然之为言天命也。天命圣人，则无一人而非圣人也。天命至诚，则无善无不善而非至诚也。性相近也，习相远也。善不善，其习也。善不善，无不诚于中形于外，其性也。唯上智与下愚不移者，虽圣人亦有下愚之德，虽愚人亦有上智之德。若恶恶臭，好好色，不惟愚人不及觉，虽圣人亦不及觉，是下愚之德也。若恶恶臭，好好色，乃至为善为不善，无不诚于中形于外，圣人无所增，愚人无所减，是上智之德也。何必不喜？何必不怒？何必不哀？何必不乐？喜怒哀乐，不必圣人能有之也。匹妇能之，赤子能之，乃至禽虫能之，是则所谓道也。"道也者，不可须臾离也。"道，即所谓独也。不可须臾离，即所谓慎也。何谓独？诚于中，形于外。喜即盈天地之间止一喜，怒即盈天地之间止一怒，哀乐即盈天地之间止一哀，止一乐，更无旁念得而副贰之也。何谓慎？修道之教是也。教之为言自明而诚者也。有不善未尝不知，知之未尝复行，则庶几矣不敢掩其不善而著其善也。何也？恶其无益也。知不善未尝复行，然则其“择乎中庸，得一善而拳拳服膺，必弗失之矣”。是非君子恶于不善之如彼也，又非君子好善之如此也。夫好善恶不善，则是君子遵道而行，半涂而必废者耳，非所以学而至于圣人之法也。若夫君子欲诚其意之终必由于择善而固执之者，亦以为善之后也若失，为不善之后也若得。若得，则不免于厌然之掩矣。若失，则庶几其无祇于悔矣。圣人知当其欲掩而制之使不掩也难，不若引而置之无悔之地，而使之驯至乎心广体胖也易。故必津津以择善教后世者，所谓慎独之始事，而非《大学》“止至善”之善也。择乎中庸，得一善，固执之而弗失，能如是矣，然后谓之慎独。慎独而知从本是独，不惟有小人之掩即非独，苟有君子之慎亦即非独。于是始而择，既而慎，终而并慎亦不复慎。当是时，喜怒哀乐不思而得，不勉而中，如恶恶臭，如好好色，从容中道，圣人也。如是谓之“止于至善”。不曰至于至善，而曰“止于至善”者，至善在近不在远。若欲至于至善，则是人之为道而远人不可以为道也。故曰：“贤智过之。”为其欲至至善，故过之也。若愚不肖之不及，则为其不知择善慎独，故不及耳。然其同归不能明行大道，岂有异哉！若夫“止于至善”也者，维皇降衷于民，无不至善。无不至善，则应止矣。不惟小人为不善之非止也，彼君子之为善亦非止也。不惟为善为不善之非止也，彼君子之犹未免于慎独之慎，犹未止也。人诚明乎此，则能知止矣。知止也者，不惟能知至善之当止也，又能知不止之从无不止也。夫诚知不止之从无不止，而明于明德，更无惑矣，而后有定。知致则意诚也，而后能静。意诚则心正也，而后能安。心正则身修也，而后能虑。身修则家齐、国治、天下平也，而后能得。家齐、国治，天下平，则尽明德之量，所谓德之为言得也。夫始乎明，终乎明德，而正心、修身、齐家、治国、平天下，无不全举如此。故曰："明则诚矣。"惟天下至诚，为能"赞天地之化育"也。呜呼！是则孔子昔者之所谓忠之义也。盖忠之为言中心之谓也。喜怒哀乐之未发，谓之中。发而为喜怒哀乐之中节，谓之心。率我之喜怒哀乐自然诚于中形于外，谓之忠。知家国、天下之人率其喜怒哀乐无不自然诚于中形于外，谓之恕。知喜怒哀乐无我无人无不自然诚于中形于外，谓之格物。能无我无人无不任其自然喜怒哀乐，而天地以位，万物以育，谓之天下平。曾子得之，忠谓之一，恕谓之贯。子思得之，忠谓之中，恕谓之庸。故曰："无党无偏，王道平平。""无偏无党，王道荡荡。"呜呼！此固昔者孔子志在《春秋》、行在《孝经》之精义。后之学者诚得闻此，内以之治其性情，即可以为圣人，外以之治其民物，即可以辅王者。然惜乎三千年来，不复更讲，愚又欲讲之，而惧或乖于遁世不悔之教，故反因读稗史之次而偶及之。当世不乏大贤、亚圣之材，想能垂许于斯言也。

能忠未有不恕者，不恕未有能忠者。看宋江不许李逵取娘，便断其必不孝顺太公，此不恕未有能忠之验。看李逵一心念母，便断其不杀养娘之人，此能忠未有不恕之验也。

此书处处以宋江、李逵相形对写，意在显暴宋江之恶，固无论矣。独奈何轻以"忠恕"二字下许李逵？殊不知忠恕天性，八十翁翁道不得，周岁哇哇却行得，以"忠恕"二字下许李逵，正深表忠恕之易能，非叹李逵之难能也。

宋江取爷，村中遇神；李逵取娘，村中遇鬼。此一联绝倒。

宋江黑心人取爷，便遇玄女；李逵赤心人取娘，便遇白兔。此一联又绝倒。

宋江遇玄女，是奸雄捣鬼；李逵遇白兔，是纯孝格天。此一联又绝倒。

宋江遇神，受三卷天书；李逵遇鬼，见两把板斧。此一联又绝倒。

宋江天书，定是自家带去；李逵板斧，不是自家带来。此一联又绝倒。

宋江到底无真，李逵忽然有假。此一联又绝倒。

宋江取爷吃仙枣，李逵取娘吃鬼肉。此一联又绝倒。

宋江爷不忍见活强盗，李逵娘不及见死大虫。此一联又绝倒。

宋江爷不愿见子为盗，李逵娘不得见子为官。此一联又绝倒。

宋江取爷，还时带三卷假书；李逵取娘，还时带两个真虎。此一联又绝倒。

宋江爷生不如死，李逵娘死贤于生。此一联又绝倒。

宋江兄弟也做强盗，李逵阿哥亦是孝子。此一联又绝倒。

二十二回写武松打虎一篇，真所谓极盛难继之事也。忽然于李逵取娘文中，又写出一夜连杀四虎一篇。句句出奇，字字换色。若要李逵学武松一毫，李逵不能。若要武松学李逵一毫，武松亦不敢。各自兴奇作怪，出妙入神；笔墨之能，于斯竭矣。

话说李逵道："哥哥，你且说那三件事？"宋江道："你要去沂州沂水县搬取母亲，第一件，径回，不可吃酒。为曹太公家醉翻作先反衬。第二件，因你性急，谁肯和你同去？为朱贵弟兄先作反衬。你只自悄悄地取了娘便来。第三件，你使的那两把板斧，休要带去。为假李逵先作反衬。路上小心在意，早去早回。"李逵道："这三件事有甚么依不得！哥哥放心。我只今日便行，我也不住了。"宋江之取爷也，众人饯之；公孙之取娘也，众人又饯之；奈何乎取爷取娘，而受人饯别乎哉？不提起则连日饮酒，提起则立刻便行，情之至，义之尽也。当下李逵拽扎得爽俐，只跨一口腰刀，提条朴刀，带了一锭大银，为李达一段地。三五个小银子，为李鬼一段地。吃了几杯酒，俗谓之封酒。唱个大喏，别了众人，八字妙绝，摹神之笔。盖其待众人如此，则其待娘可知。我亦不知宋江之事父何如，但观其生平，全以权诈待人，而断其必忤逆太公之甚者也。便下山来，过金沙滩去了。

晁盖、宋江与众头领送行已罢，回到大寨里聚义厅上坐定。宋江放心不下，对众人说道："李逵这个兄弟，此去必然有失。不知众兄弟们谁是他乡中人，可与他那里探听个消息？"杜迁便道："只有朱贵原是沂州沂水县人，与他是乡里。"宋江听罢，说道："我却忘了，前日在白龙庙聚会时，李逵已自认得朱贵是同乡人。"好穿插。宋江便着人去请朱贵。小喽啰飞奔下山来，直至店里，请得朱贵到来。宋江道："今有李逵兄弟前往家乡搬取老母，因他酒性不好，为此不肯差人与他同去，诚恐路上有失。今知贤弟是他乡中人，你可去他那里探听走一遭。"朱贵答道："小弟是沂州沂水县人。见在一个兄弟，唤做朱富，顺便带出兄弟。在本县西门外开着个酒店。这李逵，他是本县百丈村董店东住，有个哥哥唤做李达，朱贵有弟，李逵有兄，随笔撷簸而成。○未有孝子而非悌弟者也，写李逵归家，口口"哥哥"，因还忆宋江怒骂宋清，盖真假之不能终掩，有如此也。专与人家做长工。这李逵自小凶顽，因打死了人，逃走在江湖上，一向不曾回归。如今着小弟去那里探听也不妨，只怕店里无人看管。小弟也多时不曾还乡，亦就要回家探望兄弟一遭。”宋江道：“这个看店，不必你忧心。我自教侯健、石勇替你暂管几时。”朱贵领了这言语，相辞了众头领下山来，便走到店里收拾包裹，交割铺面与石勇、侯健，自奔沂州去了。这里宋江与晁盖在寨中每日筵席，饮酒快乐，与吴学究看习天书，宋江与吴用看天书，谁则知之？然则宋江自言与吴用看天书耳，可发一笑也。〇因是而思昔者巢父挂瓢，许繇洗耳，千口相传，已成美谭。然亦谁知之而谁言之？若言有人见之，则有人见之之处，巢、许不应为此。若言无人见之，然则巢、许自挂之，自洗之，又自言之矣。世间此类至多，胡可胜笑。不在话下。

且说李逵独自一个离了梁山泊，取路来到沂水县界。于路李逵端的不吃酒，徒以有老母在。因此不惹事，无有话说。行至沂水县西门外，见一簇人围着榜看，李逵也立在人丛中，听得读榜上道：“第一名，正贼宋江，系郓城县人。只得上半句。第二名，从贼戴宗，系江州两院押狱。亦只得上半句。第三名，从贼李逵，系沂州沂水县人……”也只得上半句。〇只一榜，又分上下两半截写出，妙笔。李逵在背后听了，正待指手画脚，没做奈何处，只见一个人抢向前来，拦腰抱住，叫道：“张大哥！此段极似鲁达至雁门县时，然而各不相妨者，为鲁达只是无心忽遇金老而已。今此文却有二意：一是写朱贵之来，必在李逵未有事前，便摆脱去从来救应套子；一是李逵天性爽直，不解假名假姓，须得此处朱贵教他一遍，后文便出生“张大胆”三字来也。你在这里做甚么？”李逵扭过身看时，认得是旱地忽律朱贵。李逵问道：“你如何也来在这里？”朱贵道：“你且跟我来说话。”两个一同来西门外近村一个酒店内，直入到后面一间静房中坐了。是。

朱贵指着李逵道：“你好大胆！前“张大哥”句，便教李逵假姓，此“好大胆”句，便作李逵假名，绝倒。那榜上明明写着赏一万贯钱捉宋江，补前下半句。五千贯捉戴宗，补前下半句。三千贯捉李逵，补前下半句。你却如何立在那里看榜？倘或被眼疾手快的拿了送官，如之奈何！宋公明哥哥只怕你惹事，不肯教人和你同来。又怕你到这里做出怪来，续后特使我赶来，探听你的消息。我迟下山来一日，又先到你一日，恰好李逵看榜，恰好朱贵抢来，一何巧合至此，几于印板笔法矣。反说一句迟来先到，不觉随手成趣，真妙笔也。你如何今日才到这里？”李逵道：“便是哥哥分付，教我不要吃酒，以此路上走得慢了。此等都是随手成趣。你如何认得这个酒店里？你是这里人，家在那里住？”朱贵道：“这个酒店，便是我兄弟朱富家里。我原是此间人，因在江湖上做客，消折了本钱，就于梁山泊落草，今次方回。”便叫兄弟朱富来与李逵相见了。朱富置酒管待李逵。李逵道：“哥哥分付，教我不要吃酒；今日我已到乡里了，便吃两碗儿，打甚么鸟紧！”爱哥哥则爱，爱酒则爱，笔笔真李逵，笔笔不是假宋江也。朱贵不敢阻当他，由他吃。当夜直吃到四更时分，安排些饭食，李逵吃了，趁五更晓星残月，霞光明朗，便投村里去。朱贵分付道：“休从小路去，只从大朴树转湾，投东大路，一直往百丈村去，便是董店东。写得宛然是同乡人声音。快取了母亲，和你早回山寨去。”李逵道：“我自从小路去，却不从大路走，谁耐烦！”宛然同乡人声音。朱贵道：“小路走，多大虫，轻轻一案。又有乘势夺包裹的剪径贼人。”又轻轻一案。〇轻轻下此二笔，下忽转出两段奇文，正不知文生情，情生文矣。李逵应道：“我却怕甚鸟！”戴上毡笠儿，提了朴刀，跨了腰刀，别了朱贵、朱富，便出门投百丈村来。

约行了十数里，天色渐渐微明，去那露草之 天色微明。第一段。

中，赶出一只白兔儿来，望前路去了。传言："大孝合天，则甘露降；至孝合地，则芝草生；明孝合日，则凤凰集；纯孝合月，则白兔驯。"闲中忽生出一白兔，明是纯孝所感，盖深许李逵之至也。〇宋江取爷时无此可知。李逵赶了一直，笑道："那畜生倒引了我一程路！"活写孝感。正走之间，只见前面有五十来株大树丛杂，时值新秋，叶儿正红。凡写景处，须合下事观之，便成一幅图画。李逵来到树林边厢，只见转过一条大汉，喝道："是会的留下买路钱，免得夺了包裹！"李逵看那人时，戴一顶红绢抓髻儿头巾，穿一领粗布衲袄，手里拿着两把板斧，令人忽思江州时打扮。把黑墨搽在脸上。夫妻二人，一个搽墨，一个搽粉，写得好笑。李逵见了，大喝一声：先喝是李逵。"你这厮是甚么鸟人，此句处处有，然都问着别人，独此处忽然问着自己，几于以李逵问李逵，以鸟人问鸟人也。极奇极幻之文，有痴猴觑镜之妙。敢在这里剪径！"那汉道："若问我名字，吓碎你心胆。老爷叫做黑旋风！绝倒！〇若问黑旋风名字，吓碎黑旋风心胆，一好笑也。别人说别人是自己，自己闻自己是别人，二好笑也。你留下买路钱并包裹，便饶了你性命，容你过去！"李逵大笑道：不得不大笑。"没你娘鸟兴！写宋江，处处将"父亲"二字高抬至顶；写李逵，只把"娘"字当做骂人，妙绝。你这厮是甚么人，再问一句，真是如梦如幻，如镜如影。〇吾友斫山先生尝言："人影是无日光处，而人误谓有影；法帖是无墨拓处，而人误谓有字；四大中虚空是无四大处，而人误谓有人。"如此妙语，真是未经人道，附识如此。〇假李逵是无李逵处，而人必呼之为假李逵，虽李逵当时，亦不能无我又是谁之疑也。那里来的，也学老爷名目，在这里胡行！"李逵挺起手中朴刀，来奔那汉，那汉那里抵当得住，却待要走，早被李逵腿股上一朴刀，搠翻在地，一脚踏住胸脯，喝道："认得老爷么？"妙绝。〇若不认得，只问自己。〇几于"不识庐山真面目，只缘身在此山中"矣。那汉在地下叫道："爷爷，饶你孩儿性命！""爷爷""孩儿"等字，都与本文踢跳成趣。李逵道："我正是江湖上的好汉黑旋风李逵便是，你这厮辱没老爷名字！"那汉道："孩儿虽然姓李，孩儿姓李，不知爷又姓张，绝倒。不是真的黑旋风。分疏绝倒。〇向真黑旋风说我不是真黑旋风，一何可笑！为是爷爷江湖上有名目，提起爷爷大名，鬼也害怕，鬼也害怕，惟鬼能知鬼也。因此孩儿盗学爷爷名目，胡乱在此剪径。但有孤单客人经过，听得说了'黑旋风'三个字，便撇了行李逃奔了去，以此得这些利息，实不敢害人。小人自己的贱名，叫做李鬼，只在这前村住。”宋江取爷，村中遇神；李逵取娘，村中遇鬼。遥对奇绝。李逵道：“叵耐这厮无礼，却在这里夺人的包裹行李，坏我的名目，学我使两把板斧，李逵爱名目，兼爱其板斧，是以君子爱品节，兼爱其羔雁也。○每见无知小儿，动笔便拟高、岑、王、孟诸家诗体，可谓学使板斧矣。且教他先吃我一斧。”劈手夺过一把斧来便砍，李鬼慌忙叫道：“爷爷杀我一个，便是杀我两个。”奇绝之文。○李逵一个，忽然走出两个；杀李鬼一个，忽然又杀两个。笔笔不从人间来。李逵听得，住了手，问道：“怎的杀你一个，便是杀你两个？”李鬼道：“孩儿本不敢剪径，家中因有个九十岁的老母，无人养赡，因此孩儿单题爷爷大名唬吓人，夺些单身的包裹，养赡老母，绝妙奇文。○强盗之假者，偏会假说出许多孝顺来。此篇全是描写李逵之真，以反衬宋江之假。此又顺借李鬼之假，以正衬宋江之假也。其实并不曾敢害了一个人。如今爷爷杀了孩儿，家中老母必是饿杀！”我观此言，疑非假李逵，竟是真宋江矣。李逵虽是个杀人不眨眼的魔君，听得说了这话，自肚里寻思道：“我特地归家来取娘，却倒杀了一个养娘的人，天地也不容我。看他一片“孝子不匮，永锡尔类”心肠，正与宋江不许取娘一段对看。罢，罢，我饶了你这厮性命！”放将起来，李鬼手提着斧，纳头便拜。好笑。李逵道：“只我便是真黑旋风，你从今已后休要坏了俺的名目！”李鬼道：“孩儿今番得了性命，自回家改业，再不敢倚着爷爷名目在这里剪径。”李逵道：“你有孝顺之心，我与你十两银子做本钱便去改业。”从来真正孝子，定能爱重孝子。宋江不许李逵取娘，便是宋江一生供状，写得真假画然。李逵便取出一锭银子，把与李鬼，拜谢去了。李逵自笑道：“这厮却撞在我手里。既然他是个孝顺的人，必去改业，我若杀了他，天地必不容我。再说一遍，与上文宋江对看。○孝子之心，只是一片忠恕，写得妙绝。○两句天地不容，骂杀宋江矣。我也自去休。”拿了朴刀，一步步投山僻小路而来。

走到巳牌时分，看看肚里又饥又渴，四下里都是山径小路，不见有一个酒店、饭店。正走之间，只见远远地山凹里露出两间草屋。李逵见了，奔到那人家里来。只见后面走出一个妇人来，髽髻鬓边插一簇野花，搽一脸胭脂铅粉。夫妇二人，黑白之极，读之一笑。李逵放下朴刀道："嫂子，我是过路客人，肚中饥饿。寻不着酒食店。我与你几钱银子，央你回些酒饭吃。"那妇人见了李逵这般模样，妙绝趣绝，真是看不惯，却不知即是日日看惯之人也。○做了他半世老婆，却从不曾认得，绝倒。不敢说没，只得答道："酒便没买处，饭便做些与客人吃了去。"李逵道："也罢，只多做些个，正肚中饥出鸟来。"那妇人道："做一升米不少么？"李逵道："做三升米饭来吃。"那妇人向厨中烧起火来，便去溪边淘了米，将来做饭。李逵却转过屋后山边来净手。只见一个汉子攧手攧脚，从山后归来。奇文。○上文若便了结，亦何以知李鬼之必非养娘之人哉？定然曲折到此矣。李逵转过屋后听时，那妇人正要上山讨菜，开后门见了，便问道："大哥，那里闪朒了腿？"那汉子应道："大嫂，我险些儿和你不厮见了！你道我晦鸟气么，指望出去等个单身的过，整整的等了半个月，不曾发市。甫能今日抹着一个，你道是谁？绝倒。○原来他正是我，原来我不是他，我亦不道是他，你可知道是我。○远便千里，近只目前，妙绝。○猜不着时，便猜尽天下人亦猜不着，猜得着时，便只消猜一个，恰早猜着也。原来正是那真黑旋风！却恨撞着那驴鸟，我如何敌得他过？倒吃他一朴刀，"倒"字妙绝，人之骄妻妾也，每用此言矣。搠翻在地，定要杀我。吃我假意叫道：捎带宋江。'你杀我一个，却害了我两个！'他便问我缘故，我便假道家中有个九十岁的老娘，无人养赡，定是饿死。那驴鸟真个信我，饶了我性命，又与我一个银子做本钱，教我改了业养娘。我恐怕他省悟了赶将来，且离了那林子里，僻净处睡了一回，从山后走回家来。"文笔周致。那妇人道："休要高声，却才一个黑大汉来家中，教我做饭，莫不正是他？如今在门前坐地，你去张一张看。若是他时，你去寻些麻药来，放在菜内，教那厮吃了，麻翻在地，我和你却对付了他，谋得他些金银，搬往县里住去，做些买卖，却不强似在这里剪径？”

李逵已听得了，便道：“叵耐这厮，我倒与了他一个银子，又饶了性命，他倒又要害我。这个正是天地不容！”妙绝。○凡三言之。○孝顺之道，必须则天明，事地察，可见天地只容孝子也。一转踅到后门边，这李鬼恰待出门，被李逵劈髯揪住。那妇人慌忙自望前门走了。放走妇人，文格奇变。李逵捉住李鬼，按翻在地，身边掣出腰刀，早割下头来。拿着刀却奔前门寻那妇人时，正不知走那里去了。便不了。再入屋内来，去房中搜看，只见有两个竹笼，盛些旧衣裳，底下搜得些碎银两并几件钗环，李逵都拿了。又去李鬼身边搜了那锭小银子，细。都打缚在包裹里。却去锅里看时，三升米饭早熟了，好。只没菜蔬下饭。李逵盛饭来，吃了一回，看着自笑道：“好痴汉，放着好肉在面前，却不会吃！”可云吃鬼肉，亦可云自吃自，笔笔绝倒人。拔出腰刀，便去李鬼腿上割下两块肉来，把些水洗净了，灶里抓些炭火来便烧。一面烧，一面吃。吃得饱了，把李鬼的尸首拖放屋下，放了把火，提了朴刀，自投山路里去了。

比及赶到董店东时，日已平西。径奔到家中，推开门，入进里面，只听得娘在床上问道：“是谁入来？”李逵看时，见娘双眼都盲了，坐在床上念

日已西。第三段。

佛。眼盲，便令下文深山讨水，情景都有，且被虎吃后，更不疑到偶然走开也。〇念佛娘，养出吃人儿子，可笑一；半世念佛，临终却被虎吃，可笑二。只二字，活画出村里老妪来。李逵道："娘，铁牛来家了！"娘道："我儿，你去了许多时，这几年正在那里安身？你的大哥只是在人家做长工，止博得些饭食吃，养娘全不济事。我时常思量你，眼泪流干，因此瞎了双目。又与眼瞎作一注，妙甚。你一向正是如何？"李逵寻思道："我若说在梁山泊落草，娘定不肯去；我只假说便了。"宋江对人假说，李逵对娘假说。对人假说，是真强盗；对娘假说，是真孝子。盖对人假说，是做人方法；对娘假说，是为子方法也。李逵应道："铁牛如今做了官，文官乎，武官乎，前云做个将军，然则是武官矣。〇古之君子有捧檄色喜者，盖养志之法，当如是也。上路特来取娘。"娘道："恁地却好也！只是你怎生和我去得？"李逵道："铁牛背娘到前路，殊失官体。绝妙之文。却觅一辆车儿载去。"娘道："你等大哥来却商议。"李逵道："等做甚么？我自和你去便了。"

恰待要行，只见李达提了一罐子饭来，又一孝子。〇吾闻以子养，不闻以盗养，此宋江公孙之别也。又闻以饭养，不闻以官养，此李家弟兄之别也。入得门，李逵见了便拜道："哥哥，多年不见。"真正孝子，定是悌弟，写得蔼然一片。李达骂道："你这厮归来做甚？又来负累人！"娘便道："铁牛如今做了官，只知其一。特地家来取我。"李达道："娘呀，休信他放屁。当初他打杀了人，教我披枷带锁，受了万千的苦。如今又听得他和梁山泊贼人通同劫了法场，闹了江州，见在梁山泊做了强盗。然则做了官无疑矣。〇《笑林》有其父名良臣者，其子不敢斥言之也，读《孟子》曰："今之所谓爷爷，古之所谓民贼也。"即是此等骂法。前日江州行移公文到来，着落原籍追捕正身，却要捉我到官比捕，又得财主替我官司分理，补得周致。说：'他兄弟已自十来年不知去向，亦不曾回家，莫不是同名同姓的人冒供乡贯？'闲笔也，偏有本事与本文激射，遂令人忽思李鬼不杀，亦几乎被人捉去赚三千贯也。又替我上下使钱，因此不吃官司杖限追要。见今出榜赏三千钱捉他。你这厮不死，却走家来胡说乱道！"李逵道："哥哥，不要焦躁。一发和你同上山去快活，多少是好！”李达大怒，本待要打李逵，却又敌他不过，把饭罐撇在地下，一直去了。李逵道：“他这一去，必报人来捉我，却是脱不得身，不如及早走罢。我大哥从来不曾见这大银，我且留下一锭五十两的大银子放在床上，管子之感鲍子也，曰：“鲍叔不以我为贪，知我贫也。”千古真知己，便似兄弟。今李逵之赠其兄也，曰：“我大哥从来不曾见这大银，我且留下一锭在此。”千古真兄弟，便似知己。写得恩深义重之极。大哥归来见了，必然不赶来。”李逵便解下腰包，取一锭大银，放在床上，叫道：“娘，我自背你去休。”娘道：“你背我那里去？”李逵道：“你休问我，只顾去快活便了。其言真是铁牛，真是孝子，宋江说不出。我自背你去不妨。”李逵当下背了娘，提了朴刀，出门望小路里便走。为下作引。

却说李达奔来财主家报了，领着十来个庄客，飞也似赶到家里看时，不见了老娘，只见床上留下一锭大银子。不见家母，乃见家兄，一笑。李达见了这锭大银，心中忖道：“铁牛留下银子，背娘去那里藏了？必是梁山泊有人和他来，我若赶去，倒吃他坏了性命。想他背娘必去山寨里快活。”一是见了银子，便有解说；一是随笔收卷上文，便更入下文也。众人不见了李逵，都没做理会处。李达却对众庄客说道：“这铁牛背娘去，不知往那条路去了。这里小路甚杂，怎地去赶他？”众庄客见李达没理会处，俄延了半晌，也各自回去了，省妙。不在话下。

这里只说李逵怕李达领人赶来，背着娘只奔乱天晚。第四段。

山深处僻静小路而走。便借上文穿入下文，好手。看看天色晚了，李逵背到岭下。娘双眼不明，不知早晚。李逵却自认得这条岭，唤做沂岭。过那边去，方才有人家。娘儿两个，趁着星明月朗，一步步捱上岭来。娘在背上说道："我儿，那里讨口水来我吃也好。"李逵道："老娘，且待过岭去，借了人家，安歇了，做些饭吃。"娘道："我日中吃了些干饭，口渴得当不得。"李逵道："我喉咙里也烟发火出。此句不是不肯寻水，正是肯寻水之根也。你且等我背你到岭上，寻水与你吃。"娘道："我儿，端的渴杀我也，救我一救！"李逵道："我也困倦得要不得！"此句是把娘歇放之根。李逵看看捱得到岭上松树边一块大青石上，把娘放下，插了朴刀在侧边，写得有色认好。分付娘道："耐心坐一坐，我去寻水来你吃。"李逵听得溪涧里水响，闻声寻将去。盘过了两三处山脚，"闻声"可知其远，"寻去"可知其久，写来妙绝。来到溪边，捧起水来自吃了几口，了前"烟发火出"句。寻思道：又是好一回。"怎生能够得这水去把与娘吃？"立起身来，东观西望，又是好一回。远远地山顶上见一座庙。李逵道："好了！"攀藤揽葛，又是好一回。上到庵前，推开门看时，却是个泗州大圣祠堂，面前只有个石香炉。李逵用手去掇，原来却是和座子凿成的。绝倒。李逵扳了一回，那里扳得动？又是好一回。一时性起来，连那座子掇出前面石阶上一磕，把那香炉磕将下来。又是好一回。○绝倒。拿了再到溪边，又是好一回。将这香炉水里浸了，拔起乱草，洗得干净，又是好一回。挽了半香炉水，双手擎来。可知重哩。再寻旧路，夹七夹八走上岭来。又是好一回。到得松树边石头上，松树石头在“不见娘”上。不见了娘，只见朴刀插在那里。朴刀在“不见娘”下。

李逵叫娘吃水，三字宛然纯孝之声，无贤无愚，闻之下泪。杳无踪迹，叫了几声不应。李逵心慌，四字奇文，李逵一生，只此一次。○于此不用其慌，恶乎用其慌？○宋江之慌为己，李逵之慌为娘，慌亦有不同也。丢了香炉，定住眼四下里看时，并不见娘。走不到三十余步，只见草地上一团血迹。李逵见了，一身肉发抖，看宋江许多“抖”字，看李逵许多“抖”字，妙绝。○俗本失。趁着那血迹寻将去，寻到一处大洞口，血迹引到洞口。只见两个小虎儿在那里舐一条人腿。铁牛吃鬼腿，小虎吃娘腿，亦复映射成趣。李逵把不住抖“抖”妙。道：“我从梁山泊归来，特为老娘，来取他。千辛万苦，背到这里，倒把来与你吃了！“把来与你”四字，绝倒。○分明把娘与虎吃了，而不能不服李逵之孝；分明接太公在山寨快乐，而不能不骂宋江之陷父于不义也。那鸟大虫，拖着这条人腿，不是我娘的是谁的！”心头火起，便不抖，赤黄须早竖起来，“不抖”又妙。将手中朴刀挺起，来搠那个小虎。这小大虫被搠得慌，也张牙舞爪，钻向前来。被李逵手起，先搠死了一个。好。那一个望洞里便钻了入去，李逵赶到洞里，也搠死了。小虎引入洞里。李逵却钻入那大虫洞内，入虎穴，意在得虎子也。既杀虎子，又入虎穴，岂不怪哉！○前有武松打虎，此又有李逵杀虎，看他一样题目，写出两样文字，曾无一笔相近，岂非异才。○写武松打虎，纯是精细；写李逵杀虎，纯是大胆。如虎未归洞，钻入洞内；虎在洞外，赶出洞来，都是武松不肯做之事。伏在里面，张外面时，绝倒。只见那母大虫张牙舞爪望窝里来。李逵道：“正是你这业畜，吃了我娘！”放下朴刀，胯边掣出腰刀。那母大虫到洞口，先把尾巴去窝里一剪，不知耐庵从何知之？奇绝妙绝。○武松文中，一扑一掀一剪，此亦一剪，却偏不同。便把后半截身躯坐将入去。耐庵从何知之？诚乃格物君子，奇绝妙绝。李逵在窝里看得仔细，把刀朝母大虫尾底下，尽平生气力，舍命一戳，武松有许多方法，李逵只是蛮戳，绝倒。正中那母大虫粪门。李逵使得力重，和那刀靶也直送入肚里去了。加一句，写得异样出色，真正才子之笔。那母大虫吼了一声，就洞口带着刀，跳过涧边去了。李逵却拿了朴刀，就洞里赶将出来。钻入洞，是何等大胆；赶出洞，又是何等大胆。直是更无一毫算计，纯乎不是武松也。那老虎负疼，直抢下山石岩下去了。不知何处去了，后却明白。李逵恰待要赶，只见就树边卷起一阵狂风，吹得败叶树木，如雨一般打将下来。写得出色。自古道："云生从龙，风生从虎。"那一阵风起处，星月光辉之下，大吼了一声，忽地跳出一只吊睛白额虎来。骇绝之文。那大虫望李逵势猛一扑，亦写"一扑"。〇武松文中，一扑、一掀、一剪都躲过，是写大智量人，让一步法。今写李逵不然，虎更耐不得，李逵也更耐不得，劈面相遭，大家便出全力死搏，更无一毫算计，纯乎不是武松，妙绝。那李逵不慌不忙，趁着那大虫的势力，手起一刀，正中那大虫颔下。武松有许多方法，李逵又只如此。那大虫不曾再掀再剪，特写一句，表与武松文异。一者护那疼痛，二者伤着他那气管。那大虫退不够五七步，只听得响一声，如倒半壁山，登时间死在岩下。那李逵一时间杀了子母四虎，还又到虎窝边，将着刀，复看了一遍，只恐还有大虫，是何等大胆，武松不肯。已无有踪迹。李逵也困乏了，只此句与写武松时同，俗笔偏不肯有此句，则何也？走向泗州大圣庙里，睡到天明。是何等大胆，武松不肯。

次日早晨。第五段。

次日早晨，李逵却来收拾亲娘的两腿及剩的骨殖，把布衫包裹了，敛之以礼，真正孝子。直到泗州大圣庙后掘土坑葬了。葬之以礼，真正孝子。李逵大哭了一场。写得生尽其爱，养尽其劳，葬尽其诚，哭尽其哀，真正仁人孝子，不与宋江权诈一样。肚里又饥又渴，不免收拾包裹，拿了朴刀，寻路慢慢的走过岭来。只见五七个猎户，撞见猎户，亦与武松两样。都在那里收窝弓弩箭。见了李逵一身血污，行将下岭来，众猎户吃了一惊，问道："你这客人，莫非是山神土地，如何敢独自过岭来？"李逵见问，自肚里寻思道："如今沂水县出榜，赏三千贯钱捉我，我如何敢说实话？只谎说罢。"偏写李逵谎说，偏愈见其真诚；偏写宋江信义，偏愈见其权诈。答道："我是客人，昨夜和娘过岭来，因我娘要水吃，我去岭下取水，被那大虫把我娘拖去吃了。我直寻到虎窝里，先杀了两个小虎，后杀了两个大虎。泗州大圣庙里睡到天明，方才下来。"众猎户齐叫道："不信你一个人如何杀得四个虎！便是李存孝和子路，也只打得一个。这两个小虎且不打紧，那两个大虎非同小可！我们为这两个畜生，不知都吃了几顿棍棒。这条沂岭自从有了这窝虎在上面，整三五个月，没人敢行。我们不信，敢是你哄我？"李逵道："我又不是此间人，看他会谎说，妙绝。没来由哄你做甚么？你们不信，我和你上岭去，寻着与你，就带些人去扛了下来。"众猎户道："若端的有时，我们自重重的谢你，却是好也。"众猎户打起胡哨来，一霎时，聚起三五十人，都拿了挠钩、枪棒，跟着李逵，必聚起众人，必拿着家生，必跟在后头，皆写猎户怕极，以反衬李逵大胆。再上岭来。此时天大明朗，都到那山顶上，远远望见窝边，果然杀死两个小虎，一个在窝内，一个在外面。一只母大虫死在山岩边，一只雄虎死在泗州大圣庙前。众猎

天大明朗。第六段。

户见了杀死四个大虫，尽皆欢喜，便把索子抓缚起来。众人扛抬下岭，就邀李逵同去请赏。一面先使人报知里正上户，都来迎接着。抬到一个大户人家，唤做曹太公庄上。那人曾充县吏，家中暴有几贯浮财，专一在乡放刁把缆。初世为人，便要结几个不三不四的人，恐唬邻里，极要谈忠说孝，只是口是心非。句句打着宋江。当时曹太公亲自接来，相见了，邀请李逵到草堂上坐定，动问那杀虎的缘由。李逵却把夜来同娘到岭上要水吃，因此杀死大虫的话，说了一遍。众人都呆了。曹太公动问壮士高姓名讳，李逵答道："我姓张，无名，只唤做张大胆。"非朱贵教之不能，看他异日改杀，只是姓李，便知今日"张大胆"三字，先有稿本也。曹太公道："真乃是大胆！壮士不恁地胆大，如何杀得四个大虫！"一壁厢叫安排酒食管待，不在话下。

且说当村里得知沂岭杀了四个大虫，抬在曹太公家，讲动了村坊道店，哄得前村后村，山僻人家，大男幼女，成群拽队，都来看虎，引出。入见曹太公相待着打虎的壮士在厅上吃酒。数中却有李鬼的老婆，文情如环无端，随笔盘舞而出。○无昨日其夫被杀，次日其妻看虎之礼，只图文字回环耳。逃在前村爹娘家里，随着众人也来看虎，却认得李逵的模样，思李鬼不得见，见李逵如见李鬼焉。慌忙来家对爹娘说道："这个杀虎的黑大汉，便是杀我老公、烧了我屋的，他叫做梁山泊黑旋风！"李鬼平日只提"黑旋风"三字，故其妻亦熟闻之。至于"李逵"二字，必留下里正口中出，俗本请讹之极。○写李鬼妻，只重在杀李鬼、烧房屋，黑旋风乃指其名耳，实不知有出榜赏钱之事。爹娘听得，连忙来报知里正。里正听了道："他既是黑旋风时，正是岭后百丈村打死了人的李逵，始出李逵。○鬼妻只重昨日事，里正只重旧时事，都像。逃走在江州，又做出事来，行移到本县原籍追捉。如今官司出三千贯赏钱拿他，他却走在这里！"暗地使人去请得曹太公到来商议。曹太公推道更衣，急急的到里正家里。正说这个杀虎的壮士，便是岭后百丈村里的黑旋风李逵，见今官司着落拿他。曹太公道："你们要打听得仔细。倘不是时，倒惹得不好。若真个是时，却不妨，要拿他时也容易，只怕不是他时却难。"里正道："见有李鬼的老婆认得他。曾来李鬼家做饭吃，杀了李鬼。"曹太公道："既是如此，我们且只顾置酒请他，却问他今番杀了大虫，还是要去县里请功，还是要村里讨赏？若还他不肯去县里请功时，便是黑旋风了。着人轮换把盏，灌得醉了，缚在这里，却去报知本县，差都头来取去，万无一失。"众人道："说得是。"

里正与众人商量定了。曹太公回家来款住李逵，一面且置酒来相待，便道："适间抛撇，请勿见怪。且请壮士解下腰间腰刀，放过朴刀，宽松坐一坐。"（写老奸巨猾活现。）李逵道："好，好。我的腰刀已捌在雌虎肚里了，只有刀鞘在这里。（触手成趣，闲心妙笔。）若开剥时，可讨来还我。"曹太公道："壮士放心，我这里有的是好刀，相送一把与壮士悬带。"李逵解了腰间刀鞘，并缠袋包裹，都递与庄客收贮，便把朴刀倚过一边。曹太公叫取大盘肉、大壶酒来，众多大户并里正、猎户人等，轮番把盏，大碗大钟，只顾劝李逵。曹太公又请问道："不知壮士要将这虎解官请功，只是在这里讨些赍发？"李逵道："我是过往客人，忙些个。偶然杀了这窝猛虎，不须去县里请功，只此有些赍发便罢。若无，我也去了。"曹太公道："如何敢轻慢了壮士！少刻村中敛取盘缠相送，我这里自解虎到县里去。"李逵道："布衫先借一领，与我换了上盖。"曹太公道："有，有。"当时便取一领细青布衲袄，（黑大汉穿青布衲袄，好看好笑。）就与李逵换了身上的血污衣裳。只见门前鼓响笛鸣，都将酒来，与李逵把盏作庆。一杯冷，一杯热，李逵不知是计，只顾开怀畅饮，全不计宋江分付的言语。不两个时辰，把李逵灌得酩酊大醉，立脚不住。众人扶到后堂空屋下，放翻在一条板凳上，就取两条绳子，连板凳绑住了。便叫里正带人，飞也似去县里报知，就引李鬼老婆去做原告，补了一纸状子。好。

此时哄动了沂水县里。知县听得大惊，连忙升厅，问道："黑旋风拿住在那里？这是谋叛的人，不可走了！"原告人并猎户答应道："见缚在本乡曹大户家。为是无人近得他，诚恐有失，路上走了，不敢解来。"知县随即叫唤本县都头李云上厅来，分付道："沂岭下曹大户庄上拿住黑旋风李逵，你可多带人去，密地解来。休要哄动村坊，被他走了。"反引二朱。李都头领了台旨，下厅来，点起三十个老郎土兵，各带了器械，便奔沂岭村中来。这沂水县是个小去处，如何掩饰得过？此时街市上讲动了，正引二朱。说道："拿着了闹江州的黑旋风，如今差李都头去拿来。"朱贵在东庄门外朱富家，听得了这个消息，慌忙来后面对兄弟朱富说道："这黑厮又做出来了，如何解救？宋公明特为他诚恐有失，差我来打听消息。如今他吃拿了，我若不救得他时，怎的回寨去见哥哥？似此怎生是好！"朱富道："大哥，且不要慌。这李都头一身 好本事，有三五十人近他不得。我和你只两个同心合意，如何敢近傍他？只可智取，不可力敌。李云日常时最是爱我，常常教我使些器械。我却有个道理对他，只是在这里安不得身了。今晚煮三二十斤肉，将十数瓶酒，把肉大块切了，却将些蒙汗药拌在里面。我两个五更带数个火家，挑着去半路里僻静处，等候他解来时，只做与他把酒贺喜，将众人都麻翻了，却放李逵，如何？"朱贵道："此计大妙。事不宜迟，可以整顿，及早便去。”朱富道：“只是李云不会吃酒，便麻翻了，终究醒得快。非写难于用计相救，正为留得李云，更有后文耳。还有件事，倘或日后得知，须在此安身不得。”朱贵道：“兄弟，你在这里卖酒，也不济事。不如带领老小，跟我上山，一发入了伙。论秤分金银，换套穿衣服，却不快活？今夜便叫两个火家，觅了一辆车儿，先送妻子和细软行李起身，约在十里牌等候，都去上山。我如今包裹内带得一包蒙汗药在这里，好，不然，何处急办？李云不会吃酒时，肉里多糁些，逼着他多吃些，也麻倒了，救得李逵，同上山去，有何不可？”朱富道：“哥哥说得是。”便叫人去觅下了一辆车儿，打拴了五三个包箱，捎在车儿上。家中粗物都弃了，叫浑家和儿女上了车子，分付两个火家，跟着车子，只顾先去。

且说朱贵、朱富当夜煮熟了肉，切做大块，将药来拌了，连酒装做两担，带了二三十个空碗，又有若干菜蔬，也把药来拌了。恐有不吃肉的，也教他着手。因上文有李云不吃酒，便糁放肉内一句，便又生出或有不吃肉，再拌菜蔬内一句以陪之。总之不肯以金针示人也。两担酒肉，两个火家各挑一担，弟兄两个自提了些果盒之类，四更前后，直接将来僻静山路口坐。等到天明，远远地只听得敲着锣响，朱贵接到路口。

且说那三十来个土兵，自村里吃了半夜酒，四更前后，把李逵背剪绑了，解将来，后面李都头坐在马上。看看来到面前，朱富便向前拦住，叫道：“师父且喜，小弟特来接力。”桶内舀一壶酒来，斟一大钟，上劝李云。朱贵托着肉来，火家捧过果盒。李云见了，慌忙下马，跳向前来，说道：“贤弟，何劳如此远接！”朱富道：“聊表徒弟孝顺之心。”李云接过酒来，到口不吃。不吃。朱富跪下道：“小弟已知师父不饮酒，今日这个喜酒，也饮半盏儿。”李云推却不过，略呷了两口，略呷。朱富便道：“师父不饮酒，须请些肉。”李云道：“夜间已饱，吃不得了。”不惟不吃酒，并不吃肉，文情入妙。朱富道：“师父行了许多路，肚里也饥了。虽不中吃，胡乱请些，也免小弟之羞。”拣两块好的，递将过来。李云见他如此殷勤，只得勉意吃了两块。只吃两块。○一总为留得李云之地，不为难救李逵摇摆也。朱富把酒来劝上户、里正并猎户人等，都劝了三钟。朱贵便叫土兵、庄客众人都来吃酒。这伙男女，那里顾个冷、句。热，句。好吃、句。不好吃，句。酒肉到口，只顾吃。正如这风卷残云，落花流水，一齐上来，抢着吃了。李逵光着眼，看了朱贵兄弟两个，已知用计，故意道：“你们也请我吃些！”朱贵喝道：“你是歹人，有酒肉与你吃！这般杀才，快闭了口！”李云看着土兵，喝教快走，只见一个个都面面厮觑，走动不得，口颤脚麻，都跌倒了。李云急叫：“中了计了！”恰待向前，不觉自家也头重脚轻，晕倒了，软做一堆，睡在地下。当时朱贵、朱富各夺了一条朴刀，夺刀好。喝声：“孩儿们休走！”两个挺起朴刀来，赶这伙不曾吃酒肉的庄客并那看的人。走得快的走了，走得迟的，就搠死在地。李逵大叫一声，把那绑缚的麻绳都挣断了，便夺过一条朴刀来杀李云。朱富慌忙拦住叫道：“不要无礼！他是我的师父，为人最好。你只顾先走。”好朱富。李逵应道：“不

已下独写朱富。

杀得曹太公老驴，如何出得这口气！”李逵赶上，手起一朴刀，先搠死曹太公杀得好。并李鬼的老婆，杀得好。续后里正也杀了。杀得好。性起来，把猎户排头儿一味价搠将去，杀得好。那三十来个土兵都被搠死了。杀得好。这看的人和众庄客只恨爹娘少生两只脚，都往深野路逃命去了。不杀。好

李逵还只顾寻人要杀，朱贵喝道："不干看的人事，休只管伤人！”慌忙拦住。李逵方才住了手，就土兵身上剥了两件衣服穿上。好。三个人提着朴刀，便要从小路里走。朱富道："不好，却是我送了师父性命！好朱富。他醒时，如何见得知县？必然赶来。你两个先行，我等他一等。好朱富。我想他日前教我的恩义，好朱富。且是为人忠直，好朱富。等他赶来，就请他一发上山入伙，也是我的恩义。好朱富。免得教回县去吃苦。”好朱富。朱贵道："兄弟，你也见得是。我便先去跟了车子行，调遣得好。留李逵在路傍帮你等他。调遣得好。○看他三个人，也调遣定了行事，笑今日行兵之无纪也。若是他不赶来时，你们两个休执迷等他。”反补一句，文心周致。朱富道："这是自然了。”当下朱贵前行去了。

只说朱富和李逵坐在路旁边等候，果然不到一个时辰，只见李云挺着一条朴刀，飞也似赶来，大叫道："强贼休走！”李逵见他来得凶，跳起身，挺着朴刀来斗李云，恐伤朱富。四字写出李逵生平一片之心。正是有分教：梁山泊内添双虎，聚义厅前庆四人。毕竟黑旋风斗青眼虎，二人胜败如何，且听下回分解。

第四十三回
锦豹子小径逢戴宗
病关索长街遇石秀

錦豹子小徑逢戴宗

以上宋江既入山寨，一切线头都结矣，不得已，生出戴宗寻取公孙，别开机扣，便转出杨雄、石秀一篇锦绣文章，乃至直带出三打祝家无数奇观。而此一回，则正其过接长养之际也。贪游名山者，须耐仄路。贪食熊蹯者，须耐慢火。贪看月华者，须耐深夜。贪见美人者，须耐梳头。如此一回，固愿读者之耐之也。

看他一路无数小文字，都复有一丘一壑之妙。不似他书，一望平原而已。

一部收尾，此篇独居第一。

话说当时李逵挺着朴刀来斗李云，两个就官路旁边斗了五七合，不分胜败。朱富便把朴刀去中间隔开，叫道："且不要斗，都听我说！"二人都住了手。朱富道："师父听说，小弟多蒙错爱，指教枪棒，非不感恩，只是我哥哥朱贵见在梁山泊做了头领，今奉及时雨宋公明将令，着他来照管李大哥。不争被你拿了解官，教我哥哥如何回去见得宋公明？因此做下这场手段。却才李大哥乘势要坏师父，却是小弟不肯容他下手，只杀了这些土兵。我们本待去得远了，猜道师父回去不得，必来赶我。小弟又想师父日常恩念，特地在此相等。师父，你是个精细的人，有甚不省得？如今杀害了许多人性命，又走了黑旋风，你怎生回去见得知县？你若回去时，定吃官司，又无人来相救。不如今日和我们一同上山，投奔宋公明入了伙，未知尊意若何？"李云寻思了半晌，便道："贤弟，只怕他那里不肯收留我。"朱富笑道："师父，你如何不知山东及时雨大名，专一招贤纳士，结识天下好汉？"李云听了，叹口气道："闪得我有家难奔，有国难投！只喜得我并无妻小，省。不怕吃官司拿了，只得随你们去休！”李逵便笑道：“我的哥！你何不早说？”粗直是其天性。便和李云剪拂了。这李云既无老小，亦无家当。省。当下三人合作一处，来赶车子。半路上朱贵接见了，大喜。四筹好汉跟了车仗便行，于路无话。看看相近梁山泊，路上又迎着马麟、郑天寿，好。〇昭烈敕后主曰：“勿以善小而不为，勿以恶小而为之。”吾谓行文亦然。如李、朱四人看看到山，又增出马麟、郑天寿来探听，此所谓小善必为；李云老小家当，定要写还二句，必不肯漏，此所谓小恶必避也。都相见了。说道：“晁、宋二头领又差我两个下山来探听你消息。好。今既见了，我两个先去回报。”当下二人先上山来报知。

次日，四筹好汉带了朱富家眷，都至梁山泊大寨聚义厅来。朱贵向前，先引李云拜见晁、宋二头领，相见众好汉，说道：“此人是沂水县都头，姓李名云，绰号‘青眼虎’。”上文“虎”字，犹留余影，妙。次后朱贵引朱富参拜众位，说道：“这是舍弟朱富，绰号‘笑面虎’。”妙。都相见了。李逵拜了宋江，独拜宋江。给还了两把板斧，细。诉说假李逵剪径一事，众人大笑。这个该笑。〇先写众人都笑，衬下宋江独笑，妙笔。又诉说杀虎一事，为取娘至沂岭被虎吃了，说罢，流下泪来。写出至人至性。宋江大笑大书“宋江大笑”者，可知众人不笑也。夫娘何人也？虎吃何事也？娘被虎吃，其子流泪，何情也？闻斯言也，不必贤者而后哀之，行道之人莫不哀之矣。江独何心，不惟不能哀之，且复笑之，不惟笑之而已，且大笑之耶？天下之人莫非子也，天下莫非人子，则莫不各有其娘也。江而独非人子则已，江而犹为人子，则岂有闻人之娘已被虎吃，而为人之子乃复大笑？江谁欺，欺太公乎？作者特于前幅大书宋江不许取娘，于后幅大书宋江闻虎吃娘大笑，所以深明谈忠谈孝之人，其胸中全无心肝，为稗史之梼杌也。道：“被你杀了四个猛虎，今日山寨里却添得两个活虎，不悲别人无娘，但夸自家添虎。正宜作庆。”不吊孝子，但庆强盗，皆深恶宋江笔法。

众多好汉大喜，便教杀羊宰马，做筵席庆贺两个新到头领。晁盖便叫去左边白胜上首坐定。吴用道：此三字，是上来一篇大结束处，非结束李云、朱富而已，直结束劫法场以来也。“近来山寨十分兴旺，感得四方豪杰望风而来，皆是晁、宋二兄之德，亦众弟兄之福也。然虽如此，还令朱贵仍复掌管山东酒店，替回石勇、侯健。朱贵在东。朱富老小，另拨一所房舍住居。目今山寨事业大了，非同旧日，可再设三处酒馆，专一探听吉凶事情，往来义士上山。如若朝廷调遣官兵捕盗，可以报知如何进兵，好做准备。西山地面广阔，可令童威、童猛弟兄带领十数个火伴那里开店，二童在西。令李立带十数个火家去山南边那里开店，李立在南。令石勇也带十来个伴当去北山那里开店。石勇在北。仍复都要设立水亭号箭，接应船只，但有缓急军情，飞捷报来。已上第一令。山前设置三座大关，专令杜迁总行守把，但有一应委差，不许调遣，十字妙绝，读之一叹。早晚不得擅离。六字妙绝，读之一叹。○第二令。又令陶宗旺把总监工，掘港汊，修水路，开河道，整理宛子城垣，修筑山前大路。妙绝，读之一叹。○第三令。他原是庄户出身，修理久惯。令蒋敬掌管库藏仓廒，支出纳入，积万累千，书算帐目。第四令。令萧让设置寨中寨外、山上山下、三关把隘许多行移关防文约、大小头领号数。妙。○第五令。烦令金大坚刊造雕刻一应兵符、印信、牌面等项。第六令。令侯健管造衣袍铠甲、五方旗号等件。第七令。令李云监造梁山泊一应房舍厅堂。第八令。令马麟监管修造大小战船。第九令。令宋万、白胜去金沙滩下寨。令王矮虎、郑天寿去鸭嘴滩下寨。两段第十令。令穆春、朱富管收山寨钱粮。第十一令。吕方、郭盛于聚义厅两边耳房安歇。绝妙亲兵。○第十二令。令宋清专管筵宴。”写得宋清惟酒食是议，读之绝倒。○无数经济，发出一段极大文字，却以一戏语终之，妙绝。○此篇调遣众人，所以结束宋江上山许大文字也。以无数说话描写大宋机械变诈，几于食少事烦，却只以一句话描写小宋百无一能，只图口腹。如此结构，真是锦心绣手。都分拨已定，筵席了三日，不在话下。梁山泊自此无事，每日只是操练人马，教演武艺。水寨里头领都教习驾船赴水，船上厮杀，亦不在话下。一大结后，再作一小结。

忽一日，宋江与晁盖、吴学究并众人闲话道：“我等弟兄众位今日共聚大义，只有公孙一清不见回还。我想他回蓟州探母参师，期约百日便回，今经日久，不知信息，莫非昧信不来？可烦戴宗兄弟与我去走一遭，探听他虚实下落，如何不来。”戴宗愿往，宋江大喜，说道：“只有贤弟去得快，旬日便知信息。”当日戴宗别了众人，次早打扮做承局，离了梁山泊，取路望蓟州来。把四个甲马拴在腿上，作起神行法来，于路只吃些素茶素食。在路行了三日，来到沂水县界，只闻人说道：（随手点缀。）“前日走了黑旋风，伤了好些人，连累了都头李云不知去向，（不甚分明正妙，宛然是闲人说闲话。）至今无获处。”戴宗听了冷笑。

当日正行之次，只见远远地转过一个人来，手里提着一根浑铁笔管枪。（匆匆行次，只见人枪而已，下文回看，始详其状。）那人看见戴宗走得快，便立住了脚叫一声：“神行太保！”（穿接得奇。）戴宗听得，回过脸来定睛看时，见山坡下小径边立着一个大汉，生得头圆耳大，鼻直口方，眉秀目疏，腰细膀阔。（像条好汉。）戴宗连忙回转身来问道：“壮士，素不曾拜识，如何呼唤贱名？”那汉慌忙答道：“足下果是神行太保！”撇了枪，便拜倒在地。（穿接甚好。）戴宗连忙扶住答礼，问道：“足下高姓大名？”那汉道：“小弟姓杨名林，祖贯彰德府人氏，多在绿林丛中安身，江湖上都叫小弟做‘锦豹子’杨林。数月之前，路上酒肆里遇见公孙胜先生，同在店中吃酒相会，（便写得不冷落。）备说梁山泊晁、宋二公招贤纳士，如此义气，写下一封书，教小弟自来投大寨入伙，只是不敢轻易擅进。公孙先生又说：‘李家道口旧有朱贵开酒店在彼，招引上山入伙的人。山寨中亦有一个招贤飞报头领，（好官名。）唤做神行太保戴院长，日行八百里路。’今见兄长行步非常，因此唤一声看，固知穿接之奇也。不想果是仁兄，正是天幸，无心得遇！”戴宗道：“小可特为公孙胜先生回蓟州去，杳无音信，今奉晁、宋二公将令，差遣来蓟州探听消息，寻取公孙胜还寨，不期却遇足下。”杨林道：“小弟虽是彰德府人，这蓟州管下地方州郡都走遍了；倘若不弃，就随侍兄长同去走一遭。”戴宗道：“若得足下作伴，实是万幸。寻得公孙先生见了，一同回梁山泊未迟。”杨林见说了，大喜，就邀住戴宗，结拜为兄。戴宗收了甲马，两个缓缓而行，到晚就投村店歇了。

杨林置酒请戴宗，戴宗道：“我使神行法，不敢食荤。”两个只买些素馔相待。过了一夜，次日早起，打火吃了早饭，收拾动身。杨林便问道：“兄长使神行法走路，小弟如何走得上？只怕同行不得。”戴宗笑道：“我的神行法也带得人同走。我把两个甲马拴在你腿上，作起法来，也和我一般走得快，奇事。要行便行，要住便住。不然，你如何赶得我走？”杨林道：“只恐小弟是凡胎浊骨，比不得兄长神体。”戴宗道：“不妨，我这法诸人都带得，耐庵写至此句，早已想到李逵矣。作用了时，和我一般行。只是我自吃素，并无妨碍。”后日独难李逵，故妙。当时取两个甲马，替杨林缚在腿上，戴宗也只缚了两个，作用了神行法，吹口气在上面，两个轻轻地走了去，要紧要慢，都随着戴宗行。后日独难李逵，故妙。

两个于路间说些江湖上的事，虽只见缓缓而行，正不知走了多少路。“神行”二字，已是奇想，更有此奇笔描写之。两个行到巳牌时分，前面来到一个去处，四围都是高山，中间一条驿路。杨林却自认得，引。便对戴宗说道：“哥哥，此间地名唤做饮马川。前面兀那高山里，常常有大伙在内，近日不知如何。因为山势秀丽，水绕峰环，以此唤做饮马川。”两个正来到山边过，只听得忽地一声锣响，战鼓乱鸣，走出一二百小喽啰，拦住去路。当先捧着两筹好汉，各挺一条朴刀，大喝道：“行人须住脚！五字恰好喝神行人，故妙。你两个是甚么鸟人？那里去的？会事的快把买路钱来，饶你两个性命！”杨林笑道：“哥哥，你看我结果那呆鸟。”二字骂尽千载。○见好人而不识，闻好话而不信，读好文字而不解，皆呆鸟也。撚着笔管枪，抢将入去。那两个好汉见他来得凶，走近前来看了，上首的那个便叫道：“且不要动手！兀的不是杨林哥哥么？”杨林住了，却才认得。上首那个大汉一个大。提着军器向前剪拂了，便唤下首这个长汉一个长。都来施礼罢。杨林请过戴宗，说道：“兄长，且来和这两个弟兄相见。”戴宗问道：“这两个壮士是谁，如何认得贤弟？”杨林便道：“这个认得小弟的好汉，他原是盖天军襄阳府人氏，姓邓名飞。为他双睛红赤，江湖上人都唤他做‘火眼狻猊’，能使一条铁链，人皆近他不得。多曾合伙，一别五年，不曾见面，谁想今日却在这里相遇着。”邓飞便问道：“杨林哥哥，这位兄长是谁？必不是等闲人也。”杨林道：“我这仁兄，各说其所知，与下文相对。是梁山泊好汉中神行太保戴宗的便是。”邓飞听了道：“莫不是江州的戴院长，能行八百里路程的？”戴宗答道：“小可便是。”那两个头领慌忙剪拂道：“平日只听得说大名，不想今日在此拜识尊颜。”戴宗忙问道：“这位好汉高姓大名？”邓飞道：“我这兄弟“我这仁兄”，“我这兄弟”，以闲笔作对，令文字不懈散。姓孟名康，祖贯是真定州人氏，善造大小船只。原因押送花石纲，要造大船，嗔怪这提调官催并责罚他，把本官一时杀了，弃家逃走，在江湖上绿林中安身，已得年久。因他长大白净，人都见他一身好肉体，起他一个绰号，叫他做‘玉幡竿’孟康。”戴宗见说大喜。

四筹好汉说话间，杨林问道：“二位兄弟在此聚义几时了？”邓飞道：“不瞒兄长说，也有一年多了。只半载前，在这直西地面上遇着一个哥哥，姓裴名宣，先生一人，次生出二人。却因二人，又生出一人，真是行文省力法。〇不是耐庵要图省力，其实收罗一百八人，亦大难事。祖贯是京兆府人氏。原是本府六案孔目出身，极好刀笔。为人忠直聪明，分毫不肯苟且，本处人都称他‘铁面孔目’，亦会拈枪一。使棒，二。舞剑三。轮刀，四。智勇足备。为因朝廷除将一员贪滥知府到来，把他寻事，刺配沙门岛，从我这里经过，被我们杀了防送公人，救了他在此安身，聚集得三二百人。这裴宣极使得好双剑，上枪、棒、剑、刀四事，此又抽出一件独赞之，有神色。让他年长，见在山寨中为主。烦请二位义士，同往小寨相会片时。”便叫小喽啰牵过马来，戴宗、杨林卸下甲马，细。骑上马，望山寨来。

行不多时，早到寨前，下了马。裴宣已有人报知，连忙出寨降阶而接。戴宗、杨林看裴宣时，果然好表人物，生得面白肥胖，四平八稳，心中暗喜。当下裴宣邀请二位义士到聚义厅上，俱各讲礼罢。相请戴宗正面坐了，次是杨林、裴宣、邓飞、孟康，五筹好汉，宾主相待，坐定筵宴。当日大吹大擂饮酒。戴宗在筵上说起晁、宋二人如何招贤纳士，仗义疏财，一“如何”。众好汉如何同心协力，二“如何”。八百里梁山泊如何广阔，三“如何”。中间宛子城如何雄壮，四“如何”。四下里如何都是茫茫烟水，五“如何”。如何许多军马，不愁官兵来捉。六“如何”。只管把言语说他三个。写得错错落落。裴宣回道：“小弟也有这个山寨，一“有”。也有三百来匹马，二“有”。财赋也有十余辆车子，粮食草料不算，三有"也"。也有三五百孩儿们。四有"也"。倘若仁兄不弃微贱时，引荐于大寨入伙，也有微力可效。五有"也"。未知尊意若何？"写得错错落落。戴宗大喜道："晁、宋二公待人接物并无异心，更得诸公相助，如锦上添花。若果有此心，可便收拾下行李，待小可和杨林去蓟州见了公孙胜先生同来，那时一同扮做官军，星夜前往。"众人大喜，酒至半酣，移至后山断金亭上，看那饮马川景致吃酒。一百八人实难收罗，故借戴宗寻公孙作线，便顺手串出四五人也。然又恐写得冷落，便露出凑泊之迹，故特特写作加意之笔。喝采道："山沓水匝，真乃隐秀。八字书尽饮马川，抵无数名人游记。你等二位如何来得到此？"邓飞道："原是几个不成材小厮们骂世。在这里屯扎，后被我两个来夺了这个去处。"众皆大笑。五筹好汉吃得大醉，裴宣起身舞剑助酒，看他特写移席，特写评赞山水，特写骂世语，特写舞剑，皆极力要写作加意之笔。戴宗称赞不已。至晚，便留到寨内安歇。

次日，戴宗定要和杨林下山，三位好汉苦留不住，相送到山下作别，自回寨里收拾行装，整理动身，不在话下。且说戴宗和杨林离了饮马川山寨，在路晓行夜住，早来到蓟州城处，投个客店安歇了。杨林便道："哥哥，我想公孙胜先生是个学道人，必在山间林下，不住城里。"妙论，使吾浩叹。○今之学道之人，皆不在山间林下；今之山间林下，却葬无数死人。哀哉！戴宗道："说得是。"当时二人先去城外，一到处询问公孙胜先生下落消息，并无一个人晓得他。先生好。住了一日，次早起来，又去远近村坊街市访问人时，亦无一个认得。先生好。两个又回店中歇了。第三日，戴宗道："敢怕城中有人认得他！"不然。若使有人认得，斯不足以称先生矣。当日和杨林却入蓟州城里来寻他，两个寻问老成人时，都道："不认得。敢不是城中人？只怕是外县名山大刹居住？"先生好。

杨林正行到一个大街，只见远远地一派鼓乐，迎将一个人来。过接。戴宗、杨林立在街上看时，前面两个小牢子，一个驮着许多礼物花红，一个捧着若干缎子采缯之物，后面青罗伞下，罩着一个押狱刽子。那人生得好表人物，露出蓝靛般一身花绣，两眉入鬓，凤眼朝天，淡黄面皮，细细有几根髭髯。那人祖贯是河南人氏，姓杨名雄，因跟一个叔伯哥哥来蓟州做知府，一向流落在此。续后一个新任知府却认得他，因此就参他做两院押狱，兼充市曹行刑刽子。因为他一身好武艺，面貌微黄，以此人都称他做“病关索”杨雄。当时杨雄在中间走着，背后一个小牢子擎着鬼头靶法刀。原来才去市心里决刑了回来，众相识与他挂红贺喜，送回家去，正从戴宗、杨林面前迎将过来。一簇人在路口拦住了把盏。只见侧首小路里又撞出七八个军汉来，为头的一个叫做“踢杀羊”张保。杨志被牛所苦，杨雄为羊所困，皆非必然之事，只是借勺水兴洪波耳。这汉是蓟州守御城池的军，带着这几个，都是城里城外时常讨闲钱使的破落户汉子，官司累次奈何他不改。为见杨雄原是外乡人来蓟州，却有人惧怕他，因此不怯气。当日正见他赏赐得许多缎匹，带了这几个没头神，吃得半醉，却好赶来要惹他。又见众人拦住他在路口把盏，那张保拨开众人，钻过面前叫道：“节级拜揖！”杨雄道：“大哥，来吃酒。”张保道：“我不要吃酒，我特来问你借百十贯钱使用。”杨雄道：“虽是我认得大哥，不曾钱财相交，如何问我借钱？”张保道：“你今日诈得百姓许多财物，如何不借我些？”杨雄应道：“这都是别人与我做好看的，怎么是诈得百姓的？你来放刁，我与你军卫有司，各无统属！”张保不应，便叫众人向前一哄，先把花红缎子都抢了去。杨雄叫道：“这厮们无礼！”却待向前打那抢物事的人，被张保劈胸带住，背后又是两个来拖住了手。那几个都动起手来，小牢子们各自回避了。

杨雄被张保并两个军汉逼住了，施展不得，只得忍气，解拆不开。正闹中间，只见一条大汉挑着一担柴来，一路行文，如龙初成，鳞甲隐隐而起。看见众人逼住杨雄，动掸不得。那大汉看了，路见不平，便放下柴担，分开众人，前来劝道："你们因甚打这节级？"那张保睁起眼来，喝道："你这打脊饿不死冻不杀的乞丐，敢来多管！"那大汉大怒，性发起来，将张保劈头只一提，一交攧翻在地。那几个破落户见了，却待要来动手，早被那大汉一拳一个，都打的东倒西歪。杨雄方才脱得身，把出本事来施展，一对拳头撺梭相似。那几个破落户都打翻在地。数语救出杨雄。〇非一张保便困杨雄，亦只是借以引出石秀耳，须知行文之苦。张保见不是头，爬将起来，一直走了。了。〇没毛牛之必至于死者，不死不弄出杨志也。踢杀羊之一直逃去者，只此已足显杨雄也。行文都无浪笔，须知。杨雄忿怒，大踏步赶将去。张保跟着抢包袱的走，活画小人。杨雄在后面追着，赶转一条巷内去了。将杨雄递开去，便令戴宗先结石秀有地，笔法甚好。〇一个"巷内"。

那大汉兀自不歇手，在路口寻人厮打。戴宗、杨林看了，暗暗地喝采道："端的是好汉，真正路见不平，拔刀相助！"便向前邀住，劝道："好汉，看我二人薄面，且罢休了。"两个把他扶劝到一个巷内。又一个"巷内"。杨林替他挑了柴担，好。戴宗挽住那汉子，好。〇写得亲热。邀入酒店里来。杨林放下柴担，好。同到阁儿里面。那大汉叉手道："感蒙二位大哥，解救了小人之祸。"戴宗道："我弟兄两个也是外乡人，因见壮士仗义之心，只恐一时拳手太重，误伤人命，特地做这个出场，请壮士酌三杯，到此相会，结义则个。"那大汉道："多得二位仁兄解拆小人这场，却又蒙赐酒相待，实是不当。"杨林便道："四海之内，皆是兄弟，怎如此说？且请坐。”戴宗相让，那汉那里肯僭上，戴宗、杨林一带坐了，那汉坐在对席。叫过酒保，杨林身边取出一两银子来，把与酒保道：“不必来问，但有下饭，只顾买来与我们吃了，一发总算。”

酒保接了银子去，一面铺下菜蔬果品按酒之类。三人饮过数杯，戴宗问道：“壮士高姓大名？贵乡何处？”那汉答道：“小人姓石名秀，祖贯是金陵建康府人氏，自小学得些枪棒在身，一生执意，是石秀，是另又一样人物。路见不平，便要去相助，人都呼小弟作‘拼命三郎’。因随叔父来外乡贩羊马卖，不想叔父半途亡故，消折了本钱，还乡不得，流落在此蓟州卖柴度日。既蒙拜识，当以实告。”戴宗道：“小可两个因来此间干事，得遇壮士如此豪杰，流落在此卖柴，怎能够发迹？不若挺身“挺身”二字妙绝。做事业要挺身出去，了生死亦要挺身出去，挺身真是出世间之要诀也。江湖上去，做个下半世快乐也好。”石秀道：“小人只会使些枪棒，别无甚本事，如何能够发达快活？”戴宗道：“这般时节认不得真！一者朝廷闭塞，二乃奸臣不明。朝廷用“闭塞”字，妙，言非朝廷不爱人材，只是奸臣闭塞之也。奸臣用“不明”字，更妙，言奸臣闭塞朝廷，亦非有大过恶，只由不明故也。“不明”二字，何等轻细，却断得奸臣尽情，断得奸臣心服，真是绝妙之笔。俗本乃误作“朝廷不明，奸臣闭塞”，复成何语耶？只二字转换，其优劣相去如此。古本俗本之相去，胡可尽说，亦在天下善读书人，取两本细细对读，便知其异耳。小可一个薄识，因一口气，去投奔了梁山泊宋公明入伙，如今论秤分金银，换套穿衣服。只等朝廷招安了，早晚都做个官人。”只是好看语。盖有权术人，开口便防人一着，如宋江之于武松，皆此类也。学究不知世事，便因此语续出半部，真要笑杀。石秀叹口气道：“小人便要去，也无门路可进。”戴宗道：“壮士若肯去时，小可当以相荐。”石秀道：“小人不敢拜问二位官人贵姓？”戴宗道：“小可姓戴名宗，兄弟姓杨名林。”石秀道：“江湖上听得说个江州神行太保，莫非正是足下？”戴宗道：“小可便是。”叫杨林身边包袱内取一锭十两银子，送与石秀做本钱。看他写戴宗全学宋江，绝倒。○又学宋江说好话，又学宋江使银子，写得戴宗便活是第二宋江。石秀不敢受，再三谦让，方才收了。才知道他是梁山泊神行太保。正欲要诉说些心腹之话，投托入伙，移云接月之笔。○人但知接下之疾，岂复料此文乃直兜至翠屏山后耶？只听得外面有人寻问入来。三个看时，却是杨雄带领着二十余人，都是做公的，赶入酒店里来。

戴宗、杨林见人多，吃了一惊，乘闹哄里，两个慌忙走了。卸去戴、杨，交入杨、石，移云接月，出笔最巧。○子弟少时读书，最要知古人出笔，有无数方法：有正笔，有反笔，有过笔，有沓笔，有转笔，有偷笔。上五法易解。所谓偷笔，则如此文是也。盖一路都是戴宗作正文，至此，忽趁势偷去戴宗，竟入杨雄、石秀正传，所谓移云接月，用力不多而得便至大。知此，则作《史记》非难事也。石秀起身迎住道：“节级那里去来？”杨雄便道：“大哥，何处不寻你，却在这里饮酒。便放出戴宗一会那延，好笔。我一时被那厮封住了手，施展不得，多蒙足下气力，救了我这场便宜。一时间只顾赶了那厮去，夺他包袱，却撇了足下。这伙兄弟听得我厮打，都来相助，依还夺得抢去的花红缎匹回来，亦补。只寻足下不见。却才有人说道：‘两个客人劝他去酒店里吃酒。’因此才知得，特地寻将来。”石秀道：“却才是两个外乡客人写出石秀有心人。邀在这里酌三杯，说些闲话，只二语，写出石秀有心人。不知节级呼唤。”杨雄大喜，便问道：“足下高姓大名，贵乡何处，因何在此？”石秀答道：“小人姓石名秀，祖贯是金陵建康府人氏。平生执性，路见不平，便要去舍命相护，以此都唤小人做‘拼命三郎’。因随叔父来此地贩卖羊马，不期叔父半途亡故，消折了本钱，流落在此蓟州卖柴度日。”再述一遍，不换一字。杨雄又问：“却才和足下一处饮酒的客人何处去了？”周致。石秀道：“他两个见节级带人进来，只道相闹，以此去了。”杨雄道：“恁地，便唤酒保取两瓮酒来，大碗叫众人一家三碗吃了先去，明日却得来相会。”杨雄领众人来，只为卸去戴宗之地耳。戴宗既已卸去，便并卸去众人，行文亦有“狡兔死，走狗烹”之法也。众人都吃了酒，自各散了。杨雄便道：“石家三郎，你休见外。想你此间必无亲眷，恩深义重，反在此句。我今日就结义你做个弟兄如何？”石秀见说，大喜，便说道：“不敢动问节级贵庚？”杨雄道：“我今年二十九岁。”石秀道：“小弟今年二十八岁。就请节级坐，受小弟拜为哥哥。”石秀拜了四拜。杨雄大喜，便叫酒保：“安排饮馔酒果来，我和兄弟今日吃个尽醉方休。”正饮酒之间，只见杨雄的丈人潘公，先露出一“潘”字来，先露出一“丈人”来。带领了五七个人，前借二十余人，所以走戴宗也。却恐痕迹太露，又生此五七个人陪之。此书每每如此。直寻到酒店里来。

杨雄见了，起身道：“泰山来做甚么？”潘公道：“我听得你和人厮打，特地寻将来。”杨雄道：“多谢这个兄弟救护了我，打得张保那厮见影也害怕。我如今就认义了石家兄弟做我兄弟。”潘公叫：“好，好！且叫这几个弟兄吃碗酒了去。”杨雄便叫酒保讨酒来，每人三碗吃了去。明明陪前一段可知。便叫潘公中间坐了，杨雄对席上首，石秀下首。三人坐下，酒保自来斟酒。潘公见了石秀这等英雄长大，心中甚喜，便说道：“我女婿得你做个兄弟相帮，也不枉了。公门中出入，谁敢欺负他！叔叔原曾做甚买卖道路？”石秀道：“先父原是操刀屠户。”潘公道：“叔叔曾省得杀牲口的勾当么？”石秀笑道：“自小吃屠家饭，如何不省得宰杀牲口？”潘公道：“老汉原是屠户出身，只因年老，做不得了。止有这个女婿，他又自一身入官府差遣，因此撇下这行衣饭。”三人酒至半酣，计算酒钱。石秀将这担柴也都准折了。柴下落，好。三人取路回来。

杨雄入得门，便叫："大嫂，快来与这叔叔相见。""这"字妙，是个认义叔叔。〇与武大引武二回时对看，便知其妙。只见布帘里面应道："大哥，你有甚叔叔？"是个认义叔叔，写得妙。杨雄道："你且休问，先出来相见。"所谓一言难尽。布帘起处，走出那个妇人来。务要写得与武松初见金莲一般。原来那妇人是七月七日生的，因此小字唤做巧云。先嫁了一个吏员，是蓟州人，唤做王押司，两年前身故了，不妨便嫁杨雄，却为周年作地耳。方才晚嫁得杨雄，未及一年夫妻。石秀见那妇人出来，慌忙向前施礼道："嫂嫂请坐。"石秀便拜。那妇人道："奴家年轻，字法新妙。如何敢受礼！"杨雄道："这个是我今日新认义的兄弟，你是嫂嫂，可受半礼。"当下石秀推金山，倒玉柱，拜了四拜。与武松一样人，与武松一样事，与武松一样文章，不换一字，妙绝。那妇人还了两礼。请入来里面坐地，收拾一间空房教叔叔安歇。活是潘金莲，读之失笑。话休絮烦。次日杨雄自出去应当官府，分付家中道："安排石秀衣服巾帻。"客店内有些行李包裹，都教去取来杨雄家里安放了。

却说戴宗、杨林自酒店里看见那伙做公的人来寻访石秀，闹哄里两个自走了，回到城外客店中歇了。次日，又去寻问公孙胜。两日绝无人认得，先生到底好。又不知他下落住处，两个商量了且回去。当日收拾了行李，便起身离了蓟州，自投饮马川来，和裴宣、邓飞、孟康一行人马，扮作官军，星夜望梁山泊来。戴宗要见他功劳，纠合得许多人马上山。山上自做庆贺筵席。不在话下。卸去戴宗，亦是狗烹弓藏之法。

再说有杨雄的丈人潘公，自和石秀商量要开屠宰作坊。潘公道："我家后门头是一条断路小巷，先伏断头小巷。〇上文杨雄赶张保入一条巷内，戴宗邀石秀入一条巷内，便引出后门一条断头小巷来。有一间空房在后面，那里井水又便，可做作坊，点染成一座作坊。就教叔叔做房在里面，又好照管。"几乎不得照管，绝倒。石秀见了也喜，端的便益。潘公再寻了个旧时熟识副手，"只央叔叔掌管帐目。"石秀应承了，叫了副手，便把大青大绿妆点起肉案子、水盆、砧头，打磨了许多刀杖，整顿了肉案，打并了作坊、猪圈，赶上十数个肥猪，选个吉日，开张肉铺。众邻舍亲戚都来挂红贺喜，又费挂红贺喜。吃了一两日酒。杨雄一家，得石秀开了店，都欢喜，自此无话。

一向潘公、石秀自做买卖，不觉光阴迅速，又早过了两个月有余。时值秋残冬到，石秀里里外外，身上都换了新衣穿着。先下一句"新衣穿着"，然后下文翻出波澜来，疑其腕中有鬼也。石秀一日早起五更，出外县买猪，三日了方回家来，只见铺店不开。却到家里看时，肉店砧头也都收过了，刀仗家火亦藏过了。绝世奇文，令人再猜不着。石秀是个精细的人，看在肚里，便省得了。石秀错用心也，却偏说他精细，便令读者走入八阵图中，更寻不出。自心中忖道："常言：'人无千日好，花无百日红。'好。哥哥自出外去当官，不管家事，必然嫂嫂见我做了这些衣裳，一定背后有说话。又见我两日不回，必有人搬口弄舌，想是疑心，不做买卖。我休等他言语出来，我自先辞了回乡去休。自古道：'那得长远心的人？'"此回本石秀错用心也，乃转入后文，却又真应此言，则又文章家之随手风云，腕中神鬼也。石秀已把猪赶在圈里，一句一事。却去房中换了脚手，一事。收拾了包裹行李，一事。细细写了一本清帐，一事。从后面入来。此句亦为后日作伏，不止叙今日。

潘公已安排下些素酒食，“素酒食”妙，石秀心中又疑慢之也。邻子窃铁，自古而然。请石秀坐定吃酒。潘公道：“叔叔远出劳心，自赶猪来辛苦。”石秀道：“丈人礼当。且收过了这本明白帐目，若上面有半点私心，天地诛灭。”收过店面，石秀吃一惊。交清帐目，潘公吃一惊。收过店面，石秀再猜不出。交清帐目，潘公再猜不出。全是鬼神搬运之文。潘公道：“叔叔何故出此言？并不曾有个甚事。”石秀道：“小人离乡五七年了，今欲要回家去走一遭，特地交还帐目。今晚辞了哥哥，明早便行。”潘公听了，大笑起来道：“叔叔差矣！你且住，听老汉说。”七十回住法各妙，而以此卷为第一。那老子言无数句，话不一时，有分教：报仇壮士提三尺，破戒沙门丧九泉。毕竟潘公说出甚言语来，且听下回分解。

第四十四回
杨雄醉骂潘巧云
石秀智杀裴如海

楊雄醉罵潘巧雲

佛灭度后，诸恶比丘于佛事中广行非法，破坏象教，起大疑谤，殄灭佛法，不尽不止。我欲说之，久不得便，今因读此而寄辩之。恶世比丘行非法时，每欲假托如来象教，或云讲经，或云造像，或云忏摩，或云受戒。外作种种无量庄严，其中包藏无量淫恶。是初不知如是佛事，如来在时，悉有仪则。如讲经者，如来大师于人天中作师子吼，三转法轮，得道为证，非第二人力之所及。如来既灭，有诸大士承佛遗嘱，流通尊经，则必审择希世法器，住于深山，闭门讲说。讲已思惟，思已坐禅，坐已行道，行已覆说。于二六时，不暇剪爪。初不听许在于阛阓椎钟布告，招集男女，拍肩联臂，作诸戏笑，令菩提场杂秽充满。造像法者，如来非欲以己形像流布人间。是皆广用异妙方便，表宣法相，令众欢喜。四王天者，表于四谛。右伽蓝神，左应真者，表于俗谛，及以真谛。十六尊者，表十六句。迦叶阿难，表行与说。三世佛者，表世间尊。如是等像，莫不有表。初不听许广造一切淫祀鬼神，罗列堂殿，引诸女人烧香求福，惑乱僧徒，污染梵行。忏摩法者，超出世间有力大人，了知本性，纯白无垢，非以后心，忏于前心。从本寂静，不造罪故。譬如以水而洗于水，当知毕竟无有是处。然为微细，余习未除，是用翘勤，质对尊像，求哀自责，誓愿清净，克期一报，永尽无遗。初不听许广开坛场，巧音歌唱，族姓子女，履舄交错，僧尼无分，笑语不择，于惭愧法，无惭无愧。受戒法者，如来制戒，分性与遮，性戒广渊，是为一切法身大士所游戏处，遮戒谨严，则为七众同所受持。若或有人，持于遮戒，通达性戒，是名合道芬陀利华。若不通于性戒妙义，但著袈裟，细视徐行，直不得名持遮戒也。授戒之法，释迦世尊为大和尚，弥勒菩萨作教授师，文殊尸利作羯磨师。初不听许盲师瞎众，自相叹誉，网罗士女，作己眷属，交通闺房，僧俗相接，密坐低语，招世毁谤。至如近世佛教滥觞，更有一切庆佛诞生，开佛光明，烧船化库，求乞法名，如是种种怪异之事，竞共兴作，惑乱世间。妖比丘尼，穿门入室，邀诸淫女、寡女、处女，连袂接屦，招摇梵刹，广起无量不净诸行，尤为非法，恼乱如来。夫释迦者，二月八日沸星出时，降生皇宫，二月八日沸星出时，成菩提道，二月八日沸星出时，转大法轮，二月八日沸星出时，入于涅槃。其余一切诸大菩萨，无不各各先一日生，后一日灭。何尝某甲于某日生，某甲某日如世俗事。若为如来开光明者，如来已于无量劫来开大光明，五眼四智，种种具足。何曾有人反以光明，施与如来？若谓如来教人营福，烧化船库，寄来生者，如来法中诃责三业，贪为第一。是故现世国城妻子，犹教之言汝应弃舍，何得反兴妖妄之论，谓来世福，今世可求？若谓如来听诸女人求法名者，如来在时，尚禁女人不得来于僧伽蓝中，何尝广求在家女人围绕于己？至如经中末利夫人、韦提夫人、舍脂夫人、德鬘夫人，秉大誓愿，来从佛学，亦皆仍其旧时名字，何曾为其别立异名？世间当知如是种种怪异之事，皆是恶僧为钱财故，巧立名色。既得钱财，必营房室。营房室已，次营衣服，广于一身，作诸庄严。作庄严已，恣求淫欲，求淫欲时，何所不至？破坏佛法，破坏世法，破坏常住，破坏檀越。如是恶僧，出现世时，如来象教，应时必灭。是以世尊于垂涅槃，敕诸国王、大臣、长者、一切世间菩萨大人，欲护我法，必先驱逐如是恶僧，可以刀剑而斫刺之。彼若避走，疾以弓箭而射杀之。在在处处，搜捕扫除，毋令恶种尚有遗留。是则名为真正护法，是则名为爱恋如来，是则名为最胜供养，是则名为众生眼目。若复有人顾瞻祸福，犹豫不忍，是人即为世间大愚可怜悯者，一切如来为之悲哭。譬如壮士，展臂之间，已堕地狱，不可救拔。呜呼伤哉，安得先佛重出于世，一为廓清，令我众生，知是福田为非福田，不以此言为河汉也！

西门庆一篇，已极尽淫秽之致矣，不谓忽然又有裴如海一篇，其淫其秽又复极尽其致。读之真似初春食河鲀，不复信有深秋蟹螯之乐。及至持螯引白，然后又疑梅圣俞“不数鱼虾”之语，徒虚语也。

王婆十分研光，以整见奇。石秀十分瞧科，以散入妙。悉是绝世文字。

话说石秀回来，见收过店面，便要辞别出门。潘公说道：“叔叔且住！老汉已知叔叔的意了。叔叔两夜不曾回家，今日回来，见收拾过了家火什物，叔叔一定心里只道是不开店了，因此要去。休说恁地好买卖，便不开店时，也养叔叔在家。不瞒叔叔说：我这小女先嫁得本府一个王押司，不幸没了，今得二周年，做些功果与他，因此歇了这两日买卖。明日请下报恩寺僧人来做功德，就要央叔叔管待则个。老汉年纪高大，熬不得夜，因此一发和叔叔说知。”石秀道：“既然丈丈恁地说时，小人再纳定性过几时。”潘公道：“叔叔今后并不要疑心，只顾随分且过。”老龟声口。当时吃了几杯酒并些素食，收过不提。

明早，果见道人挑将经担到来，铺设坛场，摆放佛像、供器、鼓钹、钟磬、香花、灯烛，厨下一面安排斋食。杨雄倒在外边回家来，分付石秀道："贤弟，我今夜却限当牢，不得前来，凡事杨节级家里，却与王押司做周年，真是老大不堪之事，只用二字檃括过去，读之一笑。央你支持则个。"石秀道："哥哥放心自去，自然兄弟替你料理。"杨雄去了。石秀自在门前照管。此时甫得清清天亮，只见一个年纪小的和尚揭起帘子入来，深深地与石秀打个问讯。石秀答礼道："师父少坐。"随背后一个道人挑两个盒子入来。石秀便叫："丈丈，有个师父在这里。"潘公听得，从里面出来。那和尚便道："干爷，如何一向不到敝寺？"老子道："便是开了这些店面，却没工夫出来。"那和尚便道："押司周年，无甚罕物相送，些少挂面，几包京枣。"老子道："阿也，甚么道理，教师父坏钞！"教："叔叔收过了。"石秀自搬入去，叫点茶出来，门前请和尚吃。

只见那妇人从楼上下来，不敢十分穿重孝，只是淡妆轻抹，写出回头人，一笑。便问："叔叔，谁送物事来？"石秀道："一个和尚叫丈丈做干爷的送来。"不快之极。那妇人便笑道："是师兄海阇黎裴如海，写出熟极。一个老实的和尚。又熟他性格。〇谁疑其不老实耶？绝倒。他是裴家绒线铺里小官人，又熟他族姓。出家在报恩寺中。又熟他挂搭。因此师父是家里门徒，结拜我父做干爷，又熟他门徒。长奴两岁，因此上，叫他做师兄。又熟他年纪。他法名叫做海公。又熟他法名。叔叔，晚间你只听他请佛念经，有这般好声音！"又熟他声音。〇与卿何涉？石秀道："原来恁地！"不快之极。自肚里已瞧科一分了。"一分"了。〇潘金莲之于西门庆也，王婆以十分研光成就之。潘巧云之于裴如海也，石秀以十分瞧科看破之。真乃各极其妙。那妇人便下楼来见和尚。石秀却背叉着手，活画出不快之极。随后跟出来，布帘里张看。"随后跟出来"妙，一写石秀精细，一写淫妇不防。只见那妇人出到外面，那和尚便起身向前来，三字画贼秃。合掌深深的打个问讯。那妇人便道："甚么道理教师兄坏钞？”和尚道：“贤妹，些少微物，不足挂齿。”那妇人道：“师兄何故这般说。出家人的物事，怎的消受得？”和尚道：“敝寺新造水陆堂了，要来请贤妹随喜，一个要他去。只恐节级见怪。”那妇人道：“看来拙夫四字活画。〇一是活画回头新来人，一是活画偷养汉子妇人也。也不恁地计较。我娘死时，亦曾许下血盆愿心，早晚也要来寺里一个要来”“也”。相烦还了。”和尚道：“这是自家的事，如何恁地说？但是分付如海的事，小僧便去办来。”那妇人道：“师兄多与我娘念几卷经便好。”只见里面丫嬛捧茶出来。那妇人拿起一盏茶来，把袖子去茶钟口边抹一抹，双手递与和尚。极写亲热不堪。那和尚连手接茶，“连手”妙，轻重可知。两只眼涎瞪瞪的只顾睃那妇人的眼，这妇人一双眼也笑迷迷的只管睃这和尚的眼。写得四眼极其不堪。自古“色胆如天”，却不防石秀在布帘里一眼张见，一双眼张见四只眼，文情妙绝。俗本尽失。早瞧科了二分，“二分”了。道：“‘莫信直中直，须防仁不仁’。我几番见那婆娘常常的只顾对我说些风话，又于极忙中，补文中之所无。我只以亲嫂嫂一般相待，原来这婆娘倒不是个良人。莫教撞在石秀手里，敢替杨雄做个出场也不见得！”石秀一想，一发有三分瞧科了，“三分”了。便揭起布帘，撞将出来。疾甚，妙绝。那贼秃连忙放茶，疾甚，妙绝。〇一“连忙”。便道：“大郎请坐。”这淫妇便插口道：“这个叔叔，便是拙夫新认义的兄弟。”那贼秃虚心冷气，连忙问道：二“连忙”。“大郎贵乡何处，高姓大名？”石秀道：“我么？句。姓石句。名秀，句。金陵人氏。句。〇十个字作四句，咄咄骇人。为要闲管替人出力，又叫做拼命三郎！咄咄骇人。我是个粗卤汉子，倘有冲撞，和尚休怪！”咄咄骇人。〇要好故问，却似惹着爆炭，妙绝。贼秃连忙道：三“连忙”。“不敢，不敢！小僧去接众僧来赴道场。”连忙出门去了。疾甚，妙绝。〇四“连忙”。那淫妇道：“师兄早来些个！”那贼秃连忙走，更不答应。五“连忙”。○写贼秃正要迎奸卖俏，陡然看见石秀气色，便连忙放茶，连忙动问，连忙不敢，连忙出门，连忙走，更不应，真活现一个贼秃也。淫妇送了贼秃出门，自入里面去了。

石秀却在门前低了头，只顾寻思，其实心中已瞧科四分。“四分”了。多时，又着此二字，显出贼秃先来之早。方见行者走来点烛烧香。少刻，这贼秃引领众僧都来赴道场。潘公央石秀接着。相待茶汤已罢，打动鼓钹，歌咏赞扬。一篇淫荡之文，中间偏夹写许多佛事，正复妙绝。只见这贼秃同一个一般年纪小的和尚做阇黎，摇动铃杵，发牒请佛，献斋赞供诸天护法、监坛主盟，追荐亡夫王押司早生天界。夹写许多佛事。只见那淫妇“只见”二字，总是那淫妇，那贼秃，那一堂和尚三段之头，皆石秀眼中事。乔素梳妆，来到法坛上，手捉香炉，拈香礼佛。极写石秀眼里不堪。那贼秃越逞精神，摇着铃杵，唱动真言。极写石秀眼里不堪。那一堂和尚见他两个并肩摩倚，这等模样，也都七颠八倒。极写石秀眼里不堪。证盟已毕，请众和尚里面吃斋。夹写佛事。那贼秃让在众僧背后，贼秃贼甚。转过头来看着这淫妇笑，笑。那淫妇也掩着口笑。笑。○前以四“眼”字写出不堪，此以二“笑”字写出不堪。两个处处眉来眼去，以目送情，石秀都瞧科了，足有五分来不快意。“五分”了。众僧都坐了吃斋，先饮了几杯素酒，搬出斋来，都下了衬钱。夹写佛事。潘公致了不安，先入去睡了。一个碍眼人去了。少刻众僧斋罢，都起身行食去了。转过一遭，再入道场。夹写佛事。石秀不快，此时真到六分。“六分”了。只推肚疼，自去睡在板壁后了。妙。又一个碍眼人去了。

那淫妇一点情动，那里顾得防备人看见？便自去支持。众僧又打了一回鼓钹动事，把些茶食果品煎点。那贼秃着众僧用心看经，请天王拜忏，设浴召亡，参礼三宝。处处夹写许多佛事。追荐到三更时分，众僧困倦，许多碍眼人都倦了。那贼秃越逞精神，高声念诵。那淫妇在布帘下久立，欲火炽盛，不觉情动，便教丫嬛请海师兄说话。那贼秃一头念诵，一头趋到淫妇面前。贼秃贼甚。这淫妇摘住贼秃袖子，淫妇淫极。说道："师兄，明日来取功德钱时，就对爹爹说血盆愿心一事，不要忘了。"反嘱之。贼秃道："做哥的记得。只说二字妙。两人一时商量出来，使板壁后人绝倒。'要还愿，也还了好'。"贼秃又道："你家这个叔叔好生利害！"贼秃贼甚。淫妇把头一摇道："这个睬他则甚，并不是亲骨肉！"淫妇淫极。〇干兄妹是亲骨肉也。贼秃道："恁地，小僧却才放心。"一头说，一头就袖子里捏那淫妇的手。淫妇假意把布帘来隔。那贼秃笑了一声，石秀眼中，极其不堪。自出去判斛送亡。到底夹写佛事。不想石秀却在板壁后假睡，正瞧得着，已看到七分了。"七分"了。当夜五更，道场满散，送佛化纸已了，夹写佛事到底。众僧作谢回去，那淫妇自上楼去睡了。石秀却自寻思了，气道："哥哥恁的豪杰，却恨撞了这个淫妇！"忍了一肚皮鸟气，自去作坊里睡了。

次日，杨雄回家，俱各不提。饭后，杨雄又出去了。只见那贼秃又换了一套整整齐齐的僧衣，径到潘公家来。那淫妇听得是和尚来了，慌忙下楼，出来接着，邀入里面坐地，便叫点茶来。淫妇谢道："夜来多教师兄劳神，功德钱未曾拜纳。"贼秃道："不足挂齿。小僧夜来所说血盆忏愿心这一事，特禀知贤妹，要还时，小僧寺里见在念经，只要写疏一通就是。"淫妇便道："好，好。"忙叫丫嬛请父亲出来商量。潘公便出来谢道："老汉打熬不得，夜来甚是有失陪侍。不想石叔叔又肚疼倒了，无人管待，却是休怪休怪！"贼秃道："干爷正当自在。"淫妇便道："我要替娘还了血盆忏旧愿，师兄说道，明日寺中做好事，就附搭还了。先教师兄去寺里念经，我和你明日饭罢去寺里，只要证明忏疏，也是了当一头事。"潘公道："也好。明日只怕买卖紧，柜上无人。”淫妇道：“放着石叔叔在家照管，却怕怎的？”潘公道：“我儿出口为愿，明日只得要去。”淫妇就取些银子做功果钱，与贼秃去：“有劳师兄，莫责轻微，明日准来上刹讨素面吃。”贼秃道：“谨候拈香。”收了银子，便起身谢道：“多承布施，小僧将去分俵众僧，来日专等贤妹来证盟。”那妇人直送和尚到门外去了。石秀自在作坊里安歇，起来宰猪赶趁。是日，杨雄至晚方回，妇人待他吃了晚饭，洗了脚手，却教潘公对杨雄说道：虚心。“我的阿婆临死时，孩儿许下血盆经忏愿心在这报恩寺中。我明日和孩儿去那里证盟了便回，说与你知道。”杨雄道：“大嫂，你便自说与我，何妨！”一路都写杨雄直性，只是有粗无细，全是衬出石秀。那妇人道：“我对你说，又怕你嗔怪，因此不敢与你说。”当晚无话，各自歇了。

次日五更，杨雄起来，接连写五个“起来”，如溪云乱起，读之应接不暇。自去画卯承应官府。石秀起来，自理会做买卖。只见淫妇起来，梳头，句。裹脚，句。洗脖项，句。薰衣裳。句。迎儿起来，寻香盒，句。催早饭。句。潘公起来，买纸烛，句。讨轿子。句。〇古本有如此妙文，俗本都失。石秀自一早晨顾买卖，也不来管他。极其不快。饭罢，把迎儿也打扮了。好笑。巳牌时候，潘公换了一身衣裳，好笑。来对石秀道：“相烦叔叔照管门前，老汉和拙女同去还些愿心便回。”石秀笑道：“小人自当照管。丈丈但照管嫂嫂，多烧些好香，绝倒。早早来。”石秀自瞧科八分了。“八分”了。

且说潘公和迎儿跟着轿子，送亲。一径望报恩寺里来。这贼秃已先在山门下伺候，看见轿子到来，喜不自胜，向前迎接。潘公道：“甚是有劳和尚。”那淫妇下轿来，谢道：“多多有劳师兄。”贼秃道：“不敢，不敢。小僧已和众僧都在水陆堂上，从五更起来诵经，到如今未曾住歇，只等贤妹来证盟。却是多有功德。”把这妇人和老子引到水陆堂上。一“引”。已自先安排下香花灯涂之类，有十数个僧人在彼看经。那淫妇都道了万福，参礼了三宝。贼秃引到地藏菩萨面前，二“引”。证盟忏悔。通罢疏头，便化了纸，请众僧自去吃斋，着徒弟陪侍。那贼秃却请：“干爷和贤妹去小僧房里拜茶。”一引把这淫妇引到僧房里深处，三“引”。预先都准备下了，叫声：“师哥，拿茶来！”只见两个侍者捧出茶来。白雪锭器盏内，朱红托子，雪白锭器盏内，绝细好茶也，却于半句中间，夹出“朱红托子”四字，笔法之妙，俗子何知！绝细好茶。吃罢，放下盏子，“请贤妹里面坐一坐。”又引到一个小小阁儿里，四“引”。琴光黑漆春台，挂几幅名人书画，小桌儿上焚一炉妙香。“佛灭度后，末恶世中有恶比丘破坏佛法，皆复私营房室，造作种种非律器皿，弹琴烧香，藏蓄翰墨。如是恶人出现之时，能令佛法应时速灭。何以故？非律仪故，消信施故，不坐禅故，不观心故，多淫欲故，背和合故，起疑谤故，增生死故。若复是时，有大菩萨誓愿护法，出兴于世，身为国王及作大臣、长者、居士、善男信女，见此恶人行非法时，即当白佛，鸣鼓椎钟，罢令其人还俗策使。其诸非法房室器皿，即当毁坏，毋令遗留。能如是者，则为佛法之所永赖，则为如来之所付托，则为一切诸佛欢喜，则为后世众生增长信心。若复有人惑于祸福，听信妖言，为彼恶人更生庇护，是人即当堕大地狱。妻不贞良。”出《大藏》，附识于此。

潘公和女儿一台坐了，贼秃对席，迎儿立在侧边。那淫妇道：“师兄，端的是好个出家人去处，清幽静乐。”贼秃道：“妹子休笑话，怎生比得贵宅上。”潘公道：“生受了师兄一日，我们回去。”那贼秃那里肯？便道：“难得干爷在此，又不是外人。今日斋食已是贤妹做施主，如何不吃筋面了去？师哥，快搬来！”说言未了，却早托两盘进来，都是日常里藏下的希奇果子、异样菜蔬并诸般素馔之物，排一春台。淫妇便道：“师兄，何必治酒？反来打搅。”贼秃笑道：“不成礼数，微表薄情而已。”师哥将酒来，斟在杯中。贼秃道：“干爷多时不来，试尝这酒。”老儿饮罢，道：“好酒，端的味重！”好。贼秃道：“前日一个施主家传得此法，做了三五石米，明日送几瓶来与令婿吃。”老儿道：“甚么道理！”贼秃又劝道：“无物相酬，贤妹娘子，“贤妹”下忽添“娘子”字，好。胡乱告饮一杯。”两个小师哥儿轮番筛酒，迎儿也吃劝了几杯。好。那淫妇道：“酒住，有心。吃不去了。”贼秃道：“难得娘子竟称“娘子”矣，好。到此，再告饮一杯。”潘公叫轿夫入来，各人与他一杯酒吃。贼秃道：“干爷不必记挂，小僧都分付了，已着道人邀在外面，自有坐处吃酒面。好。干爷放心，且请开怀多饮几杯。”好。原来这贼秃为这个妇人，特地对付下这等有力气的好酒。潘公吃央不过，多吃了两杯，当不住醉了。和尚道：“且扶干爷去床上睡一睡。”和尚叫两个师哥，只一扶，把这老儿搀在一个冷净房里去睡了。这里和尚自劝道：“娘子，开怀再饮一杯。”那淫妇一者有心，二乃酒入情怀，便觉有些朦朦胧胧上来，口里嘈道：“师兄，你只顾央我吃酒做甚么？”活画。贼秃低低告道：“只是敬爱娘子。”活画。淫妇便道：“我酒是罢了。”活画。○其言未毕，愿更详之。贼秃道：“请娘子去小僧房里看佛牙。”活画。○罪过。淫妇便道：“我正要看佛牙了来。”活画。○却又说还血盆愿心。

这贼秃把那淫妇一引引到一处楼上，五“引”。却是那贼秃的卧房，铺设得十分整齐。淫妇看了，先自五分欢喜，今之妖僧，所以必营卧房也。便道：“你端的好个卧房，干干净净。”贼秃笑道：“只是少一个娘子。”贼秃贼甚。○看他逐渐入港。那淫妇也笑道：“你便讨一个不得？”淫妇淫极。○看他针针相接，梭梭相逐。贼秃道：“那里得这般施主？”淫妇道：“你且教我看佛牙则个。”贼秃道：“你叫迎儿下去了，我便取出来。”

贼秃贼甚。淫妇便道："迎儿，你且下去，看老爷醒也未？"淫妇淫甚。迎儿自下得楼来，去看潘公。贼秃把楼门关上，淫妇笑道："师兄，你关我在这里怎的？"便是不知怎的，卿试猜之。这贼秃淫心荡漾，向前搂住那淫妇说道："我把娘子十分爱慕，我为你下了两年心路，今日难得娘子到此，这个机会作成小僧则个！"淫妇道："我的老公不是好惹的，你却要骗我？倘若他得知，却不饶你！"贼秃跪下道："只是娘子可怜见小僧则个！"那淫妇张着手，说道："贼秃家，倒会缠人，我老大耳刮子打你！"淫甚。贼秃嘻嘻的笑着，说道："任从娘子打，只怕娘子闪了手。"贼甚。那淫妇淫心飞动，便搂起贼秃道："我终不成当真打你？"淫甚。贼秃便抱住这淫妇，向床前卸衣解带，了其心愿。佛牙遂入血盆，一时心愿都毕。好半日，只三字，写得极其不堪。今之人家，必欲纵其妻女登山入庙者，亦未思其"好半日"之不堪也。两个云雨方罢。

那贼秃搂住这淫妇，说道："你既有心于我，我身死而无怨。只是今日虽然亏你作成了我，只得一霎时的恩爱快活，不能够终夜欢娱，久后必然害杀小僧！"那淫妇便道："你且不要慌。我已寻思一条计了。我家的人，一个月倒有二十来日当牢上宿。我自买了迎儿，教他每日在后门里伺候，若是夜晚，他一不在家时，便掇一个香桌儿出来，烧夜香为号，你便入来不妨。只怕五更睡着了，不知省觉，却那里寻得一个报晓的头陀，买他来后门头大敲木鱼，高声叫佛，便好出去？若买得这等一个时，一者得他外面策望，二乃不叫你失了晓。"贼秃听了这话，大喜道："妙哉！你只顾如此行。我这里自有个头陀胡道人，我自分付他来策望便了。"淫妇道："我不敢留恋长久，恐这厮们疑忌。我快回去是得，你只不要误约。"那淫妇连忙再整云鬟，重匀粉面，开了楼门，便下楼来，教迎儿叫起潘公，慌忙便出僧房来。轿夫吃了酒面，已在寺门前伺候。那贼秃直送那淫妇到山门外，那淫妇作别了上轿，自和潘公迎儿归家，不在话下。

却说这贼秃自来寻报晓头陀。本房原有个胡道，今在寺后退居里小庵中过活，诸人都叫他做胡头陀。每日只是起五更来敲木鱼报晓，劝人念佛。天明时，收掠斋饭。贼秃唤他来房中，安排三杯好酒相待了他，又取些银子送与胡道。胡道起身说道："弟子无功，怎敢受禄？日常又承师父的恩惠。"贼秃道："我自看你是个志诚的人，我早晚出些钱，贴买道度牒剃你为僧。这些银子权且将去买些衣服穿着。"原来这贼秃日常时只是教师哥不时送些午斋与胡道，待节下又带挈他去诵经，得些斋衬钱。补一层，便衬起心感。胡道感恩不浅，寻思道："他今日又与我银两，必有用我处，何必等他开口？"胡道便道："师父但有使令小道处，即当向前。"贼秃道："胡道，你既如此好心说时，我不瞒你，所有潘公的女儿要和我来往，不说"我要和"，却说"要和我"，口角如活。约定后门首但有香桌儿在外时，便是教我来。我却难去那里趖。若得你先去看探有无，我才可去。又要烦你五更起来，叫人念佛时，可就来那里后门头，看没人，便把木鱼大敲报晓，高声叫佛，我便好出来。"胡道便道："这个，句。略顿一顿，口角如活。有何难哉！"当时应允了。其日，先来潘公后门首讨斋饭。先来一次，针线之极。只见迎儿出来说道："你这道人，如何不来前门讨斋饭，却在后门里来？"那胡道便念起佛来。里面这淫妇听得了，便出来后门问道："你这道人，莫不是五更报晓的头陀？"胡道应道："小道便是五更报晓的头陀，教人省睡，妙。晚间宜烧些香，妙。佛天欢喜。"妙。那淫妇听了大喜，便叫迎儿去楼上取一串铜钱来布施他。名曰布施。这头陀张得迎儿转背，便对淫妇说道：“小道便是海师父心腹之人，特地使我先来探路。”淫妇道：“我已知道了。今夜晚间你可来看，如有香桌儿在外，你可便报与他则个。”胡道把头来点着。迎儿取将铜钱来与胡道去了。那淫妇来到楼上，却把心腹之事，对迎儿说。——奴才但得些小便宜，如何不随顺了？省笔。

却说杨雄此日正该当牢，未到晚，先来取了铺盖去监里上宿。这一日，倒是迎儿巴不到晚，早去安排了香桌儿，黄昏时掇在后门外。写小儿女不知人事，情性如活。写奴才献勤如活。〇俗本误。那妇人却闪在旁边伺候。初更左侧，一个人戴顶头巾闪将入来，迎儿吃一吓，奇绝妙绝之文。〇“迎儿吃一吓”，妙绝。俗本皆失，可笑。道：“谁？”只一个字，写出吃吓来，令小儿女情性如活。那人也不答应。如活。这淫妇在侧边，伸手便扯去他头巾，露出光顶来，轻轻地骂一声：“贼秃！倒好见识！”奇绝妙绝之文，俗本皆误。〇淫妇倒好见识。两个厮搂厮抱着，上楼去了。迎儿自来掇过了香桌儿，关上了后门，也自去睡了。他两个当夜如胶似漆，如糖似蜜，如酥似髓，如鱼似水，极写不堪，却极其雅驯也。快活淫戏了五七遍。只三字，写得极其不堪。正好睡哩，只听得咯咯地木鱼响，奇绝，妙绝。高声念佛，贼秃和淫妇一齐惊觉。“一齐”二字，奇妙如活，俗本尽误。那贼秃披衣起来道：“我去也，今晚再相会。”淫妇道：“今后但有香桌儿在后门外，你便不可负约，如无香桌儿在后门，你便切不可来。”贼秃下床，淫妇替他戴上头巾，淫极妙绝之文，俗本误。迎儿开了后门，簌只一字妙绝如活。去了。自此为始，但是杨雄出去当牢上宿，那贼秃便来家中。只有这个老儿，未晚先自要睡。迎儿这个丫头，已自做一床了。极写不堪。只要瞒着石秀一个。那淫妇淫发起来，那里管顾？这贼秃又知了妇人的滋味，便似摄了魂魄的一般。这贼秃只待头陀报了，便离寺来。那淫妇专得迎儿做脚，放他出入。因此快活往来戏耍，将近一月有余。又省，又落错。

且说石秀每日收拾了店时，自在坊里歇宿，常有这件事挂心，每日委决不下，却又不曾见这贼秃往来。先反跌一句，妙。每日五更睡觉，不时跳将起来，料度这件事。斗笋合缝，又紧又密。只听得报晓头陀直来巷里敲木鱼，高声叫佛。石秀是个乖觉的人，早瞧了九分，“九分”了。冷地里思量道：“这条巷是条死巷，如何有这头陀连日来这里敲木鱼叫佛？事有可疑！”写石秀又作三番：第一番听得，第二番张见，第三番方是杀。今第一番。当是十一月中旬之日，五更时分，石秀正睡不着，只听得木鱼敲响，头陀直敲入巷里来，到后门口，高声叫道：“普度众生，救苦救难，诸佛菩萨！”奇妙无比。石秀听得叫的跷蹊，便跳将起来，去门缝里张时，第二番张见。只见一个人，戴顶头巾，从黑影里闪将出来，和头陀去了，随后便是迎儿关门。妙笔。石秀瞧到十分，“十分”了。○此“十分”瞧科之文，作者乃特特与“十分研光”相对。俗本悉行改失。何也？○设不遇古本，岂不惜哉！恨道：“哥哥如此豪杰，却讨了这个淫妇，倒被这婆娘瞒过了，做成这等勾当！”巴得天明，把猪出去门前挂了卖个早市。偏有此闲细之笔。饭罢，讨了一遭赊钱。偏有此闲细之笔。日中前后，看他写出天明、饭罢、日中，前后次序，闲婉之甚。径到州衙前来寻杨雄。却好行至州桥边，正迎见杨雄。

杨雄便问道：“兄弟那里去来？”石秀道：“因讨赊钱，就来寻哥哥。”杨雄道：“我常为官事忙，并不曾和兄弟快活吃三杯。且来这里坐一坐。”杨雄把这石秀引到州桥下一个酒楼上，拣一处僻净阁儿里，两个坐下，叫酒保取瓶好酒来，安排盘馔海鲜案酒。二人饮过三杯，杨雄见石秀只低了头寻思，是石秀。杨雄是个性急的人，便问道：是杨雄。“兄弟，你心中有些不乐，莫不家里有甚言语伤触你处？”石秀道：“家中也无有甚话。兄弟感承哥哥把做亲骨肉一般看待，有句话敢说么？”是石秀。杨雄道：“兄弟何故今日见外？有的话，但说不妨。”是杨雄。石秀道：“哥哥每日出来，只顾承当官府，却不知背后之事。这个嫂嫂不是良人，兄弟已看在眼里多遍了，且未敢说。今日见得仔细，忍不住来寻哥哥，直言休怪。”杨雄道：“我自无背后眼，你且说是谁？”石秀道：“前者家里做道场，请那个贼秃海阇黎来，嫂嫂便和他眉来眼去，兄弟都看见。第三日又去寺里还血盆忏愿心，两个都带酒归来。我近日只听得一个头陀，直来巷内敲木鱼叫佛，那厮敲得作怪。今日五更，被我起来张时，看见果然是这贼秃，戴顶头巾，从家里出去。似这等淫妇，要他何用？”四字问得妙。杨雄听了，大怒道：“这贱人，怎敢如此！”石秀道：“哥哥且息怒，今晚都不要提，是石秀。只和每日一般。明日只推做上宿，三更后，却再来敲门，那厮必然从后门先走，兄弟一把拿来，从哥哥发落。”杨雄道：“兄弟见得是。”石秀又分付道：“哥哥，今晚且不可胡发说话。”是石秀。杨雄道：“我明日约你便是。”两个再饮了几杯，算还了酒钱，一同下楼来，出得酒肆，各散了。只见四五个虞候叫杨雄道：偏生出别样事头，故妙。“那里不寻节级！知府相公在花园里坐地，教寻节级来和我们使棒。快走快走！”杨雄便分付石秀道：“本官唤我，只得去应答。兄弟，你先回家去。”石秀当下自归家里来，收拾了店面，自去作坊里歇息。

且说杨雄被知府唤去，到后花园中使了几回棒。知府看了大喜，叫取酒来，一连赏了十大赏钟。杨雄吃了，都各散了。众人又请杨雄去吃酒。至晚，吃得大醉，扶将归来。那淫妇见丈夫醉了，谢了众人，却自和迎儿搀上楼梯去，明晃晃地点着灯盏。杨雄坐在床上，迎儿去脱鞋鞋，先作一陪。淫妇与他除头巾，解巾帻。奇绝妙绝之文。杨雄见他来除巾帻，一时蓦上心来，奇绝妙绝之文。○因除巾帻，忽然提着贼秃戴巾也。俗本悉改失。自古道："醉是醒时言。"指着那淫妇骂道："你这贱人！句。这贼妮子！句。好歹我要结果了你！"句。○无头无脑，写得活是醉人。那淫妇吃了一惊，不敢回话，且伏侍杨雄睡了。杨雄一头上床睡，一头口里恨恨的骂道："你这贱人！一"你这"。你这淫妇！二"你这"。你这……你这……大虫口里倒涎！三"你这"，四"你这"。你这……你这……我手里不到得轻轻地放了你！"五"你这"，六"你这"。○支离佶屈，写得活是醉人。○那淫妇那里敢喘气，直待杨雄睡着。看看到五更，杨雄酒醒了，讨水吃。那淫妇起来，舀碗水，递与杨雄吃了，桌上残灯尚明。是酒醒时景物。杨雄吃了水，便问道："大嫂，你夜来不曾脱衣裳睡？"活是酒醒人。那淫妇道："你吃得烂醉了，只怕你要吐，那里敢脱衣裳？只在脚后倒了一夜。"杨雄道："我不曾说甚么言语？"活是酒醒人。淫妇道："你往常酒性好，但吃醉了便睡。我夜来只有些儿放不下。"杨雄又问道："石秀兄弟这几日不曾和他快活吃得三杯，绝妙酒醒遮头盖脚语。你家里也自安排些请他。"那淫妇便不应，自坐在踏床上眼泪汪汪，口里叹气。写淫妇机变可畏。杨雄又说道："大嫂，我夜来醉了，又不曾恼你，做甚么了烦恼？"那淫妇掩着泪眼只不应。如活。

杨雄连问了几声，那淫妇掩着脸假哭。如活。杨雄就踏床上，扯起他在床上，务要问道："为何烦恼？"那淫妇一头哭，一面口里说道：如活。"我爹娘当初把我嫁王押司，只指望'一竹竿打到底'，声口如活。○看他说出自家贞节。谁想半路相抛！今日只为你十分豪杰，却嫁得个好汉，谁想你不与我做主！"声口如活。○看他如此说入去，便令杨雄不觉入其玄中。妇人可畏都如此。杨雄道："又作怪！谁敢欺负你，我不做主？"那淫妇道："我本待不说，如活，又恩爱软顺之极。却又怕你着他道儿。欲待说来，如活。又怕你忍气。"杨雄听了，便道："你且说怎么地来？"那淫妇道："我说与你，你不要气苦。看他恩爱之至，安得不入玄中。自从你认义了这个石秀家来，初时也好，顿一句。向后看看放出刺来，奇语。见你不归时，时常看了我说道：'哥哥今日又不来，嫂嫂自睡，也好冷落。'却便宛然。我只不睬他，贞节。不是一日了。妙妙。这个且休说。又顿一句，声声如活。昨日早晨，我在厨房洗脖项，这厮从后走出来，看见没人，从背后伸只手来摸我胸前道：'嫂嫂，你有孕也无？'却又宛然。被我打脱了手。贞节。本待要声张起来，何等贞节。又怕邻舍得知笑话，装你的幌子。何等恩爱。巴得你归来，却又滥泥也似醉了，又不敢说。写得恩爱软顺之极，安得不入玄中。我恨不得吃了他，你兀自来问石秀兄弟怎的！"声声如活。杨雄听了，心中火起，便骂道：是杨雄。"'画虎画皮难画骨，知人知面不知心'。这厮倒来我面前又说海阇黎许多事，说得个没巴鼻！眼见得那厮慌了，便先来说破，使个见识！"和盘托出，是个杨雄。口里恨恨地道："他又不是我亲兄弟，赶了出去便罢！"是杨雄。杨雄到天明，下楼来对潘公说道："宰了的牲口腌了罢，绝倒。〇活写出性急人。从今日便休要做买卖！"一霎时，把柜子和肉案都拆了。

石秀天明正将了肉出来门前开店，只见肉案并柜子都拆翻了。又要做周年耶？石秀是个乖觉的人，如何不省得？笑道："是了。四字写出精细乖觉。因杨雄醉后出言，走透了消息，倒吃这婆娘使个见识撺掇，定反说我无礼，他教丈夫收了肉店。我若便和他分辩，教杨雄出丑。我且退一步了，却别作计较。"石秀可畏，我恶其人。石秀便去作坊里收拾了包裹。第二番也。杨雄怕他羞耻，也自去了。决撒得好笑。石秀提了包裹，跨了解腕尖刀，妙笔。○便不单是去。来辞潘公道："小人在宅上打搅了许多时，今日哥哥既是收了铺面，小人告回。帐目已自明明白白，并无分文来去。如有毫厘昧心，天诛地灭！"石秀可畏，我恶其人。潘公被女婿分付了，也不敢留他，由他自去了。

这石秀却只在近巷内又一条巷。寻个客店安歇，赁了一间房住下。石秀却自寻思道："杨雄与我结义，我若不明白得此事，枉送了他的性命。他虽一时听信了这妇人说，心中怪我，我也分辩不得，务要与他明白了此一事。我如今且去探听他几时当牢上宿，起个四更，便见分晓。"在店里住了两日，却去杨雄门前探听。当晚只见小牢子取了铺盖出去，石秀道："今晚必然当牢，我且做些工夫看便了。"当晚回店里，睡到四更起来，跨了这口防身解腕尖刀，悄悄地开了店门，径踅到杨雄后门头巷内，伏在黑影里张时，却好交五更时候。只见那个头陀挟着木鱼，来巷口探头探脑。石秀一闪，闪在头陀背后，骇疾。一只手扯住头陀，一只手把刀去脖子上阁着，骇疾。低声喝道："低声喝"妙。"你不要挣扎！若高做声，便杀了你！妙妙。你只好好实说，海和尚叫你来怎地？"那头陀道："好汉，你饶我便说！"石秀道："你快说，我不杀你！"头陀道："海阇黎和潘公女儿有染，每夜来往，教我只看后门头有香桌儿为号，唤他'入钹'。奇文。五更里，却教我来敲木鱼叫佛，唤他'出钹'。"奇文。石秀道："他如今在那里？"精细之至。头陀道："他还在他家里睡着。我如今敲得木鱼响，他便出来。"石秀道："你且借你衣服木鱼与我。"奇极。头陀手里先夺了木鱼，头陀把衣服正脱下来，被石秀将刀就颈上一勒，骇疾。○"一勒"妙，真已有成竹于胸中。杀倒在地，头陀已死了。石秀却穿上直裰、护膝，妙。一边插了尖刀，妙。把木鱼直敲入巷里来。奇极之文。那贼秃在床上，却好听得木鱼咯咯地响，连忙起来，披衣下楼。迎儿先来开门，贼秃随后从后门里闪将出来。石秀兀自把木鱼敲响，那和尚悄悄喝道：“只顾敲做甚么！”绝倒。石秀也不应他，让他走到巷口，一交放翻，骇疾。按住喝道：“不要高做声！高做声便杀了你。妙妙。只等我剥了衣服便罢！”奇极。那贼秃知道石秀，那里敢挣扎做声？被石秀都剥了衣裳，赤条条不着一丝。妙绝奇极之文。悄悄去屈膝边，拔出刀来，三四刀搠死了，“三四刀”又妙，石秀可畏之极。却把刀来放在头陀身边，杀人是极忙遽事，看他何等闲逸脱套。将了两个衣服卷做一捆包了，精细之极，石秀可畏。再回客店里，轻轻地妙。开了门进去，悄悄地妙。关上了，自去睡，不在话下。

却说本处城中一个卖糕粥的王公，其日五更，挑着担糕粥，点着个灯笼，一个小猴子跟着，出来赶早市。正来到死尸边过，却被绊一交，把那老子一担糕粥倾泼在地下。只见小猴子叫道：“苦也，一个和尚醉倒在这里！”绝倒。老子摸得起来，摸了两手腥血，叫声苦，不知高低。几家邻舍听得，都开了门出来，把火照时，只见遍地都是血粥，奇文。两个尸首躺在地上。众邻舍一把拖住老子，要去官司陈告。正是祸从天降，灾向地生。毕竟王公怎地脱身，且听下回分解。